NORA

QUATRE SAISONS DE FIANÇAILLES – LIVRE 4

ROBERTS

RÊVES DORÉS

NORA

QUATRE SAISONS DE FIANÇAILLES – LIVRE 4

ROBERTS

RÊVES DORÉS

Traduit de l'anglais (États-Unis)
par Maud Godoc

www.quebecloisirs.com

UNE ÉDITION DU CLUB QUÉBEC LOISIRS INC
Avec l'autorisation des Éditions Flammarion Québec
© Nora Roberts, 2010
Traduction en langue française : © Éditions J'ai lu, 2011
Édition canadienne : © Flammarion Québec, 2011
Titre original: Happy Ever After
Publié par The Berkley Publishing Group, une division de The Penguin Group
(USA) Inc.
Tous droits réservés

Dépôt Légal --- Bibliothèque et Archives nationales du Québec, 2012
ISBN Q.L. 978-2-89666-154-1
Publié précédemment sous ISBN 978-2-89077-384-4

Imprimé au Canada

À mes hommes,
Bruce, Dan, Jason et Logan

Si doux est l'amour que nous avons imploré, plus doux est l'amour qui s'offre de lui-même.

William SHAKESPEARE

Sans ordre, point de beauté.

William KING

Prologue

Certains jours, le chagrin enflait par vagues en violents hoquets qui la secouaient à lui fendre le cœur. D'autres, les vagues, plus calmes, plus insidieuses, menaçaient de submerger son âme.

D'aucuns – pleins de bonnes intentions – lui assuraient que la peine s'estomperait avec le temps. Parker espérait qu'ils avaient raison. Mais alors qu'elle se tenait sur la terrasse ensoleillée de sa chambre en cette fin d'été, des mois après le décès brutal de ses parents, les vagues capricieuses continuaient de déferler.

« Tu n'es pas seule, tu es bien entourée », s'efforçait-elle de se réconforter. Son frère – aurait-elle survécu à ce deuil sans Del ? – avait été le roc auquel elle avait pu se raccrocher dans ce vaste océan d'horreur et de chagrin. Et puis il y avait ses amies, Mac, Emma et Laurel, qui faisaient partie intégrante de sa vie – d'elle-même – depuis l'enfance. C'étaient elles qui avaient recollé les morceaux brisés de son univers. Elle pouvait aussi compter sur le soutien indéfectible de Mme Grady, leur gouvernante depuis toujours, son îlot de réconfort.

Et elle avait la maison. La beauté et l'élégance de la propriété familiale lui apparaissaient avec une acuité d'autant plus exacerbée qu'elle savait que plus jamais elle ne verrait ses parents se promener dans le parc.

Plus jamais, en dévalant les escaliers, elle ne trouverait sa mère en train de rire dans la cuisine avec Mme Grady ni n'entendrait son père dans son bureau.

Loin de réussir à surmonter ces vagues, elle se sentait balayée et entraînée de plus en plus profond dans les abysses.

Le temps, songea-t-elle, il lui fallait s'en servir à bon escient. Elle espérait non seulement en avoir trouvé le moyen, mais par là même honorer ce que ses parents lui avaient légué en unissant autour d'elle famille et amitiés.

Être productif, telle était la clé, songea-t-elle, tandis que les premiers effluves épicés de l'automne flottaient dans l'air. Les Brown avaient toujours gagné leur vie en travaillant. Ils avaient construit, produit sans jamais se reposer sur leurs lauriers. Ses parents n'en auraient pas moins attendu d'elle.

Ses amies penseraient peut-être qu'elle avait perdu l'esprit, mais elle avait réalisé une étude de marché, fait ses calculs et bâti un solide plan d'affaires. Et, avec l'aide de Del, établi un contrat honnête et équitable.

Le moment était venu de se jeter à l'eau.

Et pas question de couler.

Parker retourna dans la chambre et s'empara des quatre épaisses chemises cartonnées posées sur sa commode. Elle leur en donnerait chacune une à la réunion – même si elles ignoraient encore qu'il s'agissait d'une réunion.

Après avoir attaché ses cheveux bruns en queue-de-cheval, elle étudia son reflet dans le miroir avec l'espoir qu'une étincelle s'allume enfin dans ses yeux aigue-marine.

Elle réussirait. Non, *elles* réussiraient, toutes les quatre.

Mais il lui faudrait d'abord les convaincre.

À la cuisine, elle trouva la robuste Mme Grady qui mettait la dernière main au repas. Celle-ci se détourna du fourneau et lui adressa un clin d'œil.

— Prête ? lança-t-elle.

— Préparée, en tout cas. Je suis nerveuse. C'est bête, non ? Ce sont mes meilleures amies.

— C'est un grand pas que tu t'apprêtes à faire, un grand pas que tu vas leur demander. Je trouve normal que tu sois nerveuse, répondit la gouvernante qui s'approcha d'elle et prit son visage entre ses mains. Je mise sur toi sans hésiter. Va voir dehors. Il m'a pris une petite fantaisie, et je vous ai préparé des hors-d'œuvre et du vin sur la terrasse. Mes filles sont des adultes maintenant.

Si seulement, songea Parker. Mais la petite fille en elle réclamait son père et sa mère. Le réconfort, l'amour, la sécurité.

Elle gagna la terrasse, posa les dossiers sur la table avant de sortir le vin du rafraîchisseur. Elle se servit un verre, puis contempla les saules qui se reflétaient dans le charmant petit étang au fond du parc.

— Miam, j'en veux !

Laurel fit irruption, ses cheveux blonds comme les blés coupés très courts, à la sauvageonne – un nouveau look que son amie regrettait déjà. Elle portait encore sa tenue de chef pâtissier, métier qu'elle exerçait dans un restaurant huppé de la ville.

Elle se versa un verre de vin, leva au ciel ses yeux bleu jacinthe.

— Qui aurait imaginé, lorsque j'ai modifié mon emploi du temps pour caser notre soirée entre filles, que nous aurions une réservation de dernière minute pour vingt convives au déjeuner ? En cuisine, ç'a été la folie tout l'après-midi.

Elle se laissa choir dans un fauteuil avec un énorme soupir d'aise.

11

— En comparaison, celle de Mme Grady est une oasis de sérénité. Hmm, ça sent divinement bon. Qu'y a-t-il au menu ?

— Je n'ai pas demandé.

— Peu importe, dit Laurel avec un revers de main. Mais si Emma et Mac sont en retard, je commence sans elles.

Elle remarqua la pile de dossiers.

— Qu'est-ce que c'est ?

— Quelque chose qu'on ne peut pas commencer sans elles. Laurel, comptes-tu retourner à New York ?

Laurel dévisagea son amie par-dessus le bord de son verre.

— Tu me mets à la porte ?

— N'importe quoi. J'ai envie de connaître tes intentions, voilà tout. De savoir si tu es satisfaite de la situation. Tu es revenue pour moi après l'accident et...

— Je laisse venir. Les choses finiront bien par se décanter, j'imagine. Pour l'instant, ça me va de ne pas avoir de projet. Et toi ?

— Eh bien...

Mac et Emma surgirent ensemble sur la terrasse, hilares.

Emma, si belle avec sa masse de boucles folles, ses yeux noirs exotiques pétillant d'amusement. Mac, sa chevelure flamboyante en désordre, le regard malicieux, mince et élancée dans son chemisier noir sur un jean.

— C'est quoi, la blague ? voulut savoir Laurel.

— Des mecs, répondit Mac, qui posa les plats avec le brie en croûte et les tartelettes aux épinards que Mme Grady lui avait collés entre les mains en passant. Deux qui voulaient s'affronter au bras de fer pour Emma.

— C'était plutôt mignon, enchaîna celle-ci. Deux frères. Ils étaient venus à la boutique acheter un bouquet pour l'anniversaire de leur mère. Une chose en a amené une autre...

— Il y a tout le temps des mecs qui débarquent au studio, fit remarquer Mac qui prit un grain de muscat dans le compotier sur la table et le fourra dans sa bouche. Et pas un n'en a jamais défié un autre au bras de fer pour un rancard avec bibi.

— Certaines choses sont immuables, commenta Laurel en tendant son verre dans la direction d'Emma.

— Et d'autres pas, intervint Parker qui prit son courage à deux mains. Voilà pourquoi je vous ai demandé de venir ce soir.

Emma, qui s'apprêtait à prendre du brie, interrompit son geste.

— Il y a un problème ?

— Non. Mais je voulais m'adresser à vous toutes, répondit Parker. Asseyons-nous, proposa-t-elle avant de remplir les verres d'Emma et de Mac.

— Aïe ! fit cette dernière, sur ses gardes.

— Non, non, pas de « aïe », la rassura Parker. Je tiens d'abord à vous dire combien je vous aime, toutes les trois. Depuis toujours, et pour toujours. Nous avons tant de souvenirs communs, bons et mauvais. Et quand le pire s'est produit, je savais que vous seriez là.

Emma se pencha et posa la main sur la sienne.

— Chacune de nous est là pour les autres. C'est à cela que servent les amies.

— En effet. Je voulais juste que vous sachiez à quel point vous comptez pour moi, et que si ma proposition ne vous tente pas, rien ne changera pour autant entre nous.

D'un geste, elle coupa court à toute intervention.

— Laissez-moi vous expliquer. Emma, tu aimerais avoir ta propre boutique de fleuriste un jour, n'est-ce pas ?

— Ç'a toujours été mon rêve. Je suis contente de mon job actuel, et mon patron me laisse une grande marge de manœuvre, mais, oui, j'espère bien avoir un jour ma boutique. Mais...

— Pas de mais pour l'instant. Mac, tu as beaucoup trop de talent, un esprit beaucoup trop créatif pour passer ton temps à faire des photos d'identité ou des portraits d'enfants.

— Mon talent ne connaît aucune limite, admit Mac d'un ton léger. Mais il faut bien manger.

— Tu préférerais avoir ton studio photo à toi.

— J'aimerais aussi que Justin Timberlake et Ashton Kutcher s'affrontent pour moi au bras de fer – ce qui est tout aussi improbable.

— Laurel, tu as étudié à New York et à Paris dans le but de devenir chef pâtissier.

— Un chef pâtissier sensationnel, de réputation internationale.

— Et tu t'accommodes de ton travail au *Willows*.

Laurel avala sa bouchée de tartelette aux épinards.

— Eh bien, je...

— En partie pour rester ici afin de me soutenir depuis le décès de mes parents. Quant à moi, enchaîna Parker, j'ai fait des études en sachant qu'un jour je fonderais ma propre entreprise. J'avais depuis toujours une idée en tête, mais elle me semblait tellement chimérique que je ne vous en ai jamais parlé. Ces derniers mois, cependant, elle a commencé à prendre corps, à m'apparaître plus réaliste.

— Allons, Parker, c'est quoi, cette idée ? s'impatienta Laurel.

— J'ai envie qu'on crée une entreprise ensemble. Toutes les quatre. Chacune œuvrant dans son domaine d'activité.

— Qu'on crée une entreprise ensemble ? répéta Emma, abasourdie.

— Vous vous rappelez notre jeu de la mariée ? On assumait les rôles chacune notre tour, on se costumait, on inventait des thèmes.

— Ce que je préférais, c'était épouser Harold, avoua Mac avec un sourire nostalgique au souvenir du golden retriever des Brown, mort depuis belle lurette. Il était adorable et loyal.

— Eh bien, nous pourrions y jouer pour de vrai. En faire notre gagne-pain.

— Tu veux dire, fournir à des petites filles des costumes, des *cupcakes* et des chiens très patients ? suggéra Laurel.

— Non, fournir un cadre unique et sublime – cette demeure et son parc –, des pièces montées et des pâtisseries spectaculaires, des bouquets et des arrangements floraux à couper le souffle, de superbes photographies d'art, et une organisation sans faille afin de faire d'un mariage, ou de tout autre événement important, un jour parfait pour nos futurs clients. J'ai déjà de nombreux contacts grâce à mes parents, poursuivit Parker qui respira à peine. Traiteurs, marchands de vin, location de limousines… enfin tout. Et ce que je n'ai pas, je le trouverai. Une agence de mariage et d'événementiel tout compris dans laquelle nous serions toutes les quatre associées à parts égales.

— Une agence de mariage, murmura Emma dont le regard se fit rêveur. L'idée semble merveilleuse, mais comment pourrions-nous…

— J'ai un plan d'affaires, des chiffres, des projections et les réponses aux questions d'ordre juridique que vous pourriez avoir. Del m'a aidé à mettre le projet sur pied.

— Delaney est d'accord pour transformer votre propriété familiale en entreprise ? s'étonna Laurel.

— Il me soutient à fond. Et son ami Jack m'aidera à réaménager le pavillon de billard en studio photo avec un appartement au-dessus, et la maison d'amis en atelier de fleuriste avec, là aussi, un logement atte-

15

nant. Nous pouvons transformer la cuisine annexe en espace de travail pour toi, Laurel.

— Nous habiterions ici, dans la propriété ? intervint Mac.

— Si vous le souhaitez, oui. L'entreprise réclamera beaucoup de travail et nous ferions preuve d'une plus grande efficacité si nous étions toutes sur place. Je peux vous montrer les chiffres, les tableaux prévisionnels, mais c'est inutile si l'une de vous n'approuve pas le concept. Si tel est le cas, j'essaierai de vous convaincre, ajouta Parker en riant. Et si vous détestez l'idée, je laisserai tomber.

— Tu parles, ironisa Laurel en se passant la main dans les cheveux. Depuis combien de temps travailles-tu sur ce projet ?

— Tu veux dire sérieusement ? Trois mois environ. Il a fallu que j'en parle à Del et à Mme Grady parce que sans leur soutien, c'était perdu d'avance. Mais je tenais à monter d'abord le dossier avant de vous faire la surprise.

— Des mariages, murmura Emma. Qu'y a-t-il de plus heureux qu'un mariage ?

— Ou de plus fou ? ajouta Laurel.

— À nous quatre, on saura gérer, déclara Mac qui tendit la main à Parker. J'en suis, sans hésiter.

— Tu ne peux pas t'engager avant d'avoir vu les chiffres, le plan d'affaires.

— Si, je peux. J'en ai très envie.

Emma posa la main sur les leurs.

— Moi aussi.

Laurel inspira un grand coup, bloqua l'air dans ses poumons. Et le relâcha.

— Eh bien, j'imagine qu'on peut parler d'unanimité, fit-elle en posant à son tour la main sur celles de ses amies. On va casser la baraque.

1

La mariée foldingue téléphona à 5 h 28 du matin.

— Je viens de faire un rêve ! annonça-t-elle avec animation à Parker, allongée dans le noir avec son Black-Berry.

— Un rêve ?

— Oui, du genre stupéfiant. Il était si réel, si insistant, débordant de couleur et de vie ! Je suis persuadée qu'il signifie quelque chose. Je vais appeler ma voyante, mais je tenais d'abord à en discuter avec vous.

— D'accord, fit Parker qui, forte de son expérience, alluma sa lampe de chevet en mode tamisé, et attrapa le calepin et le stylo posés à côté. Quel était donc ce rêve, Sabina ?

— Alice au pays des merveilles.

— Vous avez rêvé d'Alice au pays des merveilles ?

— Plus précisément du thé chez le Chapelier fou.

— Version Disney ou Tim Burton ?

— Pardon ?

— Non, rien, dit Parker qui repoussa ses cheveux en arrière et nota les mots clés. Continuez.

— Eh bien, il y avait de la musique et un banquet. J'étais Alice, mais je portais ma robe de mariée, et Chase était absolument renversant en redingote. Les fleurs étaient spectaculaires ; toutes dansaient et chan-

17

taient. C'était l'allégresse générale. Tout le monde portait des toasts et applaudissait. Angelica était costumée en Reine de Cœur et jouait de la flûte.

Parker nota *DH* pour Angelica, la demoiselle d'honneur, puis passa aux autres invités du mariage. Le témoin du marié était le Lapin Blanc, sa mère, le Chat de Cheshire, et le père de la mariée, le Lièvre de Mars.

Elle se demanda ce que Sabina avait mangé, bu ou fumé avant d'aller se coucher.

— Fascinant, n'est-ce pas, Parker ?

— En effet.

Tout autant que la divination dans les feuilles de thé qui avait déterminé les couleurs de la mariée, les tarots pour le choix de la destination du voyage de noces, et la numérologie qui avait permis d'établir l'unique date envisageable pour la cérémonie.

— À mon avis, mon subconscient et les forces du destin me soufflent de choisir le thème d'Alice pour le mariage. Avec les costumes appropriés.

Parker ferma les yeux. Certes, elle était entièrement d'accord avec Sabina : le thé chez le Chapelier fou lui convenait à merveille. Mais le mariage avait lieu dans moins de deux semaines. Le décor, les fleurs, la pièce montée et les desserts, bref, tout était déjà choisi.

— Hmm, fit-elle, s'accordant un instant de réflexion. Voilà une idée intéressante.

— Ce rêve...

— ... m'évoque, l'interrompit Parker, l'atmosphère de fête féerique et magique qui vous tient tant à cœur. J'en conclus que vous aviez entièrement raison.

— Vraiment ?

— Sans la moindre hésitation. Il me dit que vous êtes heureuse et impatiente à l'approche du grand jour. Rappelez-vous, le Chapelier fou recommençait son thé tous les après-midi. Ce détail indique que votre vie avec Chase sera une fête chaque jour renouvelée.

— Oh ! Bien sûr !

— Et lorsque vous serez devant le miroir dans la suite de la mariée le jour J, vous admirerez votre reflet avec le même bonheur que la jeune et aventureuse Alice.

« Dieu que je suis douée ! » songea Parker, tandis que la mariée foldingue poussait un soupir attendri.

— Vous avez raison. Mille fois raison. Je suis si heureuse de vous avoir appelée. Je savais que vous comprendriez.

— Voilà pourquoi nous sommes là. Ce sera un mariage sublime, Sabina. Le jour parfait dont vous rêvez.

Après avoir raccroché, Parker se rallongea, mais à peine eut-elle fermé les yeux que le thé du Chapelier fou – version Disney – commença à défiler dans sa tête avec une frénésie démentielle.

Résignée, elle se leva et se dirigea vers la porte-fenêtre de la chambre qui avait été celle de ses parents. Elle l'ouvrit, sortit sur la terrasse, et inspira une grande bouffée d'air frais, tandis que les premiers rayons du soleil pointaient timidement à l'horizon.

Une à une, les dernières étoiles s'éteignirent dans un monde où régnait un silence parfait – un silence qui ne cessait d'émerveiller Parker.

L'avantage des mariées foldingues et autres hystériques du même acabit, c'était leur manie de la réveiller juste avant l'aube, à ce moment magique où rien ni personne ne bouge encore. Elle avait alors le privilège d'assister au passage du flambeau entre la nuit et le jour, lorsque la lumière argentée se teinte de reflets nacrés avant de virer peu à peu à l'or pâle.

Laissant la porte-fenêtre ouverte, elle rentra dans la chambre, prit un élastique dans la boîte en argent martelé sur sa commode et rassembla ses cheveux en queue-de-cheval. Elle troqua sa chemise de nuit pour un pantalon de yoga et un débardeur, sélectionna une paire de chaussures de jogging sur l'étagère inférieure de la section dévolue aux tenues de sport dans son dressing à l'organisation impitoyable.

Son BlackBerry fixé à sa ceinture, Parker chaussa les écouteurs, et quitta sa suite, direction la salle de gym.

Elle alluma la lumière, puis le téléviseur à écran plat, et écouta les infos d'une oreille distraite tout en faisant quelques étirements, histoire de s'échauffer.

Elle régla ensuite l'elliptique pour son programme habituel de quatre kilomètres.

À l'approche de son premier kilomètre, elle sourit.

Décidément, elle adorait son métier. Et toutes les mariées sans exception : les folles, les sentimentales, les pointilleuses à l'extrême et même les pestes gratinées.

Elle adorait les détails et les exigences, les espoirs et les rêves, l'affirmation d'amour et d'engagement qu'elle aidait chaque couple à personnaliser.

Aucune agence, décréta-t-elle, n'y parvenait mieux que *Vœux de Bonheur*.

Ce projet dans lequel ses trois amies et elle s'étaient lancées, bille en tête, par un soir de fin d'été quelques années plus tôt avait dépassé toutes leurs espérances.

Et voilà qu'aujourd'hui, songea-t-elle, tandis que son sourire s'élargissait, elles préparaient trois mariages à la suite : Mac en décembre, Emma en avril et Laurel en juin.

C'était désormais au tour de ses amies de tenir la vedette, et elle débordait d'idées. Mac et Carter – traditionnel avec une pointe d'exubérance artistique. Emma et Jack – romance à tout va. Laurel et Del (Seigneur, son frère épousait sa meilleure amie !) – classicisme élégant, mais épuré.

Elle venait de boucler son troisième kilomètre quand Laurel fit son apparition.

— Des kilomètres de petits lumignons blancs à travers tout le parc, sur les saules, les tonnelles, la pergola.

Laurel cligna des yeux et bâilla à s'en décrocher la mâchoire.

— Hein ?

— Ton mariage. Romantique, élégant. L'abondance sans tralala.

Laurel rassembla ses longs cheveux blonds, les attacha avec une pince et grimpa sur le deuxième elliptique, à côté de Parker.

— Laisse-moi un peu le temps, fit-elle. J'essaie déjà de m'accoutumer à mon tout nouveau statut de fiancée.

— Je sais ce qui te plaît. J'ai réfléchi à une première ébauche.

— Ça ne m'étonne pas une seconde, sourit Laurel. Où en es-tu ?

Elle tendit le cou et jeta un coup d'œil à l'écran sur l'engin de Parker.

— Bigre ! Qui a appelé et quand ?

— La mariée foldingue. Juste avant 5 h 30. Elle venait de faire un rêve.

— Si tu m'annonces qu'elle a rêvé d'un nouveau modèle de pièce montée, je vais la...

— Ne t'inquiète pas. J'ai tout arrangé.

— Comment ai-je pu douter de toi ?

Après une brève phase d'échauffement, Laurel annonça :

— Del va mettre sa maison en vente.

— Quoi ? Quand ?

— Quand il t'en aura parlé. Mais puisque je suis ici avec toi, je te le dis déjà. Nous en avons discuté hier.

Il revient de Chicago ce soir, au fait. Alors voilà, il va revenir habiter ici, si tu es d'accord.

— Cette maison est autant la sienne que la mienne, je te rappelle. Et puis tu restes. Tu restes, répéta Parker, les yeux brillants. Je ne voulais pas m'en mêler, d'autant que Del a une superbe maison, mais... Laurel, si tu savais, j'avais tellement peur que tu déménages. Maintenant, je suis rassurée, tu ne pars pas !

— Je l'aime tellement que je serai peut-être la prochaine mariée foldingue, mais je ne voulais pas partir non plus. Mon aile est plus que spacieuse. Et il adore cet endroit autant que toi. Autant que nous tous.

— Del rentre à la maison, murmura Parker, aux anges.

Sa famille, songea-t-elle. Tous les êtres qui lui étaient chers seraient bientôt réunis sous le même toit. Voilà ce qui faisait d'une maison un véritable foyer.

À 8 h 59, Parker était fin prête. Vêtue d'un tailleur cintré aubergine sur un chemisier blanc impeccable, elle passa quarante-cinq minutes à répondre à des mails et à des appels téléphoniques, à mettre à jour divers fichiers, à vérifier et à confirmer les commandes de sous-traitants pour des événements à venir.

À 10 heures tapantes, elle quitta son bureau privé au deuxième étage pour son premier rendez-vous de la journée.

Elle avait déjà fait quelques recherches sur ses clients potentiels. Deeanne Hagar, une artiste locale dont les œuvres, du genre onirique, faisaient l'objet de reproductions sous forme d'affiches et de cartes de vœux. Et Wyatt Culpepper, architecte paysagiste. Tous deux étaient issus de familles à la fortune bien établie – respectivement dans la banque et l'immobilier – et benjamins de couples deux fois divorcés.

En creusant davantage, elle avait découvert que, fiancés de fraîche date, ils s'étaient rencontrés à un festival de musique country et partageaient un même goût pour le *bluegrass* et les voyages.

Quelques autres pépites provenaient de sites Web, de Facebook, d'interviews dans la presse et d'amis plus ou moins proches. Elle avait déjà décidé d'une approche globale pour cette première rencontre à laquelle participeraient les deux mères.

Elle passa rapidement en revue le rez-de-chaussée, où Emma avait disposé de charmantes compositions florales, puis fit un saut dans la cuisine. Mme Grady mettait la dernière main au plateau sur lequel se trouvaient déjà le nécessaire pour le café, le thé glacé que Parker avait demandé pour elle-même et une corbeille de fruits frais accompagnés de tuiles aux amandes confectionnées par Laurel.

— Tout semble parfait, madame Grady.

— C'est prêt quand tu veux.

— Allons dresser la table dans le grand salon. S'ils souhaitent passer tout de suite à la visite, nous nous installerons dehors. Le temps est magnifique.

Parker fit mine d'aider la gouvernante, mais celle-ci l'en dissuada d'un geste.

— Je m'en occupe. Je viens juste de réaliser que je connais la première belle-mère de la mariée.

— C'est vrai ?

Mme Grady transféra les plateaux sur une desserte à roulettes.

— Un mariage de courte durée. Il a capoté avant le deuxième anniversaire, si ma mémoire est bonne. Une belle femme, et gentille avec ça. Elle n'a pas inventé la poudre, mais elle a bon cœur, commenta-t-elle en lissant du bout des doigts son tablier à bavette. Elle s'est remariée – à un Espagnol, il me semble – et s'est installée à Barcelone.

— Franchement, je me demande pourquoi je perds mon temps sur Internet alors qu'il me suffirait de me connecter sur vous.

— Si tu l'avais fait, je t'aurais dit aussi que la mère de Mac a eu une aventure avec le père de la mariée entre les épouses numéro deux et trois.

— Linda ? Voilà qui n'a rien d'étonnant.

— Nous pouvons tous nous estimer heureux que ça n'ait pas duré. J'aime bien les tableaux de la fille, enchaîna Mme Grady, tandis qu'elles poussaient la desserte vers le grand salon.

— Vous les avez vus ?

— Tu n'es pas la seule à savoir surfer sur Internet, rétorqua la gouvernante avec un clin d'œil. On sonne. Va vite décrocher un nouveau contrat.

La première pensée qui vint à l'esprit de Parker en découvrant la future mariée fut qu'elle ressemblait à la version hollywoodienne de l'artiste éthérée avec sa longue chevelure d'un roux doré et ses yeux verts en amande. Juste après, elle songea qu'elle ferait une mariée sublime, et réalisa dans la foulée combien elle tenait à être de la partie.

— Bonjour, les salua-t-elle. Bienvenue chez *Vœux de Bonheur*. Je suis Parker.

— Brown, n'est-ce pas ? fit Wyatt en lui tendant la main. J'ignore qui a dessiné votre parc, mais permettez-moi de vous dire que c'est un génie. J'aurais aimé être l'heureux élu.

— Merci mille fois pour ce beau compliment. Je vous en prie, entrez.

— Ma mère, Patricia Ferrel. La mère de Deeanne, Karen Bliss.

— Enchantée de faire votre connaissance à tous, dit Parker qui jaugea rapidement le groupe.

Wyatt semblait mener la danse, mais en toute cordialité – et les trois femmes le laissaient faire.

— Si nous allions nous asseoir au salon quelques instants, afin de faire plus ample connaissance ? proposa-t-elle.

Deeanne arpentait déjà le spacieux vestibule et promenait son regard sur le majestueux escalier.

— J'imaginais que l'atmosphère serait un peu oppressante, avoua-t-elle en pivotant sur ses talons, ce qui fit virevolter sa jolie jupe. Je suis allée sur votre site Web. Tout paraissait tellement superbe. Je me suis dit, non, c'est trop parfait. Je ne suis toujours pas convaincue que ça ne l'est pas, mais cet endroit n'a rien d'oppressant. Vraiment rien.

— Comme ma fille aurait pu vous le dire en beaucoup moins de mots, mademoiselle Brown, vous avez une demeure splendide.

— Je vous en prie, appelez-moi Parker, fit celle-ci. Merci beaucoup, madame Bliss. Un café ? Un thé glacé ?

— Et si nous commencions par la visite ? suggéra Deeanne. Le parc nous intéresse en priorité, car Wyatt et moi souhaitons un mariage en extérieur.

— Excellente idée. Suivez-moi, je vais vous montrer les jardins, et ensuite nous ferons le tour par l'arrière, fit Parker en se dirigeant vers la porte qui ouvrait sur la terrasse latérale. Vous envisagez de vous marier en septembre prochain, n'est-ce pas ?

— Dans un an, oui. Voilà pourquoi nous venons à cette période. Nous souhaitons nous assurer que le cadre et la lumière nous conviennent.

— Nous disposons de plusieurs sites qui se prêtent à des mariages en plein air, expliqua Parker. Les plus demandés, surtout pour les manifestations d'envergure, sont la terrasse ouest et la pergola. Mais...

— Mais ? répéta Wyatt, tandis qu'ils contournaient la bâtisse d'un pas tranquille.

— En vous voyant tous les deux, j'imagine quelque chose d'un peu différent. Un site que nous proposons plus rarement. L'étang, poursuivit-elle, alors qu'ils arrivaient sur l'arrière. Les saules, la vaste étendue de gazon anglais. Je vois bien une tonnelle couverte de fleurs, des allées blanches se déroulant telles des rivières entre les rangées de chaises – blanches elles aussi, et ornées de fleurs. Le tout se refléterait dans l'eau. Des fleurs à foison – rien de formel, plutôt des compositions naturelles. Des fleurs de cottage, mais en abondance. Emmaline, mon associée et spécialiste en design floral de la maison, est une artiste.

Le regard de Deeanne s'éclaira.

— J'ai adoré ce que j'ai vu de son travail sur votre site Web.

— Vous pourrez vous entretenir avec elle directement si vous décidez de nous confier l'organisation de votre mariage – ou même avant de prendre votre décision. Je vois aussi des nuées de lumignons et de bougies. Un décor naturel, organique, mais somptueux et scintillant. Je vous imagine un peu comme Titania, la reine des fées dans *Le Songe d'une nuit d'été*, confia Parker à Deeanne. Les cheveux détachés. Sans voile, mais piquetés de fleurs.

— Excellente idée. Vous êtes très douée.

— C'est notre métier. Organiser sur mesure votre grand jour en respectant vos souhaits, vos personnalités, les spécificités de votre relation. Pour vous, rien de pompeux. J'imagine une cérémonie placée sous le signe de la douceur et du rêve. Ni trop contemporaine ni vieux jeu. Vous tenez à être vous-mêmes, avec un trio de *bluegrass* pour vous accompagner à l'autel.

— *Never Ending Love*, intervint Wyatt avec un sourire. Nous avons déjà choisi la chanson. Votre artiste en design floral travaillera-t-elle avec nous non seulement pour le décor dans son ensemble, mais aussi pour les bouquets et autres compositions ?

— Bien sûr. Elle sera présente à chaque étape de l'organisation. Notre équipe est entièrement à votre service pour faire de cette journée la plus parfaite à vos yeux – trop parfaite même, ajouta-t-elle avec un sourire à l'adresse de Deeanne.

— J'adore cet étang, murmura la jeune femme, tandis qu'ils contemplaient la vue de la terrasse. J'adore le tableau que vous venez de peindre.

— Parce que ce tableau, c'est toi, ma chérie, murmura Karen Bliss. C'est absolument toi.

— Le bal ne pourrait-il pas avoir lieu sur la pelouse ? s'enquit la mère de Wyatt. J'ai visité votre site, moi aussi, et je sais que vous avez une superbe salle de bal. Mais pourquoi pas dehors ?

— Soit l'un, soit l'autre, ou les deux. Comme vous le désirez. Si cela vous intéresse, nous pouvons organiser une réunion avec mes associées au complet afin d'en discuter.

— Et si nous jetions un coup d'œil au reste ? suggéra Wyatt qui se pencha vers Deeanne pour l'embrasser sur la tempe.

À 16 h 30 Parker était de nouveau à son bureau, devant son ordinateur. Les rendez-vous étant terminés, elle s'était autorisée à suspendre sa veste de tailleur au dossier de son fauteuil et à ôter ses escarpins.

Encore une heure de paperasse, calcula-t-elle, et elle aurait terminé sa journée de travail. Une journée tranquille comparée au reste de la semaine qui s'annonçait chargée. Aujourd'hui, avec un peu de chance, elle pourrait enfiler une tenue plus décontractée vers 18 heures, s'accorder un verre de vin et prendre le temps d'un vrai dîner à table.

— Hmm ? fit-elle lorsqu'on frappa sur le chambranle.

— Tu as une minute ? demanda Mac.

— Il se trouve que j'en ai même plusieurs, répondit Parker en faisant pivoter son fauteuil tandis que Mac entrait, chargée de deux gros sacs en papier. Tu m'as manqué ce matin à la gym, mais je vois que tu persévères avec la musculation.

Avec un sourire fanfaron, Mac banda ses biceps.

— Pas mal, hein ?

— Musclée tout en finesse. Bravo, Elliott. Tu auras des bras sensationnels pour ton mariage.

Mac se laissa tomber dans un fauteuil.

— Je dois faire honneur à la robe que tu m'as dénichée. Écoute, j'avais juré de ne pas me métamorphoser en mariée foldingue ou pleurnicharde ou toute autre variante de mariée pénible, mais la date approche, et j'ai juste besoin d'être rassurée par la déesse des organisatrices de mariages.

— Ne t'inquiète pas, tout sera parfait.

— J'ai encore changé d'avis pour la première danse.

— Aucune importance. Tu peux jusqu'au compte à rebours.

— Mais c'est symptomatique, Parker. Je n'arrive pas à me décider, même pour une chanson toute bête.

— Mais essentielle.

— Carter prend des leçons de danse ?

Parker écarquilla les yeux.

— Pourquoi me poses-tu la question ?

— Je le savais ! Oh, c'est vraiment trop mignon ! Tu l'as convaincu de prendre des cours pour qu'il ne m'écrabouille pas les orteils lors de l'ouverture du bal.

— C'est lui qui m'a demandé de m'en occuper. C'est une surprise, alors ne la gâche pas.

Mac haussa les épaules, puis lâcha un soupir ravi.

— Ça me fait littéralement fondre. Voilà peut-être pourquoi je suis une vraie girouette en ce moment. Enfin bref, trêve de sentimentalité. J'avais une séance photos en extérieur cet après-midi. Tu sais, les portraits de fiançailles.

— Comment ça s'est passé ?

— Impec. Ils étaient si mignons tous les deux que je les aurais bien mariés sur-le-champ. Et puis, sur la route du retour, j'ai fait une grosse bêtise. Je me suis arrêtée à *Nordstrom*, au rayon chaussures.

— Ce que j'avais déjà habilement deviné en voyant tes sacs.

— J'en ai acheté dix paires. Je vais rapporter la plupart, mais...

— Pourquoi donc ?

Mac plissa le front.

— N'encourage pas ma folie, s'il te plaît. Une fois de plus, je n'ai pas réussi à me décider. Si tu te souviens bien, j'ai déjà acheté mes chaussures de mariage. Chaussures qu'on trouvait toutes parfaites, n'est-ce pas ?

— Époustouflantes et parfaites.

— Précisément. Alors explique-moi pourquoi j'en ai acheté quatre autres paires ?

— Tu viens de dire dix.

— Les six autres sont pour la lune de miel – enfin, quatre. J'avais vraiment besoin de nouvelles chaussures pour le boulot, et le modèle était si mignon que j'en ai pris une paire en cuivré et une autre en vert menthe. Mais c'est sans importance.

— Montre.

— D'abord celles pour le mariage. Et tu ne dis rien jusqu'à ce que je les aie toutes sorties, ordonna Mac. Tu restes impassible, comme au poker, d'accord ? Muette et imperturbable.

— Je me tourne vers mon ordinateur. Préviens-moi quand tu es prête.

— C'est ça, bosse, marmonna Mac qui s'affaira avec ses boîtes.

Parker ignora les bruissements de papier de soie ponctués de soupirs jusqu'à ce que son amie lui donne le feu vert.

29

Elle se retourna, et passa en revue les chaussures alignées. Elle se leva, s'en approcha, reprit son examen. L'expression indéchiffrable, elle en souleva une sans un mot, l'étudia sous toutes les coutures, la reposa et passa à la suivante.

— Tu me tues, s'impatienta Mac qui trépignait presque.

— Silence.

Parker alla chercher dans une armoire de classement une chemise cartonnée d'où elle sortit la photo que Mac avait prise de sa robe de mariée. Le cliché à la main, elle examina à nouveau la sélection de chaussures et hocha la tête.

— Oui, sans hésitation, déclara-t-elle en s'emparant d'une paire. Tu serais folle de ne pas porter celles-ci.

— Vraiment ? s'écria Mac qui claqua des mains et les garda jointes. Ce sont justement celles que j'avais choisies ! Mais je n'ai pas pu m'empêcher de tourner autour du pot. Regarde-moi ces merveilles. Les talons scintillent, et la lanière de cheville est si sexy – mais pas trop, n'est-ce pas ?

— L'équilibre parfait entre le brillant, le sexy et le sophistiqué. À ta place, je rapporterais toutes les autres.

— Mais...

— Je les rapporterais parce que tu viens de trouver LA chaussure de mariage et que tu dois t'y tenir. Je te conseille d'éliminer les autres de ta vue et d'éviter toute boutique de chaussures jusqu'au mariage.

— Tu es la sagesse incarnée.

Parker inclina la tête de côté.

— N'est-ce pas ? Et à ce titre, je crois que cette paire-là pourrait très bien être LA chaussure de mariage d'Emma. Je vais changer la taille et nous verrons bien.

— Et tu marques encore des points côté sagesse, commenta Mac qui prit la paire désignée par Parker.

Plus romantique, plus princesse. Génial. Pff, je suis épuisée.

— Laisse-moi les chaussures de mariage et reprends les autres paires. Oh, et vérifie ton agenda quand tu seras chez toi ! J'ai ajouté des consultations.

— Combien ?

— Sur les cinq visites que j'ai faites aujourd'hui, nous avons décroché trois consultations plénières. Une cliente potentielle veut en discuter avec son père – qui paie la facture – et une autre se renseigne encore à droite et à gauche.

— Trois sur cinq ? s'exclama Mac qui brandit les poings en signe de victoire. Waouh !

— Je mise sur quatre, parce que la fille à papa nous veut vraiment. Quant à la numéro cinq, la future mariée n'est tout simplement pas prête à prendre sa décision. Sa mère penche en notre faveur, ce qui selon moi n'est pas un avantage dans le cas présent. Nous verrons bien.

— Eh bien, je suis sur un petit nuage. Trois plénières, et j'ai déniché les chaussures idéales pour mon mariage. Je vais rentrer donner un gros baiser à mon homme, et il ne saura pas que c'est parce qu'il prend des cours de danse. Merci, Parker. À plus !

Se rasseyant à son bureau, Parker contempla les chaussures d'un air pensif. Elle songea à Mac, qui courait rejoindre Carter. À Laurel, qui accueillerait Del à son retour de Chicago après une conférence de deux jours. Et à Emma, qui sirotait peut-être en ce moment même un verre de vin avec Jack dans son petit patio, songeant aux compositions florales pour son propre mariage.

Puis elle pivota vers son écran. Elle avait son travail. Un métier qu'elle adorait. Et en cet instant, c'était tout ce qui comptait.

Son BlackBerry sonna. Elle jeta un coup d'œil à l'écran : il s'agissait d'une de ses clientes.

— Je t'aurai toujours, toi, murmura-t-elle à l'appareil avant de prendre la communication. Bonjour, Brenna. Que puis-je pour vous ?

2

Parker se rendit au magasin pour régler la question des chaussures et, du fait de son emploi du temps serré, ne s'accorda qu'une paire pour elle-même. À midi, elle déjeuna avec une cliente, la tante favorite de celle-ci – qui la conduirait à l'autel – et sa demoiselle d'honneur, afin de discuter des cadeaux personnalisés pour les invités, de la musique et – coïncidence – des chaussures.

Puis elle fit un saut à la boutique de robes de mariée où, à la demande d'une autre cliente, elle assista à son dernier essayage, plus ceux de sa suite, et donna son avis sur les retouches et les coiffures, avant d'y rencontrer une autre future mariée avec sa famille pour méditer longuement sur le choix des tissus. Elle fila ensuite au *Coffee Talk* pour un bref rendez-vous avec Sherry Maguire, la charmante sœur de Carter dont le mariage était imminent.

— Diane est une emmerdeuse, fulmina la jeune femme avec une moue boudeuse, le menton calé sur le poing.

— C'est ton mariage, pas celui de ta sœur.

— Je sais, je sais, mais n'empêche, c'est une rabat-joie. Une empêcheuse de faire la fête en rond.

— Sherry, dans moins de deux semaines, tu vas épouser l'élu de ton cœur, exact ?

Les yeux bleus de Sherry s'illuminèrent.

— Et comment !

— Cette journée a été pensée dans ses moindres détails afin de te rendre heureuse et de célébrer cet amour, exact ?

— Mon Dieu, c'est vrai ! Vous avez fait un travail extraordinaire, toutes les quatre.

— Alors, sois heureuse et savoure. Et si ta sœur fait sa grincheuse, c'est son problème.

— C'est exactement ce que dit Nick, admit Sherry qui passa les doigts dans ses cheveux blonds comme les blés. Ma mère aussi. N'empêche… Figure-toi qu'elle s'est mis en tête de ne pas assister à la répétition.

« Une emmerdeuse, en effet », songea Parker, qui se contenta pourtant de n'afficher qu'une compassion bon enfant.

— J'en suis désolée pour toi. En quel honneur, ce refus ?

— Elle prétend qu'elle se sent exclue du mariage. En fait, c'est elle qui n'a pas voulu y participer. Je lui ai demandé d'être ma dame d'honneur, mais elle a refusé. Elle ne comprenait pas pourquoi je me cassais la tête à vouloir une dame *et* une demoiselle d'honneur.

— Ta sœur et ta meilleure amie.

— Précisément.

Sherry abattit le poing sur la table, puis planta sa petite cuillère dans la crème fouettée de son café viennois.

— Et maintenant, elle ne voit pas pourquoi elle prendrait une baby-sitter pour venir au dîner. Je lui ai rappelé que les enfants étaient aussi les bienvenus, ce à quoi elle m'a répliqué qu'elle n'avait aucune envie de se les coltiner à la fois pour la répétition et le jour du mariage. Trop stimulant pour eux, trop épuisant pour elle. Je lui ai proposé de payer la baby-sitter, histoire que Sam et elle puissent profiter de la soirée. Du coup, elle s'est vexée et elle fait la tête. Je ne peux pas gagner à tous les coups.

— Alors arrête d'essayer.

— Mais c'est ma sœur, Parker. C'est mon mariage, objecta Sherry, les yeux humides et la voix chevrotante.

Depuis le début, Sherry s'était montrée la future mariée la plus joyeuse, adorable et souple qu'une organisatrice de mariage puisse rêver. Elle ne méritait pas cette contrariété.

— Je lui parlerai.

— Mais...

Parker posa une main rassurante sur la sienne.

— Fais-moi confiance.

Sherry inspira un grand coup, puis, ravalant ses larmes, lâcha l'air bloqué dans ses poumons.

— D'accord. Désolée, je suis une idiote.

— Bien sûr que non, lui assura Parker en lui pressant les doigts. Des idiots, j'en connais pas mal, et tu ne corresponds pas du tout au profil. Alors fais-moi plaisir, oublie tout ça pour l'instant et concentre-toi sur le positif. Sur tout ce bonheur qui t'attend.

— Tu as raison. Je savais que tu me remonterais le moral.

— Je suis là pour ça.

Sous la table, Parker glissa un coup d'œil discret à sa montre. Il lui restait encore dix minutes.

— Bon, tu es prête à attaquer les séances au spa et à l'institut de beauté, plus le dernier essayage ?

Les dix minutes s'étirèrent jusqu'au quart d'heure, mais elle avait compté une marge pour le trajet de retour avant le rendez-vous du début de soirée. Même la pluie qui crépitait sur le macadam tandis qu'elle regagnait sa voiture ne l'inquiétait pas.

35

Il lui restait largement le temps de rentrer se refaire une beauté avant de rassembler ses dossiers, vérifier les rafraîchissements et passer en revue avec ses associées les informations concernant les clients. Mais pour gagner du temps, elle brancha son portable sur le kit mains libres et appela Laurel.

— Pâtisserie de *Vœux de Bonheur*, Laurel McBane à votre service.

— C'est moi. Je suis en route. Tout est prêt ?

— Café, thé, champagne, un assortiment de hors-d'œuvre simples mais fabuleux, des chocolats maison. Emma a déjà changé les fleurs. Nous sommes toutes munies de nos catalogues – ou ce sera le cas d'ici peu. Dis donc, c'est le tonnerre que j'entends ?

— Oui, l'orage vient juste d'éclater, répondit Parker en levant les yeux vers le ciel qui s'obscurcissait à vue d'œil. Je serai à la maison d'ici une vingtaine de minutes. À tout de suite.

D'imposants cumulonimbus s'amoncelaient au-dessus de sa tête en un bouillonnement menaçant. Elle aurait davantage apprécié ce déchaînement des éléments si elle avait été chez elle, à l'abri. « J'y serai bientôt », se rassura-t-elle.

Elle ralentit tandis que la pluie commençait à fouetter le pare-brise. La route se déroulait sous ses yeux comme dans un brouillard derrière le ballet incessant des essuie-glaces. Tout arriva très vite.

L'animal – un gros chien ou peut-être un chevreuil – traversa la chaussée en courant. La voiture qui venait en sens inverse fit une embardée pour l'éviter. Parker lâcha l'accélérateur et actionna le frein par à-coups. À son grand soulagement, l'animal quitta la route indemne.

Mais l'autre véhicule redressa trop brutalement sa trajectoire et fonça droit sur elle. Le cœur de Parker fit un bond et elle n'eut d'autre choix que de braquer abruptement pour éviter la collision. Elle dérapa sur la chaussée glissante et monta sur l'accotement, tandis que l'arrière chassait en zigzag. La voiture d'en face la frôla au risque de la percuter.

Et s'éloigna sans même ralentir.

Les mains crispées sur le volant, les genoux tremblant au rythme des battements affolés de son cœur, Parker demeura tétanisée sur son siège.

— Ça va, je n'ai rien, lâcha-t-elle dans un souffle. Je suis entière.

Comme elle entendait le rester, elle décida de se garer correctement et d'attendre que ses tremblements cessent. Un autre véhicule pouvait survenir à tout moment et la heurter par le travers.

Elle remit le contact, mais après un violent cahot, la voiture s'immobilisa de nouveau.

« Un pneu crevé, devina Parker qui ferma les yeux avec lassitude. Génial. »

Elle attrapa son parapluie pliant dans la boîte à gants et sortit faire un état des lieux.

— C'est pas vrai, bougonna-t-elle.

Elle avait *deux* pneus à plat. Excédée, elle leva les yeux au ciel qui, nota-t-elle avec amertume, était déjà en train de s'éclaircir.

Vu les circonstances, la pâle ébauche d'arc-en-ciel qui luisait timidement dans un rayon de soleil dérisoire lui apparut comme une insulte personnelle.

Elle serait en retard au rendez-vous, c'était quasiment sûr, mais au moins n'arriverait-elle pas trempée.

« Reste positive », s'encouragea-t-elle.

Elle remonta dans sa voiture et appela une dépanneuse. Ses mains tremblaient toujours, aussi choisit-elle d'attendre quelques minutes avant de prévenir ses associées.

Elle leur dirait juste qu'elle avait un pneu à plat, décréta-t-elle, et attendrait le garagiste. Elle aurait été tout à fait capable de changer une roue elle-même, mais n'avait que celle de secours.

La main plaquée sur l'estomac, elle extirpa avec le pouce un Mentos du rouleau qu'elle avait toujours dans son sac.

Avec un peu de chance, la dépanneuse serait là d'ici une trentaine de minutes. Puis le garagiste la reconduirait chez elle, ou bien elle appellerait un taxi. Elle n'allait sûrement pas demander à l'une de ses amies de venir la chercher. Pas question qu'elle voie la voiture.

Pas juste avant un rendez-vous important.

Elle opta pour le taxi. Si elle téléphonait maintenant, il arriverait à peu près en même temps que le garagiste. C'était la meilleure solution. Si seulement elle cessait enfin de trembler comme une feuille, elle pourrait reprendre le contrôle de la situation.

Parker entendit le vrombissement d'un moteur et jeta un coup d'œil dans le rétroviseur. Un moteur qui ralentissait, réalisa-t-elle. Une moto qui avait largement la place de la contourner.

L'engin se gara derrière sa voiture.

Un bon Samaritain, songea-t-elle. Tout le monde n'était pas aussi négligent que le chauffard de tout à l'heure. Elle ouvrit sa portière et descendit pour annoncer au motard qu'elle avait déjà prévenu les secours.

L'homme enlevait son casque, et elle reconnut Malcolm Kavanaugh.

De mieux en mieux. Voici qu'elle allait être « secourue » par l'ami de son frère, leur garagiste actuel. Un homme qui l'agaçait plus souvent qu'à son tour.

Elle le regarda évaluer les dégâts, tandis que la petite pluie fine qui continuait de tomber mouillait ses cheveux bruns en bataille. Son jean était déchiré au genou et maculé de taches de graisse sur les cuisses. Son blouson de cuir sur un tee-shirt noir parachevait son allure de mauvais garçon rebelle. Et depuis les dernières vacances à Southampton, elle savait qu'il avait une musculature d'athlète.

Et des yeux verts capables de pousser une femme au péché, se rappela-t-elle lorsque leurs regards se croisèrent. Plus d'un, même.

— Tu n'as rien ? s'enquit-il.

— Non.

Il la détailla longuement, comme pour s'en assurer lui-même.

— Ton airbag ne s'est pas déclenché.

— Je ne roulais pas si vite. Je n'ai heurté aucun obstacle. J'ai juste évité une collision avec un abruti qui a fait une embardée pour éviter un animal avant de me foncer dessus. J'ai braqué vers l'accotement et...

— Où est-il ? coupa-t-il. L'autre conducteur ?

— Il n'a pas pris la peine de s'arrêter. Comment peut-on se conduire ainsi, franchement ?

Sans un mot, Malcolm s'approcha de la voiture, tendit la main et s'empara de la petite bouteille d'eau dans le porte-gobelet.

— Assieds-toi, et bois un peu d'eau.

— Ça va, je n'ai rien. Je suis juste furax. Hyper furax.

Il lui donna une pichenette sur l'épaule et elle s'assit sur le siège du conducteur en face de lui.

— Comment est ta roue de secours ?

— Neuve, je ne l'ai jamais utilisée. J'avais changé tous les pneus l'hiver dernier. Quelle barbe !

— Tu vas devoir en acheter deux nouveaux.

Il s'accroupit devant elle et ses yeux d'un vert émeraude envoûtant se retrouvèrent à hauteur des siens.

Il fallut un moment à Parker pour réaliser que ce geste ainsi que son ton décontracté avaient sans doute pour but de la détendre. Comme cela semblait faire effet, elle lui en fut reconnaissante.

— Nous trouverons le même modèle que les tiens, poursuivit Malcolm. Pendant que j'y suis, je jetterai un coup d'œil au reste.

— D'accord, comme tu veux, répondit Parker.

Elle but un peu d'eau et se rendit compte qu'elle avait la gorge aussi sèche que du carton.

— Merci, reprit-elle. Je suis vraiment...

— Hyper furax, acheva-t-il à sa place en se redressant. Je te comprends.

— Et je vais être en retard. Je déteste cela. J'ai un rendez-vous important avec les autres à la maison dans, bon sang, vingt minutes ! Il faut que j'appelle un taxi.

— Pas besoin.

Malcolm pivota comme la dépanneuse approchait.

— Ils ont fait vite, commenta Parker. Et toi aussi. Je ne m'attendais pas...

Elle marqua un temps d'arrêt, tandis que son cerveau recommençait à fonctionner.

— Tu passais par hasard sur cette route ?

— Je suis venu dès que le garage a reçu ton appel. Tu n'as pas prévenu la police ?

— Je n'ai pas eu le temps de relever la plaque, ni même la marque du véhicule, répondit-elle avec amertume. C'est arrivé si vite. Il pleuvait et...

— Ç'aurait été une perte de temps. Bill va quand même prendre quelques photos et signaler l'accident.

Parker pressa sa paume contre son front.

— D'accord. Merci. Sincèrement. Je suis un peu secouée, j'ai l'impression.

— C'est la première fois que je te vois dans cet état. Attends une seconde, je reviens.

Malcolm se dirigea vers le camion et, tandis qu'il parlait au conducteur, elle but à petites gorgées, s'efforçant de se calmer. Tout allait bien. Le dépanneur allait la raccompagner et elle ne serait même pas en retard. Dix minutes de trajet, cinq pour se rafraîchir. Elle servirait aux autres son histoire de crevaison.

Tout allait bien.

Elle tourna la tête quand Malcolm la rejoignit.

— Tiens, fit-il en lui tendant un casque de moto rouge.

— Pardon ?

— La sécurité avant tout, Belles Gambettes.

Il le lui glissa lui-même sur la tête, puis la contempla avec un sourire en coin, limite narquois.

— Mignonne.

Parker écarquilla les yeux.

— Quoi ? Si tu t'imagines que je vais monter sur cet engin...

— Tu veux arriver à l'heure à ta réunion ? Sauvegarder ta réputation de Mlle Ponctualité et Efficacité ? La pluie s'est arrêtée. Tu ne seras même pas mouillée.

Il se pencha de nouveau dans l'habitacle, mais cette fois leurs corps se heurtèrent. Il en ressortit son sac à main.

— Tu auras aussi besoin de ça. Allons-y.

— Le dépanneur... il ne peut pas juste me déposer ?

Malcolm fourra le sac de Parker dans le coffre, puis enfourcha sa machine.

— Tu n'as pas peur de monter à moto quand même ? Pour dix petits kilomètres à peine ?

— Bien sûr que non, voyons.

Il enfila son casque, mit le contact et fit vrombir le moteur.

— Le temps presse, insista-t-il.

— Oh, par pitié...

Mais elle réprima les paroles désagréables qui lui venaient à l'esprit et s'approcha de la moto, perchée sur ses escarpins. Les mâchoires serrées, elle réussit tant bien que mal à enjamber la selle derrière lui. Sa jupe lui remonta en haut des cuisses.

41

— Joli.

— La ferme.

Elle sentit son rire plus qu'elle ne l'entendit.

— Tu es déjà montée sur une Harley, Belles Gambettes ?

— Non, pourquoi ?

— Alors tu vas être gâtée. Accroche-toi. À moi, ajouta-t-il après un silence.

Parker posa légèrement les mains de chaque côté de sa taille.

Mais quand il fit de nouveau vrombir le moteur – et elle savait pertinemment qu'il le faisait exprès –, elle ravala sa fierté et enroula les bras autour de son torse.

Comment pouvait-on aimer conduire un engin si bruyant et dangereux ? se demanda-t-elle durant les premières secondes.

Puis elle eut l'impression de voler sur la route, et le vent doux et frais l'enveloppa comme un voile. Un délice.

« Bon d'accord, concéda-t-elle, pas mal comme sensation. » Son cœur fit un bond lorsque la moto pencha dans un virage. Une sensation quand même un peu terrifiante. À l'image d'un tour sur un grand huit, autre expérience dont elle ne niait pas le côté excitant sans la considérer pour autant comme indispensable dans la vie d'une organisatrice de mariages.

Le paysage défilait à toute allure. Elle sentait la pluie, l'herbe, le cuir du blouson de Malcolm et, comme le dit la chanson, les trépidations de la machine entre ses reins.

Sensuel, admit-elle. Voilà sûrement d'où venait la passion de certains pour la moto.

Lorsqu'il vira dans l'allée de la propriété, elle dut résister à l'envie de lever les bras en signe de victoire.

À l'instant où la moto s'arrêtait devant le perron, Del sortit de la maison.

— Salut, Malcolm.

— Salut.

— Parker, où est ta voiture ?

— J'ai eu une crevaison en route. Le dépanneur de Malcolm s'en occupe. Nous avons un rendez-vous dans moins d'un quart d'heure.

Son frère inclina la tête, un petit sourire aux lèvres.

— Toi, sur une moto ?

— Et alors ?

Elle s'efforça de descendre avec grâce, mais les talons et la jupe lui compliquaient la tâche.

Malcolm la devança, puis la souleva de la selle comme un paquet à livrer.

— Merci. Merci beaucoup. Je dois me dépêcher ou...

— Tu vas être en retard, termina-t-il à sa place en lui tendant son sac. Mais tu n'as peut-être pas besoin d'y aller avec ça...

Il déclipsa le casque et le lui ôta.

— Merci.

— Tu l'as déjà dit. Plusieurs fois.

— Ah...

Elle resta sans voix, ce qui ne lui ressemblait pas, puis tourna abruptement les talons et se dirigea vers la maison à vive allure.

— Entre donc boire une bière, entendit-elle Del lancer à Malcolm.

Et elle s'efforça de ne pas faire la grimace lorsque ce dernier répondit un « ça marche » d'un ton traînant.

Malcolm suivit son ami à l'intérieur. Il entrevit Parker qui gravissait l'imposant escalier au pas de charge. Décidément, cette fille avait des jambes superbes, se dit-il. Dignes d'une star.

Sur le seuil de ce qu'elles devaient appeler un petit salon, ses trois copines – et associées – pépiaient à qui mieux mieux.

« Beau tableau », songea-t-il.

— Crevaison, lâcha Del sans s'arrêter en guise d'explication.

La propriété des Brown avait de la classe, devait admettre Malcolm. Et cette autorité qui sied aux vieilles bâtisses élégantes. Couleurs chaleureuses, œuvres d'art qui attiraient l'œil sans en mettre plein la vue, fauteuils confortables, meubles cirés. Et des fleurs, des fleurs et encore des fleurs. Arrangées avec style.

Pourtant, il y régnait une agréable ambiance familiale. Rien à voir avec l'atmosphère confinée d'un musée dans lequel il se serait senti obligé de garder avec prudence les mains dans les poches.

Il connaissait déjà en grande partie les lieux – à l'exception des appartements privés situés à l'étage – et s'y sentait à l'aise. Mais la pièce la plus accueillante de la maison était sans conteste la cuisine de Mme Grady.

Celle-ci se détourna du fourneau sur lequel mijotait un plat au fumet divin.

— Tiens. Bonsoir, Malcolm.

— Comment allez-vous, madame Grady ?

— Bien, ma foi.

Elle haussa un sourcil quand Del sortit deux bières du réfrigérateur.

— Allez donc les boire dehors. Je ne veux pas de vous dans mes pattes.

— Oui, madame, répondirent les deux hommes en chœur.

— Je suppose que vous restez dîner, dit-elle à Malcolm.

— Vous m'invitez ?

— Je le ferai si Delaney a oublié ses bonnes manières.

— Il vient à peine d'arriver, marmonna celui-ci.

44

— Comme vos copains m'ont embobinée pour leur préparer un dîner, je ne suis pas à un couvert près. À condition de ne pas faire le difficile.

— Si c'est vous qui cuisinez, madame Grady, même une seule bouchée suffirait à mon bonheur.

— Vous avez la langue bien pendue.

— C'est ce que disent toutes les filles.

La gouvernante laissa échapper un rire sonore, puis tapota le bord du faitout avec sa cuillère en bois.

— Allez, dehors, vous deux.

Del rouvrit le réfrigérateur et prit deux bières supplémentaires. Il en fourra trois entre les mains de Malcolm et déplia son portable en sortant de la cuisine.

— Jack, Malcolm est là. Il y a des bières. Embarque Carter au passage.

Il referma son téléphone d'un claquement sec.

Il était encore en costume, remarqua Malcolm, et bien qu'il ait retiré sa cravate et déboutonné son col de chemise, il avait l'allure élégante de l'avocat d'affaires tout droit sorti de Yale. Mêmes cheveux bruns épais que sa sœur, mêmes yeux aigue-marine. Les traits de Parker étaient plus fins et plus doux, mais il fallait être aveugle pour ne pas se rendre compte qu'ils étaient frère et sœur.

Del s'assit et étira les jambes. Il était plus cool et beaucoup moins pète-sec que sa sœur, ce qui expliquait peut-être pourquoi ils étaient devenus partenaires de poker, puis amis.

— Que s'est-il passé ? lui demanda-t-il.

— À quel propos ?

— Ne me raconte pas de craques, Malcolm. Une crevaison, tu parles. Si Parker avait eu un pneu à plat, tu l'aurais changé – ou elle s'en serait chargée elle-même –, et elle ne serait pas rentrée à la maison sur ta moto.

Malcolm avala une gorgée de bière.

— C'est vrai, elle a crevé. En fait, elle a deux pneus de fichus, ajouta-t-il avec un haussement d'épaules.

Il ne mentirait pas à un ami.

— D'après ce qu'elle m'a raconté, un abruti qui venait en face a fait une embardée pour éviter un animal. Elle a été obligée de braquer sec vers l'accotement pour ne pas se faire emboutir. La route était mouillée et elle a dû surcompenser un peu. Bref, elle a fait un petit tête-à-queue qui a bousillé les deux pneus gauches. D'après les traces de dérapage, l'autre conducteur roulait trop vite – pas elle. Et il ne s'est même pas arrêté.

L'indignation se peignit sur le visage de Del.

— L'ordure ! Elle a relevé son numéro, la marque de la voiture ?

— Non, rien. Mais on ne peut pas lui en vouloir. Ç'a dû se produire en une fraction de seconde et elle était occupée à garder le contrôle de sa voiture. Je trouve qu'elle a bien assuré. Elle n'a rien percuté et n'a même pas déclenché l'airbag. Elle était juste secouée. Et furieuse. Encore plus à l'idée d'être en retard à son rendez-vous.

— Heureusement, elle n'a rien, murmura Del, comme pour lui-même. Où est-ce arrivé ?

— À une dizaine de kilomètres d'ici, sur la route de Greenwich.

— Tu passais par hasard ?

Bonjour, l'interrogatoire en règle.

— Non. Ma mère a reçu son appel et m'a prévenu aussitôt. Je suis parti en éclaireur, pendant qu'elle envoyait Bill avec la dépanneuse.

— Merci, Malcolm, j'apprécie.

Del jeta un coup d'œil par-dessus son épaule. Mme Grady sortait sur la terrasse avec une coupelle de mélange pour apéritif et une autre d'olives, qu'elle posa sur la table.

— Pour éponger un peu cette bière. Voici vos petits copains, annonça-t-elle, désignant du menton les silhouettes qui se découpaient de l'autre côté de la vaste pelouse dans le soir tombant.

Elle tapota l'épaule de Malcolm.

— Vous pouvez boire encore une bière. Nous ne mangerons pas avant une bonne heure. Et après, fini. Vous devez ramener votre monstre à deux roues à bon port.

— On pourrait d'abord aller danser, vous et moi.

— Méfiez-vous, répliqua-t-elle avec un pétillement amusé dans les yeux, je danse encore comme une pro.

Sur ce, elle rentra d'un pas tranquille. Le sourire aux lèvres, Malcolm la suivit du regard.

— Et en plus je parie que c'est vrai, commenta-t-il.

Il leva sa bière en guise de salut à l'adresse de Jack et de Carter.

— Voilà exactement le médicament dont j'ai besoin, déclara Jack Cooke, jeune architecte talentueux et ami d'université de Del, en s'emparant d'une bière.

Il portait de robustes chaussures de sécurité et un jean, et Malcolm en déduisit qu'il avait passé la journée sur un chantier.

Son allure contrastait avec celle de Carter, en chemise oxford sur pantalon à pinces. Ses lunettes de lecture dépassaient de la poche de sa chemise, et Malcolm imagina sans peine le professeur Maguire dans son nouveau bureau, occupé à corriger des copies, sa veste de tweed suspendue avec soin sur un cintre dans sa penderie.

Entre Del dans son élégant costume italien, Jack et ses boots de chantier, Carter en tenue de prof et lui-même, ils formaient une équipe pour le moins bigarrée.

S'il avait su qu'il serait invité à dîner, eh bien, il aurait changé de pantalon.

Sans doute.

Jack prit une poignée de mélange apéritif.

— Quoi de neuf ?

— Parker a fait une sortie de route pour éviter une voiture qui s'est brusquement déportée, répondit Del. Malcolm est venu à la rescousse.

Carter reposa sa bière sans y avoir touché.

— Elle n'est pas blessée au moins ?

— Elle n'a rien, le rassura Malcolm. Deux pneus foutus, rien de méchant. En échange, j'ai droit à deux bières et un dîner. Bonne affaire.

— Figure-toi qu'il a ramené Parker sur sa moto, lâcha Del.

Jack le regarda, puis fixa Malcolm, et s'esclaffa, incrédule.

— C'est une blague ?

— De deux maux, elle a choisi le moindre, expliqua Malcolm avant de fourrer une olive dans sa bouche d'un air amusé. C'était ma bécane ou être en retard à son rendez-vous.

Il avala une deuxième olive.

— Je crois que ça lui a plu. Il va falloir que je l'emmène faire une vraie balade.

Del éclata carrément de rire.

— C'est ça. Bonne chance.

— Tu ne me crois pas capable de la convaincre de remonter sur ma moto ?

— Disons que Parker n'a rien d'une motarde dans l'âme.

Malcolm réfléchit un instant tout en sirotant sa bière.

— Je te parie cent dollars que j'y arrive dans les quinze jours.

— Si tu jettes ainsi ton fric par les fenêtres, je vais devoir continuer à te payer à boire.

Jack continua de puiser dans la coupelle de mélange apéritif.

— Je n'aurai aucun scrupule à te prendre ton argent, déclara-t-il.

Malcolm lui serra la main.

— Pari tenu. Et toi, Del ?

— Je suis.

Les deux hommes officialisèrent à leur tour le pari par une poignée de main.

— Carter, tu veux en être ? s'enquit Del.

— Je ne crois pas... enfin, si, mais je mise plutôt sur Malcolm.

Celui-ci le dévisagea d'un regard pénétrant.

— Il se pourrait bien que tu sois aussi intelligent que tu en as l'air.

3

Dans l'esprit de Malcolm, le dîner typique d'un mardi ne se composait pas pour la plupart des gens d'un jambon au miel doré au four, accompagné de pommes de terre sautées avec des carottes miniatures et des asperges délicatement grillées. Pas plus qu'ils ne mangeaient aux chandelles autour d'une table ornée de fleurs fraîches et de verres en cristal.

Mais les Brown ne ressemblaient pas à la plupart des gens.

Il aurait décliné le grand cru français même sans le regard comminatoire de Mme Grady. Il avait depuis longtemps passé l'âge de siffler des verres avant de prendre sa moto.

Pour sa soirée, il avait eu le vague projet de rentrer chez lui se détendre de sa longue journée avec une séance de musculation, puis, après une douche, de buller un moment devant la télé en avalant un sandwich avec une bière.

Un programme qui lui aurait suffi.

Mais il devait admettre qu'il préférait celui-ci.

Pas seulement à cause de la nourriture – même si Mme Grady était une cuisinière hors pair. Non, il y avait aussi l'endroit, des gens qu'il aimait. De jolies filles, des mecs sympas.

Et Parker Brown, qui ne cessait de l'intriguer.

Elle possédait le physique pour les dîners aux chandelles, supposait-il. Élégante, mais pas froide, à moins de le vouloir. Sexy, mais tout en subtilité, tel un soupçon de dentelle sous un chemisier amidonné.

Et puis, il y avait sa voix : grave, un brin rauque, et changeante comme le temps, joyeuse ou guindée, chaleureuse ou glaciale. Cette voix dont elle savait jouer à la perfection.

Contrainte et forcée, Parker leur raconta par le menu l'accident évité de justesse d'un ton flegmatique ponctué d'accents de colère. S'il ne l'avait pas vue de ses yeux peu après, il aurait pu gober son numéro : à l'entendre, elle n'avait jamais vraiment été en danger, elle était juste agacée par sa propre réaction disproportionnée et par la désinvolture de l'autre conducteur.

Malgré cette comédie, les autres la bombardèrent de questions, et s'indignèrent face à l'attitude irresponsable du type en face. Malcolm lui-même faillit étouffer sous cette débauche de sollicitude. Parker dut éprouver le même soulagement que lui lorsque le sujet fut enfin abandonné.

Il aimait les écouter bavarder tous ensemble. En famille, pour ainsi dire. Tandis que le dîner traînait en longueur, les conversations allaient bon train de part et d'autre de la table. Tant mieux. Laisser parler les gens était, selon lui, la meilleure façon d'apprendre à mieux les connaître.

— Del, que comptes-tu faire de ta table de billard ? demanda soudain Jack.

La curiosité l'emporta.

— Quel est le souci avec le billard ? demanda-t-il.

— Aucun.

— Del vend sa maison pour s'installer ici, intervint Carter.

— Vraiment ? s'étonna Malcolm. Depuis quand ?

51

— Depuis peu, répondit Del tout en beurrant l'un des délicieux croissants de Mme Grady. Tu es preneur ?

— J'en ferais quoi ? Elle est assez grande pour une famille de dix personnes et leurs grands-parents de l'Iowa.

Il réfléchit un instant, puis :

— Il n'y aurait pas moyen d'acheter juste la salle de jeux ?

— J'ai bien peur que non. Mais j'ai une ou deux idées sur la question.

— Préviens-moi si tu décides de vendre les flippers.

— Où les mettrais-tu ? fit Jack. Tu as à peine la place de te retourner dans ton appart.

— Pour ces petits bijoux, je serais prêt à bazarder mon lit et à dormir par terre, assura Malcolm.

— Ah, les garçons et leurs jouets ! soupira Laurel, les yeux au ciel. Interdiction de mettre les tiens dans notre chambre, ajouta-t-elle à l'adresse de Del. Il y a des limites à ne pas franchir.

— J'avais un autre endroit en tête, répondit celui-ci avant de lancer un regard à Parker. Nous en discuterons.

— D'accord. Je pensais que tu voudrais aménager l'un des greniers, commença sa sœur, mais j'y ai jeté un coup d'œil, et je ne suis pas sûre que le plancher supporte le poids. En tout cas, pas si tu souhaites garder ton billard américain.

— Je ne pensais pas en haut, mais plutôt en bas.

— En bas ? répéta Parker. Où... par pitié, Del, pas dans une des caves.

— Combien de greniers et de caves y a-t-il dans cette maison ? chuchota Malcolm à Emma.

— Trois greniers et deux, non, trois caves si on compte l'effrayante chaufferie où les démons dévorent toutes crues d'innocentes jeunes filles.

— Cool.

— Sûrement, pour le gamin qu'était Del, assura Emma qui foudroya l'intéressé du regard par-dessus la table. Mais une fillette qui joue à la chasse au trésor pourrait être traumatisée à vie par un certain méchant garçon avec une lampe torche à ampoule rouge, une démarche traînante et un rire démoniaque.

Elle s'empara de son verre de vin en réprimant un frisson.

— Je ne peux toujours pas y descendre.

Malcolm reprit le fil de la conversation entre Parker et Del au sujet des caves. Laurel sirotait son vin, un sourire aux lèvres. Jack prit un autre croissant, tandis que Mac murmurait quelque chose à l'oreille de Carter dont le pavillon s'empourpra illico.

Intéressant.

— Écoute, fit Del, tu utilises la cave de l'aile ouest pour stocker le matériel de *Vœux de Bonheur*, n'est-ce pas ?

— Nous avons prévu d'accroître notre stock, expliqua sa sœur. Nous avons décidé d'investir dans notre propre équipement afin d'empocher le montant de la location au lieu de la sous-traiter.

— Excellente stratégie commerciale. Je suis descendu dans cette cave plus souvent qu'à mon tour pour donner un coup de main à l'occasion. Tu as assez d'espace pour un showroom.

— Ce n'est pas une question d'espace, Del. Tu peux l'avoir.

Sourcils froncés, Parker soupesait à l'évidence les options possibles.

— Nous pourrions transférer le matériel dans l'aile est, reprit-elle, mais même là...

— Ah non ! protesta Emma. C'est trop près de la gueule de l'enfer.

— Il est encore là, tu sais, articula Del d'une voix sinistre. Il t'attend.

— Je te déteste, Delaney. Frappe-le, Jack, ordonna Emma. Très fort.

— D'accord. Je peux finir mon croissant d'abord ?

— Est ou ouest, les interrompit Parker, ça n'en demeure pas moins une cave. Pour ainsi dire pas d'éclairage naturel, une hauteur sous plafond d'à peine plus de deux mètres, sols en béton brut, murs enduits et tuyaux partout.

— L'endroit idéal pour un antre de mecs. Et puis, pourquoi crois-tu que je reste pote avec ce type-là ? plaisanta Del en indiquant Jack. Pas seulement pour sa belle gueule.

— Prenez une vaste cave sinistre et réaménagez-la en ELH – « Espace de Loisirs pour Hommes », pour vous autres néophytes, intervint Jack, une lueur d'intérêt dans le regard. Oui, je peux m'en charger.

— Avec des murs de trente centimètres d'épaisseur, enchaîna Del, l'endroit pourrait être utilisé même pendant les réceptions. Personne n'entendrait rien.

Il leva son verre de vin, remua le fond, les yeux rivés sur Emma.

— De même que personne n'entendra les cris déchirants des filles déchiquetées par le cyclope démoniaque à l'œil rouge.

— Espèce d'enfoiré, marmonna Emma, la tête rentrée dans les épaules.

— Et si nous descendions jeter un coup d'œil ?

Parker dévisagea son frère avec étonnement.

— Maintenant ?

— Pourquoi pas ?

— Pas question que je descende dans ce trou ! décréta Emma.

Jack se pencha vers elle et lui entoura les épaules du bras.

— Ne crains rien, ma chérie, je te protégerai.

— Tu dis ça maintenant.

— Allez-y, les garçons, suggéra Mac en agitant son verre. Carter et moi allons finir notre vin et rentrer à la maison. Nous avons... des trucs à faire.

— Il y a encore de la tarte aux pêches, annonça Mme Grady.

Mac sourit.

— Désolée, madame Grady, mais je crois que ce soir nous mangerons le dessert chez nous. N'est-ce pas, Carter ?

Les oreilles de l'intéressé s'empourprèrent de plus belle.

— Viens, Malcolm, l'invita Del. Nous allons te faire visiter les profondeurs, histoire de se mettre en appétit pour la tarte.

Malcolm se leva à son tour et voulut débarrasser son assiette.

— Laissez la vaisselle pour l'instant, l'arrêta Mme Grady. La visite d'abord.

— D'accord. C'était le meilleur jambon que j'aie jamais mangé.

— Je vous en emballerai quelques tranches à emporter.

Il se pencha vers elle en passant à sa hauteur.

— Je vous dois une danse, lui murmura-t-il à l'oreille, provoquant un éclat de rire.

— Qu'est-ce que vous complotez, tous les deux ? voulut savoir Parker.

— Conversation privée, répondit Malcolm.

Il lui emboîta le pas dans l'escalier de service en se demandant pourquoi elle portait encore ces talons vertigineux. Quelques secondes plus tard, Del actionna une série d'interrupteurs, et la lumière crue et tremblotante des néons révéla un imposant labyrinthe.

Malcolm nota les plafonds bas, les murs bruts, les tuyaux à nu puis, lorsqu'ils débouchèrent dans un espace ouvert, les rayonnages utilitaires, les piles de tables, chaises et tabourets.

Une cave, sans aucun doute. Avec juste un petit côté sinistre amusant, mais également d'une propreté aussi irréprochable que les cuisines d'un cinq étoiles.

— Il y a des lutins qui vivent ici et sortent la nuit pour tout astiquer ou quoi ?

— Ce n'est pas parce qu'il s'agit d'un espace de stockage que ça ne doit pas être propre, répliqua Parker. Del, cet endroit est déprimant.

— Pour l'instant.

Il s'engagea dans un passage, se baissa pour éviter quelques tuyaux – avec la grâce que confère l'habitude, remarqua Malcolm – et continua de s'enfoncer dans le dédale.

— L'ancienne chaufferie, annonça-t-il, désignant du pouce une porte en bois munie d'un verrou. Où les démons aiguisent leurs crocs sur les ossements des...

— Je ne tombais déjà pas dans le panneau à huit ans, lui rappela Laurel.

— Dommage.

Del posa le bras sur ses épaules, et elle glissa le sien autour de sa taille.

Allongeant le pas, Malcolm rattrapa Parker.

— C'est immense, commenta-t-il.

— Cet endroit a connu plusieurs usages. Stockage et rangement, comme aujourd'hui. Mon arrière-grand-père y avait aussi son atelier. Il aimait bricoler et avait, paraît-il, l'habitude de se retrancher ici quand mon arrière-grand-mère lui cherchait des noises. Ils y entreposaient les conserves et les récoltes du jardin. D'après mon père, ses parents l'avaient aménagé en abri anti-aérien dans les années 1950.

La cave s'élargit de nouveau. Parker s'arrêta, les mains sur les hanches.

— Bon sang, Del, c'est sinistre ici ! On dirait des catacombes.

— Ça me plaît, déclara Jack qui fit le tour, le front plissé. Il faudrait abattre ce mur, élargir l'ouverture. Des poutres, des colonnes. Une fenêtre supplémentaire, histoire d'avoir un peu plus de lumière.

— Tu appelles ce ridicule soupirail une fenêtre ? railla Laurel.

— L'éclairage est une priorité, et il existe des solutions, expliqua Jack, la tête levée. Il faudrait dévier plusieurs conduits, ce qui donnerait davantage de hauteur sous plafond. La superficie n'est pas un souci. J'habillerais les murs, j'améliorerais l'électricité et la plomberie. De jolies toilettes par ici, un rangement de l'autre côté pour équilibrer. Si ça ne tenait qu'à moi, j'installerais une cheminée au gaz pour le chauffage et l'atmosphère. Peut-être aussi un parement en pierre ou en brique sur ce mur. Plus un carrelage au sol, avec des éléments chauffants dessous. Il faudra tenir compte des portes blindées de l'abri, prendre des mesures. Mais c'est faisable, pas de doute.

Del interrogea Parker du regard.

— Si c'est ce que tu souhaites, bien sûr, je suis d'accord, lui dit-elle.

— Tu as ton feu vert, Cooke ! lança Del.

Jack se frotta les mains.

— Génial.

— Ils vont commencer à parler murs porteurs et réseau d'assainissement, soupira Laurel en secouant la tête. Je remonte. Je suis à peine remise des travaux dans ma cuisine. L'œuvre d'un génie, précisa-t-elle à l'adresse de Jack.

— Rien que ça, s'il vous plaît.

— Je t'accompagne, dit Parker.

Elle emboîta le pas à Laurel, puis s'arrêta.

— Jack, serait-il possible d'avoir un sol chauffant dans l'espace de stockage ?

— Bien sûr, ma jolie, et plus encore.

Elle lui sourit.

— Il se peut qu'on parle.

Lorsque Malcolm remonta après que Jack lui eut dépeint en long et en large un espace jeux tout aussi fabuleux – peut-être même plus – que le petit paradis à la gloire de la testostérone dans l'actuelle maison de Del, Mme Grady, Emma, Laurel et Parker avaient déjà bien avancé la vaisselle.

Il prit Mme Grady par la main et désigna la banquette du coin repas.

— Asseyez-vous. La cuisinière ne fait pas la vaisselle. C'est une règle d'or chez les Kavanaugh.

— J'ai toujours apprécié votre mèrc.

— Moi aussi, je l'adore. Encore un peu de vin ?

— J'ai eu ma dose, mais je ne serais pas contre une tasse de thé.

— Il suffit de demander.

Malcolm secoua la bouilloire posée sur la gazinière, puis poussa Parker qui se trouvait entre l'évier et lui. Comme elle le fixait sans mot dire, il la défia du regard.

— Un problème ?

— Aucun.

— Tes cheveux sentent comme les fleurs blanches de l'arbuste qui poussait sous la fenêtre de ma chambre quand nous vivions en Floride, observa-t-il. Je reconnaîtrais ce parfum entre mille.

Il remplit la bouilloire et la posa sur le brûleur. Del et Jack arrivèrent alors qu'il prenait une pile d'assiettes des mains d'Emma.

— La barbe, bougonna Del, on est remontés trop tôt.

— Ramassez donc ce qui reste sur la table, leur suggéra Laurel. Nous sommes à court de main-d'œuvre avec Mac et Carter qui se sont éclipsés pour, entre guillemets, prendre le dessert chez eux – traduisez par baiser.

— S'ils avaient attendu une heure de plus, ils auraient eu le beurre et l'argent du beurre, fit remarquer Malcolm qui sortit une tasse et une soucoupe d'un placard.

Il réalisa peu après qu'ils avaient manqué quelque chose : la tarte aux pêches était un pur délice.

Il évalua son timing avec soin avant de se lever de table. Del et Jack étaient penchés sur des croquis griffonnés sur un bloc, et Laurel discutait recettes avec Mme Grady.

— Je dois y aller, annonça-t-il. Merci pour le dîner, madame Grady.

Del leva la tête.

— On se voit à notre soirée poker. Apporte du liquide.

— Et comment. Je compte bien repartir avec le tien.

— Transmettez mon bonjour à votre mère, fit Mme Grady. Parker, donne donc à Malcolm la boîte que j'ai mise de côté pour lui.

Encore mieux, songea celui-ci en gratifiant la gouvernante d'un grand sourire comme elle lui adressait un clin d'œil. Il suivit Parker dans la cuisine.

— On dirait que je vais manger comme un roi demain aussi, commenta-t-il en s'emparant de la boîte hermétique.

— Mme Grady a un faible pour les chiens perdus sans collier. Excuse-moi, ce n'est pas ce que je voulais dire, ajouta-t-elle aussitôt.

— Il n'y a pas de mal.

— Je te suis sincèrement reconnaissante pour ton aide ce soir. Tu m'as épargné beaucoup de retard et de complications. Je te raccompagne.

Il nota le ton formel. Celui qui ordonnait sans ambiguïté à un homme de prendre ses distances. Tandis qu'ils traversaient la maison, il se rapprocha d'elle à dessein.

— Tu peux me donner une estimation de la durée d'immobilisation de ma voiture ? reprit Parker.

Là, c'était carrément l'échange professionnel.

— Ma mère t'appellera demain pour les pneus. Tu verras avec elle. Puisque j'aurai ta voiture sous la main, je peux y jeter un coup d'œil.

— Je pensais programmer une révision le mois prochain, mais pourquoi pas, oui.

— Tu as des soucis particuliers à me signaler ?

— Non, aucun.

— Alors ça devrait aller vite.

Parker tendit la main vers la porte, mais il la devança.

— Encore merci, fit-elle. J'attends l'appel de ta mère.

Décidément, elle excellait dans la froideur calculée. Il n'aurait plus manqué qu'une poignée de main, songea Malcolm. Il posa la boîte sur une console, à côté d'un vase dans lequel trônait un bouquet de roses orangées. Parfois, il fallait agir vite, et d'autres fois, avancer son pion avec circonspection.

Il opta pour la méthode rapide et attira Parker à lui d'un geste brusque qui provoqua la collision de leurs deux corps. Le « pardon » outré dont elle le gratifia telle une institutrice de la vieille école tançant un élève indiscipliné le fit sourire. Il captura ses lèvres avec fougue.

C'était encore meilleur que la tarte aux pêches.

Sucré et juteux comme un fruit mûr, avec juste une pointe de choc pour atténuer la douceur. Il sentit les doigts de Parker se crisper sur ses épaules, leur léger tremblement pouvant trahir soit l'indignation, soit le plaisir.

Il l'avait déjà embrassée. Une fois à l'initiative de Parker elle-même, lorsqu'elle lui avait donné un baiser torride pour se venger de Del – en public, s'il vous plaît. Et l'été dernier – là, c'est lui qui avait cédé à la tentation dans la salle de gym de leur maison de vacances des Hamptons.

Et chaque baiser n'avait fait qu'aiguiser son appétit. Il en voulait plus.

Beaucoup plus.

Il ne se donna pas la peine de prendre des gants. Des types doucereux et polis, elle avait dû en connaître des tas, supposait-il, et lui, ce n'était pas son style. Alors il se fit plaisir et remonta les mains le long de son corps de déesse pour redescendre de nouveau, ravi de la sentir se laisser aller contre lui.

Lorsqu'il entendit le ronronnement grave dans sa gorge, qu'il l'eut goûté sur sa langue, il la lâcha et reprit la boîte de Mme Grady en lui adressant un sourire.

C'était la première fois qu'il voyait Parker littéralement muette de stupeur.

— À plus, Belles Gambettes.

Sur ce, il descendit les marches du perron d'un pas tranquille, rangea la boîte dans le coffre et enfila son casque. Après avoir enfourché l'engin, il démarra, puis jeta un coup d'œil vers la maison.

Sublime dans son tailleur de femme d'affaires, juste un peu décoiffée, avec cette magnifique demeure en toile de fond, Parker offrait un tableau unique.

Malcolm tapota son casque en guise de salut, puis s'éloigna dans un rugissement de moteur, cette vision aussi nette dans son esprit que le goût de leur baiser sur sa langue.

Parker recula, referma la porte, puis pivota sur ses talons. Elle sursauta en découvrant Laurel au fond du vestibule.

— Je ne dirai qu'un mot, déclara cette dernière : impressionnant.

Parker secoua la tête. Elle aurait aimé savoir quoi faire de ses mains.

— Il m'a... sauté dessus.

— Ça, c'est sûr. Au risque de me répéter : impressionnant.

— C'est un arriviste prétentieux et...

— Très, très craquant. Et je le dis alors que je suis folle amoureuse de ton frère. Je pourrais aussi ajouter, continua Laurel en s'avançant vers Parker, que je n'ai pas chastement détourné les yeux avant de m'éclipser, et qu'il m'a donc été donné de remarquer que tu n'étais pas exactement occupée à le repousser.

— Il m'a prise au dépourvu. Et puis, je ne voulais pas lui donner cette satisfaction.

— Dans ce cas, c'est raté, parce qu'il paraissait plutôt satisfait. Quant à toi, ajouta-t-elle en tapotant le bras de son amie, tu avais l'air troublée, certes, mais aussi radieuse. Sous le charme.

— N'importe quoi !

Laurel se contenta de la faire pivoter vers le grand miroir du vestibule.

— Tu disais ?

Bon d'accord, elle avait bien les joues un peu empourprées et le regard peut-être légèrement égaré, mais de là à prétendre...

— C'est l'énervement.

— Je ne vais pas te traiter de menteuse, mais, ma vieille, tu m'as tout l'air d'être en feu.

— D'accord... d'accord, il embrasse bien. Quand on apprécie le genre rugueux et arrogant.

— Ça n'avait pas l'air de te déplaire, répliqua Laurel, impitoyable.

— Pour la seule et unique raison qu'il m'a prise en traître, se défendit Parker. Et cette conversation est d'autant plus ridicule qu'il s'agit d'un non-événement. Sur ce, je monte.

— Moi aussi, je montais. Ce qui m'a donné l'occasion de me rincer l'œil pour pas un rond avec ce non-événement.

Elles gravirent les marches ensemble, mais avant de se séparer, Parker s'immobilisa sur le palier.

— Je portais ma cape répulsive.

— Pardon ?

— Je ne suis pas stupide. Il m'avait fait une petite avance dans la cuisine. En fait, j'y ai droit chaque fois que je tombe sur lui. C'est déconcertant, mais je peux gérer. Alors quand je l'ai raccompagné à la porte, je me doutais bien qu'il tenterait quelque chose.

Laurel écarquilla les yeux.

— Ta cape répulsive ? Le célèbre bouclier censé te protéger contre les hommes de tous âges, de toutes races ou obédiences politiques ?

— Celui-là même.

— Et ça ne l'a pas dissuadé. Bon sang, il est immunisé ! conclut Laurel. Tu te rends compte ? Il s'agit peut-être d'une créature unique en son genre.

— Ça n'a rien de drôle.

— Mais si c'est drôle. Et sexy aussi.

— Je ne suis nullement intéressée par une quelconque aventure drôle et sexy avec Malcolm Kavanaugh.

— Parker, si tu ne l'étais pas à un niveau ou à un autre, tu l'aurais envoyé balader d'une chiquenaude, telle une peluche sur le revers d'une veste. Il...

Laurel réfléchit au mot adéquat, puis :

— Il t'intrigue.

Parker haussa une épaule avec agacement.

— Il veut juste me mettre dans son lit.

— Évidemment qu'il veut te mettre dans son lit. Mais je ne suis pas du tout persuadée que ça s'arrête là.

63

— Il n'est pas question que je couche avec lui. Nous avons une relation professionnelle.

— Parce que c'est ton garagiste ?

— Le garagiste de *Vœux de Bonheur*, oui, et l'ami de Del.

— Parker, tes excuses sont si boiteuses que je me demande si ce qui te préoccupe, ce ne serait pas d'avoir envie de coucher avec lui.

— Coucher, coucher… Il n'y a pas que le sexe dans la vie.

— C'est toi qui as mis le sujet sur le tapis.

Coincée, admit Parker.

— Et maintenant, je le glisse gentiment dessous. J'ai trop de choses en tête pour y réfléchir maintenant de toute façon. Demain, nous avons un emploi du temps démentiel. Les cinq prochains jours, en fait.

— C'est vrai. Veux-tu que je te tienne un peu compagnie ?

Le fait qu'elle en avait envie prouvait à Parker qu'elle se faisait une montagne d'une taupinière.

— Non, je te remercie, répondit-elle. Ça va aller. J'ai un peu de travail à terminer avant de me coucher. À demain.

Parker gagna son appartement et alluma le téléviseur, histoire d'avoir une compagnie. Après avoir ôté ses escarpins, elle les examina sous toutes les coutures. Satisfaite de n'y découvrir aucune éraflure, elle les rangea à leur place attitrée dans le casier à chaussures qui couvrait un mur de son dressing. Elle mit son tailleur dans le sac à linge destiné au pressing et replaça ses bijoux dans les espaces appropriés des tiroirs prévus à cet effet.

Elle enfila une chemise de nuit, un peignoir et glissa son portable dans sa poche. Un instant, elle envisagea un long bain chaud, puis se ravisa : les longs bains chauds favorisaient la méditation et la rêverie. Et elle n'avait envie ni de l'une ni de l'autre.

Elle préféra se concentrer sur son emploi du temps du lendemain tout en se démaquillant.

Cela fait, elle contempla d'un œil froid son reflet dans la glace. Radieuse. N'importe quoi ! L'amour aveuglait Laurel. C'était monnaie courante chez les futures mariées. Elles voyaient le monde en rose.

Tant mieux pour elles. Et pour moi aussi, conclut-elle en ôtant le chouchou qui lui maintenait les cheveux. C'était bon pour les affaires.

À propos d'affaires, elle allait prendre une heure pour entrer les résultats du rendez-vous de ce soir et les premières décisions des clients.

Nombre d'invités estimés à environ deux cent vingt-cinq, se remémora-t-elle tandis qu'elle regagnait sa chambre avec l'intention de travailler sur son ordinateur portable dans le salon. Cortège nuptial de six personnes, dont une petite porteuse de fleurs qui aurait cinq ans à la date du mariage, en juin.

Fleur favorite de la mariée : la pivoine. Couleurs choisies, du moins pour l'instant : rose et vert pastel.

Changeant soudain d'avis, elle ouvrit la porte-fenêtre et sortit sur la terrasse. Elle allait d'abord prendre un peu l'air.

Douceur et délicatesse, tels étaient les souhaits de la mariée. Elle avait demandé à Parker de la retrouver à la boutique pour donner son avis sur la robe qu'elle avait choisie. Et Parker avait adoré les multiples épaisseurs de tulle vaporeux, l'éclat subtil des perles de culture, les touches discrètes de dentelle.

Couleurs pastel et pivoines, tulle vaporeux, murmures de tendres promesses… Le projet dans son ensemble prenait déjà corps dans son esprit. Elle n'avait pas son pareil pour visualiser.

Alors pourquoi cette agitation, ce trouble, cette confusion ? Elle n'avait aucune raison de rester plantée là, sur la terrasse surplombant le parc plongé dans l'obscurité, à se remémorer en boucle l'excitation inattendue que lui avait procurée une balade à moto d'à peine quelques minutes.

L'ivresse de la vitesse et du danger.

Et ce baiser aussi fougueux que déplacé dans son propre vestibule. En voilà un qui ne doutait de rien.

Ce genre d'homme ne l'intéressait pas, mais alors pas du tout. L'intriguait, tout au plus. Comme les requins qui se mouvaient dans un silence sinistre derrière les parois de leur aquarium – elle n'avait pas pour autant envie de faire trempette avec eux.

Pas très sympa comme comparaison, admit-elle tout de même avec un soupir. Pas sympa du tout.

Avec ses airs de tombeur, Malcolm n'était sans doute pas le dernier pour faire du rentre-dedans à une fille, mais il n'avait rien d'un requin. Envers Mme Grady, il avait fait preuve d'un naturel et même d'une gentillesse qui l'avaient un peu émue. Elle possédait un radar infaillible pour détecter l'hypocrisie, et chez Malcolm, elle n'en avait pas trouvé la moindre trace.

Et puis, il y avait son amitié avec Del. Un test imparable.

Le problème, s'il y en avait un, se situait donc à l'évidence de son côté à elle. Il lui suffisait donc de l'identifier et de le résoudre. Après tout, c'était son fonds de commerce.

Elle avait déjà une idée assez claire de la source dudit problème : sur un certain plan, cette curiosité saugrenue qu'il lui inspirait déclenchait une attirance.

Une attirance primaire. Purement chimique.

Laurel avait raison. Malcolm était craquant, dans le genre mauvais garçon un peu rugueux sur les bords. Et elle, eh bien, elle était une femme après tout.

66

L'odeur de cuir de son blouson, son jean déchiré, ses mains puissantes, sa bouche...

Elle pressa la main sur son ventre. C'est sûr, il ne la laissait pas indifférente. Cette attraction, elle allait devoir trouver le moyen de la désamorcer.

Comme une bombe.

Comme la bombe qui avait explosé en elle quand il l'avait plaquée contre lui. Plaquée sans ménagement, se souvint-elle. Elle n'aimait pas ces manières brusques.

N'est-ce pas ?

— Laisse tomber, marmonna-t-elle. Un problème se résout avec des réponses, pas avec davantage de questions.

Elle aurait préféré ne pas en avoir autant.

Dans sa poche le téléphone sonna. Elle s'en empara telle une naufragée se raccrochant à une bouée de sauvetage dans une mer en furie.

— Dieu merci...

Elle laissa échapper un long soupir de soulagement. Sans le moindre doute, la mariée foldingue allait lui soumettre un problème qu'elle s'emploierait à résoudre avec la plus grande efficacité. Idéal pour se changer les idées.

— Bonsoir, Sabina. Que puis-je pour vous ?

4

Armée de son BlackBerry et de son ordinateur portable, Parker attendait ses associées pour la réunion du matin. Elle avait pris place à la grande table ronde dans l'ancienne bibliothèque qui faisait aujourd'hui office de salle de conférences.

Les rayonnages couverts de livres étaient toujours là et le riche parfum du cuir flottait dans la pièce. Aussi loin que remontaient ses souvenirs, une belle flambée crépitait toujours dans la cheminée par les froides matinées d'hiver ou même d'automne. Le confortable et chaleureux coin salon était éclairé par une collection de jolies lampes ayant appartenu à sa grand-mère. Les tapis un peu fanés et élimés par le temps et l'usage dataient de la génération précédente. Plusieurs articles encadrés sur *Vœux de Bonheur* et ses fondatrices étaient disposés avec art sur l'un des murs.

Sur un long buffet ancien trônait le service à café en argent de sa mère, impeccablement astiqué. Les portes en chêne ouvragées dissimulaient un minibar contenant un stock de bouteilles d'eau, de sodas et de jus de fruits.

Aux yeux de Parker, cette pièce incarnait à la perfection l'harmonie idéale entre tradition et entreprise, un décor à la fois chaleureux et fonctionnel indispensable à la bonne marche de l'agence.

Elle vérifia l'agenda du jour : rendez-vous en matinée, fête entre amies en l'honneur d'une future mariée, et répétition pour le mariage du vendredi soir. Son portable sonna à l'instant où Mac entrait avec un panier de muffins.

— Laurel arrive, annonça-t-elle. Emma assure qu'elle n'est pas en retard.

Hochement de tête de Parker.

— La mariée de vendredi soir, dit-elle avant de décrocher. Bonjour, Cecily. Prête pour le grand jour ?

Parker opina du chef lorsque Mac leva la verseuse au-dessus de sa tasse.

— Hmm. Quelle charmante attention. Oui, bien sûr, nous pouvons. Mais absolument, ajouta-t-elle avant de s'autoriser une légère grimace. C'est incroyablement généreux de votre part, à Marcus et à vous. J'imagine que vous devez l'être, répondit-elle. Écoutez, je réfléchis tout en vous parlant, et je suis en train de me demander si un gâteau en plus de la pièce montée et du gâteau du marié ne serait pas exagéré. Pas tout à fait aussi exceptionnel que vous le souhaiteriez. Pourquoi pas un cupcake ? En forme de cœur, décoré d'un glaçage élaboré avec leurs prénoms. On le placerait devant eux sur la table d'honneur. Un présent à leur seule intention.

Tout en écoutant la réponse, Parker pianotait d'une main sur le clavier de son ordinateur.

— Faites-moi confiance, Laurel vous confectionnera une création à la fois superbe et originale.

Parker adressa un grand sourire à Laurel lorsque celle-ci, qui venait juste d'entrer, fronça les sourcils.

— Quelle est la fleur préférée de votre sœur ? demanda-t-elle à sa correspondante. Le dahlia. Très joli. Mais bien sûr, il peut s'il en a envie. Je me tiendrai à sa disposition pour en discuter s'il lui est possible d'arriver avec quelques minutes d'avance ce soir. Oui, nous aussi, nous avons hâte. Pas un mot, c'est promis. À ce soir.

— Quelle création superbe et originale suis-je censée confectionner ? s'inquiéta Laurel.

— Un cupcake. Un seul, rassure-toi, précisa Parker. En forme de cœur. Peut-être un peu plus grand que la normale pour davantage d'effet. Peut-être aussi avec un glaçage en forme de dahlia, et les prénoms Griff et Jacy inscrits au centre – le frère du marié de vendredi soir et la sœur de la mariée, qui sont aussi garçon et demoiselle d'honneur. Ils se fréquentent depuis environ six mois et Griff a l'intention de faire sa demande dans la foulée de son toast aux nouveaux époux.

— Quelle drôle d'idée, commenta Mac.

— Tu trouves aussi ? répondit Parker. Sans doute parce qu'il est fou amoureux, qu'il veut mettre en parallèle ses sentiments avec ceux de son frère pour sa future belle-sœur. Il leur a d'abord posé la question et ils *adorent* cette idée. Ils en pleurent même de joie. Figure-toi qu'elle voulait un gâteau supplémentaire, annonça-t-elle à Laurel avec un regard d'acier. Heureusement, j'ai réussi à la convaincre de se limiter à un cupcake. Tu me dois une fière chandelle.

— J'ai manqué quelque chose ? demanda Emma en faisant irruption dans la pièce. Ouf, je ne suis pas en retard !

— Tu l'es, répliqua Mac. Il y a de l'amour dans l'air, voilà ce que tu as manqué.

— Ah oui ? De l'amour dans l'air, il y en a tout le temps ici, de toute façon.

— Nouveau contrat en vue, lui annonça Parker. Juste pour que tu sois au courant...

Elle lui résuma le dernier appel et, comme elle s'y attendait, les yeux d'Emma s'embuèrent.

— C'est trop mignon.

— Ça ne le sera pas si elle dit non, observa Laurel.

— Elle ne ferait pas une chose pareille, objecta Emma, qui ajouta, alarmée : Mon Dieu, tu as raison, si elle dit vraiment non ?

— On va les garder tous les deux à l'œil ce soir, suggéra Parker. Histoire de tâter le terrain. Si ça sent le roussi, on décidera d'un plan de repli. Bon, la suite. La fête de cet après-midi. Arrivée des invitées prévue à 14 heures.

— Élégance, champagne, enchaîna Laurel. C'est le thème retenu par la demoiselle d'honneur hyper snob de la future mariée. Il y a une pièce montée à échelle réduite, un vaste assortiment de petits fours, mignardises et chocolats. Le traiteur fournit le buffet, le champagne, le café et le thé. En cadeau souvenir pour les invitées, nous avons prévu des chocolats dans une petite boîte blanche brillante avec un ruban argenté imprimé au monogramme de la future mariée, agrémenté d'une petite pince à cheveux scintillante.

— J'ai choisi des roses blanches, comme convenu, intervint Emma avant d'avaler une gorgée de café. Bouquets contemporains individuels dans des vases noirs pour chaque table. En ce moment même, Tink termine la tonnelle et la pergola. Nous ajouterons au dernier moment des compositions de roses blanches dans les vasques du porche et sur les terrasses.

— Il a été demandé aux invitées de s'habiller en blanc, rappela Parker à ses associées. Nous serons en noir, tout comme les extras et le trio à cordes qui jouera pendant le cocktail. La météo prévoit un temps ensoleillé avec un vent faible et une température maximale de vingt-deux degrés. La réception devrait donc avoir lieu dehors, comme prévu. La table des cadeaux sera dressée sous la pergola. À 15 heures, nous installerons le fauteuil de la mariée, et à 15 h 15, ouverture des cadeaux. J'établirai la liste de qui a offert quoi. À 16 h 15, transfert des paquets dans la limousine, et à 16 h 45, bye-bye tout le monde. Mac ?

— La demoiselle d'honneur veut une série d'instantanés – en fait, elle entend par là des portraits étudiés avec soin où tout le monde, surtout elle, a l'air superbe, heureux et naturel avec, en prime, cinq kilos de moins. Elle m'a demandé un cliché de la mariée avec chaque cadeau et chaque invitée. Pas de problème de mon côté.

— L'arrivée des familles Mason-Easterbay est prévue à 17 h 30 pour la répétition. Ils ont des réservations au *Carlotta* pour 19 h 30 et devront donc partir à 19 heures. Un problème à ce sujet ?

Devant les signes de tête négatifs, Parker poursuivit.

— Questions, commentaires ou remarques sarcastiques sur ce mariage ?

— Si j'avais su qu'il y avait un créneau pour les remarques sarcastiques, je me serais préparée, plaisanta Laurel.

— Sinon, aujourd'hui : il se peut que j'aie besoin de me faire conduire au garage pour récupérer ma voiture. Ou j'irai en taxi si tout le monde est occupé. En principe, j'en saurai davantage ce matin : Mme Kavanaugh doit m'appeler. J'ai un rendez-vous ici à 10 heures. Avec Diane, la sœur de Carter, précisa-t-elle après une pause.

— Pour quelle raison ? voulut savoir Mac.

— Parce que c'est une peste. Désolée, je ne devrais pas traiter ta future belle-sœur de peste. Du moins pas ouvertement.

— Pas de problème. Elle a un côté peste, c'est vrai. Le genre passive-agressive qui me donne envie de lui botter le train. Souvent.

— Le ciel n'est jamais assez bleu pour Diane, commenta Emma.

Sa famille et les Maguire étaient amis depuis des années.

— Qu'a-t-elle fait ? s'enquit Laurel.

— De la peine à Sherry. En gros, elle refuse d'assister au mariage parce que c'est trop de complications pour elle.

— Elle fait des histoires depuis le début, renchérit Mac avec un haussement d'épaules. J'ai déjà eu droit à quelques allusions. Au sujet du mien aussi, d'ailleurs. Sœur ou pas sœur, qui a envie d'une fille aussi pénible à son mariage ?

— Maintenant, elle nous fait la totale. C'est *niet* pour tout : pas de répétition, pas de mariage, pas de baby-sitter, pas envie de venir avec les enfants et de s'en occuper. Si ça ne dépendait que de moi, je dirais « d'accord, on laisse tomber », mais Sherry tient à ce qu'elle vienne. Alors, elle viendra, conclut Parker avec un éclat guerrier dans le regard.

— Botte-lui les fesses, championne.

Parker sourit à Laurel.

— Compte sur moi. Une fois que ce problème sera réglé, je serai disponible en fonction des besoins jusqu'au moment d'aller récupérer ma voiture.

— Tu vas peut-être encore avoir droit à de gros mamours.

— Laurel !

— Quoi ? fit celle-ci. Tu n'imagines quand même pas que je vais garder ça pour moi ?

Elle sourit comme Mac et Emma exigeaient des détails en chœur.

— Malcolm Kavanaugh, dans le vestibule, une étreinte torride.

Mac agita les sourcils.

— Tiens donc…

— Il n'y a pas de « tiens donc » qui vaille, protesta Parker d'un ton faussement dédaigneux, bien décidée à passer au plus vite à autre chose. Il m'a fait son petit numéro, c'est tout.

— Il sait s'y prendre, commenta Laurel. J'ai été pour ainsi dire soufflée par la vague de chaleur, et j'étais à au moins cinq mètres.

— Vous allez vous voir ? s'enquit Emma.

— À un moment ou un autre, sans doute, quand j'irai chercher ma voiture.

— Arrête ! Je veux dire, sortir ensemble ?

— Non. C'était juste… Il faisait son malin, c'est tout.

— C'est toi qui l'as embrassé la première, lui rappela Emma qui agita l'index. Le 4 juillet.

— J'étais furieuse contre Del, et c'était une erreur. Et puis, ça ne veut pas dire…

La sonnerie de son portable retentit. Elle s'empressa de prendre la communication.

— Sauvée par le providentiel BlackBerry, lâcha Mac.

— Bonjour, Buffy, dit Parker, qui en profita pour se lever et quitter la pièce, son téléphone collé à l'oreille.

— Ils en pincent grave l'un pour l'autre, déclara Laurel de but en blanc. Je suis sûre de mon fait.

— Il n'arrête pas de la regarder. Laisse tomber ce petit sourire narquois tout de suite, ordonna Emma, l'index braqué sur Mac. Il la regarde tout le temps. Et elle, elle fait de son mieux pour éviter son regard. Ils en pincent grave l'un pour l'autre, je confirme.

— Je trouve qu'il a un petit côté James Dean, observa Laurel.

— Le fabricant de saucisses ? demanda Mac avec un froncement de sourcils.

— Par pitié, Mackensie, soupira Laurel, les yeux au ciel. Pas Jimmy Dean. James. Le beau gosse rebelle.

— Notre Parker n'est pas du genre facile à déstabiliser, ce qui fait d'ailleurs tout son charme, souligna Emma. L'idée qu'il la trouble m'amuse plutôt.

— Un point supplémentaire en sa faveur : ce n'est pas un baratineur, conclut Laurel avant de se lever. Nous verrons bien où mènera cette histoire – si tant est qu'elle mène quelque part. Dans l'intervalle, le devoir nous appelle.

Elle s'immobilisa sur le seuil.

— Eh, vous savez ce que Parker a dit après ce baiser brûlant ?

— Quoi ? demanda Mac.

— Absolument rien.

Si Parker était restée muette comme une carpe lors de la réunion avec ses associées, elle fut beaucoup plus loquace avec la sœur aînée de Carter.

Elle l'accueillit elle-même à la porte, les mains tendues, un sourire radieux aux lèvres.

— Diane, quel plaisir de vous voir ! Merci de m'accorder un peu de votre temps. Comment vont les enfants ?

— Bien.

— Mac m'a appris qu'ils avaient eu un chiot récemment.

À dessein, elle glissa le bras sous celui de Diane tandis qu'elle l'entraînait au salon, en bonne copine qui s'apprête à échanger les dernières nouvelles.

— Mon père a réussi à m'amadouer. Mais, bien sûr, ce n'est pas lui qui s'en occupe.

— Toujours le même scénario, n'est-ce pas ? commenta Parker d'un ton joyeux. Je connais une excellente éducatrice canine si vous êtes intéressée. Elle organise des stages avec les enfants pour les impliquer dans le processus. Un café ?

— Je limite la caféine.

— J'en bois beaucoup trop moi aussi. Nous avons un délicieux thé vert. D'après Carter, c'est votre préféré.

Diane lui jeta un regard étonné.

— Il a dit cela ?

— Surprenant, n'est-ce pas, ce que nos frères remarquent et retiennent ? Asseyons-nous. Vous êtes tout bonnement sublime, Diane. Comment faites-vous ?

À l'évidence troublée, Diane repoussa ses cheveux bruns coupés en un carré court. Bien que séduisante, la moue bougonne qu'elle affichait en permanence avait tendance à gâcher sa beauté.

— Je me suis inscrite à un cours de yoga il y a deux mois, répondit-elle, mais c'est un tel ramassis d'absurdités que je...

— Oh, mais j'adore le yoga !

Tout sourire, Parker servit le thé. Ce n'était pas un hasard si elle avait sorti l'un des plus beaux services Doulton de sa grand-mère. Diane, elle le savait, était sensible à ce genre de détails.

— Même une séance d'un quart d'heure m'aide à évacuer le stress de la journée, poursuivit-elle. C'est bien de vous accorder un peu de temps. Avec votre travail, la famille, toutes ces obligations, vous ne devez pas avoir assez de vingt-quatre heures dans la journée. Sincèrement, je ne sais pas comment vous y arrivez. Et comme si cela ne suffisait pas, je vous demande un rendez-vous.

— Je suppose que c'est au sujet du mariage de Sherry. Cela dit, je ne vois pas en quoi cela me concerne.

— Nous y sommes presque. C'est incroyable, non ? s'exclama Parker qui sirota son thé sans se laisser démonter. Et avant que nous ayons le temps de dire ouf !, ce sera au tour de Carter et de Mac.

Elle posa sa main sur celle de Diane.

— Ce qui fait de nous une famille. D'où l'idée qui m'est venue.

— Quelle idée ?

— En fait, le mérite en revient à Mac. Mais commençons par le commencement. Je dois vous dire, Diane, que beaucoup de futures mariées se focalisent sur les menus détails. Bien sûr, nous y veillons aussi. C'est notre métier. Mais c'est si rafraîchissant de travailler avec votre sœur parce qu'elle a une vision d'ensemble qui va bien au-delà de l'événement lui-même. La famille compte tellement à ses yeux. Vos parents, vous…

— Moi ?

— Enfin, Sam, les enfants et vous. Ce que vous avez construit – la famille, la continuité. Ce n'est pas une tâche facile – vous le savez mieux que quiconque –, et elle est consciente du chemin que vous avez parcouru. Vous, sa grande sœur, lui avez montré la voie. Vous avez eu une grande influence sur elle.

Diane eut une moue dubitative.

— Sherry ne m'écoute jamais.

— À mon avis, les personnes qui exercent une influence sur nous s'en rendent rarement compte. Je ne veux pas trahir une confidence, mais puisque nous sommes en famille… Figurez-vous qu'il y a peu, Sherry m'a avoué combien vous comptiez à ses yeux. Il est sans doute plus facile de se confier à quelqu'un d'extérieur, j'imagine.

Diane ouvrit des yeux comme des soucoupes.

— Elle a dit cela ?

— Oui. Et du coup, j'ai réalisé… Mais je m'emballe.

Avec un rire léger, Parker agita la main comme si elle avait perdu le fil de ses pensées.

— Revenons à l'idée de Mac. Elle a rassemblé sur CD des photographies de Sherry et de votre famille, de Nick et de la sienne. Des photos anciennes et récentes. Une sorte de rétrospective. Mac est si douée. Je manque d'impartialité, je sais, mais elle a réellement fait un travail formidable. L'ensemble est tendre, amusant, charmant, poignant. L'idée, c'est de le présenter pendant le dîner à la répétition.

— Oh, mais je ne viens pas à...

— Ce qui nous manque, l'interrompit Parker, c'est un commentateur. Un maître de cérémonie, si vous préférez. Quelqu'un qui a été là depuis le début. Pas vos parents – c'est une surprise pour eux aussi. Mac a ajouté leur photo de mariage en introduction. J'avais pensé à Carter, qui est non seulement son frère, mais aussi professeur et a donc l'habitude de parler en public, puis, en discutant avec Sherry, j'ai réalisé que ce n'était pas une bonne idée. C'est plutôt le rôle d'une sœur. D'une grande sœur. C'est vrai, qui d'autre que vous possède un regard plus affûté, plus intime sur Sherry, votre famille et celle de Nick ? S'il vous plaît, dites oui.

De nouveau, Parker posa la main sur la sienne.

— C'est beaucoup demander, j'en ai conscience, et dans un délai bien court. Mais vous êtes la personne idéale. Nous avons vraiment besoin de vous.

— Vous voulez que je... commente des photos ?

— Vous me sauveriez. Et ce ne sont pas de simples photos, mais une véritable odyssée, Diane. Celle de Sherry et de Nick, bien sûr, mais aussi de toute la famille. Ce sera le clou de la soirée. Carter a rédigé un premier jet. Il espère que vous direz oui et accepterez de le retravailler avec lui.

— Carter veut que je...

Diane laissa sa phrase en suspens, à l'évidence sidérée.

— Je sais que vous êtes déjà terriblement occupée et que c'est abuser de vous. Mais je vous aiderai dans la mesure de mes possibilités. Encore que, franchement, vu comment vous gérez votre vie familiale et professionnelle, je doute que vous ayez besoin d'aide.

— Il n'est pas impossible que j'accepte, commença Diane, mais avant de m'engager, il faudrait que je voie le CD et le texte de Carter.

D'un geste vif, Parker s'empara d'un dossier posé sur la table.

— J'en ai justement une copie sous la main. Le CD dure une dizaine de minutes. Vous auriez le temps de le visionner maintenant ?

— Je… j'imagine.

— Parfait. Je vais chercher mon ordinateur portable.

Vingt-six minutes plus tard, Parker ramenait la desserte à la cuisine.

— Aux plumes qui dépassent de ta bouche, je devine que tu as réussi ton coup, commenta Mme Grady tout en posant sur le plan de travail le panier de tomates cerise qu'elle venait de cueillir dans le potager.

— Je l'ai baratinée à fond. Franchement, je n'y suis pas allée de main morte, mais le jeu en valait la chandelle. Non seulement elle assistera à la répétition, mais elle commentera le CD de Mac. Et merci à Carter d'avoir accepté de lui laisser sa place, d'autant que c'était son idée autant que celle de Mac.

— C'est un gentil garçon. Et sa sœur aînée a toujours été du genre pénible.

— En fait, elle est plutôt jolie, mais elle ne possède ni la vivacité de Sherry ni son assurance décontractée. Elle est intelligente sans la profondeur innée de Carter. Quant à la gentillesse, n'en parlons même pas. Elle a beau être l'aînée, elle n'est pas souvent en tête côté qualités. Je n'ai eu qu'à la mettre sur un pied d'égalité avec Sherry, expliqua Parker avec un haussement d'épaules. Et lui dire quelques vérités. Que sa famille l'adore. Qu'elle compte beaucoup pour eux. Certaines personnes ont besoin de « câlinothérapie ». Massive.

— Que ce soit toi qui lui demandes ce service a dû jouer, je parie, fit remarquer Mme Grady. « Parker Brown a besoin de mon aide. »

Nouveau haussement d'épaules de Parker.

— Du moment que ça marche. La mariée aura ce qu'elle veut, et mérite. Et je suis à l'heure, conclut-elle après un coup d'œil à sa montre.

Elle apporta sa contribution à la décoration pour la réception de l'après-midi, vérifia l'avancement des préparatifs en cuisine, reçut le traiteur, les extras et les voituriers.

Tandis que Mac photographiait le décor, Parker sortit sur la terrasse pour une ultime vérification. « Plus Élégance, Champagne que cela, tu meurs », songea-t-elle.

Pas vraiment son goût personnel pour une fête en l'honneur d'une future mariée – et comme elle en avait trois en préparation pour ses amies, elle ne manquait pas d'idées –, mais le décor avait une touche Art déco attrayante avec juste ce qu'il fallait de luxuriance grâce aux superbes compositions d'Emma pour l'adoucir.

— Total look *Gatsby*, commenta Mac en abaissant son appareil.

— Exactement ce que je me disais. À mon avis, l'hôtesse sera ravie – et la future mariée aussi.

— Tu as déjà gagné le coquetier aujourd'hui. Carter m'a envoyé un texto. Sa sœur veut discuter de la présentation du CD ce soir, après ses cours. Beau boulot, ma vieille.

— Je crois qu'elle va assurer. Sincèrement. En partant d'ici, elle était très enthousiaste.

— Diane ? Enthousiaste ? Tu as drogué son thé ou quoi ?

— Façon de parler. En fait, c'est le CD qui a été décisif. J'ai vu ses yeux s'embuer à plusieurs reprises.

Les sourcils de Mac s'envolèrent.

— Mazette ! Je sous-estime mon pouvoir. Tout est prêt à l'intérieur ?

— Emma était en train de mettre la dernière main aux espaces publics. Laurel a fini ; elle est avec le traiteur. Quant à moi, je...

Elle posa l'index sur son oreillette.

— Notre hôtesse vient d'arriver, annonça-t-elle. Je vais l'accueillir sur le perron.

— Je fais le tour par l'extérieur, histoire de prendre quelques clichés discrets des arrivées.

Avec un hochement de tête, Parker se tourna vers l'intérieur.

— Emma, Laurel, top départ, annonça-t-elle dans son micro.

Durant l'heure qui suivit, Parker regarda les invitées toutes de blanc vêtues – tailleurs élégants, robes vaporeuses ou pantalons à la coupe impeccable – bavarder et rire sur la terrasse. Ces dames sirotaient du champagne en dégustant canapés et hors-d'œuvre servis par les extras sur des plateaux.

Mac passait entre les invitées, fixant sur la pellicule des moments choisis : éclat de rire ravi de la future mariée, accolade affectueuse entre amies, tendre complicité de la petite-fille faisant tinter sa flûte contre celle de sa grand-mère.

Comme toujours, Parker savourait tout ce bonheur qui pétillait dans l'air telles des bulles de champagne. Aujourd'hui, elle appréciait tout particulièrement la compagnie des femmes, heureuse du rôle qu'elle avait joué dans cette réalisation personnalisée du célèbre rituel féminin.

À l'heure prévue, elle invita l'assemblée à prendre place à table pour le déjeuner, puis se retira de nouveau dans l'ombre. Et se prépara au pire quand l'hôtesse de la fête vint la trouver, la mine crispée.

— Olivia réclame des jeux.

« Ce à quoi tu avais opposé un veto catégorique »,
se souvint Parker, qui lui sourit cependant.

— Je m'en occupe.

— Elle voudrait des jeux *et* des prix. Et je n'ai rien
prévu...

— Ce n'est pas un problème. Je m'en charge pendant le déjeuner. Que pensez-vous de trois ? À mon
avis, c'est suffisant. Des jeux simples et amusants avec
de jolis lots pour les gagnantes.

— Surtout rien qui soit de mauvais goût ou idiot.
Je tiens à un divertissement de bon ton, en accord avec
la distinction de cette réception.

« Mince alors, songea Parker, moi qui allais sortir
les godemichés fluo. »

— Cela va de soi, répondit-elle. Faites-moi confiance.
Tout sera prêt à la fin du déjeuner. Profitez de la fête
et ne vous inquiétez pas.

Parker attendit de s'être glissée dans la maison pour
annoncer dans son micro :

— Laurel, il faudrait que tu me remplaces à l'extérieur. La future mariée veut des jeux avec des lots. J'ai
besoin d'un quart d'heure.

— D'accord.

— Emma, une petite table décorée pour les prix
serait la bienvenue.

— Oh, par pitié...

— Je sais, je sais. Fais de ton mieux. Tu as quarante
minutes.

Elle gravit l'escalier de service au pas de charge et
se rendit dans la petite pièce prévue pour l'emballage
et le stockage des cadeaux. Dans un placard, elle
conservait un assortiment de présents en tout genre.
Elle parcourut les étagères du regard, en choisit trois,
les enveloppa de papier de soie noir avant de les glisser
dans des pochettes blanches gaufrées. D'un autre pla-

card, elle sortit une pile de calepins, crayons et autres fournitures.

Puis elle redescendit dare-dare, posa les pochettes et le matériel sur la table de la salle à manger et traversa la cuisine en coup de vent jusqu'à l'ancien office pour choisir un plateau adéquat.

— Que cherches-tu ? s'enquit Mme Grady derrière elle.

— La future mariée veut des jeux – exclus avec dédain par l'hôtesse lors des réunions de préparation, soit dit en passant. Je ne pense pas que blanc sur blanc fera l'affaire et je n'ai pas de plateau noir. Pourquoi pas argent ? Ou en verre ? Oui, peut-être en verre.

— Essaie les deux.

— Bonne idée. Vous pourriez venir me donner votre opinion ?

Mme Grady la suivit.

— Au fait, ta voiture est revenue.

Parker s'immobilisa, les sourcils froncés.

— Comment ça, revenue ?

— Elle a été déposée il y a une vingtaine de minutes. Lavée et lustrée. La facture est sur ton bureau.

— Merci. Mais je n'avais pas demandé qu'on me la ramène. J'allais...

— C'est un gain de temps, en tout cas.

Une initiative qui, de l'avis de Mme Grady, faisait de Malcolm Kavanaugh un candidat rusé.

Sans un mot, le front toujours plissé, Parker entreprit d'arranger les pochettes sur le plateau en argent.

— Je crois que le verre rendra mieux, décréta-t-elle. Celui-ci fait trop pompeux. Emma pourrait éparpiller quelques pétales de roses blanches, et avec les petits vases noirs... Qui a rapporté la voiture ?

Mme Grady réprima un sourire.

— Je n'ai pas saisi son nom. Enfin, leurs noms, vu

83

qu'il y en avait un deuxième dans la dépanneuse pour le ramener au garage.

— Ah. Hmm... celui en verre ?

— Je pense, oui. Il est élégant, mais plus subtil que celui en argent.

— Nous sommes d'accord, approuva Parker qui recula pour mieux juger de l'effet. Bon, je laisse tout cela ici, et je vais donner un coup de main à Emma pour dresser la table.

Elle se retourna sur le seuil.

— Franchement, j'aurais pu aller chercher la voiture moi-même.

— Bien sûr. Que dit-on quand quelqu'un vous rend service ?

Parker laissa échapper un soupir agacé.

— On dit merci. Je le ferai. Quand j'aurai le temps.

Elle n'en avait pas pour l'instant. La réception nécessitait toute son attention. Avec la séance de jeux impromptue, elle dura une bonne demi-heure de plus que ce qui avait été prévu, ce qui réduisit d'autant le délai de préparation pour la répétition du soir.

— Les jeux ont remporté un franc succès, commenta Mac.

— C'est en général le cas.

— Les lots étaient bien choisis. J'ai beaucoup aimé le coffret à bijoux de voyage. Celui en cuir vert. J'en connais une qui va en Toscane pour sa lune de miel et pourrait en avoir besoin.

— Qui sait ? Elle aura peut-être de la chance, répliqua Parker avec un clin d'œil, avant de boire une gorgée d'eau à la bouteille. On a assuré un max. Et notre hôtesse n'a pas sourcillé lorsque je lui ai annoncé le montant du supplément pour les lots. Il faut dire que je lui ai offert la demi-heure supplémentaire.

Elle parcourut une dernière fois la terrasse du regard. Toutes les tables avaient été repliées, mais la

84

pergola et les vasques avaient gardé leur décoration. Il ne restait plus qu'à préparer le buffet pour les rafraîchissements, et tout serait prêt.

Sans doute aurait-elle pu prendre cinq minutes pour téléphoner au garage, mais elle tenait à vérifier d'abord la facture. Au cas où on lui aurait indûment compté le coût du transport à domicile.

— Je monte juste...

Son portable sonna.

— Aïe, la Mariée Foldingue.

— Ma pauvre, comme je te plains. File, on se voit tout à l'heure.

La Mariée Foldingue accapara toute sa pause. Et lui laissa du coup le temps de réfléchir.

Elle joindrait un mot de remerciement au chèque pour la réparation et les pneus. C'était le plus approprié, jugea Parker tout en dirigeant la répétition.

— Cinq minutes avant le top départ, le frère et témoin du marié conduit leur mère à son siège, suivie de son époux... Parfait. Le témoin rejoint le marié et se place à sa gauche. Deux minutes plus tard, le frère de la mariée escorte à son tour leur mère à sa place... Voilà. Vous venez ensuite vous placer à la gauche du témoin, à droite de George... Un peu plus de biais. Très bien. Après quoi, changement de musique et arrivée du cortège. Wendy, Nikki, Addy, c'est à vous. Pas d'inquiétude, je serai là pour vous guider demain. N'oubliez pas de sourire, mesdemoiselles. Puis c'est au tour de la demoiselle d'honneur... Parfait, Jacy. Les enfants d'honneur suivent lorsque vous êtes à mi-chemin. D'abord les alliances. C'est très bien, Kevin, bravo !

Du haut de ses cinq ans, le gamin s'avança dans la travée d'un air important sous les applaudissements et les rires.

— Et ensuite les fleurs. C'est vraiment parfait, Jenny. Et demain, tu auras de vraies fleurs dans ton panier. Kevin du côté des garçons et Jenny du côté des filles. Voilà. Tu te mets juste à côté de ton papa, Kevin. Et ensuite...

Parker laissa sa phrase en suspens. Elle venait d'apercevoir Malcolm accoudé à l'une des vasques, un bouquet à la main. Elle ne distinguait pas ses yeux, dissimulés par des lunettes de soleil, mais son sourire, lui, elle ne le voyait que trop bien.

— Et ensuite ? insista le futur marié en riant. Je me marie ?

— Presque. Nouveau changement de musique. Toute l'assistance se lève. La mariée s'avance alors dans la travée au bras de son père. C'est la plus belle femme du monde, ajouta-t-elle à l'adresse du marié. Elle représente tout ce que vous avez toujours désiré. Et elle s'apprête à vous dire oui.

Elle attendit l'arrivée de la jeune femme.

— Vous vous arrêtez ici. Comme vous l'avez demandé, votre mère vous rejoindra à ce moment-là. Le pasteur demandera qui donne la main de cette femme. À vous, monsieur Falconi.

— Sa mère et moi.

Ils embrassèrent leur fille, puis lui prirent la main et la placèrent dans celle du marié.

— Charmant, commenta Parker.

Elle enchaîna ensuite avec les grandes lignes de la cérémonie religieuse.

— À la fin, il vous demandera d'embrasser la mariée.

— Mon passage préféré, déclara le marié qui renversa sa future épouse hilare en arrière et la gratifia d'un baiser langoureux.

— Cecily, si jamais vous vous désistez, je serai heureuse de vous remplacer au pied levé, assura Parker.

La fiancée pouffa à nouveau de rire.

— Aucun risque, mais merci quand même.

— Je vous crois volontiers. Juste après, vous ferez face à vos familles et amis, le pasteur vous présentera pour la première fois comme mari et femme, et ceux qui ne seront pas encore tombés en pâmoison devant ce baiser applaudiront. Nouvelle musique pour remonter la travée. Mac vous prendra en photo de là. La suite vous emboîtera le pas, en ordre inverse par rapport au début. D'abord les enfants d'honneur.

Bien, songea Parker, très bien. Si tout le monde arborait le même sourire radieux le lendemain, ils auraient à peine besoin du soleil.

— Après la suite viennent les parents et grands-parents de la mariée, puis ceux du marié. Mac aura besoin de vous tous pour les portraits. Pendant la séance photos, les invités patienteront dans le solarium devant un cocktail.

Bien que consciente du regard de Malcolm rivé sur elle, qui se traduisait par un fourmillement au niveau de la nuque, elle déroula vaille que vaille le planning du dîner et du bal.

— Les suites seront à votre disposition de 16 heures jusqu'à la fin de la soirée. Nous nous chargerons de transférer les cadeaux dans la limousine, ainsi que les fleurs que vous souhaitez emporter ou offrir. Cela fait une somme d'informations, je m'en rends compte, mais mes associées et moi serons là pour vous guider à chaque étape. Il ne vous restera qu'à profiter de la fête et à vous amuser.

5

Sanglée dans un tailleur noir strict et perchée sur des talons vertigineux, elle menait la revue tel un général d'armée à la voix de velours, nota Malcolm. Mais avec beaucoup de chaleur, dut-il admettre. Et des sourires en veux-tu en voilà.

Sauf lorsqu'elle regardait dans sa direction.

Il inspira le parfum des roses qui ornaient la vasque. Leur exubérance faisait paraître son propre bouquet un peu chétif. Après quelques palabres, il avait réussi à convaincre la gamine au look gothique qui travaillait pour Emma de le lui vendre. Ainsi, il resterait en famille.

Emma passa en coup de vent.

— Elles sont à moi ?

— Plus maintenant.

— Très jolies quand même. Parker en a encore pour quelques minutes.

— J'ai tout mon temps.

— Bois un verre si tu veux. Il y en a plus qu'il n'en faut. Tu peux aussi attendre à l'intérieur.

— C'est sympa, mais ça va aller.

— Je te laisse. Si tu es passé à mon atelier, tu as pu constater que nous avions du boulot par-dessus la tête.

— Le mariage de demain ?

— Pas vraiment. Il y a eu un contretemps, si bien qu'ils n'ont pu répéter que ce soir. Tout est déjà prêt pour demain. Mais la journée sera chargée : j'ai une réception à l'extérieur, Parker a deux visites, plus une consultation avec l'équipe au complet. Et quatre mariages ce week-end.

— Vous êtes des filles occupées. Vas-y, je suis très bien ici.

— Elle ne sera pas longue, assura Emma avant de s'éloigner.

Au bout d'un quart d'heure, Malcolm commença à trouver qu'elle prenait quand même son temps. Puis elle sortit de son pas décidé, à la fois calme et gracieuse.

— Désolée de t'avoir fait attendre, dit-elle en guise de préambule. Si j'avais su que tu devais passer, je t'aurais prévenu que nous avions une répétition.

— Ce n'est pas toi que je viens voir.

Elle ouvrit la bouche. La referma.

— C'est Mme Grady, précisa Malcolm en levant son bouquet. Je voulais la remercier pour le dîner et le jambon à l'os que j'ai fini ce midi.

— Mme Grady n'est pas là.

— C'est ce que j'ai cru comprendre.

— Elle est sortie avec des amies. Restaurant et cinéma. Tu lui as apporté des fleurs.

— Il y en a déjà plein ici, je sais.

— Elle va les adorer et sera désolée de t'avoir manqué. Je vais les mettre dans un vase.

— Comme tu veux.

Quand elle lui eut pris le bouquet des mains, il se dirigea vers la maison.

— Tu viens ? demanda-t-il avec un regard par-dessus son épaule.

— Je ne veux pas te retenir davantage, répondit Parker.

Bien qu'à contrecœur, elle lui emboîta le pas.

— Je n'ai rien de prévu, lâcha-t-il. Et toi ?

— En fait, j'allais te téléphoner, répondit-elle, éludant sa question. Pour te remercier d'avoir fait livrer ma voiture. Tu n'étais pas obligé de te donner cette peine, mais j'apprécie le geste.

— C'est un concours de mercis, on dirait.

— Il faut croire.

Elle le précéda dans la cuisine d'où elle gagna l'office.

Malcolm embrassa du regard les rangées de placards et d'étagères qui couvraient les murs.

— Dis donc, il y a de quoi ranger ici.

— Ma famille a toujours aimé recevoir, expliqua-t-elle tout en sortant un vase d'un placard. Del est peut-être à la maison si tu veux de la compagnie.

— J'ai comme l'impression que tu essaies de te débarrasser de moi.

— Vraiment ? répliqua Parker, qui versa un sachet de conservateur pour fleurs dans le vase, puis le remplit d'eau. Ce serait grossier.

— Et tu n'es pas comme ça.

— Je peux. Tout dépend des circonstances, précisa-t-elle après un temps d'arrêt. Mais un service rendu, deux en fait, et un bouquet offert à une personne qui m'est très chère n'en font pas partie.

— Je n'aurais pas été jusqu'à considérer le fait de t'embrasser comme un service rendu.

Chute brutale de la température.

— Ce n'est pas ce que je voulais dire.

— Je parie que, d'ordinaire, cette attitude glaciale fait son effet. Personnellement, le froid ne me dérange pas.

— Tant mieux pour toi. Mais je crois que tu te fais des idées.

Comme elle pivotait sur ses talons, il fit un pas de côté et la coinça entre ses bras.

— Pas du tout.

Les yeux de Parker lançaient des éclairs d'un bleu métallique.

— Je déteste qu'on me manipule, articula-t-elle.

— Tu préfères quand c'est toi qui mènes la danse, pas vrai ? Un art dans lequel tu excelles, du reste. Lorsque j'étais cascadeur, j'adorais observer les dresseurs de chevaux. Tu possèdes le même genre de talent qu'eux, mais tu l'exerces avec les gens. Très impressionnant.

— Je te dirais bien merci, mais on n'a que ce mot à la bouche. À force, ça finit par lasser.

— Ne m'en parle pas, fit Malcolm en la libérant. J'aime beaucoup ta maison – qui ne l'aimerait pas ? –, surtout pour son mode de fonctionnement, en fait.

— Son mode de fonctionnement ?

— Oui. La façon dont la vie s'organise entre maison et entreprise.

Elle s'immobilisa, une fleur à la main, et le dévisagea.

— Comme sur une toile, poursuivit-il, tu laisses les gens peindre le tableau de leur choix. Tu guides pas mal leurs coups de pinceau, tu influences un peu leur choix en matière de couleurs, mais au bout du compte, ils obtiennent ce qu'ils veulent. Beau boulot.

La sonnerie du téléphone épargna un nouveau merci à Parker.

— Excuse-moi. Allô, Bonnie, que puis-je pour vous ? demanda-t-elle en s'éloignant de quelques pas.

Malcolm entendit la voix hystérique à l'autre bout de la ligne avant même que Parker écarte le combiné.

— Je vois. Oui, je...

Il tendit l'oreille – qu'est-ce qui l'en empêchait ? – et entreprit de disposer lui-même les fleurs dans le vase.

— Bien sûr, je comprends. Mais je crois aussi que vous êtes très stressée en ce moment, ce qui est on ne peut plus naturel. Je parie que Richie l'est aussi. Voyons, Bonnie, ce n'est pas votre mère qui épouse Richie, et même si je sais qu'elle l'adore, elle ne le connaît pas aussi bien que vous. À mon avis, si Richie considérait la chose autrement que comme une tradition masculine idiote, jamais il ne vous en aurait parlé. Or, il l'a fait, preuve qu'il ne prend pas cette affaire au sérieux. Son frère se contente de faire ce que bon nombre de frères font.

Tandis que son interlocutrice reprenait ses jérémiades, Parker ferma les yeux un instant et extirpa avec le pouce un Mentos du rouleau.

— Oui, je comprends, mais vous n'épousez pas le frère de Richie. Je suis sûre que ni l'un ni l'autre ne voulez qu'un incident aussi futile provoque un conflit dans la famille.

Elle écouta un moment, puis :

— Richie vous aime, n'est-ce pas ? Hmm. Vous a-t-il donné la moindre raison d'en douter ? De ne pas lui faire confiance ? Ce n'est pas mon opinion qui compte, mais puisque vous me posez la question, je pense que je prendrais la chose à la plaisanterie et passerais une excellente soirée avec mes copines avant de me préparer à épouser l'homme dont je suis follement amoureuse.

Tandis qu'elle prenait congé de sa cliente, Malcolm finit d'arranger les fleurs et recula, les mains dans les poches de son jean, pour étudier le résultat.

— Joli, commenta Parker.

— Pas mal. Alors… un problème ?

— Rien de grave.

— Laisse-moi deviner. Le frère du marié a engagé une strip-teaseuse pour l'enterrement de vie de garçon, et elle se fait un film.

— Exact. Elle a vu rouge, encouragée par les mises en garde désastreuses de sa mère qui la monte contre lui – aucun homme n'est assez bien pour sa fille chérie, et je suis prête à parier que le pauvre Richie ne trouvera jamais grâce à ses yeux.

— Elle cherchait ton soutien.

— Évidemment.

— Et tu as arrondi les angles tout en la mettant face à ses responsabilités. Bien joué, Parker.

— Si on a la maturité pour se marier, on doit l'avoir aussi pour arrêter de pleurnicher dans les jupes de maman à la moindre contrariété. Et si elle ne fait pas confiance à son fiancé – un garçon tout ce qu'il y a de gentil, dévoué et honnête – pour ne pas sauter sur une strip-teaseuse une semaine avant le mariage, elle ne devrait pas l'épouser.

— Ce n'est pas ce que tu lui as dit.

— Parce que c'est une cliente. Et je ne devrais pas te faire ce genre de confidence.

— Pas un mot ne sortira de... comment s'appelle cette pièce déjà ?

— L'office.

— D'accord. Pas un mot ne sortira de l'office, assura-t-il avec un sérieux qui arracha à Parker une ébauche de sourire. En tout cas, tu l'as drôlement calmée.

— Pour l'instant. D'ici un mois ou deux, ils vont s'installer à Atlanta – il a été muté. La mère est furieuse. C'est ce qui pouvait leur arriver de mieux. Si elle n'est plus sous la coupe de sa mère, ils ont une chance de s'en sortir.

— Cette conversation t'a crispée.

Parker haussa les épaules et s'empara du vase.

— Je m'en remettrai.

— J'ai une question à te poser.

93

Elle lui glissa un regard oblique tandis qu'ils repassaient dans la cuisine.

— Laquelle ?

— Est-ce que tu as un jean ?

— Bien sûr.

— Et une veste en cuir, de marque ou non ?

— Ton intérêt pour ma garde-robe me paraît très étrange.

Elle posa le vase sur le plan de travail, puis tendit un calepin et un stylo à Malcolm.

— Tu devrais lui écrire un petit mot qu'elle trouvera avec les fleurs à son retour.

— Bonne idée. Pendant ce temps, va enfiler ton jean et ta veste.

— Pardon ?

— J'adore la façon dont tu prononces ce mot. Tu profiteras mieux de la balade que dans ce tailleur.

— J'aime mon tailleur, et je ne vais me balader nulle part.

— Il me plaît bien, à moi aussi, mais tu seras plus à l'aise en jean sur la moto, insista-t-il, le pouce coincé dans la poche avant du sien, la hanche calée contre le plan de travail. C'est une belle soirée. On n'a rien de prévu ni l'un ni l'autre. Alors on va faire un tour. Ça va te vider la tête, et je t'inviterai à dîner.

— Je ne remonte pas sur cet engin.

— Tu n'as quand même pas peur de ma moto ou d'un dîner avec moi.

— Ce n'est pas une question de peur, mais de préférence.

Malcolm sourit.

— Écoute, je te propose un marché. Tu acceptes la balade et le dîner – informel, dans un lieu public –, et je te ramène chez toi. Si tu n'as pas passé une bonne soirée, ou au moins apprécié le changement de rythme, je te laisserai tranquille. Définitivement.

94

Cette fois, elle le gratifia d'un regard souverain, un brin amusé.

— Je n'ai pas besoin de négocier pour te convaincre de me laisser tranquille.

— Exact, reconnut-il avant de plonger son regard dans le sien. Alors pourquoi ne l'as-tu pas fait ?

Bonne question, admit Parker en son for intérieur. Il pourrait être intéressant de découvrir la réponse.

— Une balade, un dîner, et c'est tout.

— C'est le deal.

— Je vais me changer.

Il venait de marquer un point, réalisa Malcolm tout en griffonnant *Vous me devez encore une danse* sur le calepin. Elle avait fait un pas vers lui. Un petit pas, certes, mais c'était déjà quelque chose.

Il avait envie d'elle, aucun doute là-dessus. Mais Parker Brown n'était pas une fille pour une aventure d'une nuit. Et puis, il tenait à son amitié avec son frère.

Il sortit de la cuisine et se promena au rez-de-chaussée.

S'il était assez stupide pour considérer Parker comme un coup facile et la traiter en conséquence, Del lui tomberait dessus à bras raccourcis – ou du moins essaierait-il. À sa place, il réagirait exactement de la même façon. C'était l'une des raisons pour lesquelles leur amitié lui était précieuse.

Il entra dans ce qu'on devait appeler le salon de musique – vu l'imposant piano à queue qui trônait au milieu de la pièce. Les aquarelles qui ornaient les murs étaient sans aucun doute des œuvres originales, et plutôt jolies. Mais ce fut la collection d'instruments de musique dans une élégante vitrine qui retint son attention.

Une guitare, un violon, diverses flûtes, un concertina, un tambour, un harmonica, ce qu'il pensait être un dulcimer, une cloche à vache, et quelques autres qu'il ne put identifier au premier coup d'œil.

Si la vitrine n'avait pas été fermée à clé, peut-être n'aurait-il pas résisté à l'envie d'essayer plusieurs instruments, curieux d'en connaître le son, les mécanismes.

C'était, supposait-il, une curiosité similaire qui était à l'origine de son attirance pour Parker. Bien loin de l'aventure d'un soir, il lui importait de comprendre comment cette fille fonctionnait.

Une fille riche – une femme fortunée, rectifia-t-il –, de bonne famille, d'une beauté exceptionnelle, intelligente, avec un carnet d'adresses aussi épais que le Bottin. Et pourtant elle travaillait dur, peut-être même plus dur que n'importe qui de sa connaissance. Elle aurait pu se contenter de se la couler douce à dorer son corps de rêve sur un yacht en mer Égée, siroter des cocktails à Majorque ou un bon vin dans un café parisien entre deux virées shopping.

Mais non. Avec ses copines d'enfance, elle avait préféré fonder une entreprise qui l'obligeait à courir en tous sens pour satisfaire les désirs de ses clients.

Il s'approcha du piano, improvisa quelques accords.

Pas pour l'argent, décida-t-il. Non, il ne la sentait pas mue par l'appât du gain. L'argent n'était que la conséquence, pas une fin en soi. La cupidité, il connaissait.

Il sentit sa présence – comme une onde de chaleur sur sa peau – et leva les yeux. Parker se tenait dans l'embrasure de la porte.

Décidément, cette fille lui faisait un effet bœuf.

Elle portait le jean avec la même classe que ses tailleurs de femme d'affaires. Elle arborait à présent un chemisier rouge vif sous une fine veste en cuir couleur chocolat, comme ses bottines à talons plats. Des anneaux en argent ornaient ses oreilles.

— Tu joues ? s'enquit-elle

— Non, je pianote, c'est tout, répondit-il avec un haussement d'épaules. Belle collection.

— En effet. Ces instruments appartenaient pour la plupart à mon père. Il n'avait aucun talent musical, mais admirait d'autant plus les musiciens.

— Del joue passablement du piano, surtout après quelques bières. Et toi ?

— Piano, violon – avec ou sans bière. Le dulcimer aussi.

— Je me disais bien que c'en était un. Et celui-ci ?

Parker s'approcha de la vitrine, et il tapota le verre pour indiquer un petit instrument en forme de clé.

— C'est une guimbarde. On la tient contre les dents ou les lèvres, et on actionne la membrane de l'autre main. Simple, efficace et très ancien.

— Et ça, c'est un piccolo ?

— Non, une flûte soprano. Le piccolo, c'est celui-là. Je peux aller chercher la clé de la vitrine si tu veux.

— Non, ne te dérange pas. J'étais juste curieux. Et puis, si tu l'ouvres, je vais avoir envie de tout essayer, et nous n'aurons plus de temps pour la balade.

Il se déplaça et, de côte à côte, ils se retrouvèrent face à face.

— À force de regarder, je finirai peut-être par comprendre le mode de fonctionnement.

Parker recula.

— Ce n'est pas si compliqué.

— C'est toi qui le dis. Prête ?

Elle hocha la tête, puis se dirigea vers la porte. Dans le vestibule, elle prit un sac avec une longue bandoulière qu'elle passa en travers du buste.

— Une chose que je sais de toi, c'est que tu réfléchis, fit Malcolm qui tapota le sac. Futé, le sac.

Il ouvrit la porte et s'effaça pour la laisser passer.

— J'aime ce qui est pratique, rétorqua-t-elle. Ceci ne l'est pas, ajouta-t-elle en désignant la moto d'un geste.

— Bien sûr que si. Elle m'emmène où je veux, consomme raisonnablement et se gare facilement.

— Je te l'accorde, mais je doute que ce soit un moyen de transport pratique durant les rudes hivers du Connecticut.

— Ça dépend, fit-il en détachant un casque qu'il lui tendit. Avant que tu montes, et par souci de fair-play, j'ai un pari en cours.

— Un pari ?

— Avec Del. Jack et Carter ont aussi voulu en être. J'ai parié cent dollars avec ton frère que j'arriverai à te faire remonter sur ma moto.

Le regard de Parker ne trahit aucune colère ou réprobation. Il nota juste un léger froncement de sourcils.

— Tiens donc.

— Del est persuadé que non. Jack l'a suivi. Carter a misé ses cent dollars sur moi.

Elle fit tourner le casque entre ses mains.

— Tu me préviens une fois que j'ai accepté la balade, mais avant qu'on parte. En d'autres termes, je peux te balancer ce casque à la figure et te dire d'aller te faire voir.

— Exact.

Elle hocha la tête.

— Carter peut conserver ses gains, mais je veux la moitié des tiens – plus précisément la mise de Del, lâcha-t-elle avant d'enfiler le casque.

— D'accord.

Un large sourire aux lèvres, il enfourcha sa moto.

Cette fois, il n'eut pas à lui demander de se tenir à lui. Elle enroula les bras autour de sa taille, et il démarra dans un rugissement de moteur.

Le cœur de Parker avait tendance à s'emballer, surtout dans les virages, mais elle ne pouvait nier qu'elle appréciait la sensation. Et pas davantage qu'elle ne serait pas là si elle ne l'avait pas voulu.

Simple curiosité, décida-t-elle. À présent assouvie. Oui, fendre l'air à toute allure sur le bitume était aussi excitant que la première fois, lors du court trajet jusqu'à la maison.

Elle n'en ferait pas pour autant une habitude, mais elle aurait la satisfaction de l'avoir fait au moins une fois. Presque autant qu'elle appréciait de gagner les cent dollars de Del.

Bien fait pour lui.

Puisqu'elle était dans sa phase concessions, elle devait admettre que Malcolm s'était montré drôlement perspicace en devinant à l'avance sa réaction.

Ou peut-être avait-il de nouveau misé sur son charme – discutable, ma foi – pour la persuader d'accepter quand même. Même si elle n'en voyait pas le but. Garder le silence aurait été plus sûr.

Mais était-ce vraiment ce qui l'intéressait ?

Il n'était pas du genre à choisir la sécurité.

Oh, et puis zut ! Elle allait profiter de la soirée sans se prendre la tête, après quoi, elle tournerait la page.

La bonne humeur de Parker grimpa de plusieurs crans, lorsqu'elle réalisa qu'ils avaient pris la direction de la mer. Elle en sentait déjà l'odeur, humide et salée. Elle regarda le soleil du soir miroiter sur les eaux calmes de la baie ponctuée de voiles blanches avant de jeter ses derniers feux sur les reliefs torturés de Calf Island.

Et pendant ce temps, la machine puissante avalait les kilomètres.

Obligations, rendez-vous et tâches à accomplir s'effacèrent comme par enchantement de son esprit, et son cœur se mit à battre à un rythme régulier et apaisant, tandis qu'elle contemplait le ballet des mouettes et des goélands dans le ciel. Si son téléphone sonna dans son sac, elle ne l'entendit pas. Elle n'y pensa même pas.

Elle perdit la notion du temps jusqu'à ce que la moto fasse un brusque crochet et ralentisse à l'entrée d'Old Greenwich. Touristes et gens du cru se mêlaient dans la rue principale, attirés par les boutiques, les restaurants et la proximité de la côte, mais dans une ambiance qui demeurait familiale.

Malcolm bifurqua dans une rue adjacente et se gara sur une place de parking minuscule. Il ôta son casque, et se tourna à demi.

— Tu as faim ?

— Je crois, oui.

— Je connais un endroit où ils servent les meilleures pizzas du Connecticut.

— On voit que tu n'as pas goûté celles de Mme Grady.

— J'aurai peut-être cette chance un jour, mais pour l'heure... Au fait, tu peux me lâcher maintenant.

— Oh, pardon !

Un peu gênée de ne pas avoir réalisé qu'elle avait les bras toujours noués autour de sa taille, elle desserra vivement son étreinte et descendit de la moto.

Malcolm sécurisa les casques avec un antivol.

— Ce n'est pas loin. Juste le temps de se dégourdir les jambes avant de manger.

— Je ne suis pas contre une petite balade, commença-t-elle, avant d'ouvrir son sac comme son portable se mettait à sonner.

— Désolée, c'est ma boîte vocale. Je ferais mieux de vérifier mes messages.

— Combien ? demanda-t-il en l'entendant marmonner un juron.

— Trois.

— On ne te laisse jamais ta soirée ?

100

— Ça arrive, si. Rarement, mais ça arrive. Lorsque les gens organisent un mariage ou n'importe quel autre événement important, l'univers entier tourne autour dudit événement. La moindre décision, le plus petit problème peuvent prendre une ampleur disproportionnée.

Elle fit mine de glisser le téléphone dans son sac avec la ferme intention de se précipiter aux toilettes à la première occasion afin de régler ce qu'elle pourrait.

— Vas-y, rappelle, lui suggéra Malcolm.

— Ça peut attendre un peu.

— Tu ne vas pas cesser d'y penser et chercher à t'éclipser à la première occasion.

— Je me dépêche.

Malcolm ralentit le pas, tandis qu'elle se lançait dans une étude comparative mousseline contre taffetas avec une certaine Gina. Elles convinrent d'un rendez-vous afin que Parker lui donne son avis sur les deux échantillons. Puis elle parla avec une Mme Seaman au sujet d'un carrosse de Cendrillon. Elle promit de lui en trouver un, tout en sortant un calepin sur lequel elle nota les spécifications exigées. Enfin, elle assura à un type nommé Michael que Vince, son fiancé, et lui avaient encore largement le temps d'apprendre le swing, avant de lui dicter de mémoire les coordonnées d'un professeur de danse.

— Excuse-moi, dit-elle à Malcolm en glissant son portable dans sa housse. Merci pour ta patience.

— Pas de problème. Dis-moi, les nuances entre la mousseline et le taffetas, je m'en fiche un peu, mais j'aimerais bien savoir où on peut trouver un carrosse de Cendrillon en dehors de Disneyland.

— Tu serais étonné du nombre de trucs qu'on déniche dès lors qu'on connaît les bons réseaux et, dans le cas présent, qu'on possède un budget quasi illimité. Mme Seaman – des meubles Seaman – souhaite que sa fille arrive et reparte dans un carrosse de Cendrillon. J'exaucerai son vœu – après avoir quand même vérifié auprès de la mariée que c'est aussi le sien.

— À présent, explique-moi pourquoi Michael et Vince ont besoin d'apprendre le swing. Franchement !

— Ils se marient en février et se sont finalement mis d'accord sur le thème Big Band des années 1930. Ils porteront des costumes de zazous et des guêtres à boutons.

Il fallut un instant à Malcolm pour digérer l'information.

— Tu plaisantes ?

— Non. Et je trouve l'idée amusante, figure-toi. Ils tiennent d'autant plus à apprendre le swing qu'ils doivent ouvrir le bal.

— Qui va conduire ? Eh, c'est une question qui a son importance, protesta-t-il devant son expression atterrée. Il faut bien que quelqu'un s'en charge.

— Ils tireront à la courte paille, j'imagine. Ou s'en remettront au prof. Personnellement, je pense que ce sera Vince parce qu'il est plutôt fonceur, alors que Michael est un peu timide.

— Alors peut-être... Attends une minute. Février ? Il s'agit de Vince Calerone ?

— Mais oui. Tu le connais ?

— Depuis qu'on est gamins. Ma mère est amie avec la sienne. Quand il a appris mon retour, il est venu me voir. Je m'occupe de sa Mercedes. Il m'a annoncé qu'il se mariait en février et m'a promis de m'envoyer une invitation.

— Vous êtes proches ?

— Pas particulièrement.

Après quelques secondes d'hésitation, il décida de lui raconter le fin mot de l'histoire.

— En fait, il y a des années de ça, je suis tombé sur lui alors qu'il était en mauvaise posture. À la loyale, il aurait eu toutes ses chances, mais là ils étaient deux contre lui. J'ai rétabli l'équilibre. Et j'avais raison, il savait se défendre. Vince en costume de zazou, enchaîna-t-il avec un sourire amusé. Oui, je l'imagine bien.

— Tu t'es battu pour lui ?

— Pas pour lui en particulier. C'était plus le fait qu'ils soient à deux contre un qui me dérangeait. Tabasser quelqu'un parce qu'il est homo, c'est de l'ignorance. Mais s'y mettre à deux, c'est carrément minable. Enfin bref, ça ne nous a pris que quelques minutes. C'est là.

Parker tourna la tête vers l'endroit qu'il lui indiquait. En dépit de sa situation privilégiée sur la baie, le petit restaurant ne payait pas de mine avec ses bardeaux défraîchis.

— Ça me paraît très bien, et j'ai envie de pizza.

— Dans ce cas, on est deux.

6

Apparemment, il était connu dans la maison, nota Parker – deux serveurs l'avaient appelé par son prénom. Si le restaurant était plutôt petit et un peu miteux à son goût, à en juger par les odeurs délicieuses qui s'échappaient de la cuisine ouverte et la salle bondée, Malcolm s'y connaissait en pizzas.

Ils se casèrent à une petite table déjà dressée avec des sets en papier représentant des monuments italiens.

— Évite le chianti, lui conseilla-t-il. En revanche, ils ont un très bon cabernet en carafe.

— D'accord.

Une serveuse se planta devant leur table. Elle avait des cheveux d'un rouge improbable coiffés en pétard et un petit nez aussi mutin que ses seins. Elle devait avoir à peine l'âge de commander elle-même le cabernet.

— Salut, Malcolm !

— Comment ça va, Kaylee ?

— Ça va, répondit la jeune fille en glissant un regard en coin à Parker, juste le temps de lui faire sentir sa désapprobation boudeuse. Qu'est-ce que je vous sers ?

— La demoiselle va prendre le cabernet, et moi, un Coca. C'est Luigi qui est en cuisine, ce soir ?

— Oui. La même chose que d'habitude ?

— On va réfléchir.

— D'accord. J'apporte les boissons.

Tandis que la fille s'éloignait, Parker arqua un sourcil.

— Elle en pince pour toi, on dirait.

Il se pencha en avant, son blouson de cuir ouvert, les joues ombrées d'une barbe d'un jour, ses yeux verts pétillants d'humour.

— Que veux-tu, les filles sont toutes à mes pieds.

— Ça ne lui déplairait pas de me fracasser la carafe de cabernet sur le crâne, je parie.

— Possible, admit-il. Elle a dix-sept ans et veut être styliste. Ou chanteuse. Ou…

— À dix-sept ans, les « ou » devraient être de rigueur. Tout comme les béguins pour des hommes plus âgés.

— Tu en as eu ?

Parker secoua la tête, non en signe de dénégation, mais d'amusement.

— Tu ne bois pas de vin ? s'étonna-t-elle.

— J'ai conclu un accord avec ma mère quand j'avais un an de moins que Kaylee. Pour chaque bière ou autre que je buvais, je devais attendre une heure avant de prendre la route.

— Tu buvais de la bière à seize ans ?

— Quand j'en trouvais, bien sûr. Et ma mère le savait, du coup, c'est elle qui a fixé les règles. Si je voulais une moto, c'était donnant, donnant.

— Beaucoup d'ados ne tiennent pas toujours leurs promesses.

— Dans mon monde, quand on conclut un accord, on le respecte.

Elle le crut, et apprécia d'autant plus que cette règle valait aussi dans son monde à elle.

105

— Et maintenant que tu finances toi-même tes motos ?

— Ça ne change rien. Un contrat est un contrat, sans limitation de durée.

— Vous avez choisi ?

Kaylee servit le Coca à Malcolm, et réussit à poser le carafon de vin et le verre devant Parker en évitant de la regarder.

— Pas encore, répondit-il.

Il tendit la main et s'empara d'un des menus plastifiés sur son socle.

— Que commandes-tu d'habitude ? s'enquit Parker.

— Une pizza aux poivrons, olives noires et piments.

— C'est parfait.

— Demande à Luigi de nous en préparer une grande pour deux personnes, tu veux, Kaylee ?

— Ça marche. Ce soir, en entrée, nous avons les beignets aux courgettes que vous aimez.

— Excellent. Une double portion.

Parker attendit que la jeune serveuse se soit éloignée.

— Est-ce qu'elle a le cœur brisé chaque fois que tu viens ici avec une femme ?

— En général, je n'amène pas de femme ici. Pour un rencard, je préfère les endroits un peu plus tranquilles.

— Ce n'est pas un rencard, lui rappela-t-elle. Juste un marché.

— Exact.

Il prit la carafe et lui remplit son verre. Elle goûta le vin.

— Il est bon, commenta-t-elle avec un hochement de tête appréciateur. Et, je l'espère, sans arsenic. Alors comme ça, ton père était dans l'armée ?

— Oui. Je suis un gosse de militaire. Il a été tué au Salvador quand j'avais huit ans.

— C'est dur de perdre un de ses parents si jeune.

Il capta son regard.

— C'est dur à n'importe quel âge, il me semble.

— C'est vrai, admit-elle. Ta mère est revenue s'installer ici, à Greenwich.

— Une veuve de guerre a droit à une pension, un drapeau et quelques médailles. Ils font ce qu'ils peuvent, mais elle a été obligée de travailler. Son frère tient un restaurant. Tu es sans doute au courant.

— Vaguement. Je ne connais pas très bien ton oncle et sa femme.

— Tu ne manques pas grand-chose selon moi. Il l'a traitée comme une esclave, et elle était censée lui être reconnaissante parce qu'il nous avait offert un toit. Elle l'était du reste. Elle...

Il s'interrompit, et Parker lui accorda un instant de silence.

— Comment s'en sort-elle à l'ordinateur ?

— Ça commence à venir. Merci, Kaylee, dit-il à la serveuse quand elle posa une coupelle d'amuse-gueule et deux petites assiettes sur la table.

— Luigi vous demande de passer lui dire bonjour avant de partir.

— D'accord.

— La première fois que j'ai rencontré ta mère, reprit Parker un instant plus tard, elle pestait devant l'ordinateur et semblait plutôt remontée contre toi parce que tu lui demandais de s'en servir.

— C'était avant de découvrir le Scrabble. Elle vient de s'acheter un portable pour jouer à la maison.

Parker goûta un beignet de courgette.

— C'est bon, avoua-t-elle, Délicieux, même, ajouta-t-elle après une deuxième bouchée...

— C'est un peu bas de gamme pour ta clientèle, observa Malcolm, comme elle parcourait la salle du regard.

— Pas forcément. Ça peut être un endroit amusant et sans prétention pour un dîner de répétition décontracté en petit comité. Et aussi une bonne suggestion pour des invités qui n'habitent pas la région et recherchent un restaurant italien couleur locale. Les établissements familiaux ont toujours la cote.

— Comment sais-tu que c'est un établissement familial ?

— C'est l'impression que donne l'endroit. Et puis, c'est écrit sur le menu.

— Parles-en avec Luigi. C'est lui le patron.

— Pourquoi pas ? Alors, comment es-tu passé de cascadeur à Los Angeles à propriétaire d'un garage à Greenwich ? enchaîna-t-elle.

— C'est juste pour faire la conversation ou ça t'intéresse ?

— Peut-être les deux.

— D'accord. Une cascade a mal tourné et j'en suis sorti amoché. Le comptable avait rogné sur les coûts si bien que l'équipement était défectueux. J'ai eu droit à des dommages et intérêts.

— Amoché à quel point ?

— Plusieurs fractures, quelques dégâts internes et pas mal de bobos en surface, expliqua-t-il avec un haussement d'épaules dont Parker ne fut pas dupe.

— Ç'avait l'air grave. Combien de temps as-tu passé à l'hôpital ?

— Un moment, répondit-il sur le même ton désinvolte. Le temps que je sois de nouveau sur pied, les avocats avaient fini de s'écharper. J'ai obtenu un petit pactole et décidé que j'en avais assez de sauter du haut d'immeubles et de fracasser des voitures contre des murs. J'avais de quoi créer ma propre boîte, ce qui avait toujours été le but de toute façon.

— Et ça ne te manque pas ? Hollywood, le monde du cinéma ?

— L'envers du décor ne ressemble pas à ce que tu vois dans ton cinéma de quartier, Belles Gambettes.

— J'imagine, en effet. Et j'aimerais que tu ne m'appelles pas ainsi.

— Je ne peux pas m'en empêcher. Ce surnom m'est venu le jour où je t'ai vue jouer au foot avec Emma à la grande fête donnée par ses parents.

— Cinco de Mayo. J'ai un prénom tout à fait correct.

— Celui de Spiderman.

Elle réprima un rire.

— Non, il s'appelle Peter.

— Encore plus bizarre que ce soit son patronyme. J'ai travaillé sur ces films.

— Non ? Tu as travaillé avec Tobey Maguire sur les *Spiderman* ? Alors, comment c'était… commença-t-elle avant de s'interrompre avec un froncement de sourcils. Je parie que c'est un plan drague qui marche à tous les coups, pas vrai ?

— C'est une façon de voir les choses.

Il sourit à Kaylee qui apportait la pizza.

— Vous désirez autre chose ? s'enquit celle-ci.

— Ça va aller, Kaylee. Merci.

— Les beignets de courgette étaient délicieux, lui dit Parker, ce qui lui valut un bref haussement d'épaules agacé de la part de la serveuse.

— Je dirai en cuisine que ça vous a plu.

— Elle me détestera toujours, soupira Parker. La pizza a intérêt à valoir les pensées sévères qui doivent assombrir mon aura.

— Les piments vont se charger de l'assainir en un rien de temps.

— Je demande à voir. As-tu toujours été intéressé par les voitures et la mécanique ?

— Comme je te l'ai déjà dit, j'aime savoir comment une chose fonctionne. L'étape suivante, c'est son entretien. Et toi, t'es-tu toujours intéressée aux mariages ?

109

— Oui, sous tous leurs aspects. L'étape suivante, c'est de contribuer à les créer.

— Ce qui implique une disponibilité de tous les instants.

— Parfois. Tu ne veux quand même pas parler de mariages ?

— Et toi, de voitures ? répliqua-t-il.

Il déposa une part de pizza sur l'assiette de Parker.

— Non, répondit-elle, mais tous les genres d'entreprise m'intéressent. Essayons autre chose. Une fois, tu as mentionné la Floride. Où as-tu habité sinon ?

— Au Japon, en Allemagne, dans le Colorado.

— Vraiment ?

— Je n'ai aucun souvenir du Japon, et ils sont plutôt flous en ce qui concerne l'Allemagne, répondit-il en se servant à son tour. Le premier endroit dont je me souvienne, c'est Colorado Springs. Les montagnes, la neige. Nous n'y sommes restés que deux ans, mais je me souviendrai toujours la neige. Tout comme je me rappelle le parfum de l'arbuste sous ma fenêtre en Floride.

Il mordit dans sa pizza et inclina la tête.

— Alors, tu goûtes ?

Jugeant qu'elle avait suffisamment refroidi pour ne pas lui brûler le palais, Parker prit une bouchée et hocha la tête.

— Elle est fabuleuse. Sincèrement, dit-elle avant de manger un autre morceau. Mais je suis obligée de donner l'avantage à celle de Mme Grady, et de considérer que c'est la deuxième meilleure pizza du Connecticut.

— Il va falloir que je réussisse à la convaincre de me faire goûter la sienne, histoire de voir si tu es honnête ou partiale.

— Je peux être les deux, selon l'humeur et les circonstances.

110

— Essayons le mode honnête. Pourquoi as-tu accepté mon invitation ?

— Nous avons conclu un marché.

Il secoua la tête, les yeux baissés sur son assiette.

— C'est peut-être un facteur, mais pas la raison en elle-même.

Elle réfléchit, but une gorgée de vin.

— En fait, tu m'as énervée.

— Et tu sors avec les mecs qui t'énervent ?

— Il y a toujours une exception. Tu en as fait une sorte de défi, ce qui a poussé le curseur d'un cran. Et puis, j'étais curieuse. Voilà toutes les raisons pour lesquelles je suis ici ce soir à déguster cette délicieuse pizza au lieu de... Et zut !

D'un geste brusque, elle sortit son portable qui venait de sonner.

— Vas-y, réponds. On reprendra notre conversation après.

— Je déteste les gens qui téléphonent au restaurant. Je reviens tout de suite, assura-t-elle en se dirigeant discrètement vers la porte. Bonsoir, Justine. Un instant, s'il vous plaît.

Malcolm ne regretta pas cette occasion de la voir de dos. Décidément, ce jean moulant lui allait à merveille, songea-t-il en lui reservant du vin.

Kaylee posa un autre Coca devant lui et s'empara de la bouteille vide.

— Vous aviez l'air d'avoir soif, expliqua-t-elle.

— Bon timing. Alors, ça te plaît, la fac ?

— Ça va. Ce que je préfère, c'est le cours d'art appliqué. Enfin bref, c'est qui votre copine ?

— Elle s'appelle Parker.

— Elle est médecin ou flic ?

— Ni l'un ni l'autre. D'où sors-tu ça ?

— D'après mon père, les seules personnes qui

devraient avoir le droit de téléphoner dans un restaurant sont les médecins et les flics.

Il jeta un coup d'œil au portable qui dépassait de la poche de son tablier.

— Combien de textos as-tu envoyé ce soir ?

Kaylee lui décocha un sourire acide.

— Comment je saurais ? Elle est plutôt jolie, non ?

— On peut le dire, oui. Encore des soucis avec ton carburateur ?

— Non. Ma voiture roule impeccable. Mais ça reste un vieux clou d'un million d'années et le vert est à gerber.

— Elle a cinq ans, lui rappela Malcolm, mais pour la couleur, je suis d'accord. Si tu arrives à convaincre ton père, je connais un carrossier qui te la repeindrait à un prix sympa.

Le visage de Kaylee s'éclaira.

— C'est vrai ? Je vais commencer à le travailler. Vous pourriez peut-être...

Elle laissa sa phrase en suspens et se rembrunit.

— Votre copine revient.

La jeune fille pivota d'un bloc sur ses talons et regagna la cuisine d'un pas furibond qui amusa Malcolm. Il reporta son attention sur Parker.

— Alors, problème de tissu ou urgence de tango ? s'enquit-il comme elle s'asseyait. Une future mariée qui veut faire son entrée à dos de chameau ?

— Une fois, j'ai eu un client qui s'était mis en tête de louer un char romain et il m'a fallu déployer des trésors d'imagination pour l'en dissuader. Alors un chameau, je devrais gérer. En fait, une cliente vient d'apprendre que son père est allé se marier à Las Vegas avec la « garce de bimbo croqueuse d'hommes » – je cite – pour qui il a quitté sa mère.

— Ça arrive.

— Certes. Le divorce ayant été prononcé cette semaine, on peut dire qu'il n'a pas perdu de temps. Là encore, ça arrive. La nouvelle épouse a vingt-quatre ans, deux de moins que la fille.

— Voilà qui ajoute du piquant à l'équation.

— Sûrement. Et ça aussi, ça arrive. Mais quand on met tous ces « ça arrive » bout à bout, le morceau devient bigrement dur à avaler.

Bien que Parker n'eût pas fini sa part de pizza, Malcolm en glissa une deuxième sur son assiette.

— J'imagine, admit-il. Sans doute plus pour la mère que la fille. Qu'a-t-elle l'intention de faire ?

— Elle ne veut pas d'eux au mariage. Pas question qu'il la conduise à l'autel comme prévu. Elle était prête à tolérer ladite bimbo comme invitée de son père, mais jamais au grand jamais avec le statut de nouvelle épouse et belle-mère – des termes trop insupportables à entendre en public, surtout pour sa mère, qui est encore sous le choc.

— Je dois dire que je la comprends.

— Oui, c'est parfaitement justifié, et si tel est son choix, nous le respecterons, déclara Parker qui fit descendre la pizza avec une gorgée de vin. Le problème, c'est qu'elle adore son père. En dépit de son manque de jugeote et de l'éventualité sérieuse qu'il soit atteint d'un démon de midi particulièrement virulent...

— Eh, il n'y a pas que les hommes qui en sont atteints !

— Chez vous, c'est plus fréquent, et accompagné de symptômes plus aigus. N'empêche, elle l'adore, et je crains que son absence à la cérémonie ne lui gâche davantage sa journée que la présence de la belle-mère. Et lorsqu'elle lui pardonnera, ce qu'elle finira par faire un jour ou l'autre, elle regrettera amèrement sa décision.

— C'est ce qu'elle t'a dit ?

— Non. Mais je lui ai rappelé que c'était leur journée, à David et à elle, et que nous respecterions ses choix. Je lui ai aussi demandé de prendre un jour ou deux de réflexion.

— Tu penses qu'elle va se décider en faveur du père.

— Oui. Et si j'ai raison, j'aurai une petite conversation en tête à tête avec la jeune belle-mère concernant le protocole et les règles de bienséance en vigueur chez *Vœux de Bonheur*.

— Bref, tu vas lui flanquer la trouille.

— Jamais je ne ferais une chose pareille ! s'exclama Parker avec un sourire en coin.

— Et tu savoureras chaque seconde, insista-t-il.

Elle mordit dans sa pizza avec une délicatesse exagérée.

— Ce serait mesquin et grossier de ma part.

— Chaque seconde, je te dis.

Elle pouffa de rire.

— C'est vrai.

— Voilà au moins un point commun entre nous.

— Comment ça ?

— Quand on doit remettre quelqu'un à sa place, autant en tirer une certaine satisfaction, je trouve. J'ai entendu dire que tu avais rabattu son caquet à la mère de Mac il y a quelque temps de ça.

— Et la satisfaction que j'en ai tirée n'a, à mon avis, rien de mesquin ou de grossier. Elle l'avait bien mérité. Mais comment es-tu au courant ?

— Les mecs aussi se font des confidences. Del a un faible pour Mac, et les sales coups de sa mère lui ont fait voir rouge. Et puis, j'avais eu affaire à elle un peu avant, alors je connais le numéro.

— C'est vrai, quand Mac a fait enlever sa voiture. Quel moment délicieux ! avoua gaiement Parker.

J'imagine que Linda était furieuse quand elle est venue à ton garage la récupérer.

— C'est le moins qu'on puisse dire.

Elle l'observa un moment en silence, grignotant sa pizza, puis secoua la tête.

— Allez, crache le morceau. Tout ce que je sais, c'est que tu lui as dit qu'elle ne l'aurait pas avant d'avoir réglé les frais d'enlèvement et de fourrière. Et là, elle a piqué une de ces crises dont elle a le secret.

— C'est à peu près ça. Une colère noire. Elle a essayé de tout mettre sur le dos de Mac, mais je n'ai pas marché, d'autant que j'avais été mis au parfum par ma mère.

— Ta mère connaît Linda ?

— Elle sait des tas de trucs sur elle. C'est une source d'infos très fiable. Mais même sans elle, je n'aurais pas mis longtemps à cerner le personnage. Enfin bref, j'avais sa voiture, elle devait me régler la facture. Après la colère, elle a tenté la cajolerie. Elle s'est mise à jouer la pauvre victime éplorée. Mais la meilleure partie, c'est quand elle m'a offert de me payer en nature.

— Elle... Mon Dieu !

— C'est bien la première fois qu'on me propose une pipe pour un enlèvement de voiture.

Muette de stupeur, Parker écarquilla les yeux.

— Tu voulais savoir, fit remarquer Malcolm.

— C'est vrai. Euh... si Mac te pose un jour la question, par pitié, ne lui raconte pas cet épisode-là.

— Elle m'a déjà demandé et je n'ai rien dit. Pourquoi le ferais-je ? C'est sa mère qui s'est ridiculisée. Mac n'a rien à voir là-dedans.

— Je sais, mais tout le monde ne se montre pas aussi clairvoyant. Toutes ces années, elle n'a pas été épargnée à cause des frasques de sa mère. Si Linda a l'occasion de gâcher ou au moins de ternir son mariage, crois-moi, elle ne s'en privera pas.

— Aucun risque, assura-t-il entre deux bouchées. En cas de besoin, Carter prendra le relais. Et s'ils flanchent tous les deux, ils pourront toujours compter sur toi.

— Je m'en souviendrai la prochaine fois que je me réveillerai d'un cauchemar avec Linda. Tu as parlé à Del de sa... proposition ?

— Bien sûr. Ce n'est pas tous les jours qu'un mec entend un truc pareil, alors il a bien le droit de frimer auprès de ses potes.

— Vous êtes décidément une espèce très étrange.

— Je te retourne le compliment, Belles Gambettes.

L'expérience – ce terme l'aidait à mettre cette soirée en perspective – se révélait beaucoup plus agréable que Parker ne l'avait escompté. Cela dit, ses attentes étaient fort modestes.

Une relation amicale – du genre de celle qu'elle entretenait avec Jack – serait certainement la plus commode, puisque Malcolm était l'ami de Del.

D'un autre côté, elle n'éprouvait pas pour Jack cette étrange attirance sous-jacente. Il n'y avait pas entre eux cette petite étincelle obstinée.

Mais une étincelle demeurait gérable. Elle finirait bien par s'éteindre. D'autant que c'était très probablement une réaction, somme toute normale, aux avances d'un garçon très séduisant qui montrait un intérêt flagrant pour elle, alors qu'elle n'avait eu ni le temps ni l'envie d'une compagnie masculine depuis un bon bout de temps.

Tandis qu'ils regagnaient la moto, elle réfléchit aux détails pratiques d'une telle relation.

Elle enfila le casque, puis grimpa derrière Malcolm.

À peine avaient-ils quitté la ville qu'elle réalisa combien la conduite nocturne provoquait des sensations complètement différentes.

116

Une impression de liberté inédite la submergea. Le faisceau unique du phare tranchait le ruban de bitume plongé dans l'obscurité. La lune et la voûte étoilée se reflétaient sur la surface sombre de l'eau.

De pair avec cette liberté apaisante, elle éprouvait un délicieux sentiment d'abandon qui l'aidait à se vider la tête de tous les détails qui l'encombraient. Elle aimait quand son cerveau travaillait à plein régime, se nourrissait même de cette suractivité. Mais elle n'avait pas décompressé et rechargé ses batteries depuis trop longtemps.

Qui aurait pensé qu'une soirée avec Malcolm produirait cet effet bienfaisant ?

Elle allait retrouver la réalité avec plaisir, mais il lui avait offert un répit, une petite parenthèse des plus agréables.

Lorsqu'ils s'engagèrent dans l'allée sinueuse qui menait au manoir, Parker se sentait revigorée et fort bien disposée à l'égard de Malcolm Kavanaugh.

Il coupa le contact et le silence qui les enveloppa soudain lui parut tout aussi agréable. Elle descendit de moto, satisfaite de constater combien le mouvement de la jambe lui était devenu naturel, et se débarrassa de son casque.

Elle le lui tendit en riant.

— Jamais je n'avais gagné cent dollars aussi facilement, avoua-t-elle.

— Moi non plus, reconnut Malcolm.

Il la raccompagna jusqu'à la porte.

— Tu as passé une bonne soirée, apparemment.

— Oui. Merci pour...

Elle se retrouva le dos plaqué contre le battant, la bouche impérieuse de Malcolm dévorant la sienne, tandis que les derniers mots de sa phrase éclataient dans son cerveau telles des bulles de savon. Son corps musclé plaqué contre le sien, il lui saisit les mains et les tint emprisonnées contre ses cuisses.

Prise au piège, elle aurait dû protester, le repousser, mais elle succomba à la délicieuse sensation d'impuissance et à la panique fébrile qui s'emparèrent d'elle au point qu'elle eut l'impression que le sol se dérobait sous ses pieds.

Elle se laissa sombrer sans chercher à remonter à la surface, et accueillit l'assaut avec fièvre et avidité.

Les battements sourds de son cœur lui firent l'effet d'un électrochoc. Presque.

— Attends... parvint-elle à articuler.

— Encore une minute.

Il en voulait davantage et se servit sans vergogne. Elle aussi.

C'était ce feu qui couvait sous la glace qui avait d'emblée séduit Malcolm chez Parker. Et à présent, il se serait volontiers laissé consumer par l'incendie qui faisait rage.

Il lui avait emprisonné les mains pour empêcher les siennes d'explorer son corps de déesse.

Lorsqu'il sentit qu'il commençait à perdre le contrôle, il mit un terme à leur baiser, mais ne la libéra pas pour autant.

— Voilà qui devrait te prouver que je n'ai pas l'intention de te laisser tranquille.

— Je n'ai jamais dit...

— Nous avions passé un marché.

— Ça ne signifie pas que tu peux...

Parker prit sur elle et retrouva sa belle contenance. Bon sang, quel tempérament ! Il ne pouvait s'empêcher d'être admiratif.

— Ça ne signifie pas que tu peux me sauter dessus quand ça te chante.

— Je ne t'ai pas sauté dessus, objecta-t-il. Je ne t'ai même pas touchée, précisa-t-il, serrant ses doigts entre les siens. Pourtant, ce n'est pas l'envie qui m'en manque.

— Quoi qu'il en soit, je n'ai pas l'intention... Pourrais-tu me lâcher, je te prie ?

Il s'exécuta et recula d'un pas.

— Je n'ai pas l'intention de tolérer ce genre de comportement.

— J'ai peut-être un peu exagéré, concéda-t-il, et dans la pénombre, ses yeux se mirent à luire tels ceux d'un chat qui guette sa proie. Je plaide coupable. Mais, pour ma défense, je te sentais sur la même longueur d'onde. Je suppose que tu auras le cran de l'admettre.

Parker garda le silence un instant.

— D'accord, tu marques un point. Cependant, ce n'est pas parce que j'ai une réaction purement physique que tu dois... Qu'est-ce qui te fait sourire ?

— Toi. J'aime bien ta façon de t'exprimer quand tu montes sur tes grands chevaux.

Elle soupira, visiblement agacée.

— Dieu que tu es énervant ! lâcha-t-elle. En tout état de cause, mieux vaut que tu saches tout de suite que je prends les relations au sérieux. Alors si tu penses que je vais sauter dans ton lit juste parce que...

— Je ne t'ai pas demandé de coucher avec moi.

Les yeux de Parker lancèrent des éclairs, et il dut se retenir pour ne pas la plaquer de nouveau contre la porte.

— Ose me dire que ce n'est pas ce que tu veux ! répliqua-t-elle.

— C'est ce que je veux, bien sûr. Au lit ou dans n'importe quel endroit praticable. Mais je ne suis pas pressé. Et puis, il est difficile de comprendre le mode de fonctionnement d'une personne quand on est juste occupé à baiser.

Ce raisonnement était si logique que la belle assurance de Parker se lézarda.

— Cette conversation est vraiment ridicule, décréta-t-elle.

— Moi, je la trouve plutôt raisonnable et civilisée. Tout à fait ton rayon, non ?

— Écoute, Malcolm... je ne cherche pas... je n'ai pas envie...

— Tout le monde en a envie. Tu n'as pas envie, ou plutôt *avais*, avec moi. J'ai compris le message. Mais je ne laisse pas tomber, parce que à l'évidence il se passe un truc – pardon, une réaction physique entre nous. Si tu ne voulais pas que je tente le coup, tu m'aurais envoyé balader. Peut-être même avec un malin plaisir.

— Tu ne me connais pas aussi bien que tu sembles le croire.

— Belles Gambettes, je n'ai gratté que la surface, et j'entends bien découvrir le reste.

Décidément, cet échange ne menait à rien. Sentant qu'elle perdait pied, Parker décida de jeter l'éponge.

— Je rentre.

— D'accord. À plus.

Elle lui tourna le dos, s'attendant presque à un nouvel assaut. Mais lorsqu'elle ouvrit la porte, Malcolm se contenta de s'écarter avec ce qui, sans l'intermède précédent, lui aurait paru des manières de gentleman.

Une fois le battant refermé, Parker s'efforça de retrouver l'équilibre qu'il avait réussi à mettre en pièces. Elle entendit le vrombissement de la moto déchirer le silence.

Exactement comme pour elle. Il avait déchiré son silence.

Tout ce qu'il lui avait dit était vrai. Pis, il semblait lire en elle comme dans un livre ouvert, alors même qu'il n'avait, selon ses propres termes, gratté que la surface. C'était tout à la fois effrayant et gratifiant.

120

En dehors de sa famille et de ses amies proches, jamais elle n'avait laissé quiconque s'aventurer ainsi sur son territoire, dut-elle reconnaître tandis qu'elle gravissait l'escalier. Elle n'était pas certaine de vouloir y accueillir Malcolm. Mais avait-elle les moyens de l'en empêcher ?

7

Bien que ce fût là une tradition, Parker aurait préféré échapper aux confidences entre filles du petit déjeuner. Mais les motos avaient un bruit reconnaissable, un bruit que Mac avait clairement identifié alors qu'elle profitait avec Carter de leur tout nouveau patio.

Cette dernière se traîna jusqu'à la salle de gym où Parker avait presque achevé sa séance, suivie de près par Laurel, mais avec bien davantage en tête que ses biceps.

Et elle embarqua Emma au passage.

— J'ai demandé des pancakes à Mme Grady, annonça-t-elle. J'adore ça avec une histoire croustillante.

— Qui a une histoire croustillante à raconter ? voulut savoir Laurel.

— Parker.

Laurel pivota d'un bloc vers son amie qui resta pliée en deux, le nez sur les genoux, un peu plus longtemps que nécessaire.

— Attends ! Tu as des confidences croustillantes et tu ne m'as rien dit ?

— Rien d'important. En plus, nous avons du travail par-dessus la tête pour les jours à venir.

— Puisque ce n'est rien, où es-tu donc allée hier soir avec Malcolm sur sa moto pendant presque trois heures ? Non, ne nous dis rien maintenant, ajouta Mac vivement quand Parker se redressa. Avec les pancakes.

— Je ne surveille pas *tes* allées et venues, Mackensie.

— Oh, s'il te plaît, pas de Mackensie avec moi ! protesta l'intéressée qui commença ses exercices de musculation avec le Bowflex. Carter et moi avons entendu la moto de Malcolm arriver, et je vous ai vus partir parce qu'il se trouve que j'étais dehors à ce moment-là. Du coup, j'ai attendu ton retour. Tu aurais fait exactement la même chose à ma place.

— Tu t'es disputée avec lui ? s'enquit Emma. Tu es contrariée ?

— Pas du tout, répondit Parker.

Elle épongea son visage en nage, puis traversa la pièce jusqu'au panier à linge dans lequel elle lâcha sa serviette.

— Je n'ai pas le temps de bavarder devant des pancakes, c'est tout.

— Sauf lorsque c'est une de tes copines qui est sous les feux de la rampe, la taquina Laurel. Nous avons pour habitude de tout nous raconter, Parker. Si tu te défiles, c'est la preuve que tu t'inquiètes du tour que prend la situation.

— Mais non, tu n'y es pas du tout.

En fait, Laurel avait mis en plein dans le mille.

— C'est bon, soupira Parker. D'accord pour les pancakes et le reste, mais j'ai beaucoup de travail – vous aussi d'ailleurs –, alors nous ferons court.

Sur ce, elle quitta la salle de gym, ponctuant chaque pas d'un coup de talon agacé.

Emma jeta aux autres un regard interrogateur.

— Vous croyez que je devrais lui parler ?

Laurel attrapa une serviette et s'essuya le visage.

— Tu sais bien qu'elle est soupe au lait. Pour l'instant, elle est un peu remontée, mais ça va lui passer.

— Tu avais raison, cette histoire avec Malcolm a l'air de l'ébranler, observa Mac, tout en travaillant ses triceps. Si c'était sans importance, elle nous en aurait parlé, ou en aurait ri lorsque j'ai abordé le sujet. Quand un mec a-t-il déstabilisé Parker pour la dernière fois ?

— Facile, répondit Laurel. Aucun et jamais.

— La question, c'est de savoir si c'est bon ou mauvais signe.

— Bon signe, je dirais, intervint Emma qui, puisqu'elle était là, se força à monter sur l'elliptique. Il n'a rien à voir avec son genre d'homme habituel, ce qui explique sans doute en partie son trouble. Et rien n'aurait pu la convaincre de sortir avec lui si elle n'en avait pas eu envie quelque part. D'après ce que tu m'as dit, Mac, elle portait un jean et sa jolie veste en cuir chocolat. Qu'elle ait pris la peine de se changer, c'est forcément un signe.

— Je n'espionnais pas, s'empressa de préciser Mac. J'ai vu, c'est tout.

Laurel balaya la remarque d'un revers de main.

— Qui prétend le contraire ? Si je l'avais entendue partir avec Malcolm, j'aurais fait comme toi. Heureusement, Del n'est pas au courant. Mieux vaut garder le silence le temps que la situation se décante. Je ne tiens pas à ce qu'il s'énerve comme avec Emma et Jack. Bon, je vais me doucher, et prier très fort pour qu'il ait un rendez-vous matinal. On se retrouve en bas.

— Je croyais qu'elle serait super contente d'en parler, avoua Mac à Emma, une fois seules. Je ne voulais pas la contrarier.

— Ce n'est pas ta faute. Laurel a raison, on se raconte toujours nos histoires de cœur.

124

Tandis que Parker prenait sa douche, puis s'habillait, l'agacement céda la place à la culpabilité. Comment avait-elle pu se montrer aussi cassante avec ses amies, alors qu'elle n'était pas la dernière à réclamer leurs confidences ?

Elle avait fait tout un plat de cette histoire et l'avait complètement intériorisée, une tendance un peu trop fréquente ces derniers temps, elle en convenait.

Alors elle allait respecter la tradition. Elles rigoleraient un bon coup, et on en resterait là.

Lorsqu'elle pénétra dans la cuisine, Mme Grady était occupée à battre de la pâte dans un saladier.

— Bonjour, madame Grady, la salua-t-elle. Il paraît qu'il y a des pancakes ce matin.

— Mmm.

La gouvernante attendit que Parker se soit servi une tasse de café, puis :

— Alors, la prochaine étape, c'est le tatouage ?

— Pardon ?

— Ça me semble logique après avoir écumé les routes sur une Harley.

Parker n'eut pas besoin de regarder Mme Grady pour imaginer sa mine facétieuse.

— Vu mon activité, répliqua-t-elle, j'ai songé à un petit cœur dans un endroit discret.

— Très joli, et tout à fait approprié, approuva la gouvernante, qui mit sa pâte de côté pour préparer un compotier de fruits rouges. Nous risquons peut-être de nous crêper le chignon puisqu'il m'a apporté des fleurs *et* invitée à aller danser.

— Ça vous amuse, pas vrai ?

— Et comment. Il me rappelle quelqu'un.

— Ah oui ? fit Parker en s'accoudant au plan de travail. Qui ?

— Un garçon que j'ai connu, un peu rugueux sur les bords, avec de l'assurance à revendre et la langue bien

125

pendue. Beau à damner un saint, et deux fois plus sexy. Quand il jetait son dévolu sur une femme, mon Dieu, elle le savait. J'ai eu cette chance. Et je l'ai épousé.

— Vous voulez dire... Malcolm ressemble vraiment à votre Charlie ?

— Le même genre, oui. Ce qui n'est pas un genre du tout. Il a connu des moments difficiles et s'en est sorti à l'arraché, grâce à sa force de caractère. Il a toujours gardé un petit côté rebelle. Avec mon Charlie, j'ai pensé : « Oh non, ne te laisse pas embringuer dans une aventure avec celui-là ! » J'ai à peine eu le temps de dire ouf ! que c'était déjà trop tard.

Un sourire ému illumina son visage.

— Difficile de résister à un mauvais garçon qui se révèle un homme bien. On en a les jambes sciées. Vu le peu de temps qu'il nous a été donné de vivre ensemble, je remercie chaque jour le ciel de ne pas avoir résisté trop longtemps.

— Ce n'est pas comme ça entre Malcolm et moi. C'est juste...

C'était là le problème, admit-elle. Ce que c'était au juste, elle n'en avait pas la moindre idée.

S'approchant, Mme Grady prit le visage de Parker entre ses mains et lui tapota gentiment les joues.

— Dans tous les cas, tu mérites de t'amuser davantage. Même si je sais que tu savoures chaque minute de ce que tu fais.

— Je n'ai pas envie de m'amuser pour réaliser ensuite que j'ai commis une grosse bourde.

— Si seulement, répondit la gouvernante qui se pencha pour l'embrasser sur le front. C'est tout le malheur que je te souhaite. Va t'asseoir et bois ton café. Ce qu'il te faut, c'est un bon petit déjeuner et tes amies.

Possible, concéda Parker intérieurement.

À peine se fut-elle assise qu'une des mariées du week-end l'appela. Elle s'empressa de résoudre son problème – une seconde nature chez elle –, ce qui eut sur elle un effet apaisant immédiat.

— Emma et Mac arrivent tout de suite, annonça Laurel en entrant. Un coup de main, madame Grady ?

— Inutile, tout va bien.

— Eh, jolies fleurs.

— C'est mon petit ami qui me les a offertes. Celui que Parker essaie de me piquer, précisa Mme Grady avec un clin d'œil.

— La garce.

Amusée, Laurel se servit un café et rejoignit Parker dans le coin repas.

— Après ce qui nous intéresse, nous pourrions avoir notre réunion de travail ici, puisque je sais d'expérience que tu as le dossier complet de la répétition de ce soir sur ton BlackBerry. Ça nous évitera cette perte de temps qui te préoccupait.

— D'accord. Je n'aurais pas dû agresser Mac comme je l'ai fait.

— J'aurais sans doute eu le même réflexe. Pire, même.

— Oui, mais de ta part, on s'y attend.

— Bien envoyé, s'esclaffa Laurel. Je ne vais rien dire à Del pour l'instant, mais...

— Il n'y a rien à dire. Comme tu t'en rendras compte quand les autres seront là.

— Les voilà. Prépare-toi à cracher le morceau.

— Désolée, Mac, fit Parker lorsque son amie s'assit.

— L'eau. Sous les ponts. Bref, tu connais l'expression.

Mme Grady apporta le compotier.

— Mangez un peu de fruits, ordonna-t-elle.

Docilement, Parker versa plusieurs cuillerées de fruits rouges dans le bol près de son assiette.

— J'en ai fait tout un plat, j'avoue, fit-elle. Avec

127

vous, mais aussi dans ma tête. C'est juste que c'est tellement bizarre. Et pourtant très simple.

— Raconte-nous donc, et nous jugerons par nous-mêmes, suggéra Laurel. En tergiversant, tu ne fais qu'en rajouter.

— D'accord, d'accord. Il a apporté des fleurs à Mme Grady.

— Que c'est gentil, commenta Emma, tout attendrie.

— Comme elle était absente, j'ai trouvé difficile de ne pas le faire entrer pour qu'il lui laisse un mot pendant que je mettais les fleurs dans un vase. Et puis, je tenais à lui faire comprendre que je n'étais pas intéressée.

— Tu l'as fait entrer pour lui dire que tu ne voulais pas le voir ? s'étonna Mac.

— Oui. Il a la sale manie de me faire… des avances, et je voulais que les choses soient claires entre nous. Surtout depuis…

— Le baiser torride, la coupa Emma.

— Ce n'était pas… Enfin si, ça l'était, reconnut Parker. Ce soir-là, après le dîner, quand je l'ai raccompagné, il m'a prise au dépourvu, et je n'ai pas franchement résisté.

— C'est le moins qu'on puisse dire, ironisa Laurel.

— C'est humain, après tout, se défendit Parker. Et il n'y a rien eu de plus. Mais comme il est très ami avec Del, je tenais à mettre les choses au point et à lui faire savoir que je n'étais pas intéressée.

— Et il a avalé ça ? Mmm, merci madame Grady, fit Mac qui tendit une main avide vers le plat de pancakes que la gouvernante venait de poser sur la table. Parce que si oui il va descendre de plusieurs crans dans mon estime côté intelligence.

— Apparemment non, puisqu'il m'a proposé un marché. J'acceptais une balade à moto et un dîner, et si je ne passais pas une bonne soirée, il laissait tomber.

— Et tu as accepté ? s'écria Laurel tout en attrapant le sirop d'érable. Tu ne l'as pas écrabouillé comme un insecte ou mis hors d'état de nuire avec le rayon paralysant Parker Brown ?

Parker s'empara de sa tasse et but une gorgée de café.

— Tu me laisses raconter, oui ou non ?

— Vas-y, continue.

— J'ai accepté parce que ça paraissait plus simple, et oui, un peu par curiosité. C'est l'ami de Del, je ne voyais pas l'intérêt de me montrer hostile. En outre, je n'avais pas grand-chose à perdre. À peine dehors, il m'a parlé du pari.

— Quel pari ? demanda Emma.

Parker les mit au courant.

— Carter a misé aussi ? Et sur Malcolm ? J'adore ! s'exclama Mac avant de rire à gorge déployée.

— Je trouve bien de sa part qu'il te l'ait dit avant que tu montes sur la moto, souligna Emma. Il savait forcément que tu aurais là un prétexte en or pour l'envoyer balader.

— C'est tout à son honneur, je le reconnais, fit Parker. Et il m'a donné la moitié de ses gains – sur mon insistance. Ce n'était que justice.

— Et vous êtes allés où ? voulut savoir Emma.

— À Old Greenwich, dans une petite pizzeria. J'avoue que la balade en moto était très sympa, et que partager une pizza avec lui n'avait rien d'une épreuve. C'est quelqu'un d'intéressant.

— À combien d'appels as-tu répondu pendant que vous étiez ensemble ? demanda Laurel.

— Quatre.

— Et comment l'a-t-il pris ?

— Comme une chose naturelle. Il m'a même encouragée à décrocher. Et, oui, un bon point pour lui. Bref, nous avons passé une soirée des plus agréables, mais, au retour, à peine nous sommes-nous retrouvés devant la porte qu'il...

Emma se tortilla sur son siège.

— Ah, voilà l'épisode croustillant !

— Il a tout simplement pris le pouvoir, continua Parker. Cette façon qu'il a de m'acculer me fait disjoncter chaque fois. Il excelle à ce petit jeu, et je me retrouve incapable d'aligner deux pensées cohérentes. C'est un réflexe, expliqua-t-elle.

— Il est du style chaud-bouillant et fonceur, ou langoureux et câlin ? s'enquit Mac.

— S'il est langoureux, je ne l'ai pas remarqué.

— Je te l'avais dit, souffla Mac à Emma en lui flanquant un coup de coude.

— Quand mon cerveau a recommencé à fonctionner, je lui ai dit qu'il ne pouvait pas me sauter dessus quand ça lui chantait. Il a juste eu l'air amusé. Un peu comme vous trois en ce moment du reste – et vous aussi, madame Grady, je vous vois là-bas dans votre coin.

— Tu as répondu à son baiser, pas vrai ? devina cette dernière.

— Oui, mais...

— Donc, même si tu n'avais pas déjà les jambes sciées, ç'a été le coup de grâce.

Parker fut prise d'une forte envie de bouder. Elle se contenta d'un haussement d'épaules.

— Simple réaction physique.

— Jamais entendu parler, commenta Laurel. Mais si un tel phénomène existe, je serais tentée de dire « et alors ? ».

— Je n'ai pas envie de me laisser embringuer...

130

Se rappelant les paroles de Mme Grady, Parker glissa un regard dans la direction de la gouvernante qui haussa les sourcils en retour.

— Je n'ai pas envie de m'engager dans une relation qui pourrait se révéler une erreur. Surtout avec un ami de Del, Jack, et Carter. D'autant que je le connais à peine et que je ne sais vraiment pas grand-chose de lui.

— Le but, quand on sort avec quelqu'un, n'est-il pas justement d'apprendre à le connaître ? souligna Emma. Ce garçon t'intéresse, ma vieille, ça crève les yeux. Il t'attire. Et ça te rend nerveuse.

— Tu t'es amusée avec lui, intervint Mac. Quel mal y a-t-il à s'amuser ?

Laurel tapota la jambe de Parker sous la table.

— Il est immunisé contre ta cape répulsive et ton rayon paralysant. Il n'agit ni ne réagit d'une manière que tu peux prévoir ou contrôler. Du coup, tu cherches une raison de te défiler.

— Je ne suis pas si superficielle.

— Pas superficielle. Nerveuse à l'idée de le laisser t'approcher de trop près parce qu'il pourrait prendre davantage d'importance que prévu. À mon avis, c'est déjà le cas.

— Je n'en sais strictement rien. Et je déteste ne pas savoir.

— Dans ce cas prends un peu de temps pour en avoir le cœur net, lui suggéra Emma.

— J'y songerai. Si, je t'assure.

Comment pourrait-il en être autrement ?

— Voilà, c'est tout pour les potins croustillants du petit déjeuner, conclut-elle. J'ai apprécié, sincèrement, mais à présent nous devons passer en mode travail. Nous sommes déjà presque en retard pour notre réunion.

131

Malcolm installait de nouveaux supports de moteur sur une Ford Thunderbird Sport Roadster de 1962 – un vrai petit bijou. À la demande du client, il avait aussi refait pour ainsi dire tout le moteur. Quand il en aurait terminé, le cabriolet sport deux places ronronnerait comme un gros chat au pelage lustré. Il avait déjà remplacé les plaquettes de frein, fixé le nouveau système de refroidissement et revu les trois carburateurs Holley deux barils.

D'après ses estimations, d'ici quelques heures il sortirait l'engin pour un essai sur route.

— Belle bagnole.

Malcolm sortit la tête de dessous le capot et découvrit Del en très sérieux costume d'avocat.

— Modèle 1962, précisa-t-il. Un des deux mille exemplaires environ mis en circulation à l'époque.

— Vraiment ?

— La belle bagnole coûtait une petite fortune lors de sa sortie. Mon client a acheté celle-ci dans une vente aux enchères et l'a fait restaurer. Rouge exotique à l'extérieur, deux tons de rouge et crème à l'intérieur. Pneus à flancs blancs, roues à rayons. Après restauration, il s'est rendu compte que les problèmes qu'elle lui causait sur la route provenaient peut-être des cent soixante-dix mille kilomètres que la vieille dame affichait déjà au compteur.

— Et c'est là que tu es intervenu.

— C'est mon métier. Jette un coup d'œil.

— D'accord, tant que tu ne me demandes pas de comprendre ce que je regarde, ou la moitié de ce que tu racontes.

— Admire un peu ce V8 chromé, un bijou.

Del se pencha sous le capot, vit beaucoup de noir, un peu de chrome rutilant et diverses pièces de moteur estampillées du logo Thunderbird. Il n'y connaissait rien en mécanique, mais se fendit d'un hochement de tête appréciateur.

Malcolm sortit le bandana de sa poche arrière et s'essuya les mains.

— Quand j'en aurai fini avec elle, elle fera à peu près tout ce que tu veux sauf t'embrasser pour te souhaiter bonne nuit. Des soucis avec la Mercedes ?

— Non. J'avais un petit déjeuner professionnel en ville et j'en profite pour déposer les documents que tu m'avais demandés. J'ai une dizaine de minutes si tu veux y jeter un coup d'œil maintenant. Ou je te les laisse et tu les lis à tête reposée quand tu auras le temps, quitte à m'appeler si tu as des questions.

— Je les lirai plus tard, j'ai plein de boulot pour l'instant. Tant que tu ne me demandes pas de comprendre ce que je regarde, ou la moitié de ce que tu racontes.

— Je t'aiderai à comprendre quand tu veux, proposa Del qui jeta un nouveau coup d'œil sous le capot avec un froncement de sourcils. Peut-être qu'un jour tu m'aideras à comprendre un moteur.

Malcolm précéda Del dans le réduit vitré sobrement meublé d'un bureau métallique, de deux armoires de classement et d'une chaise pivotante. Ce dernier sortit une chemise de son porte-documents et la posa sur le bac à courrier.

— On pourrait profiter de ces dix minutes pour parler d'une affaire personnelle, fit Malcolm en fourrant son bandana dans sa poche.

— Bien sûr. De quoi s'agit-il ?

— Je suis sorti avec Parker hier soir.

Après un long regard perplexe, Del secoua la tête.

— Tu l'as convaincue de remonter sur la moto ? Tu avais un flingue ou quoi ?

— Nous avons conclu un marché. Je lui ai proposé une balade, un dîner, et si, à notre retour, elle estimait ne pas avoir passé une bonne soirée, je laisserais tomber.

Le regard perplexe se durcit.

— Laisser tomber quoi ?

— Ce truc qu'il y a entre nous.

— Qui serait ?

Le regard Brown qui tue. Une vraie marque de fabrique familiale, songea Malcolm.

— Tu veux vraiment que je te fasse un dessin ?

— Et ce *truc* aurait commencé quand ?

— Pour moi ? La première fois qu'elle m'a adressé la parole. Et c'est monté de plusieurs crans depuis. Quant à elle, pose-lui la question toi-même. Comme elle a passé une bonne soirée, je ne laisse pas tomber. Je tenais à jouer franc jeu avec toi.

— C'en est où entre vous exactement ?

— Tu sais, Del, répondit Malcolm après un silence, je comprends ton attitude envers Parker, et les autres. À ta place, je réagirais sans doute comme toi. Mais je n'ai pas envie de m'aventurer sur ce terrain avec toi. Si tu veux lui demander, c'est entre vous deux. Laisse-moi quand même te dire une chose : si tu t'imagines que je suis à la recherche d'une histoire sans lendemain, c'est qu'on ne se connaît pas aussi bien qu'on le pensait toi et moi.

— Il s'agit de ma sœur, bon sang.

— Sinon, nous n'aurions pas cette conversation. Écoute, Parker n'est pas seulement une femme superbe, intelligente, passionnante. Elle a aussi un caractère bien trempé, et si jamais elle veut se débarrasser de moi, elle est assez grande pour s'en charger elle-même.

D'un geste rageur qui trahissait sa frustration, Del fourra les mains dans ses poches.

— Je ne sais pas quoi te dire.

Malcolm haussa les épaules.

— Au fait, tu peux lui donner les cent dollars que tu me dois. Après notre marché, j'ai tenu à jouer franc jeu avec elle aussi, et je lui ai parlé du pari.

— Génial.

— Elle ne s'est pas fâchée. Elle a juste voulu sa part du gâteau. Comment ne pas craquer pour une femme qui raisonne ainsi ? Enfin bref, elle tient à avoir ta mise. Je récupérerai la mienne auprès de Jack, et vous vous arrangerez avec Carter.

— Je ne sais pas si nous sommes quittes. Je dois encore y réfléchir. En tout cas, je suis sûr d'une chose : si tu la fais souffrir, je te démonte.

— Compris. J'ai mieux à te proposer : si jamais ça arrivait, je me laisserais faire sans broncher.

— C'est ça, frimeur. Lis donc ces maudits papiers.

Sur quoi, Del quitta le garage au pas de charge.

Ç'aurait pu être pire, jugea Malcolm. Del aurait pu lui balancer son poing dans la figure comme il l'avait fait avec Jack à cause d'Emma.

Secouant la tête, il retourna à son moteur. Quelque chose au moins dont il comprenait tous les rouages.

Connaissant l'emploi du temps de sa sœur, Del veilla à rentrer suffisamment tôt pour la cuisiner. Avec un sens aigu de la stratégie, il arriva juste à la fin de la première répétition, à un moment où le reste de l'équipe serait occupé à préparer la suite des festivités, avant la deuxième répétition du jour.

Il s'avança d'un pas nonchalant vers le perron, tandis que Parker prenait congé des premiers clients et de leurs invités.

— Tu rentres tôt, s'étonna-t-elle.

— Je me suis arrangé au cabinet, histoire de venir donner un coup de main.

— Il est le bienvenu. La prochaine répétition a lieu dans environ un quart d'heure, et la mariée de ce soir arrive avec sa suite d'ici une demi-heure pour les coiffures et le maquillage. Nous sommes dans les temps, mais…

— Bien, on va profiter de ce quart d'heure pour faire une petite balade.

Il lui prit la main et l'entraîna sur la pelouse.

— Dois-je en déduire que quelqu'un m'a vue avec Malcolm hier soir et t'a fait son rapport ? demanda-t-elle d'un ton posé en lissant la veste de son tailleur. Nous nous connaissons trop bien, Del.

— C'était ce que je croyais avant que tu nous la joues *Easy Rider*.

— Si tu as dans l'idée de me faire un sermon sur les dangers de la moto, tu vas devoir me fournir une déclaration écrite sous serment assurant que tu n'en as pas enfourché une toi-même ces trois dernières années.

Bon d'accord, exit l'argument. Histoire de gagner un peu de temps, il sortit son portefeuille et prit un billet de cent dollars qu'il lui tendit.

— Merci, fit Parker avant de le plier et de le glisser dans sa poche.

— Tu es sortie avec lui à cause du pari ?

— Je dirais plutôt en dépit du pari.

— Maintenant que les jeux sont faits, tu prévois de sortir de nouveau avec lui ?

— Il ne me l'a pas demandé, et je n'ai rien décidé.

Elle tourna la tête, étudia un moment son frère, puis :

— Puisque tu sembles indemne, et que Malcolm, j'imagine, sait se défendre, j'en conclus qu'il n'y a pas eu échange de coups quand il t'a appris que j'étais au courant pour le pari.

— Je n'ai pas pour habitude de cogner les gens. Jack était une exception, s'empressa-t-il de nuancer. Et Malcolm y a échappé en me parlant de… tout cela sans attendre.

Parker s'immobilisa.

— C'est lui qui t'en a parlé ?

— Oui. Et pas toi.

Songeant au tact dont Malcolm avait fait preuve, elle répondit sans réfléchir :

— Del, vis-tu vraiment dans l'illusion que je te parle de tous les hommes avec qui je sors ?

— Donc Malcolm et toi sortez ensemble.

— Non. Enfin, peut-être. Je n'ai encore rien décidé. Avant Laurel, est-ce que je te mettais sur le gril chaque fois que tu avais un rendez-vous, monsieur l'avocat ? Et si tu réponds que c'est différent, il se pourrait que ce soit *moi* qui te cogne.

Tandis qu'ils poursuivaient leur promenade dans le parc, il avoua :

— Jusqu'à présent, tu n'étais encore jamais sortie avec un ami à moi. Un bon ami à moi, même.

— Exact. N'empêche, est-ce que je suis intervenue quand la situation a évolué entre Laurel et toi ? Mon frère et l'une de mes meilleures amies ?

— Je n'interviens pas, protesta-t-il. Je tâte le terrain, c'est tout.

— Il n'y a pas de terrain à tâter. Nous avons fait une balade à moto, mangé une pizza et…

— Et ?

— Clôturé la soirée par le coup classique du baiser sur le pas de la porte.

— Donc tu t'intéresses à lui.

— Disons qu'il ne m'est pas indifférent, même si j'en suis la première surprise. J'ai passé une bonne soirée, et je ne m'y attendais pas. Je me suis détendue, bien amusée, ce qui ne m'était pas arrivé depuis longtemps avec un homme. Le fait qu'il soit ton ami signifie que non seulement tu l'apprécies, mais que tu lui fais confiance et que tu le respectes. Y a-t-il une raison pour qu'il n'en aille pas de même avec moi ?

La mine renfrognée, le regard perdu au loin, Del soupira.

— Non.

— Le fait qu'il t'en ait parlé lui-même, ça compte aussi. Je n'avais rien dit à Laurel et aux autres avant ce matin. Et je ne suis pas certaine que je l'aurais fait si Mac ne m'avait pas vue partir en moto. Pas vraiment un bon point pour moi.

— Tu ne voulais pas les mettre entre nous. C'était gênant.

— Peut-être en partie – mais en partie seulement, répondit Parker qui s'arrêta pour lui faire face. S'il te plaît, Del, ne me mets pas entre ton ami et toi. Ne fais pas de moi une pomme de discorde.

— Je n'en ai pas l'intention. À moins qu'il ne soit pas réglo, auquel cas il aura affaire à moi. Il le sait déjà, du reste. En fait, il est même d'accord pour me laisser le démonter sans broncher, reconnut Del. Un autre point en sa faveur parce que je le connais et que je sais qu'il est sincère.

Parker l'enlaça et l'étreignit brièvement.

— Je sais fort bien me débrouiller seule, mais c'est sacrément agréable d'avoir un grand frère prêt à prendre ma défense au cas où.

— Tu peux compter sur moi.

— C'est noté. Et maintenant au travail, enchaîna-t-elle. Si tu es ici pour aider, va proposer tes services à Emma. C'est elle qui a le plus besoin de bras supplémentaires. Voilà déjà le prochain groupe.

Abandonnant Del, elle traversa la pelouse pour aller saluer les nouveaux arrivants. Bizarre, songea-t-elle.

Alors qu'elle osait à peine s'avouer à elle-même que Malcolm Kavanaugh l'intéressait, elle avait passé une partie de la journée à parler de lui.

Et plus de temps encore, devait-elle admettre, à penser à lui.

8

Avant la réunion du matin avec ses associées, Parker s'infligea une séance de gym intense, se doucha et s'habilla pour la longue journée qui les attendait, puis se plongea dans ses dossiers.

Le mariage du vendredi soir s'était déroulé sans anicroche, ne requérant pas davantage que les habituelles courses à droite et à gauche ou les rapides décisions en coulisse dès qu'un pépin potentiel pointait le nez à l'horizon.

Et, heureusement pour tous, Jacy avait dit oui à Griff.

Aujourd'hui, avec deux mariages programmés, la charge de travail serait plus que doublée. Ingrédient toujours essentiel, le minutage devenait alors absolument vital, qui détaillait tous les préparatifs de la cérémonie de fin de matinée avec soixante-quinze invités, puis le démontage après lequel un nouveau décor serait planté pour le soir.

Emma et son équipe assumeraient le plus gros du travail physique avec le transport et l'installation des fleurs et du matériel de décoration à l'extérieur comme à l'intérieur – deux fois. Le travail de Laurel – pièce montée, pâtisseries et chocolats – serait pour ainsi dire achevé avant le premier événement. Il ne lui resterait que la mise en place. Elle pourrait donc donner un coup de main en fonction des besoins, et assurer la coordination avec les traiteurs. Quant à Mac, elle serait sur tous les fronts avec son appareil, avant et pendant.

Parker vérifia sa trousse d'urgence : pansements, pastilles de menthe, aspirine, calepin et crayon, brosse à cheveux télescopique, peigne, lime à ongles, lingettes, détachant, briquet, nettoyant pour lunettes et un couteau suisse doté d'une paire de ciseaux.

Prête pour la réunion, elle buvait sa deuxième tasse de café devant son ordinateur tout en surlignant les éventuelles sources de problèmes quand Laurel entra en coup de vent.

— Pas question de refaire une seule violette avant au moins dix ans, mais je te jure, ma pièce montée Fleurs des Bois est de toute beauté.

— Ravie de l'entendre. Et la Dentelle Blanche ?

— Celle-là, je n'ai pas honte de le dire, est carrément spectaculaire, répondit Laurel qui se versa un café et s'empara d'un muffin. Emma est en train de décorer l'entrée avec son équipe. Le premier mariage, sur le thème champêtre, promet d'être superbe. Elle nous rejoint dès qu'elle aura fini de garnir les vasques. Elle tient à s'en occuper elle-même.

Elle se laissa choir dans un fauteuil.

— Alors, Malcolm a téléphoné ?

— Pourquoi le ferait-il ?

— Pour parler à sa bikeuse adorée.

— Comme elle est mignonne, commenta Parker d'un ton acide.

— N'est-ce pas ? rétorqua Laurel en se tapotant les cheveux d'un air suffisant. Pourquoi ne l'appelles-tu pas ?

— En quel honneur ?

À l'évidence amusée, Laurel planta le coude sur la table et cala le menton dans sa paume.

— Del trouve ça bizarre, mais n'a pas l'intention de tabasser Malcolm – pour l'instant.

— Quelle retenue méritoire.

— Pour Del, ça l'est quand il s'agit de toi. Je pourrais lui suggérer de demander à Malcolm de te téléphoner.

— Depuis quand sommes-nous revenues en terminale ?

— C'est marrant.

Parker secoua la tête.

— Ce n'était même pas un vrai rencard. En fait, c'était un non-rencard avec un ou deux baisers.

— Des baisers torrides.

— Peu importe.

— Bonjour, vous deux, lança Mac en entrant. Malcolm a appelé ?

— Non. Ne pourrait-on pas juste...

— Tu devrais téléphoner. Ou peut-être essayer une conversation par répondeurs interposés, suggéra Mac en se remplissant une tasse de café. Carter et moi, on s'est bien éclatés au début. Ça nous arrive encore d'ailleurs. Il y a aussi les mails. Emma et Jack s'en envoyaient de très sexy. Avec ton BlackBerry greffé à la main, ce serait pratique.

— Je vais retenir cette idée pour... quand les poules auront des dents. À présent, si nous pouvions, je ne sais pas, en venir aux deux événements majeurs qu'on nous paie pour orchestrer aujourd'hui ?

— Tu es tellement rigide.

Emma fit irruption dans la pièce au pas de course, un Pepsi Light dans une main, son ordinateur portable dans l'autre.

— J'ai l'impression d'avoir déjà couru huit kilomètres ce matin. Est-ce que...

— Non, Malcolm n'a pas téléphoné, coupa Parker qui n'aboya pas, mais tout juste. Et non, je ne compte

142

pas l'appeler, ni laisser un message sur son répondeur ou lui envoyer un mail. J'ai fait le tour, là ?

— Tu pourrais déposer ta voiture au garage pour une révision. Non, c'est vrai, il vient juste de la faire. La camionnette, alors, proposa Emma. Non plus, la dernière remonte à deux mois et, bon sang, à quel sermon j'ai eu droit. Peut-être...

— Peut-être que nous pourrions nous mettre enfin au travail.

— Elle est agacée qu'il n'ait pas téléphoné, intervint Laurel.

— Je ne suis pas agacée qu'il...

— Contrariée, plutôt, objecta Mac qui pinça les lèvres d'un air songeur.

— Si je suis contrariée, c'est à cause de vous.

Ignorant Parker, Laurel se pencha vers Mac.

— Il est sans doute du genre à attendre trois jours avant de se manifester.

— Quel principe stupide.

— Je ne te le fais pas dire, approuva Emma. Qui a bien pu imaginer une niaiserie pareille ?

Mac enfourna une grosse bouchée de muffin.

— Des gens comme Parker.

— Quand vous aurez fini, faites-moi signe, maugréa celle-ci. Ne vous pressez surtout pas. Nous avons juste une mariée, sa suite, la coiffeuse et son équipe qui arrivent dans soixante-cinq minutes, alors aucun souci.

— Vous vous souvenez de ce type avec qui elle sortait ? reprit Mac. Celui avec le bouc ?

— Celui-là ? fit Laurel avec dédain. On ne l'aimait pas du tout.

— Il ne vous regardait jamais dans les yeux, renchérit Emma.

— Et en plus il gloussait, ajouta Mac qui hocha la tête d'un air docte. Je n'ai jamais rencontré quelqu'un

143

qui gloussait ainsi. Je ne crois pas qu'on puisse faire confiance à un glousseur.

Parker savait exactement de qui parlaient ses amies. Elle faillit faire remarquer qu'elle n'était sortie avec lui qu'une poignée de fois, puis, parce qu'elle était avisée – ou obstinée –, choisit de se taire.

— Tu as mille fois raison, approuva Emma qui sourit à Parker. Et comme on ne l'aimait pas, on ne parlait pas beaucoup de lui. Devant toi.

— Mais puisqu'on aime bien Malcolm, on a beaucoup à dire.

Dans la mesure où le raisonnement était d'une logique imparable, Parker ne put que soupirer.

— D'accord, mais, pour l'instant, il n'y a rien de particulier à raconter. Et il se pourrait que ça en reste là. Si jamais il y a du nouveau, vous serez les premières informées, promis.

— On compte sur toi, répondit Laurel, et les autres hochèrent la tête d'un même mouvement. Et maintenant, au boulot.

— Parfait, dit Parker. Tout comme la météo du jour. Soleil, risque de pluie quasi inexistant, vent faible, températures de saison. Le mariage Gregory-Mansfield ne recèle aucun danger potentiel connu, aucune complication familiale ou autre à surveiller.

— Juste la routine, alors, fit Laurel.

— Exactement. J'ai parlé à la mariée ce matin. Tout va bien. La mère et la fille ont eu une conversation émouvante hier soir et déjà évacué le trop-plein de larmes.

— J'aime bien cette fille, avoua Emma qui sirotait son jus de fruits. Nous ne sommes pas obligées d'apprécier nos mariées, c'est donc un plus.

— C'était un vrai plaisir de travailler avec elle, acquiesça Parker. À présent, voyons le planning.

Elle le passa en revue, point par point, prenant en compte les remarques éventuelles de ses associées.

— Les fleurs ont un charme fou, fit remarquer Emma. Avec la violette des sous-bois en note dominante.

— Ne me parle pas de violettes des sous-bois, bougonna Laurel. J'en ai confectionné plus de deux cents pour la pièce montée.

— C'est le thème prairie champêtre à fond, continua Emma. Le portique et les suites sont terminés, ainsi que le vestibule, la cage d'escalier et presque tout l'intérieur. Nous travaillons encore sur l'extérieur. D'ailleurs, je dois bientôt y retourner. Les charrettes fleuries vont être sublimes, et elle va adorer les arrosoirs miniatures garnis de la fleur dont je ne dois pas citer le nom sur les tables pour la réception.

— J'ai déjà quelques idées pour les portraits officiels en extérieur, enchaîna Mac. Avec les charrettes sublimes d'Emma, justement.

— La pièce montée est terminée, annonça Laurel. Ce modèle ne nécessite pas d'assemblage ultérieur. Emma et moi pourrons dresser le présentoir et le buffet des desserts durant le brunch.

— Selon moi, le défi majeur de la journée, ce sera la transition avec le second mariage, déclara Parker. Le minutage doit être parfait.

— Ça ne sera ni la première ni la dernière fois, observa Laurel. La pièce montée du soir, en revanche, nécessite des finitions sur place, mais à part ça, nous sommes dans les temps. Le gâteau du marié est fini ainsi que presque tous les desserts. J'en ai encore pour environ une heure que je peux caser avant le premier mariage.

— J'ai déjà briefé mon équipe à propos des délais, intervint Emma. Ils seront serrés, mais on va y arriver. On s'attaquera au salon d'honneur dès que les invités passeront dans la salle de bal. Les douze bouquets, les trois corbeilles et les diadèmes des petites du cortège sont terminés. Toute aide supplémentaire sera la bienvenue. Jack et Del donneront un coup de main. Carter aussi, quand Mac n'aura pas besoin de lui. On devrait s'en sortir.

— Dangers potentiels à prendre en compte, annonça Parker. L'oncle Henry, le frère du père du marié, a un penchant certain pour la vodka, et quand il a trop bu, il a tendance à peloter sans vergogne les fesses des femmes qui passent à sa portée. Je le garderai à l'œil, mais plusieurs paires d'yeux ne seront pas inutiles. Sinon, la mère de la mariée est en froid avec sa belle-mère. Un conflit de longue date. On m'a assuré qu'elles avaient conclu une trêve, mais nous savons d'expérience que, l'émotion et l'alcool aidant, un « cessez-le-feu » peut exploser en vol. Dernier point, la sœur de la mariée a divorcé il y a trois ans du meilleur ami du marié, qui est aussi placier à la cérémonie. Ils ne sont pas séparés à l'amiable, alors méfiance. Bien, on a fait le tour, je crois. On récapitule vite fait le timing.

Une heure plus tard, Parker, vêtue d'un tailleur d'un gris discret, se tenait sur le perron pour accueillir la mariée.

— Prête pour le grand jour, Marilee ? demanda-t-elle avec un sourire tandis que Mac mitraillait la jeune femme.

— Plus que prête. Oh, regardez-moi cette splendeur ! s'extasia-t-elle devant le portique.

Déjà radieuse sans maquillage, les cheveux rassemblés en une vague queue-de-cheval, elle agrippa la main de sa mère et celle de sa meilleure amie – et demoiselle d'honneur.

146

— On dirait… une forêt magique. Sauvage et mystérieuse.

— Emma sera heureuse que vous aimiez, assura Parker. Et vous n'avez encore rien vu. Venez avec moi, nous allons rejoindre la suite de la mariée.

Dans un décor de violettes et d'églantines, Parker suspendit les robes, servit les rafraîchissements, répondit aux questions.

— Nos coiffeuses arrivent, annonça-t-elle, après avoir reçu le message dans son écouteur. Je vais vous confier à Mac. Je repasserai tout à l'heure. Si vous avez besoin de moi dans l'intervalle, il vous suffit de composer le 1-1-1 sur le combiné.

Elle gagna la porte d'un pas tranquille, puis, une fois dans le couloir, piqua un sprint pour vérifier l'avancement des préparatifs à l'extérieur. Emma avait raison : les charrettes fleuries étaient superbes. Églantines rouges et violettes montaient à l'assaut du portique, vasques et jardinières débordaient de fleurs sauvages. L'équipe d'Emma était encore occupée à fixer sur le côté des chaises recouvertes de housses vert pâle de jolis arrangements floraux disposés dans des pots miniatures en cuivre patiné.

Charmant, jugea Parker, tout comme les photos que prendrait Mac.

Elle apporta son aide à droite et à gauche pendant une dizaine de minutes, puis se dépêcha d'aller accueillir le futur marié, non sans avoir d'abord averti Mac de son arrivée dans son micro.

En redescendant, elle aperçut le père du marié, veuf depuis cinq ans, seul sur la petite terrasse. Elle le rejoignit.

— Monsieur Mansfield, je me demandais si vous aimeriez que je vous montre l'espace que nous avons décoré pour la cérémonie. Cela laissera le temps aux mariés et à leurs suites de se préparer, ajouta-t-elle en glissant son bras sous le sien.

— La journée promet d'être magnifique.

— En effet.

C'était un bel homme – épaisse chevelure poivre et sel, teint légèrement hâlé, traits affirmés –, mais son regard était empli de tristesse.

— C'est difficile de faire face aux moments heureux, aux moments qui comptent sans l'être cher qui les a rendus possibles, dit-elle doucement.

M. Mansfield posa la main sur la sienne.

— Je ne veux pas le montrer. Je ne veux pas un seul nuage en ce jour si important pour Luke.

— Aujourd'hui, elle lui manque, à lui aussi, murmura-t-elle. Il pense à elle, comme vous. Mais pour vous, c'est différent ; c'était votre compagne. À mon avis, votre fils partagera avec Marilee ce que vous partagiez avec votre épouse : l'amour, la complicité, la confiance.

— Kathy aurait adoré Marilee, soupira-t-il. Elle aurait aussi adoré cet endroit, ajouta-t-il en découvrant la terrasse, la pergola et les pelouses. Et chaque minute de cette journée. Vous offrez à notre fils un bien beau cadeau.

— Nous nous contentons de planter le décor. Votre épouse et vous avez contribué à faire de lui l'homme qu'il est devenu. Et aujourd'hui, il reprend le flambeau avec Marilee.

Les yeux du père de Luke s'embuèrent. Parker sortit son paquet de mouchoirs et lui en tendit un.

— Monsieur Mansfield…

— Vu les circonstances, je pense que vous pouvez m'appeler Larry.

— Larry, je sais ce que c'est que d'assister à des événements heureux en l'absence de ceux avec qui on voudrait le plus les partager.

Il acquiesça, retrouvant sa contenance.

— Je connaissais vos parents.

— Je me souviens en effet de vous avoir vu avec votre épouse à des réceptions ici. Luke lui ressemble beaucoup.

— C'est vrai, mon Dieu.

— Dans ces moments-là, tout ce que nous pouvons faire, je crois, c'est porter ces êtres chers dans notre cœur, en sachant qu'eux aussi seraient fiers et heureux.

Larry Mansfield approuva d'un hochement de tête, et pressa brièvement la main de Parker.

— Vous êtes la sagesse même, Parker.

— Je pense sincèrement que Marilee a beaucoup de chance d'avoir Luke comme mari, et vous comme beau-père. Voulez-vous que nous marchions encore un peu ?

— Non, je ferais mieux d'aller rejoindre mon fils. Notre fils, rectifia-t-il avec un sourire en posant la main sur son cœur.

Parker le raccompagna, ravie de réussir à le faire rire en chemin. Puis elle courut se replonger dans le bienheureux chaos qui régnait dans la suite de la mariée.

À l'heure prévue, elle fit aligner les membres du cortège, aida à ajuster les diadèmes ornés de roses et de violettes, distribua les bouquets, tapota avec dextérité les yeux humides afin d'épargner le maquillage.

— Marié en place, lui annonça Laurel dans son oreillette.

— Ici aussi. Lance la musique des parents.

Après avoir donné le signal aux grands-parents de la mariée, elle se tourna vers Larry, qui escorterait sa propre mère dans le cortège.

— À vous. Vous êtes superbe, monsieur Mansfield. Bonne cérémonie.

149

Avec le tic-tac du chronomètre qui résonnait dans sa tête, elle les regarda s'avancer dans la travée.

— À présent au tour de la mère de la mariée et de son fils. Brent, après avoir escorté votre mère à sa place, vous allez vous placer à gauche du témoin. Top départ !

Parfait, se dit Parker. Et idéalement synchronisé.

— Musique de la mariée, annonça-t-elle dans son micro.

Elle n'eut pas à rappeler à la première demoiselle d'honneur de sourire. Elle était déjà radieuse.

— À vous ! Parfait. Cody, ça va être à toi. Tu te rappelles ta mission ? demanda-t-elle au petit garçon qui portait un coussin de satin blanc avec les alliances.

Affichant un grand sourire, ce dernier se rengorgea et s'avança dans la travée d'un pas solennel.

— À ton tour, Ally. Mon Dieu, on dirait la reine des fées. Tu éparpilles tes pétales et tu souris, d'accord ? Et après tu vas rejoindre ta maman juste devant. Bravo, c'est très bien.

— C'est à moi ! s'écria Marilee avec un petit rire essoufflé.

— Non seulement vous êtes une mariée splendide, mais une des plus heureuses que j'aie jamais vues. Prêt pour le grand moment, monsieur Gregory ?

— Elle n'est pas nerveuse, alors je le suis pour deux.

— Ça ne se voit pas. Vous êtes tout simplement superbe. Respirez un grand coup. J'inspire, j'expire. Voilà. C'est à vous. Marquez un temps d'arrêt à l'entrée, que tout le monde puisse vous admirer. Top départ !

Parker attendit que l'attention générale se concentre sur la mariée, puis, lorsqu'elle fut sûre de ne pas risquer de se trouver dans le champ de Mac, elle se retira sur le côté, tout comme ses associées, invisible, mais prête à intervenir au moindre souci, petit ou grand.

Durant les vingt minutes qui suivirent, ce ne fut pas le cas. À sa grande satisfaction.

— Jusqu'à présent, tout se passe pour le mieux, murmura-t-elle dans son micro. Belle cérémonie. Le solarium est-il prêt pour les invités pendant les photos ?

— Prêt et archiprêt, assura Emma. Et pour le salon d'honneur, nous sommes dans les temps.

— Excellent. Ici, nous en sommes à l'échange des alliances.

Lorsque l'heureux couple remonta la travée – pour ainsi dire en dansant, car le marié s'arrêta à mi-chemin pour faire tournoyer dans ses bras son épouse ravie –, Parker ne put s'empêcher d'applaudir.

Avant de se remettre aussitôt au travail.

Mac partit dans une direction avec les mariés et leur suite, elle dans l'autre avec les invités. Les extras se précipitèrent pour réarranger les chaises et ajouter des tables sur la terrasse.

Après la séance photos et le cocktail – avec seulement six petites minutes de retard sur l'horaire prévu –, Parker pria les invités de passer dans le salon d'honneur pour le brunch.

Il y avait toujours des détails à régler, des ajustements de dernière minute, mais tandis qu'elle regardait les invités danser, elle estima que tout s'était déroulé particulièrement bien, sur scène comme en coulisses.

Larry Mansfield s'approcha d'elle.

— Je sais combien vous êtes occupée, mais je me demandais si vous m'accorderiez une danse ?

Ce n'était pas le protocole habituel, mais Parker savait quand y déroger.

— J'en serais ravie.

151

— C'est une journée magnifique, dit-il, tandis qu'ils s'avançaient sur la piste. Très joyeuse. Vous m'avez aidé à trouver le bon état d'esprit pour en profiter pleinement.

— À mon avis, vous y êtes parvenu par vous-même.

— Je vous ai observée aujourd'hui, et ça m'aurait échappé sans notre conversation en début d'après-midi.

— Et qu'est-ce qui vous aurait échappé ?

— Vous êtes très douée dans votre travail. Très douée aussi pour ne pas laisser paraître qu'il s'agit d'un travail. Vos parents seraient très fiers de vous, de ce que vous avez construit ici.

— Merci.

— Ma mère a été impressionnée et, croyez-moi, elle ne se laisse pas impressionner facilement. Une très bonne amie à elle a une petite-fille qui vient juste de se fiancer. Si ma mère parvient à imposer ses vues, ce qui est en général le cas, vous aurez une nouvelle cliente.

— Rien ne peut nous faire davantage plaisir que la recommandation d'un client satisfait.

Parker faillit trébucher lorsqu'elle aperçut Malcolm – d'où sortait-il donc ? – adossé au mur, discutant avec Jack.

Tout en la regardant.

Malcolm la déstabilisait, dut-elle admettre, tandis qu'elle s'efforçait de régler son pas sur celui de Larry Mansfield pour le reste de la danse. Il fallait que cela cesse. Elle avait une entreprise à faire tourner, des horaires à respecter, un autre mariage dans la foulée.

À la fin du morceau, elle s'écarta de son cavalier qui pressa ses mains entre les siennes.

— Merci pour cette danse. Et pour ce magnifique mariage que vous nous avez organisé avec vos associées.

— Voilà le genre de compliment que nous adorons entendre, assura Parker. À présent, veuillez m'excuser, mais le devoir m'appelle.

Elle fit signe au DJ de passer à la suite – le lancer du bouquet et de la jarretière qu'elle supervisa. Elle aida ensuite une invitée à localiser une chaussure égarée dans un rock endiablé et cousit un ourlet de fortune au bas de la robe d'une autre.

À la première occasion, elle mit le grappin sur Del.

— Nous devons commencer le transfert des cadeaux.

— D'accord. Emma a embarqué Jack. Ils sont je ne sais où à faire je ne sais quoi.

— Ils redécorent le solarium et le salon d'honneur pour les prochains clients, expliqua-t-elle tout en dévalant l'escalier de service. Où est Malcolm ?

— Je n'en sais rien. Pourquoi ?

— Je l'ai vu tout à l'heure.

— Ça pose problème ?

— Non, assura-t-elle, mais elle se força à décontracter ses épaules crispées. Je ne l'attendais pas, voilà tout. C'est une journée chargée.

— Dans ce cas embauche-le.

Elle préféra le chasser de son esprit, et avec l'aide de Del, des voituriers et des chauffeurs, elle entreprit de transporter les cadeaux jusqu'à la limousine des mariés.

Une fois cette tâche accomplie, les premiers invités sur le départ réclamèrent leurs voitures. Elle en raccompagna certains, en assista d'autres auxquels les mariés avaient offert des fleurs. Puis elle rentra en hâte pour donner au DJ le signal de la dernière danse. Laurel la rejoignit.

— J'ai fini d'emballer les desserts et parts de gâteau à emporter. Je peux prêter main-forte à Emma, au moins jusqu'à ce que Mac et Carter soient disponibles.

Après, j'ai encore de quoi faire pour la prochaine réception.

— Emma est occupée à emballer les fleurs que la mariée souhaite offrir.

— À propos de fleurs, comment as-tu réussi à convaincre Malcolm de jouer les manutentionnaires ?

— Quoi ? s'étonna Parker, les yeux écarquillés. Mais je ne lui ai rien dit.

— J'ai failli le percuter alors qu'il transportait une forêt tropicale miniature avec des orchidées. Emma a encore fait des merveilles, je dois dire.

Parker ne savait que penser de Malcolm et des orchidées, et n'avait pas le temps d'y réfléchir de toute façon. Elle fut sur le pont jusqu'au départ des derniers invités, puis accompagna les mariés à leur limousine.

Lorsque celle-ci s'éloigna dans l'allée, elle laissa échapper un soupir satisfait.

— Beau travail.

Elle fit volte-face. Malcolm se tenait sur le seuil de la maison, une assiette à la main.

— En effet, et la journée n'est pas finie.

— C'est ce que je me suis laissé dire. Tiens.

Il lui tendit l'assiette. Elle fronça les sourcils.

— Je te remercie, mais je n'ai pas le temps.

— Je ne suis que le messager. C'est de la part de Mme Grady. J'ai pour instruction de te faire asseoir cinq minutes pour manger. Je suis chargé de lui faire mon rapport au retour. Je ne sais pas pour toi, ajouta-t-il, la tête inclinée de côté, mais moi, je ne me rebifferais pas contre Mme Grady.

— Très bien.

Elle prit l'assiette de pâtes froides avec un assortiment de légumes et s'assit sur un banc sous le portique. Malcolm sortit une petite bouteille d'eau de sa poche et la lui offrit.

— Merci. Tu as mal choisi ton jour pour venir passer un moment avec tes copains. Le samedi est toujours la journée la plus chargée, et nous avons besoin de tous les bras disponibles.

Il se laissa choir à côté d'elle.

— En fait, je suis venu réclamer mes cent dollars à Jack. Et te voir.

— Je suis trop occupée pour ça.

— Je te vois, là.

— Nous apprécions ton coup de main, mais rien ne t'oblige à...

— Pas de problème. On m'a offert à manger, à boire et même une part de cette extraordinaire pièce montée. Tu l'as goûtée ?

— Non, je n'ai pas...

— Eu le temps, acheva-t-il à sa place avec un sourire.

Parker piqua quelques pâtes avec sa fourchette. Elle nota qu'il était rasé de près et que son jean était impeccable. Bien qu'il fasse un peu frais, il ne portait qu'un tee-shirt noir.

— Ton garage est ouvert le samedi. Tu ne travailles pas ? s'étonna-t-elle.

Il s'adossa au banc et ferma les paupières.

— J'ai fermé à 13 heures. J'ai bossé tard hier soir.

— Tard comment ?

— Jusqu'à 2 heures environ. Un gamin avait cassé un phare sur la Jaguar de son père – qu'il n'avait de toute évidence pas le droit de conduire – pendant que ledit père était en vacances avec sa copine. Le gamin tenait absolument à le faire réparer avant son retour ou avant que le personnel de maison le remarque et cafte auprès du patron. Il m'a payé un supplément pour accélérer les travaux.

— Pas très catholique, tout ça.

Malcolm rouvrit les yeux.

— Ce n'est pas mon gamin, alors ce ne sont pas mes oignons. Sinon je dirais que si le paternel accordait la même attention à son fils qu'à sa copine, celui-ci ne lui aurait pas emprunté sa Jaguar sans permission. Sacrée bagnole, en tout cas.

— Il s'agit peut-être d'un père exceptionnel qui s'accorde quelques jours de détente.

— La mère est partie pour une retraite d'un an – c'est le mot que le gamin a employé – au Tibet où elle explore son moi spirituel et revisite sa vérité après son troisième divorce. Bref, elle a refourgué son fils au père qui l'abandonne dans une maison pleine de domestiques pour vaquer tranquillement à ses occupations. L'argent ne fait pas de vous un salaud égoïste, ajouta Malcolm, ça vous facilite juste sacrément la vie quand vous l'êtes déjà.

La compassion réchauffa le regard et la voix de Parker.

— Tu parles de Chad Warwick, n'est-ce pas ?

— Oui, c'est lui. Tu le connais ?

— Je connais la famille, même si ce n'est pas le terme qui convient dans leur cas. J'ai appris que Bitsy allait au Tibet. Et aussi qu'elle avait passé les deux derniers mois de sa retraite spirituelle sur la Côte d'Azur.

— Sympa.

— Non, ce n'est pas sympa. Pauvre garçon, soupira-t-elle en se levant.

Elle lui rendit l'assiette.

— Tu peux faire ton rapport au général et lui apporter la preuve que j'ai obéi aux ordres.

Malcolm se leva à son tour et soutint son regard, tandis que la brise légère ébouriffait ses cheveux bruns déjà en bataille.

— Je reste pour le prochain round.

— À ta guise.

156

Il tendit le bras, referma la main sur sa queue-de-cheval.

— J'ai eu mes cent dollars. Maintenant, ce sera juste pour te voir.

Sur ce, il se pencha et captura ses lèvres avec fougue. Le baiser ne dura qu'un instant, mais il laissa Parker pantoise.

Tandis que Malcolm s'éloignait, elle décida de prendre trente secondes pour s'asseoir, le temps de retrouver l'usage de ses jambes.

Comme il lui en fallut le double, elle dut piquer un sprint pour aller jeter un coup d'œil aux suites et rester dans les temps.

9

Comme Parker le redoutait, le mariage du soir fut un enchaînement de problèmes, crises miniatures et conflits personnels qu'elle s'employa de son mieux à résoudre et à désamorcer.

Elle évita l'affrontement potentiel entre la mère et la grand-mère de la mariée en emmenant chacune tour à tour visiter la propriété, tandis que l'autre passait du temps en tête à tête avec la reine du jour. Et afficha une rigoureuse neutralité helvétique lorsque l'une après l'autre lui dressa sa liste de griefs.

Elle parvint à occuper le meilleur ami du marié, et à le tenir à l'écart de son ex-femme, qui se trouvait être la sœur de la mariée.

Ce déminage permanent de bombes humaines lui réclamant la majeure partie de son temps et de son énergie, elle confiait ponctuellement la surveillance des foyers de crise à Mac ou à Laurel le temps de s'assurer du bon déroulement des préparatifs.

Étape par étape, elle vit la forêt et la prairie d'Emma se métamorphoser en un véritable régal pour les yeux, dont l'élégance le disputait à la sophistication.

Tandis que Laurel ajoutait la touche finale à une pièce montée de cinq étages aussi spectaculaire qu'un diamant géant, Mac se trouvait dans la suite de la mariée, mitraillant la fiancée en robe aux reflets moirés et bustier constellé de perles argentées.

Parker regarda la jeune femme repousser avec précaution le jupon élaboré de sa robe afin que sa mère puisse fixer une scintillante rivière de diamants à son cou.

— C'est un bijou très ancien, murmura la mère, à l'évidence trop émue pour chercher des noises à quiconque.

Mac saurait capturer à merveille ce feu de glace, la courbe parfaite des épaules dénudées, le drapé spectaculaire de la robe, mais aussi ce moment d'émotion intense entre la mère et la fille qui se souriaient, les yeux embués de larmes.

— Ma chérie, tu sembles sortie tout droit d'un rêve.

— Je me sens... Mon Dieu, je ne m'attendais pas à être aussi chamboulée.

Parker lui tendit un mouchoir.

— Vous aviez raison, Parker, reprit la mariée en se tamponnant le coin des yeux avec délicatesse. Pour le voile. C'est beaucoup mieux sans.

Elle porta la main au diadème tout simple qui brillait sur ses cheveux bruns coiffés en un chignon sophistiqué.

— Vous êtes la perfection même, Alysa, répondit Parker. Il ne manque plus que...

Elle sortit le bouquet de sa boîte et le tendit à la jeune femme.

— La touche finale.

La subtile composition d'orchidées blanches à liseré argenté rehaussées de perles transparentes serrée dans la main, la mariée se tourna vers la psyché.

— Magnifique, souffla-t-elle. Tu as raison, maman, j'ai l'impression de sortir tout droit d'un rêve.

Avec un soupir ému, la mère posa la main sur le bras de Parker – la plus belle reconnaissance d'un travail réussi. Pourvu que ça dure.

Un cri d'enfant se fit entendre dans le couloir – un piaillement joyeux et hilare. Néanmoins, Parker se hâta vers la porte, et l'atteignit au moment où Malcolm l'ouvrait avec, dans les bras, l'une des fillettes chargées des fleurs dans le cortège.

— Excusez-moi, mesdames, mais j'ai trouvé cette jeune princesse égarée. Est-ce bien ici le château des merveilles ?

— Mais certainement, répondit Parker...

Elle tendait les bras vers l'enfant quand une femme les héla, et se précipita vers eux, les deux autres petites demoiselles d'honneur calées sur chaque hanche.

— Leah ! Pardonnez-moi, je suis vraiment désolée. Elle m'a échappé et, avec les deux autres, je n'ai pas réussi à la rattraper.

— Pas de problème, assura Malcolm.

— Tout le monde est prêt pour les photos, enchaîna Parker. Allons-y. Je vais vous accompagner.

Elle prit dans ses bras la petite Leah qui ne manifestait pas le moindre repentir.

— Merci, murmura-t-elle à Malcolm avant d'emporter la fillette.

— Au revoir, monsieur ! lança l'enfant par-dessus son épaule, et Parker réprima un sourire amusé lorsqu'elle envoya de gros baisers sonores en prime.

À son retour, elle trouva Malcolm devant la desserte de la collation, occupé à se servir en fromage.

— Fameux, commenta-t-il.

— Les protéines sont une bonne source d'énergie.

— Parfait, approuva-t-il en étalant du brie sur un cracker qu'il lui tendit. Tiens, un peu d'énergie.

Ça ne pouvait pas lui faire de mal. Elle l'accepta de bonne grâce.

— Où as-tu trouvé Leah ?

— La gamine ? Un peu plus loin, sur le palier. Elle faisait des pirouettes de danseuse. Elle ne devait pas être là depuis bien longtemps. Je venais juste de passer avec un verre de *Jack Black* pour le père du marié. Ou de la mariée, je ne sais plus.

— La maison apprécie ton aide.

— Prouve-le, la défia-t-il avec un sourire.

— Je n'ai pas le temps pour ce genre de... commença Parker qui s'interrompit brusquement, la main levée. Alerte rouge au solarium.

— Un souci, capitaine Kirk ?

Mais elle se ruait déjà dans le couloir.

— Non, mais quel culot, marmonna-t-elle dans son micro. J'arrive.

Malcolm la rattrapa.

— Quel est le problème ?

— Apparemment, l'une des invitées a décrété que la limite d'âge de douze ans exigée par les clients ne s'appliquait pas à ses quatre enfants qui sont en train de semer la pagaille dans le cocktail. Laurel est seule en bas – elle aide les serveurs – et elle est sur le point d'exploser.

— Tu dois souvent cavaler ainsi à travers cette maison gigantesque ?

— Oui.

— Alors pourquoi te sens-tu obligée de porter des échasses ?

— Un : ce sont des Prada d'une classe exceptionnelle. Et deux : je les porte par professionnalisme.

La classe, elle l'avait en tout cas pour marcher avec, songea-t-il.

— Rien à voir avec la vanité alors.

— Conséquence indirecte, je dirais.

Elle ralentit sa course et pénétra dans le solarium d'un pas vif.

Malcolm entendit les enfants avant de les voir. Ce qui n'avait rien d'étonnant, vu qu'ils hurlaient à pleins poumons. Il nota au passage les diverses réactions des invités arrivés assez tôt pour savourer quelques verres et canapés avant la cérémonie. Amusement, agacement, mines atterrées ou dédaigneuses.

Mélange détonant, reconnut-il. Et lorsqu'il remarqua l'un des extras occupé à balayer du verre cassé, il comprit que l'explosion avait déjà eu lieu. En attendant la suivante.

Tandis que Parker se faufilait à travers l'assemblée avec la précision d'un missile à tête chercheuse thermoguidée, il comprit d'où ces mômes tenaient leurs bonnes manières : leur mère braillait tout autant.

Laurel, qui portait un tablier blanc de chef sur son tailleur, retroussa les lèvres en un rictus qui n'avait qu'une vague ressemblance avec un sourire.

— Parker, je te présente Mme Farrington.

— Parker Brown.

Elle tendit la main et attrapa celle de Mme Farrington avant que celle-ci puisse protester.

— Enchantée de faire votre connaissance, madame Farrington, poursuivit-elle sans lui lâcher la main. Et si vous me suiviez avec les enfants ? Leur père est-il présent ?

— Il est au bar, et nous n'avons l'intention d'aller nulle part.

— Laurel, pourrais-tu localiser M. Farrington et lui demander de se joindre à nous ? Vous avez de charmants enfants, continua-t-elle à l'adresse de la femme. Je dois vous demander d'en rester maître.

— Personne n'a à me dire quoi faire avec mes enfants.

Le sourire de Parker se fit féroce.

— Dans la mesure où vous êtes ici chez moi, dans ma propriété, et où vous saviez à l'avance que vos enfants n'étaient pas invités à ce mariage, je m'estime dans mon bon droit.

— Nous sommes ici en famille.

Parker retint son souffle comme l'un des garçons, qui se battaient sur le sol, lança une petite voiture sur son frère. Malcolm la rattrapa de justesse, quelques centimètres avant qu'elle heurte un grand vase en verre cylindrique rempli d'orchidées.

— Êtes-vous prête à rembourser les dégâts, madame Farrington ? Aujourd'hui, il ne s'agit pas de votre famille et de vous, poursuivit Parker, qui n'avait pas élevé la voix, mais dont le ton s'était durci. C'est la journée d'Alysa et de Bo. L'invitation était claire : pas d'enfants de moins de douze ans.

Le chahut cessa soudain. Tournant la tête, Parker découvrit Malcolm accroupi avec les quatre garçons qui, les yeux écarquillés, ne pipaient mot.

— Je trouve cette interdiction égoïste et sans égard, déclara Mme Farrington.

— Vous êtes libre de vos opinions, répondit Parker d'un ton égal. Mais tel est le souhait des mariés, et il convient de le respecter.

— Je lui avais dit de ne pas les emmener, dit M. Farrington qui s'approchait, un verre de whisky à la main. Je t'avais dit de ne pas les traîner ici, Nancy.

— Et moi, que j'attendais plus de tolérance et d'affection envers mes enfants de la part de mon cousin. Comment ose-t-il les exclure ainsi de son mariage ?

— Avez-vous l'intention de poursuivre ce différend ici, devant ces enfants et les autres invités ? intervint Parker avec un sourire sévère. Dites-moi, madame Farrington, lorsque vous avez confirmé votre venue, avez-vous précisé que vous seriez six ?

La femme pinça les lèvres d'un air courroucé, mais garda le silence.

— Comme je ne pense pas que ce soit le cas, nous n'avons rien prévu pour vos enfants. Et comme il s'agit d'un dîner placé, ils ne sont pas pris en compte dans le plan de table. Toutefois, nous serions ravis d'organiser, ailleurs dans la maison, un accueil approprié avec un repas et les boissons nécessaires pendant toute la durée de la cérémonie et de la réception. Je peux vous procurer deux nourrices agréées dans les vingt minutes au tarif de cinquante dollars l'heure. Chacune.

— Si vous croyez que je vais vous payer pour...

— Soit vous acceptez cette proposition, soit vous trouvez un autre arrangement à l'extérieur. Ma mission consiste à répondre aux souhaits d'Alysa et de Bo, et j'entends la remplir.

— Viens, Gary. Nous partons.

— Tu pars, toi, répliqua son mari. Emmène les garçons, ou laisse-les et je paierai, mais il n'est pas question que je n'assiste pas à ce mariage. Je te rappelle que Bo est *mon* cousin.

Se tournant vers les enfants, Mme Farrington ordonna :

— Allez, les garçons. Debout, tout de suite ! J'ai dit *tout de suite* !

Les pleurs et les récriminations reprirent de plus belle comme elle embarquait *manu militari* ses quatre fils récalcitrants. Parker et Laurel échangèrent un regard. Laurel hocha la tête, puis raccompagna Nancy Farrington jusqu'à la sortie.

— Je vous présente toutes mes excuses, fit Gary. Nous nous prenons la tête avec cette histoire depuis des semaines, mais je croyais le problème réglé. Elle a profité de ce que je sortais de la maison pour faire monter les enfants dans la voiture. J'aurais dû mettre le holà tout de suite. Ce sont eux, j'imagine, qui ont cassé le plateau de verres que j'ai vu un serveur emporter. Combien vous dois-je ?

164

— Il arrive qu'il y ait des accidents, monsieur Farrington. J'espère que vous apprécierez le mariage. Malcolm, tu peux venir avec moi ?

— Bien sûr.

Il lâcha la voiture qu'il avait encore à la main dans celle de Gary.

— Un modèle de collection, lui dit-il avant d'emboîter le pas à Parker.

— Qu'as-tu dit à ces enfants pour les faire taire ? voulut-elle savoir.

— Que je gardais la Corvette en otage – une jolie reproduction Matchbox de la 1966. Et que s'ils ne se calmaient pas, la dame qui parlait à leur mère allait les mettre en prison.

— En prison ?

— Ç'a marché. Ils se sont calmés et nous avons parlé voitures. Ils jouaient aux petites voitures, quand leur mère est entrée et a ordonné à Esme, la nounou, de les aider à mettre leurs costumes. Ils détestent ces costumes et voulaient juste continuer à s'amuser. Comment leur en vouloir ?

— En tout cas, tu as très bien géré la situation.

— Ce sont quatre têtes brûlées, mais la mère est de loin la plus coriace. Une vraie peste. Une bière, ça te dit ?

— Je n'ai pas le temps. Cet incident a bien entamé le créneau réservé aux arrivées et aux photos. Mac a presque terminé celles avec la famille du marié.

— Comment le sais-tu ?

Parker tapota son écouteur.

— Elle vient de me prévenir. Nous avons le feu vert, annonça-t-elle dans son micro, ce qui fit sourire Malcolm. Envoie la musique afin que les gens s'assoient, s'il te plaît, et ferme le bar. Sinon, il y en aura plein qui ne sortiront jamais, ajouta-t-elle à l'adresse de Mal-

165

colm. Dix minutes avant l'entrée du marié. Je dois monter. Merci pour ton aide.

— De rien. Je vais me chercher une bière avant de me faire jeter.

Il aimait regarder Parker travailler. La plupart du temps, il ne savait pas ce qu'elle faisait, mais cela ne gâchait en rien son plaisir. Elle n'arrêtait pas de trotter. Encore et encore, inlassablement. Ou alors elle semblait se fondre dans le décor. Plus d'une fois, il la vit sortir quelque chose d'une poche pour un invité. On aurait dit que la veste de son tailleur en cachait une bonne centaine.

Kleenex, nettoyant à lunettes, épingles de sûreté, adhésif, allumettes, stylo. Elle donnait l'impression de transporter sur elle l'équivalent d'un grand magasin. De temps à autre, il voyait ses lèvres remuer : sans doute répondait-elle dans son micro à une question posée par l'intermédiaire de son oreillette. Elle changeait alors de direction, filant vers quelque nouvelle mission ou crise à résoudre.

Ponctuellement, elle tenait un conciliabule avec une ou plusieurs de ses associées, ou encore les sous-traitants, puis tout ce petit monde s'égaillait.

Mais à celui qui n'y prêtait pas attention, tout paraissait s'enchaîner telle une mécanique bien huilée dans un décor de rêve : belles robes et smokings, fleurs à profusion, bougies, musique, larmes, crépitement des flashs, *oh* et *ah* de l'assemblée.

Cortège dans un sens, puis dans l'autre et, youpi, réouverture du bar. Ensuite, la horde était guidée vers un nouveau cocktail destiné à la faire patienter avant le grand dîner d'apparat. Et là, rebelote avec les fleurs et les bougies. Et re-musique, toasts, déambulation entre les tables. Le tout, réalisa-t-il, chronométré à la minute près.

Puis c'était l'exode vers la salle de bal, et avant même que le dernier invité ait franchi le seuil, une véritable ruche d'abeilles ouvrières s'affairait déjà à ranger, nettoyer et replier les tables.

Il le savait d'expérience, ayant déjà été embauché au débotté pour donner un coup de main.

Lorsqu'il arriva à la salle de bal, la fête battait déjà son plein. Encore des tables, des nuées de bougies et de fleurs. Une musique enlevée pour attirer les danseurs sur la piste, un autre bar, davantage de serveurs qui passaient avec des coupes de champagne sur leurs plateaux.

Ici, nota Malcolm, le clou du spectacle, c'était la pièce montée de Laurel qui émergeait, véritable œuvre d'art, d'un tapis de fleurs arrangées par Emma. Pour avoir déjà goûté ses pâtisseries, il savait que le gâteau serait aussi bon que beau.

Il aperçut Mac qui se faufilait discrètement parmi les invités, contournant la piste et les tables sans cesser de prendre des photos.

Malcolm s'accorda une bière avant de se frayer un passage à travers la foule compacte pour rejoindre Carter.

— Quelle fiesta ! commenta-t-il.

— Ils ont vu les choses en grand. Je n'arrive pas à croire que la semaine prochaine ce sera au tour de ma sœur.

— C'est vrai. J'ai reçu une invitation. Ce sera différent de l'autre côté du décor, j'imagine.

— Pour nous tous. Mac et moi avons décidé que ce serait comme un galop d'essai en prévision de notre mariage. Histoire de réfléchir comment s'organiser pour participer aux festivités tout en menant les opérations.

— Pour commencer, elle ne prendra pas ses propres photos. À moins d'avoir un clone.

167

Carter sourit.

— Non. Elle réfléchit encore à un moyen d'en prendre quelques-unes, mais elle a fait appel à une collègue qu'elle aime bien et en qui elle a confiance. Elles tiennent régulièrement des réunions au sommet pour tout organiser au mieux.

— Tout se passera bien, j'en suis sûr. Écoute, pendant que je te tiens, j'aurais une question à te poser. Est-ce que tu donnes des cours particuliers ?

Carter pivota pour lui faire face.

— Je fais du soutien avec mes étudiants, oui.

— En dehors de ça, je veux dire.

— Pas vraiment, mais je pourrais.

— C'est au sujet d'un gamin qui travaille pour moi depuis quelques mois. Un bon mécano. Il a du potentiel. Mais j'ai découvert il y a peu qu'il ne savait pas lire. Enfin, il sait, mais à peine. Juste assez pour faire illusion.

— L'illettrisme est plus répandu qu'on ne le croit. Tu veux l'aider à apprendre à lire.

— Je ne suis pas prof. Je ne saurais pas par où commencer. Alors j'ai pensé à toi.

— Pourquoi pas ? S'il en a envie.

— Il en aura envie s'il tient à garder son job. C'est en tout cas ce que je pourrais lui faire croire s'il renâcle.

— Quel âge a-t-il ?

— Dix-sept ans, presque dix-huit. D'après ce que j'ai compris, il a décroché son bac en graissant la patte d'autres élèves ou en draguant les filles afin de se faire aider. Je paierai les cours.

— Pas d'argent entre nous, Malcolm. Je le ferai avec plaisir.

— Merci. Mais si tu changes d'avis, surtout n'hésite pas à me le dire. Je vais lui demander de t'appeler pour prendre rendez-vous.

Malcolm avala une gorgée de bière et hocha la tête en direction de Parker qui traversait la salle de bal.

— Apprends-moi quelque chose que j'ignore.

— Pardon ?

— Sur Parker.

— Ah. Euh...

— Voyons, Carter, je ne te demande pas de sombres petits secrets. Encore que si elle en a, je te soûlerai pour te les soutirer. Non, des trucs comme ce qu'elle fait quand elle ne bosse pas.

— Elle bosse énormément.

— Comme loisir, je veux dire. Bon sang, Carter, il faut que j'aille te chercher une bière pour t'aider à parler ?

Les sourcils froncés, Carter réfléchit.

— Les filles passent beaucoup de temps ensemble. Je préfère ne pas savoir ce qu'elles se racontent parce que j'aurais sûrement les oreilles qui sifflent. Du shopping. Elle aime courir les boutiques. Toutes les quatre aiment cela, du reste.

— Pas vraiment une surprise.

— Attends... C'est une grande lectrice, avec des goûts très éclectiques.

— D'accord, voilà une info intéressante.

Carter, qui apparemment se prenait au jeu, accepta la bière que Malcolm attrapa sur un plateau qui passait à sa portée.

— Laurel et elle adorent les vieux films. Les classiques en noir et blanc. Elle assiste à des soirées de bienfaisance ou à des dîners de soutien – des obligations mondaines dues au fait que la famille Brown est membre de plusieurs clubs. Del et elle se les partagent.

— Noblesse oblige.

— Exactement. Oh, et elle travaille à un livre !

— Non, c'est vrai ?

169

— Je te jure. Un livre sur le mariage, avec une partie pour chacune selon son domaine, son rôle consistant à harmoniser le tout. Un peu comme à *Vœux de Bonheur* en fait. Et je suppose que tu ne rassembles pas toutes ces infos sur elle par simple curiosité.

— Très perspicace.

— Alors tu devrais savoir qu'à part la NSA[1] personne n'est plus doué que Parker Brown pour compiler des données. Si tu l'intéresses, elle a sûrement un dossier complet sur toi. Ici, ajouta Carter qui se tapota la tempe de l'index.

Malcolm haussa les épaules.

— Je n'ai rien à cacher.

— C'est toujours ce qu'on croit, mais détrompe-toi. Je dois y aller, c'est le signal de Mac. Ah…

Il tendit la bière à peine entamée à Malcolm.

Désœuvré, celui-ci se rendit à la cuisine où il trouva Mme Grady occupée à feuilleter un magazine devant une tasse de thé.

— Il y a du café tout chaud si ça vous tente, proposa-t-elle.

— Pourquoi pas ? À moins que vous ne préfériez m'accompagner au bal et m'accorder cette fameuse danse.

La gouvernante éclata de rire.

— Je ne suis pas habillée pour une soirée.

— Moi non plus, répliqua Malcolm qui prit une tasse et se servit un café. Sacrée fête, en tout cas.

— Mes filles savent y faire. Avez-vous dîné ?

— Pas encore.

— Que diriez-vous d'une part de tourte au poulet ?

— Je ne dirais pas non.

---

1. *National Security Agency*. Organisme gouvernemental chargé de la collecte et de l'analyse de toutes formes de communication. *(N.d.T.)*

Elle sourit.

— Ça tombe bien, il m'en reste un peu que je serais prête à partager.

— Quelle chance, d'autant que j'espérais dîner avec la femme de mes rêves.

— Parker est occupée, alors il va falloir vous contenter de moi.

— Vous êtes trop modeste.

— Vous êtes un malin, Malcolm, répondit Mme Grady avec un clin d'œil et une bourrade. Mettez donc la table.

Elle se leva pour aller glisser le plat au four, et se fit la réflexion qu'il ne l'avait pas contredite à propos de Parker.

Elle aimait la compagnie de ce garçon. Par bien des côtés, il lui rappelait son Charlie. Un charme désinvolte aux accents un peu rugueux, une virilité toute en décontraction, et cette lueur qui s'allumait parfois dans son regard et semblait vous avertir qu'il valait mieux ne pas lui chercher des noises.

Après la première bouchée, il lui sourit.

— C'est aussi bon que beau. Je cuisine un peu, vous savez.

— C'est vrai ?

— Les plats à emporter et le micro-ondes, ça va un moment, et je ne peux pas toujours débarquer chez ma mère. Du coup, j'ai pris l'habitude de me préparer à manger, enfin deux ou trois fois par semaine. Vous accepteriez de me donner la recette ?

— Peut-être. Comment va votre mère ?

— Très bien. Je lui ai acheté une Wii. Maintenant, elle est accro à Mario Kart et au bowling. Elle me bat au bowling, mais à Mario Kart, je suis le plus fort.

— Vous avez toujours été un bon fils.

Gêné, il haussa les épaules.

171

— Certaines fois plus que d'autres. Elle aime son travail. C'est important d'aimer son travail. Comme vous.

— Je l'ai toujours adoré.

— Vous êtes chez les Brown depuis que j'entends parler d'eux, et bien avant ça, j'imagine.

— Ça fera quarante ans au printemps prochain.

— *Quarante ans ?*

Sa stupéfaction ne heurta pas l'amour-propre de Mme Grady.

— Vous aviez quoi, huit ans ? Je croyais que le travail des enfants était interdit ?

Elle pointa l'index vers lui en riant.

— J'avais vingt et un ans.

— Comment avez-vous commencé ?

— Comme femme de chambre. À l'époque, Mme Brown, la grand-mère de Parker, employait une nombreuse domesticité et n'était pas une patronne facile. Trois femmes de chambre, un majordome, une gouvernante, le personnel de cuisine, des jardiniers, des chauffeurs. Vingt-quatre personnes au total. J'étais jeune et inexpérimentée, mais j'avais besoin de ce travail, non seulement pour vivre, mais aussi pour surmonter la perte de mon mari. Il est mort au Vietnam.

— Combien de temps avez-vous été mariée ?

— Presque trois ans, mais Charlie était absent la moitié du temps. J'étais tellement en colère contre lui quand il s'est engagé. Mais il disait que s'il voulait être un Américain à part entière, il devait se battre pour sa nouvelle patrie – c'était un Irlandais originaire du comté de Kerry. Il a donc combattu, et il est mort au champ d'honneur, comme tant d'autres. On lui a donné une médaille. Enfin bref, vous connaissez.

— Oui.

— Nous habitions à New York, et je n'ai pas voulu y rester quand j'ai su que Charlie n'y serait plus jamais

172

avec moi. Je travaillais pour une amie des Brown qui s'est remariée et est partie vivre en Europe. Elle m'a recommandée à Mme Brown et j'ai commencé chez elle comme femme de chambre. Le jeune maître, le père de Parker, était un peu plus jeune que moi. Il ne tenait pas de sa mère, je peux vous l'assurer.

— D'après ce que j'ai entendu dire, c'était mieux ainsi.

— Il savait y faire pour rapprocher ses parents. C'était un gentil garçon. Rusé, mais avec un bon fond. Quand il est tombé amoureux de la future madame Brown, c'était aussi romantique que dans un film. Elle était si gaie, si aimable. Je peux vous dire que le jour où la maison leur est revenue, l'atmosphère a changé du tout au tout. Ils ont conservé le personnel qui souhaitait rester et mis les plus âgés à la retraite. Comme la gouvernante de l'époque voulait partir, la jeune Mme Brown m'a proposé la place. Et pendant de nombreuses années, j'ai eu la chance de travailler dans un foyer heureux, au service de patrons adorables.

Elle laissa échapper un soupir mélancolique.

— J'ai eu l'impression de perdre des membres de ma famille dans cet accident d'avion.

— J'étais à Los Angeles, mais j'en ai entendu parler avant même que ma mère m'annonce la nouvelle. Les Brown étaient connus.

— C'est vrai. Ils ont laissé leur empreinte. Cette propriété a contribué à leur réputation.

— Et aujourd'hui, vous la faites tourner pour ainsi dire en solo.

— Oh, j'ai de l'aide pour le ménage ! Parker me laisse toute latitude dans ce domaine. Nous avons toujours des jardiniers pour l'entretien du parc, mais ils ont surtout affaire à Parker et à Emma. Parker est aux petits soins pour moi, vous savez. Chaque hiver, j'ai droit à des vacances dans les îles, et chaque fois que j'ai besoin d'une pause. Et j'ai l'immense bonheur de regarder deux enfants dont j'ai vu les premiers pas laisser leur empreinte dans ce monde à leur tour.

Mme Grady lui servit une autre part de tourte.

— Vous me rappelez beaucoup mon Charlie.

— C'est vrai ? Vous voulez m'épouser ?

Elle agita sa spatule sous son nez.

— Voilà exactement le genre de repartie qu'il aurait pu avoir. Il savait s'y prendre avec les femmes, quel que soit leur âge. J'ai de l'affection pour vous, Malcolm. Ne me décevez pas.

— J'essaierai.

— Avez-vous des vues sur ma petite Parker ?

— Oui, madame.

— Bien. Vous avez intérêt à assurer.

— Je considère cette réponse comme un feu vert de votre part. Vous auriez peut-être quelques conseils de navigation à me donner ?

Elle secoua la tête.

— Je ne pense pas que vous en ayez besoin. Je dirai juste qu'elle n'est que trop habituée à ce que les hommes qui l'invitent à sortir soient prévisibles. Ce n'est pas votre cas. Elle cherche l'amour, et tout ce avec quoi elle a grandi. Une relation forte basée sur la complicité, le respect, l'amitié. Jamais elle ne se contentera de moins. Et elle ne tolérera pas la malhonnêteté.

— Le mensonge, c'est un truc de paresseux.

— Ce que vous n'avez jamais été. Vous avez une façon d'inciter les gens à vous faire des confidences sans révéler grand-chose de vous-même. Elle aura besoin de vous connaître davantage.

Malcolm faillit répondre qu'il n'y avait pas grand-chose à savoir, mais se rappela la remarque de Carter.

— Possible.

Mme Grady attendit un instant, puis :

— Vous voyez souvent votre oncle et votre tante ?

Il se ferma visiblement.

— On s'évite.

— Expliquez-lui pourquoi.

Il s'agita sur sa chaise, de toute évidence mal à l'aise.

— C'est de l'histoire ancienne.

— Comme tout ce que vous avez voulu que je vous raconte ce soir. L'histoire ancienne fait ce que nous sommes aujourd'hui, ou ce que nous voulons à tout prix éviter d'être. À présent retournez à la fête, histoire de voir si vous pouvez vous rendre utile. Parker appréciera.

— Je vais vous aider à ranger.

— Pas ce soir. Filez, et allez vous mettre un peu dans ses jambes.

10

Malcolm était tout le temps dans ses jambes. Difficile de lui en faire le reproche alors qu'il se montrait utile en même temps. N'empêche.

À la fin de la soirée, Parker était pour le moins déconcertée. Que devait-elle faire ? Apprécier sa présence, comme le lui conseillaient ses amies ? Mais comment apprécier la présence de quelqu'un qui la mettait si mal à l'aise ?

Elle s'efforça de se concentrer sur son travail, et y parvint plutôt bien. La plupart du temps. Lorsqu'elle raccompagna les invités, à la fin de la soirée, elle se félicita d'avoir su éviter ou négocier les nombreuses chausse-trappes que lui avait réservées ce mariage.

Jusqu'à ce qu'elle réalise que l'oncle Henry, passablement éméché, avait échappé à son radar.

— Magnifique ! Magnifique mariage !

— Merci, monsieur...

— Magnifique !

Titubant, il étreignit Parker sans retenue, lui plaquant allègrement les mains sur les fesses dans la foulée.

Avant qu'elle ait pu le repousser, elle repéra Malcolm qui fondait droit sur eux. Non, par pitié ! Elle n'avait nul besoin d'un chevalier blanc qui, selon toute probabilité, frapperait d'abord et poserait les questions ensuite.

— Monsieur...

— Eh, papy, intervint-il d'un ton enjoué, un sourire bon enfant aux lèvres, il va falloir ôter vos mains de là. Comment rentrez-vous ? Vous avez un moyen de locomotion ?

L'oncle Henry étant déjà bien imbibé, Malcolm n'eut aucun mal à l'écarter de Parker.

— Je peux conduire, affirma-t-il avant de lever le pouce en vacillant.

— Aucun doute là-dessus, dit Malcolm qui cala l'épaule sous l'aisselle du vieux monsieur. Dites-moi, vous avez vos clés ? Je vais les tenir pour vous.

— Euh...

— Papa !

Un homme dévala les marches avec un regard d'excuse à l'adresse de Parker.

— Désolé, il m'a échappé. On y va, papa. Maman et Anna arrivent. Ma femme et moi allons le ramener à la maison, expliqua-t-il à Malcolm.

— D'accord. Puisque je le tiens, je vais vous aider.

— Magnifique mariage ! s'exclama l'oncle Henry tandis qu'ils se dirigeaient vers la porte. J'ai embrassé la mariée !

— Et tout ce qui portait une jupe à dix lieues à la ronde, murmura Mac qui les avait rejoints. Désolée, j'étais dans l'escalier, mais je n'ai pas réagi aussi vite que Malcolm quand tonton t'a mis la main au panier.

— J'ai survécu, répondit Parker qui poussa un soupir et rajusta la veste de son tailleur.

— Emma et Laurel aident des traînards à retrouver des trucs égarés. Jack, Del et Carter font la visite de sécurité dans les pièces libérées. On a fait du bon boulot.

— Excellent, tu veux dire. Ce n'était pourtant pas

gagné d'avance. Je vais vérifier ce niveau si tu veux bien prendre la suite ici.

— Ça me va.

Parker gagna le salon, puis traversa la salle de bal pour rejoindre le solarium où les extras avaient déjà rangé les fleurs, bougies et autres accessoires de décoration.

L'endroit était silencieux, plongé dans la pénombre. Seul souvenir de la fête, le parfum des fleurs flottait encore dans l'air. Un nouveau décor serait installé dans la matinée pour le mariage plus intime du dimanche, mais pour l'instant...

— Henry s'est affalé sur la banquette arrière de la Lexus de son fils, annonça Malcolm dans son dos.

Elle fit volte-face et le regarda s'approcher. Il marchait à pas feutrés, presque sans bruit, pourtant, la pièce ne lui semblait plus aussi tranquille.

— Très bien. Merci pour ton intervention.

— De rien, c'était facile. Tu as eu peur que je lui colle mon poing dans la figure, pas vrai ?

— L'idée m'a effleurée, je l'avoue.

— Je n'ai pas pour habitude de tabasser des papys rigolards avec un coup dans le nez. Pour faire usage de mes poings, il me faut une bonne raison. À bon entendeur...

Sa voix était restée posée et détendue, alors pourquoi, se demanda-t-elle, l'atmosphère était-elle brusquement devenue électrique ?

— J'en prends bonne note.

— Et puis, difficile de lui en vouloir. Côté chute de reins, le gaillard a bon goût.

— Je croyais que tu préférais mes jambes.

— Ma belle, il n'y a rien chez toi qui ne soit parfait, et tu le sais.

Parker inclina la tête, et fit de son mieux pour afficher la même désinvolture que lui.

— Ça ne sonne pas comme un compliment.

— Ça n'en est pas un. C'est un fait, voilà tout.

Il s'avança vers elle dans la pénombre, et elle dut se retenir pour ne pas reculer d'un pas.

— Que fais-tu après une journée pareille pour décompresser ? s'enquit-il.

— Ça dépend. Parfois, nous faisons un débriefing entre nous. D'autres fois, chacune regagne ses quartiers clopin-clopant… Une seconde, lâcha-t-elle quand il referma les bras autour d'elle.

— Je me disais qu'on pourrait essayer une autre technique de détente.

Sur ce, il captura ses lèvres avec une avidité brûlante plus chargée de menaces que de promesses. Il fit glisser ses mains avec dextérité le long de ses flancs, et des frissons lui picotèrent la peau.

Elle se dit qu'elle devait mettre le holà et, à la seconde où l'onde de chaleur la saisit jusqu'à la moelle, se demanda soudain pourquoi.

— Mes doigts meurent d'envie de se promener sur ta peau, murmura-t-il, laissant poindre l'urgence sous le calme apparent.

Il lui frôla la mâchoire de ses dents.

— Ça aussi, tu le sais.

— Ça ne veut pas dire pour autant…

— Laisse-moi faire.

Il glissa la main entre eux, fit sauter les boutons de sa veste.

— Il faut que j'aille…

— Laisse-moi faire, insista-t-il, lui effleurant les seins de ses pouces.

Parker en eut le souffle coupé, et l'onde de chaleur se mua en un désir si brutal qu'il en était presque douloureux. Malcolm poursuivit son manège encore un instant sans quitter son visage des yeux, puis l'embrassa de nouveau avec fièvre.

179

— Sors avec moi demain.

— Je... Oui. Non. J'ai un mariage.

Pourquoi était-elle donc soudain incapable de *penser* ?

Il glissa la paume sur sa cuisse et lorsqu'il remonta, Parker eut l'impression que ses muscles se liquéfiaient.

— La prochaine soirée où tu seras libre, alors. C'est quand ?

Comment était-elle censée formuler une réponse cohérente alors qu'elle était toute retournée.

— Mardi... je crois.

— Je passerai te chercher à 19 heures. Dis oui.

— Oui. D'accord, oui.

— Je ferais mieux d'y aller.

— Oui.

Malcolm lui sourit et lorsqu'il l'attira à nouveau contre lui, elle eut à peine le temps de réaliser ce qui lui arrivait avant de perdre pied une fois de plus.

— Bonne nuit.

Parker hocha la tête sans mot dire, tandis qu'il quittait le solarium.

Puis elle fit quelque chose qu'elle n'avait encore jamais fait après un mariage : elle s'assit dans le noir le temps de se ressaisir pendant que ses associées se coltinaient le gros du travail.

Comme de coutume, Parker occupa son dimanche soir aux tâches administratives en tout genre. Elle vida sa boîte mail, fit le tri dans ses textos et parcourut ses agendas – personnel et professionnel – pour les quinze jours à venir, ainsi que les emplois du temps de ses associées.

Elle vérifia une dernière fois la liste de courses prévues pour le lendemain matin.

Elle ne considérait pas cela comme une corvée. Juste

une règle à laquelle elle ne dérogeait jamais. Chaque semaine se devait de débuter avec un bureau en ordre.

Satisfaite, elle ouvrit le fichier du projet de livre sur lequel elle travaillait et procéda à quelques modifications. La première mouture était presque terminée. Bientôt, elle la soumettrait à ses associées, et après une discussion sérieuse, elle pourrait passer à l'étape suivante.

À 23 heures, elle était au lit avec un roman.

À 23 h 10, elle fixait le plafond, obnubilée par une entrée dans son agenda.

Mardi, 19 heures : Malcolm.

Quelle mouche l'avait piquée d'accepter ? Inutile de se voiler la face. Elle savait exactement pourquoi elle avait dit oui. Parce qu'elle était sexuellement attirée par lui, et curieuse de savoir où cette aventure la mènerait.

Son trouble était tel qu'elle n'avait même pas pensé à lui demander où il avait l'intention de l'emmener et quel était le programme de la soirée.

Comment était-elle censée se préparer alors qu'elle n'avait strictement rien à quoi se raccrocher ? Avait-il prévu de l'emmener au restaurant, au cinéma, au théâtre, direct dans un motel ?

« Réfléchis une seconde », se réprimanda-t-elle. Pourquoi iraient-ils dans un motel alors qu'ils avaient chacun un domicile ?

Et pourquoi se triturait-elle les méninges au lieu de lire ce maudit bouquin ?

Elle pouvait toujours lui passer un coup de fil et l'interroger. Sauf qu'elle n'en avait nulle envie. Un homme normal aurait dit : « Je passerai te chercher à 19 heures, nous irons dîner au restaurant. » Là, au moins, elle aurait su à quoi s'attendre.

Pas question en tout cas de se mettre sur son trente

et un alors qu'il viendrait sans doute en moto. Elle ne savait même pas s'il possédait une voiture.

Comment était-il possible d'ignorer un détail aussi basique ?

Elle pouvait poser la question à Del.

N'importe quoi. Elle se sentirait stupide.

Elle se sentait déjà stupide.

Elle avait laissé Malcolm promener les mains sur elle, et comptait indubitablement renouveler l'expérience – en allant plus loin même –, et elle ne savait même pas s'il avait une voiture ! Ni comment il vivait, ce qu'il faisait de son temps libre, à part jouer au poker un soir par semaine avec son frère et ses amis.

— Je pourrais conduire, murmura-t-elle. Je pourrais insister pour qu'on prenne ma voiture et...

Quand le téléphone sonna, elle arracha quasiment le combiné de son socle, trop heureuse d'oublier, l'espace d'un moment, qu'elle avait complètement perdu l'esprit.

— Bonsoir, Emily. Que puis-je pour vous ?

Le lundi matin, vêtue d'une veste rouge brique sur un pantalon noir avec des talons pas trop hauts pour les courses, mais suffisamment élégants pour ses rendez-vous, Parker traînait jusqu'à l'escalier son sac de linge destiné au pressing.

— Attends, je m'en charge, fit Del, qui arrivait de son aile. C'est pour le pressing ? Si je te le porte jusqu'à ta voiture, tu déposeras aussi le mien ?

— Je peux, mais fais vite, répondit-elle en tapotant sa montre. J'ai un emploi du temps chargé.

Del abandonna son attaché-case.

— Le contraire m'eût étonné. Je reviens dans deux minutes. Laisse ce sac ici.

182

— Prends aussi celui de Laurel pendant que tu y es, lui lança-t-elle.

— Cinq minutes, alors.

Elle voulut reprendre le sac, puis haussa les épaules et descendit avec l'attaché-case. Emma sortit du salon d'un pas nonchalant.

— J'ai piqué du café à Mme Grady, alors j'en profite pour jeter un coup d'œil aux fleurs de la maison. Tu sors ?

— Les courses du lundi matin, puis rendez-vous avec une cliente chez Monica, etc.

Emma agita les mains.

— Le pressing ! Tu peux prendre aussi mon linge ?

— Si tu te dépêches.

— Je suis pour ainsi dire déjà revenue, assura Emma en fonçant vers la porte.

Parker consulta sa montre, puis alla chercher le linge de la semaine chez Mme Grady.

Elle chargeait celui-ci dans sa voiture lorsque Del sortit avec deux sacs supplémentaires.

— Je peux passer le chercher quand il sera prêt, lui proposa-t-il. Mais il faudra peut-être louer un camion.

— Et ce n'est pas fini. Emma est partie chercher le sien.

Il lâcha les sacs dans le coffre.

— Avec un tel volume, ils livreraient sûrement à domicile, tu sais.

— Oui, mais je passe par là de toute façon.

Elle inspira un grand coup, puis :

— L'automne arrive. On le sent dans l'air. J'imagine qu'avec le changement de saison Malcolm va devoir remiser sa moto, ne put-elle s'empêcher de faire remarquer, consciente de sa stupidité.

— Il le fait en général, oui. Il possède une Corvette, un modèle de collection qu'il a restauré. Un bel engin. Il ne laisse personne la conduire. Et il a aussi un pick-

183

up. Pourquoi cet intérêt ? Tu t'inquiètes pour tes sorties futures ?

— Pas spécialement. Ça fait beaucoup de véhicules pour une seule personne.

— C'est son métier. Il achète des voitures de collection aux enchères, les retape et les revend. Elles partent comme des petits pains. Il y a apparemment de vrais débouchés pour les restaurations de qualité. Si ça se trouve, il va t'apprendre à réparer un moteur, plaisanta-t-il en tirant gentiment sur la queue-de-cheval de sa sœur.

— Une compétence utile, je n'en doute pas, mais je ne crois pas, non, répondit-elle, tandis qu'Emma et Carter les rejoignaient, lourdement chargés. En fait, un pick-up ne serait peut-être pas de trop.

— J'ai rencontré Mac en chemin, expliqua Emma qui se délesta de son fardeau en soufflant. Là, c'est la totale.

— Tu vas t'en sortir avec tout ça ? s'inquiéta Carter.

Comme toujours, non ? faillit-elle répondre, mais elle se contenta de désigner le coffre du pouce.

— Mettez-moi tout ça là-dedans.

Et elle veillerait à étiqueter les sacs avant de les confier au teinturier.

— Je peux le récupérer... commença Carter.

— Del a déjà proposé de s'en charger, coupa-t-elle. Mardi, après 14 heures, précisa-t-elle à son frère. N'oublie pas. Consultation plénière pour le mariage Foster-Ginero, ajouta-t-elle à l'intention d'Emma en contournant la voiture. 17 heures précises.

— Promis-juré. Merci pour le linge.

Parker se glissa derrière le volant et démarra. Del et Carter n'allaient pas tarder à la suivre. Jack, lui, était déjà parti pour un rendez-vous matinal sur un chantier. Emma allait commencer à s'occuper des fleurs livrées le matin même, tandis que Mac travaillerait dans son labo – l'après-midi, elle avait une séance photos au studio. Laurel, elle, préparerait une commande extérieure pour le mercredi soir.

Une journée chargée pour elles quatre, songea-t-elle. Comme elle les aimait.

Elle s'arrêta d'abord au pressing, non sans avoir étiqueté les sacs au préalable. Puis elle suivit sa liste dans l'ordre : banque, papeterie, fournitures de bureau – il s'agissait de remplacer au plus vite les produits consommés la semaine passée. Elle décida de regarnir aussi son stock de cadeaux maison qu'elle déposa avec soin sur la banquette arrière. Dans l'ordre.

Entre-temps, elle prit les appels de plusieurs clientes sur son portable. Répondit à des textos.

Après sa manucure hebdomadaire, elle se rendit à la boutique de robes de mariée où elle arriva avec un quart d'heure d'avance.

Parker adorait cet endroit, les douces fragrances féminines, les vitrines rutilantes dans lesquelles s'alignait une sélection de robes plus sublimes les unes que les autres. Il y avait aussi une large gamme qui allait du classique au plus branché pour les demoiselles d'honneur, ainsi qu'une sélection raffinée pour les mères des mariés, le tout présenté avec goût entre les somptueux espaces salons, chacun doté d'une spacieuse cabine d'essayage tapissée de miroirs.

La patronne de la boutique contourna un comptoir.

— Parker, bonjour. Nous sommes prêtes pour votre cliente. Salon numéro un. Champagne et un assortiment de petits fours pour la mariée, sa mère et ses deux amies. Nous avons sélectionné quatre robes pour un premier essayage. Vous m'aviez dit ivoire, sophistiqué, jupe cathédrale, beaucoup d'éclat.

— C'est ça. Elle ne voudra rien de simple ou d'épuré, et elle a la silhouette pour une robe imposante.

Monica, puisque je suis en avance, j'aimerais voir pour un modèle qui pourrait convenir à Laurel.

Monica frappa dans ses mains.

— C'est ce que j'espérais.

— Plus contemporain, avec juste un soupçon de glamour années trente. Peut-être un léger drapé au niveau de la jupe. Fluide, mais avec la taille marquée. Pas tout à fait comme celle-là, ajouta-t-elle en indiquant la robe sur le présentoir le plus proche, mais c'est l'idée.

— J'ai moi aussi quelques minutes, alors voyons cela.

Parker n'aimait rien tant que de passer des robes de mariée en revue. Étudier les lignes, les coloris, les détails. Imaginer l'ensemble. Et comme Monica était une professionnelle dotée d'un œil averti, elle passa dix minutes des plus gratifiantes.

Elle tint un modèle à bout de bras, l'examina avec attention.

— Celle-ci, c'est presque ça. Mais je voudrais un bustier un peu plus recherché. Laurel a une poitrine menue et une silhouette merveilleusement tonique. À mon avis, elle apprécierait un bustier sans bretelles ou des bretelles spaghettis, d'autant que ce sera un mariage d'été. Et je souhaiterais une touche d'originalité élégante dans le dos.

— Attendez ! J'en ai une de côté dans la réserve. Pour finir, la cliente a choisi une direction différente. Une erreur, selon moi. C'est peut-être le modèle que vous cherchez. Allons jeter un coup d'œil.

Parker entra dans la réserve à sa suite et repéra la perle rare avant même que Monica la décroche du portant. Elle imagina aussitôt Laurel dedans.

— C'est ça ! Oh, oui, exactement.

Elle l'examina sous toutes les coutures.

— Monica, *c'est* Laurel. Vous avez encore réussi.

— Nous, vous voulez dire. C'est un trente-six.

— La taille de Laurel. C'est le destin. Puis-je l'emporter à la maison pour avoir son avis ?

— Comme si vous aviez besoin de le demander. Je vais vous la faire emballer.

— Merci mille fois. Je vais passer un appel vite fait avant notre rendez-vous.

— Prenez votre temps. Si votre cliente arrive, nous l'installerons tranquillement.

Parker sortit son portable tandis que Monica s'éloignait.

— Madame Grady ? J'ai trouvé la robe de Laurel. Pourriez-vous vous occuper des préparatifs habituels pour ce soir ? Si. Elle est absolument parfaite. Dans la foulée, je vais essayer de trouver la coiffure. Il faudra que ce soit après la consultation de 17 heures. Merci, madame Grady. Je serai de retour dans deux heures.

Elle glissa son téléphone dans sa poche et, après un dernier regard à la robe avec un soupir ému, elle sortit retrouver sa cliente.

Aider une future mariée enthousiaste à trouver la robe de ses rêves pouvait être source d'angoisse ou de bonheur.

Avec Emily, Parker eut droit à un peu des deux.

— Je ne veux ressembler à personne d'autre, décréta la jeune femme en frôlant de la main les volants de tulle.

— Aucune mariée n'en a envie, fit remarquer Parker.

Les quatre robes sélectionnées avaient été essayées et rejetées, tout comme une demi-douzaine d'autres.

Et une deuxième bouteille de champagne avait été débouchée.

Le problème avec le choix en comité, songea Parker, c'était que bien souvent, presque par principe, l'unanimité était impossible. La mariée aimait, mais pas la

187

mère. Ou la mère aimait, mais pas l'une des amies. Un vrai casse-tête.

— Et si vous faisiez une petite pause ? suggéra-t-elle. Nous allons ranger ces robes pendant que vous vous détendez quelques instants. Donnez-moi cinq minutes.

À l'extérieur du salon, elle s'entretint à voix basse avec Monica.

— Je crois qu'une surjupe en tulle conviendrait, dès lors qu'il y a de la texture et du brillant en dessous. Gardons la taille bien ajustée, mais il lui faut autre chose qu'un bustier sans bretelles ou une encolure classique. J'ai remarqué un modèle à encolure américaine rehaussée d'une guipure délicate.

— Oui, je vois lequel, fit Monica qui, les lèvres pincées, approuva d'un hochement de tête. Vous avez peut-être raison. Je vais le faire apporter avec deux autres qui pourraient convenir. J'en ai un avec une jupe si imposante qu'elle pourrait cacher une armée.

— Parfait. Le problème – parmi d'autres –, c'est que la mère veut du blanc.

— À tort. Avec son teint, il faut à Emily la chaleur de l'ivoire. Elle en conviendra lorsque nous aurons déniché la robe parfaite.

Dix minutes plus tard, Parker aidait à agrafer le dos de la robe.

— Personne ne dit un mot, ordonna-t-elle avec un sourire, mais d'un ton ferme. Aucun commentaire jusqu'à ce qu'Emily se retourne et juge par elle-même. Cette fois, nous allons d'abord écouter son avis et ses premières impressions.

— Elle est agréable au toucher, déjà. J'adore la jupe, dit la jeune femme avec un sourire nerveux à Parker. La dentelle et le tulle, la soie et le motif de fleurs en perles. Mais je pensais à une jupe plus bouffante, si vous voyez ce que je veux dire.

— Attendez de voir votre reflet en pied avant de juger. Voilà. Le dos est sublime, en tout cas. Et maintenant, inspirez un grand coup et retournez-vous vers les miroirs.

— D'accord.

Emily s'exécuta, et Parker pensa : « En plein dans le mille. » Elle reconnut le ravissement sidéré, les yeux embués, le changement d'attitude quand la jeune femme se redressa, le menton levé.

— Mon Dieu, regardez-moi ! s'exclama-t-elle, caressant du bout des doigts la taille rebrodée de perles. J'adore le corsage. Il est si raffiné, plus qu'avec des bretelles.

— Tu ne pourras pas porter de collier, fit remarquer l'une de ses amies.

— Mais pensez aux boucles d'oreilles que cette robe autorise, s'empressa d'argumenter Parker. De la puce discrète au pendentif spectaculaire. Avec une coiffure sophistiquée et un diadème lui aussi orné de perles, vous brillerez de mille feux.

Forte de son expérience, Parker s'amusa de la réaction de la mère.

— Qu'en pensez-vous, madame Kessler ?

— Je pense... C'est tout simplement... Oh, Emmy !

Parker leur tendit à chacune un mouchoir.

Le choix des accessoires et les reprises ne prirent qu'une fraction du temps déjà investi. À la demande de la future mariée, Parker s'attarda pour suggérer des modèles aux deux amies qui seraient demoiselles d'honneur.

Elle prit congé d'une cliente aux anges, et emporta la robe qui, espérait-elle, serait celle de son amie à son mariage.

— Parker Brown.

Elle leva les yeux et eut une brève hésitation.

— Madame Kavanaugh, comment allez-vous ?

Les cheveux orange vif de Kay Kavanaugh voletèrent dans la brise tandis qu'elle remontait ses lunettes à monture verte sur l'arête de son nez.

— Bien, merci. Vous avez acheté une robe ?

— Non. En fait, je l'emprunte pour la montrer à une amie. Laurel McBane. Vous l'avez déjà rencontrée, je crois.

— Elle a déjà apporté sa voiture à réviser au garage. Une fille raisonnable, à ce qu'il me semble. Elle va épouser votre frère, c'est bien ça ?

— Oui, l'été prochain.

— Et vos deux autres associées, elles se marient aussi.

— Oui, Mac en décembre, et Emma au printemps prochain.

— Vous sortez avec mon fils, n'est-ce pas ?

La transition pour le moins abrupte désarçonna quelque peu Parker.

— Nous avons dîné ensemble, mais... oui, je suppose qu'on peut le dire.

— J'ai envie d'un petit noir. Retrouvez-moi donc là-bas, proposa la mère de Malcolm, indiquant l'un des cafés qui bordaient la rue principale.

— Oh, merci, mais je dois vraiment...

— Vous devriez bien trouver dix minutes pour une tasse de café quand on vous le demande, quand même.

Parker savait quand on la remettait gentiment à sa place.

— Bien sûr. Je vais juste déposer ça dans ma voiture.

— Besoin d'aide ?

— Non, merci. Ça va aller.

— On se retrouve à l'intérieur alors.

Qu'est-ce qui me prend ? se demanda Parker. C'était ridicule de se sentir nerveuse à l'idée de boire un café avec une femme tout à fait sympathique, juste parce

190

qu'elle était la mère de l'homme avec qui elle... Enfin bref, l'homme qu'elle voyait, quel que fût le terme exact pour leur relation.

Elle allongea la robe sur la banquette arrière et verrouilla la portière. Un coup d'œil à sa montre lui indiqua qu'elle avait vingt minutes devant elle. Que pourrait-il bien arriver en vingt minutes devant un café ?

À l'intérieur, elle s'avança jusqu'au box où Mme Kavanaugh s'entretenait déjà avec la serveuse.

— Leurs tartes sont excellentes. Je vais prendre une tarte aux pommes.

— Juste un café pour moi, fit Parker qui se glissa sur la banquette d'en face. C'est votre jour de congé ?

— La matinée seulement, répondit Kay. J'avais des courses à faire.

Elle se cala contre le dossier.

— Mon fils apprécie les belles femmes, vous savez, mais il n'est pas stupide pour autant, ajouta-t-elle tout à trac.

— C'est... bon à savoir.

— J'ai tout de suite vu que vous lui aviez tapé dans l'œil la première fois que vous êtes venue au garage. Il lui a fallu longtemps pour l'admettre – voilà pourquoi je dis qu'il n'est pas stupide. Il est évident que vous ne l'êtes pas non plus.

Parker réfléchit un instant.

— À part « non, je ne crois pas », je ne vois pas quoi répondre.

— Mais vous êtes d'un autre acabit que ce dont nous avons l'habitude par chez nous.

— Je ne saisis pas trop...

— Attention, sinon je vais penser que vous êtes stupide. Vous êtes une Brown, avec le statut et la fortune qui vont de pair, et vous réagissez comme telle. Ne montez pas sur vos grands chevaux, la prévint Kay,

191

tandis que la serveuse arrivait avec la tarte et les cafés. Je n'ai pas terminé. Je veux dire par là que vos actes sont le résultat de votre éducation. Vos parents étaient des gens bien, qui ne faisaient pas étalage de leur statut ou de leur richesse. J'ai travaillé comme extra lors de réceptions qu'ils ont données quand vous étiez encore gamine. Selon moi on peut se faire une idée de la valeur d'une personne à la façon dont elle traite son personnel.

Perplexe, Parker ajouta un nuage de crème à son café.

— J'apprécie votre frère aussi, même si ses copains et lui ne veulent pas de moi à leurs soirées poker parce que je n'ai pas la plomberie adéquate.

Parker s'esclaffa, ce qui fit sourire Kay. Le même sourire que son fils.

— Si vous tenez à le savoir, Del et moi sommes conscients des privilèges que nous vaut notre naissance.

— Je m'en rends compte. Vous n'êtes pas du genre à vous tourner les pouces. Vous avez le goût du travail et de l'entreprise. Un grand bravo à vos parents, et à vous.

— Merci. C'est un beau compliment.

— Beau compliment ou pas, c'est mon opinion. Si vous avez tapé dans l'œil de Malcolm, c'est qu'il s'intéresse à votre personne et à elle seule. Pas à votre nom, votre statut ou votre argent.

Kay haussa un sourcil comme un éclair s'allumait dans le regard de Parker.

— Vous venez de me donner la réponse que j'attendais. Du coup, je peux économiser ma salive et déguster ma tarte.

— Madame Kavanaugh...

— Je crois que vous pouvez m'appeler Kay après ça.

192

— Si je soupçonnais Malcolm d'avoir des vues sur les biens de ma famille, je l'aurais...

— Déjà envoyé balader. Je ne suis pas stupide non plus.

— Vous interrompez toujours les gens au milieu d'une phrase, tous les deux ?

— Terrible habitude, admit Kay avec un sourire contrit. Voulez-vous goûter cette tarte ? Un régal.

Parker déclina d'abord l'offre, puis prit la deuxième fourchette que la serveuse avait laissée et préleva une petite portion.

— Vous avez raison, elle est délicieuse.

— Je déteste avoir tort. Malcolm n'a pas eu une enfance facile, continua Kay. En partie à cause de moi – voilà sans doute pourquoi je déteste me tromper. Mais les circonstances n'ont pas aidé non plus. Heureusement, il en est sorti plus fort. Il a ses défauts, et je suis la première à les reconnaître, mais c'est un bon garçon. Vous pourriez tomber sur pire en tout cas.

Parker ne put se retenir de sourire.

— Il vous aime, vous savez, fit-elle. Et ça se voit. C'est l'une des choses que je trouve attendrissantes chez lui.

— Il ne m'a jamais laissé tomber, je dois le reconnaître. Nous essayons de dîner un dimanche par mois chez moi. Venez la prochaine fois. Je demanderai à Malcolm de s'arranger avec vous.

— Je... Avec plaisir.

— Je ne suis pas Maureen Grady aux fourneaux, mais je ne vous empoisonnerai pas. Tenez, mangez encore un morceau de tarte.

Parker ne se fit pas prier.

11

Après la réunion du soir, Laurel replia les jambes sous elle dans son fauteuil et s'étira.

— À mon avis, celle-ci est bien partie pour le prix de la Mariée Farfelue. Non seulement elle veut que sa demoiselle d'honneur tienne ses deux chats siamois en laisse à la place du traditionnel bouquet, mais aussi que leurs noms figurent sur la liste des invités.

— Ce qui implique un repas servi pour chaque matou à ses frais – ils auront du saumon, fit remarquer Mac, les yeux au ciel.

— Plus une boutonnière chacun, plaisanta Emma, hilare. Et une nounou pour chat pendant la réception. Parker, où vas-tu dénicher quelqu'un pour les garder ?

— J'en parlerai à son véto. Au moins, elle n'a pas insisté pour les avoir à la table d'honneur.

— Mais c'était tout juste. Enfin, à chaque jour suffit sa peine, soupira Laurel. Pour l'instant, j'ai envie d'un bon verre de vin avant d'aller quémander de quoi dîner chez Mme Grady puisque Del doit rentrer tard.

— Changement de plans, annonça Parker. Nous avons à faire en haut.

— Parker, par pitié, pas de réunion ! se lamenta Laurel. J'ai la cervelle complètement flapie.

— Il ne s'agit pas de ce genre de réunion, la rassura

Parker en se levant. Je dirais même que ta cervelle va être toute revigorée.

— Je ne vois pas...

Soudain, le déclic se fit et le regard de Laurel s'illumina.

— Tu as trouvé ma robe.

Radieuse, elle se redressa dans son fauteuil.

— C'est mon tour ! Où est le champagne ?

— À ton avis, fit Mac qui la hissa sur ses pieds.

— Mêmes règles que d'habitude, annonça Parker, tandis qu'elles montaient ensemble à l'étage. Si ce n'est pas la bonne, ce n'est pas la bonne. Personne ne t'en tiendra rigueur.

— Je n'ai même pas encore décidé du style que je souhaite. Je tourne en rond. En tout cas, je suis presque certaine de ne pas vouloir de voile. C'est tellement médiéval. Désolée, dit-elle à l'adresse d'Emma. Peut-être juste un ornement ou des fleurs dans les cheveux. Mais je ne suis pas pour un style trop traditionnel. Et pas hyper contemporain non plus, alors...

Mac enroula le bras autour de sa taille.

— Et voilà, ça commence, ma vieille. La fièvre nuptiale aiguë. Je suis passée par là, moi aussi.

— Je ne m'imaginais pas du tout être atteinte, mais je capitule. C'est pour cela que Del m'a dit qu'il rentrerait tard ?

— Je l'ai appelé juste après avoir trouvé la robe, expliqua Parker qui s'arrêta devant la porte close de la suite de la mariée. Il est allé retrouver Jack et Carter. Prête ?

Laurel coinça ses cheveux derrière ses oreilles et s'efforça de se détendre avant de laisser échapper un rire nerveux.

— Prête.

Comme pour Mac et Emma, la robe de Laurel était suspendue bien en vue. Une bouteille de champagne était au frais dans un seau en argent flanqué d'un plateau de fruits et de fromages.

Mme Grady attendait, le coussin à épingles et l'appareil photo à portée de main.

— Parker, elle est magnifique, murmura Laurel en s'approchant de la robe. Je n'étais pas sûre pour le bustier sans bretelles, mais j'adore la courbe tout en douceur de l'encolure. Le ruché et les perles sur le bustier ajoutent de la texture et de la brillance. Je n'étais pas non plus sûre pour la brillance, ajouta-t-elle, effleurant le haut du bout des doigts.

— J'aime beaucoup la façon dont le tissu est plissé à la taille et retenu par cette boucle en argent avant de s'évaser en un élégant drapé, commenta Mac qui inclina la tête, puis contourna la robe d'un air approbateur. Elle sera géniale sur les photos.

— Et ces petites perles argentées qui soulignent les bords apportent une touche d'originalité sans lourdeur, fit remarquer Emma. J'aime bien aussi cette idée de reprendre lignes et textures à l'identique dans le dos. Elle est vraiment splendide, Parker. Beau travail.

— Nous verrons quand elle l'aura enfilée. Aidez-la donc, pendant que je sers le champagne.

— Tu ne triches pas, lui rappela Mac qui fit pivoter Laurel dos au miroir.

— Par chance, c'est ta taille, précisa Parker. Il ne devrait pas y avoir besoin de beaucoup de reprises. J'ai aussi apporté des sous-vêtements. Même si tu ne choisis finalement pas cette robe, ils te serviront avec n'importe quel autre modèle.

Une fois Laurel habillée, Mac sortit son appareil et prit quelques photos, tandis que Parker et Emma lissaient les jupons, boutonnaient le dos.

Mac choqua sa flûte contre celle de Mme Grady.

— Alors, qu'en pensez-vous ?

196

— Motus et bouche cousue tant que la mariée n'a pas donné son avis.

Mais la gouvernante avait les yeux humides.

— C'est bon, tu peux te retourner, annonça Parker.

Laurel s'exécuta. Imperturbable, elle examina son reflet.

— Hmm…

La mine sombre, elle se tourna d'un côté, puis de l'autre en secouant légèrement la tête, au grand dam de Parker.

— Ce n'est peut-être pas la robe que tu avais en tête, commença celle-ci, le cœur serré. C'est ton grand jour. Elle doit être parfaite.

Laurel pivota encore un peu pour examiner le dos.

— Elle l'est. Enfin, je ne sais vraiment pas… Comment tu fais ! s'exclama-t-elle. Je t'ai bien eue !

Elle éclata de rire et se jeta au cou de son amie.

— Tu aurais dû voir ta tête ! Stoïque comme pas deux. Je t'adore. Je vous adore toutes. Cette robe est sublime. Sublimissime. Laissez-moi me contempler encore un peu.

Tandis qu'elle s'écartait pour tourbillonner devant la psyché, Parker s'autorisa un profond soupir de soulagement.

— Trois sur trois, déclara Emma qui trinqua avec elle. Je comptais tenter de te raisonner, mais tu as vu juste pour le voile, Laurel.

— À propos, j'ai aussi pris ça, fit Parker.

Elle alla ouvrir un coffret qui renfermait deux peignes ornés de pierreries.

— Si tu pouvais cesser de t'admirer une minute, j'aimerais essayer un truc.

— Je ne peux pas me contempler pendant que tu essaies ton truc ? Regardez-moi ! s'écria Laurel qui souleva sa robe et tourbillonna de nouveau. Je suis une mariée !

197

— Tiens-toi tranquille au moins. Je me disais que si tu retenais tes cheveux au niveau des tempes avec ces peignes, la coiffeuse pourrait faire quelque chose d'amusant dans le dos.

— On ajouterait des fleurs, intervint Emma. Il y aurait peut-être assez de longueur pour une tresse à la française jusqu'à la nuque, et on laisserait le reste libre. On pourrait entrelacer un ruban perlé dans la natte et y fixer une barrette avec quelques fleurs. Tu as dit que tu voulais des pois de senteur et des pivoines.

— J'adore les pois de senteur, confirma Laurel. Et j'adore ces peignes, Parker. C'est exactement le genre de coiffure que j'essayais de visualiser. Mon Dieu, quelle robe ! Un soupçon de style années trente. Classique sans être traditionnelle. C'est *ma* robe, je n'en veux pas d'autre.

— En place pour la photo avant qu'il y ait trop de relâchement, ordonna Mme Grady. Voilà, c'est parfait, murmura-t-elle, tandis que les quatre filles prenaient la pose de bonne grâce.

Mac parcourut du regard le vaste dressing de Parker, organisé avec un soin méthodique à la limite du terrifiant.

— Peut-être que si j'en avais un de cette taille mes affaires seraient enfin rangées, hasarda-t-elle.

Parker rejeta un chemisier rouge et passa aux suivants.

— Non, impossible.

— C'est brutal. Exact, certes, mais brutal.

— Si ton dressing était bien organisé, tu ne pourrais plus t'offrir un nouveau chemisier blanc juste parce que tu le trouves joli. Tu aurais parfaitement conscience d'en posséder déjà une bonne douzaine.

— Exact, là aussi, concéda Mac qui ouvrit l'un des nombreux tiroirs intégrés renfermant la collection de ceintures de Parker, enroulées avec soin par familles de couleur. Mais puisque tu sais où tout est rangé – je ne te parle même pas de la liste détaillée que tu tiens à jour dans ton ordinateur – comment se fait-il qu'il te faille si longtemps pour choisir le moindre vêtement ?

— Parce que je ne sais pas où nous allons, ni comment, rétorqua Parker avec un frémissement de frustration dans la voix, tandis qu'elle rejetait un énième chemisier. Et parce qu'il est capital que je ne donne pas l'impression d'en faire tout un plat.

Mac hocha la tête. Elle comprenait parfaitement.

— Un pull en cachemire, d'une couleur riche. Encolure en V ou arrondie sur un caraco blanc et un pantalon noir ou gris. Bottines à talons assorties à la couleur du pull. Il ne va pas faire chaud ce soir, alors mets ta belle veste en cuir, tu sais, celle qui descend jusqu'à mi-cuisses.

Parker se tourna vers son amie.

— Tu as absolument raison.

— L'image, c'est mon job. Ajoute de jolies boucles d'oreilles et laisse tes cheveux détachés.

— Détachés ?

— C'est plus sexy, moins étudié. Et pour le maquillage, un trait de khôl et un rouge à lèvres clair. Je n'ai bien sûr pas à te rappeler de porter des sous-vêtements top dans la mesure où tu n'as que de la lingerie top. Au point que j'en suis souvent verte de jalousie.

Parker réfléchit à la vision d'ensemble de Mac.

— Je n'ai pas encore décidé si Malcolm allait avoir l'occasion de voir mes sous-vêtements.

— Oh que si.

— Je n'ai pas encore décidé si ce sera ce soir.

— Ça rend les choses encore plus sexy.

199

— Tu parles, ça me rend encore plus nerveuse, c'est tout. Et je n'aime pas me sentir nerveuse.

Parker ouvrit un autre tiroir. Secoua la tête. En ouvrit un autre.

— Celui-ci ? interrogea-t-elle. Un beau prune profond, encolure en V rehaussée d'un liseré mandarine qui apporte une touche d'originalité.

— Parfait. Si tu as un caraco d'un prune plus clair, et tu en as sûrement un, préfère-le au blanc. Et j'opterais pour un pantalon droit, gris. Avec...

Elle s'avança jusqu'au mur couvert de chaussures classées par style, puis en sous-catégories par couleur.

— ... ces adorables boots en daim bruyère avec ces charmants talons fuselés. Les couleurs et les matières sont douces et riches, mais l'ensemble produit un effet à la fois décontracté et très « parkérien ».

— Ça me plaît.

— Oh, et mets donc tes gros anneaux en argent martelé ! Tu ne les portes presque jamais. Ils donneront du peps à ta tenue.

— Ils sont tellement gros.

Mac braqua l'index sur elle.

— Fais-moi confiance.

— Pourquoi nous donnons-nous tant de mal ? soupira Parker. Les hommes ne remarquent rien, de toute façon.

— Parce que notre tenue affecte notre humeur, notre comportement, notre façon de bouger. Et ça, les hommes le remarquent. Surtout notre façon de bouger. Si tu te sens bien dans ta peau, tu passeras un meilleur moment.

— Je me sentirais mieux si je savais à quoi m'attendre.

Mac caressa la queue-de-cheval de Parker.

— Avec la plupart des garçons que tu fréquentes d'habitude tu sais à quoi t'attendre dès la première minute. Ils ne te rendent pas nerveuse. Je ne t'ai pas connu la moindre relation dépassant le stade de la simple inclination ou même juste d'un intérêt amical sans risque depuis l'université.

— Justin Blake, murmura Parker avec un pâle sourire. Je me croyais sincèrement amoureuse, et puis...

— Ton univers s'est écroulé, termina Mac, se rappelant le décès des Brown. Il n'a pas vraiment été là pour toi, et s'est montré incapable de te soutenir.

— Et c'en est resté là.

— Et depuis, c'était le *statu quo*. Malcolm est le premier risque que tu prends depuis cet abruti égocentrique de Justin Blake.

— La situation me convenait parfaitement.

Mac posa les mains sur les épaules de son amie.

— Je t'aime, Parker. Prends le risque.

Parker soupira.

— Moi aussi, je t'aime. Je mettrai les gros anneaux en argent.

— Tu ne le regretteras pas. Bon, il faut que je file. Amuse-toi bien.

Évidemment qu'elle allait s'amuser, songea Parker en se préparant. Pourquoi ne s'amuserait-elle pas ?

Elle savait s'amuser.

Avec elle, ce n'était pas boulot-boulot tout le temps, comme pouvaient l'attester la majorité de ses clientes, sinon toutes. Bon d'accord, plaisanter avec les clientes faisait peut-être partie de ses attributions professionnelles. N'empêche.

« Arrête donc de te prendre la tête », s'ordonna-t-elle, consciente de se monter le bourrichon au point d'avoir envie de se donner des claques.

Rien n'aurait pu la soulager davantage que le coup de sonnette à l'entrée. Au moins allait-elle entrer dans le vif du sujet, quel qu'il fût.

— Sois cool, pas de stress, pas de pression, s'encouragea-t-elle en gagnant l'entrée.

Lorsqu'elle ouvrit la porte, Malcolm se tenait sur le seuil, en veste de cuir sur une chemise bleue délavée qu'il n'avait pas rentrée, les pouces coincés dans les poches de son pantalon foncé.

Cool, lui l'était en tout cas, songea-t-elle.

— Tu es jolie comme ça.

Elle fit un pas dehors.

— Merci.

Au lieu de s'écarter, Malcolm glissa les mains dans ses cheveux et l'embrassa sur la bouche.

— Tu n'avais pas dit où nous allions, lâcha-t-elle, un peu déboussolée. Ni comment…

À cet instant seulement, elle remarqua la voiture. Un modèle sport surbaissé d'un noir rutilant.

— Quelle voiture.

— Il va faire froid ce soir. Je me suis dit que la moto ne te tenterait pas.

Parker s'approcha pour en admirer les lignes. Del avait raison ; c'était un bel engin.

— Elle a l'air neuve, mais ce n'est pas le cas.

— Elle a plus d'années que moi au compteur, mais elle est impeccable, assura Malcolm en lui ouvrant la portière.

Elle se glissa sur le siège. L'habitacle sentait le cuir et l'homme, une association qui la rendit plus consciente encore de sa féminité. Lorsqu'il s'installa au volant et mit le contact, le moteur lui fit penser à un poing serré prêt à frapper.

— Parle-moi un peu de cette voiture.

— C'est une Corvette 1966.

— Et ?

Il lui lança un regard, puis le bolide fila comme une flèche dans l'allée.

— Elle en a sous le capot.

— Je vois ça.

— Transmission à quatre rapports rapprochés, moteur « big-block » 427 ci avec arbre à cames haute levée, double échappement latéral.

— Rapports rapprochés ? Ça signifie qu'il n'y a pas beaucoup d'écart entre les vitesses, c'est ça ?

— Exact. C'est pour les moteurs puissants, comme sur les voitures de course. Du coup, les reprises sont très sportives et exigent du conducteur une certaine maîtrise.

— À quoi bon avoir une voiture pareille quand on ne s'y connaît pas ?

— Je vois que nous sommes sur la même longueur d'onde.

— Tu l'as depuis combien de temps ?

— En tout, environ quatre ans. J'ai fini de la restaurer il y a quelques mois.

— Ça doit demander beaucoup de travail, de restaurer des voitures.

Malcolm lui glissa un regard amusé tout en actionnant le levier de vitesse.

— Quelle ironie que ce soit justement toi qui dises ça. En fait, c'est une publicité sur roues pour mon entreprise. Les gens remarquent ce genre de voiture, ils posent des questions. Le bouche-à-oreille fait le reste. Et un jour peut-être, un héritier décide de faire restaurer le coupé de ville de son grand-père qui rouille dans un garage, ou un type plein aux as qui a envie de revisiter sa jeunesse m'engage pour lui trouver et lui restaurer une Porsche 911 de 1972, modèle dans lequel il a perdu sa virginité – dans une 911, ça frôle l'exploit.

— Je te crois sur parole.

— Et toi ? s'enquit-il avec un sourire. Où as-tu perdu la tienne ?

— À Cabo San Lucas.

Il s'esclaffa.

203

— Combien peuvent en dire autant ?

— Pas mal de gens de là-bas, je suppose. Pour en revenir à la voiture, c'est très futé, cette idée de publicité roulante.

Cet engin en avait sous le capot, aucun doute là-dessus, songea-t-elle. Dans les virages, il collait au bitume tel un lézard à son rocher. Et comme la moto, le moteur laissait deviner sa puissance dans ses ronronnements subtils et sans à-coups.

Un véhicule pas pratique du tout, bien sûr. Contrairement à sa berline. Mais bon.

— J'adorerais la conduire.

— Non.

Parker inclina la tête avec défi, surprise par ce refus catégorique.

— Je conduis très bien, tu sais.

— Je n'en doute pas. Mais c'est non quand même. Ta première voiture, c'était quoi ?

— Une petite BMW décapotable.

— La 328i ?

— Si tu le dis. Elle était argent. Je l'adorais. Et toi ?

— Une Camaro Z28 de 1982, troisième génération, cinq vitesses, V8 à injection. Elle aussi en avait sous le capot, du moins après être passée entre mes mains. Elle avait cent cinq mille kilomètres au compteur quand je l'ai achetée à un type de Stamford. Enfin peu importe, dit-il en se garant en face d'un grill prisé de Greenwich. Je me suis dit qu'on pourrait manger un morceau.

— D'accord.

Lorsqu'ils traversèrent la rue, il lui prit la main et elle en ressentit un petit frisson qu'elle trouva ridicule.

— Quel âge avais-tu quand tu as acheté cette voiture ?

— Quinze ans.

— Trop jeune pour conduire.

— Une des nombreuses remarques que m'a faites ma mère lorsqu'elle a découvert que j'avais claqué une grosse part des économies pour mes études dans une guimbarde tout juste bonne pour la casse. Elle m'aurait botté le train et forcé à la revendre si Nappy n'était intervenu en ma faveur.

— Nappy ?

À l'intérieur, il indiqua deux couverts de la main à la responsable de salle qui hocha la tête et lui signala une attente d'une minute.

— À l'époque, c'était le propriétaire du garage. Je travaillais pour lui le week-end, l'été et chaque fois que j'arrivais à faire l'école buissonnière. Il a convaincu ma mère que restaurer cette voiture serait éducatif. L'occasion d'apprendre un métier et de me tenir à l'abri des mauvais coups. Ce qui a été le cas. Enfin, parfois.

Tandis que Parker lui emboîtait le pas à la suite de la responsable de salle, elle se remémora ses étés d'adolescente. Elle avait travaillé à la Fondation Brown, apprenant avec Del à en assumer les responsabilités dans le but d'y prendre un jour la succession. Mais la plus grande partie des vacances, elle la passait avec des amis aux Hamptons, au bord de la piscine de la propriété familiale. Avec, en prime, une ou deux semaines en Europe.

Malcolm commanda une bière. Elle, un verre de pinot noir.

— Je doute que ta mère approuve que tu fasses l'école buissonnière.

— Pas quand elle me pinçait, c'est-à-dire la plupart du temps.

— Je l'ai rencontrée par hasard hier. Nous avons bu un café.

Fait rare, la remarque de Parker le prit complètement au dépourvu.

— Ah bon ? Elle ne m'a rien dit.

— Oh, c'était juste comme ça en passant ! ajouta-t-elle, ouvrant le menu avec désinvolture.

— Tu as déjà mangé ici ?

— Mmm. Ils ont des pommes de terre garnies de la taille d'un ballon de football. C'est ce que je vais prendre, je crois.

Elle reposa le menu.

— Savais-tu que ta mère avait travaillé pour la mienne à l'occasion – comme extra à des réceptions ?

Malcolm la dévisagea, les yeux plissés.

— Oui, je le savais. Tu penses que ça me pose un problème ?

— Non. Pas du tout. Ça pourrait l'être pour certains, mais pas toi. Ce n'est pas ce que je sous-entendais, du reste. C'est juste que ça m'a frappée…

— Quoi ?

— Qu'il y ait déjà eu un lien à l'époque, quand nous étions enfants.

Le serveur apporta les boissons et prit leurs commandes.

— Une fois, j'ai changé une roue pour ta mère.

Parker ressentit un pincement au cœur.

— C'est vrai ?

— Le printemps avant mon départ. Elle devait rentrer du country club ou d'un endroit de ce genre.

Il se replongea dans le passé tout en sirotant sa bière.

— Elle portait une robe à fleurs – des boutons de rose rouge. Le genre de tissu léger qui vole au vent et qui fait espérer aux hommes que l'hiver n'arrivera jamais.

— Je me souviens de cette robe, murmura Parker. Je la vois encore avec.

— La capote était baissée et elle avait les cheveux tout ébouriffés par le vent. Elle portait de grosses lunettes de soleil. J'ai pensé : « On dirait une star de cinéma. » Bref, son pneu n'avait pas éclaté. L'air devait s'échapper peu à peu, et elle ne s'est rendu compte de la crevaison qu'une fois la roue presque à plat. Là, elle s'est garée sur le bas-côté et a appelé le garage. Je n'avais jamais vu une femme aussi belle. Jusqu'à ce que je te rencontre. Nous avons fait la conversation. Elle a voulu savoir où j'allais à l'école, ce que j'aimerais faire plus tard. Quand elle a réalisé que j'étais le fils de Kay Kavanaugh, elle m'a demandé de ses nouvelles. Une fois la réparation finie, elle m'a donné dix dollars de pourboire et une petite tape sur la joue. Et je l'ai regardée s'en aller en me disant – je m'en souviens encore : « Malcolm, mon vieux, tu viens de croiser la beauté faite femme. »

Il allait porter son verre à ses lèvres lorsqu'il remarqua l'expression de Parker.

— Je n'avais pas l'intention de te rendre triste.

— Je ne le suis pas, assura-t-elle, mais elle avait les yeux qui picotaient. Je suis un peu émue par ce souvenir inédit que tu viens de m'offrir. Parfois, mes parents me manquent tellement que je trouve réconfortants ces petits morceaux de vie. Maintenant, je la vois dans sa robe aux boutons de rose, parlant au garçon qui lui changeait sa roue, tout ébloui. Un garçon qui attendait son heure avant de partir en Californie.

Elle posa la main sur la sienne par-dessus la table.

— Parle-moi de la Californie, de ce que tu as fait en arrivant là-bas.

— Il m'a fallu six mois pour y arriver.

— Raconte.

Elle apprit que le plus souvent il avait dormi dans sa voiture, vivant de petits boulots à droite et à gauche, gagnant juste de quoi payer l'essence, la nourriture, un motel de temps à autre.

À l'entendre, son existence de routard avait été aventureuse et parfois drôle. Et tandis que le dîner se déroulait, Parker en était persuadée. Mais elle imaginait

207

aussi combien elle avait dû être effrayante pour un garçon de cet âge, livré ainsi à lui-même, loin de chez lui.

Il avait été pompiste à Pittsburgh, mécano en Virginie-Occidentale, puis dans l'Illinois, près de Peoria. De petit boulot en petit boulot, il avait traversé les États-Unis, découvrant au passage des endroits que Parker n'avait jamais vus, et ne verrait sans doute jamais.

— As-tu envisagé à un moment ou un autre de baisser les bras et de rentrer chez toi ?

— Non. J'avais un but que je devais atteindre. À dix-huit ans, la ténacité et la fierté déplacent les montagnes. Et j'aimais être indépendant, sans personne sur mon dos pour me répéter que je n'y arriverais pas, que j'étais un bon à rien.

— Ta mère n'aurait jamais…

— Non, pas ma mère.

— Ah.

Son oncle, devina-t-elle, mais elle garda le silence.

— C'est une longue histoire, moche qui plus est. Allons plutôt faire une balade.

Dans la rue principale très animée, ils croisèrent plusieurs connaissances de l'un ou de l'autre. Chaque fois, l'étonnement et la curiosité qu'ils suscitaient amusaient Malcolm.

— Les gens se demandent ce que tu fais avec moi, commenta-t-il. Ou vice versa.

— Les gens feraient mieux de s'occuper de leurs affaires au lieu de se poser des questions sur celles des autres.

— À Greenwich, tout le monde se pose des questions sur les Brown. Ils se montrent juste un peu plus prudents avec toi.

— Moi ? fit-elle avec un étonnement sincère. Pourquoi ?

208

— Dans ton boulot tu es amenée à connaître un tas de secrets. Dans le mien aussi.

— Comment ça ?

— Les gens qui font réviser leur voiture oublient parfois d'enlever certains trucs qu'ils ne tiennent pas à ce que d'autres voient.

— Du genre ?

— Ce serait trahir le secret professionnel.

Elle lui donna un coup de coude.

— Pas si je ne connais pas la personne concernée.

— Au garage, on a un tournoi en cours : celui qui trouve le plus de sous-vêtements féminins en un mois gagne un pack de bière.

— Je vois.

— Tu voulais savoir.

Parker réfléchit un instant.

— J'ai encore mieux, décréta-t-elle.

— Vas-y.

— Une fois, j'ai trouvé un Chantelle à balconnet – dentelle noire, 95C – sur la branche d'un saule près de l'étang. Et le slip coordonné qui flottait sur l'eau.

— Un quoi ?

— Un Chantelle. C'est une marque de lingerie. Tu t'y connais en voitures. Moi, en mode.

Il lui ouvrit la portière, côté passager.

— Les voitures et les mariages doivent avoir un truc qui donne envie aux femmes d'enlever leurs sous-vêtements, commenta-t-il avec un sourire en coin en se glissant derrière le volant. Surtout ne te gêne pas.

— Très délicat de ta part.

Tandis qu'elle s'installait confortablement sur son siège, Parker dut admettre qu'elle était heureuse de la soirée qu'elle venait de passer. Elle en avait apprécié chaque moment, et en savait maintenant un peu plus sur Malcolm – même s'il se faisait toujours prier pour parler de lui.

Et elle n'avait dû s'absenter que deux fois pour prendre des appels de clientes.

— Gros mariage en vue ce week-end, fit-il.

— Deux gros, deux moyens, un enterrement de vie de jeune fille mixte jeudi, juste après une répétition. Plus deux réceptions à l'extérieur.

— Pourquoi un homme aurait-il envie d'assister à une fête entre sa fiancée et ses copines ?

Par déformation professionnelle, elle faillit lui donner la réponse diplomatique habituelle, puis pouffa de rire.

— Parce qu'elle le force, tiens. Nous avons prévu un bar à cigares sur la terrasse. Ça aidera ces messieurs à tenir le coup.

— Même de la morphine ne me suffirait pas. Par gros mariage, j'entendais celui de la sœur de Carter.

— C'est vrai. Nous sommes tous très impatients. C'était un vrai bonheur de travailler avec Sherry. Il n'y en a pas beaucoup comme elle. Tu es placé à la table douze. Tu vas passer un bon moment.

— J'y compte bien.

Lorsqu'il bifurqua dans l'allée de la propriété, Parker, pourtant si nerveuse à la perspective de cette soirée, se prit à regretter qu'elle touche déjà à sa fin.

— L'été se termine, dit-elle en descendant de voiture dans l'air vif du soir. J'adore l'automne, les couleurs, les odeurs, les variations de lumière. Mais j'ai toujours le cœur qui se serre un peu à la pensée de dire au revoir aux fleurs et à la verdure. Tout comme tu l'es, j'imagine, de te séparer de ta moto jusqu'à l'année prochaine.

— J'aurai encore l'occasion de faire quelques balades. Prends un jour de congé et nous en ferons une ensemble.

— Tentant, répondit Parker, et elle était sincère. Mais notre planning est plus que complet pour les quinze jours à venir.

210

— Je peux attendre, mais je ne préférerais pas.

Malcolm s'approcha tout près d'elle. Sans la toucher, mais cette simple proximité déclencha chez Parker des picotements d'excitation.

— Et si tu m'invitais à entrer ?

Depuis qu'elle s'était préparée pour cette soirée, elle avait eu l'intention de dire non. Trop tôt, trop risqué.

Pourtant elle ouvrit la porte sans hésiter et lui tendit la main.

— Viens.

La main dans la sienne, il la suivit dans le vestibule et referma la porte derrière eux.

12

La montée de l'escalier fut suffisamment longue pour que Malcolm perçoive la nervosité de Parker. Elle était douée pour la dissimuler, mais il avait appris à lire en elle. Ça lui était d'autant plus aisé qu'il avait conscience du moindre de ses gestes, de chacune de ses inspirations.

Ils gravirent l'élégante volée de marches jusqu'à son aile privée où régnait un silence si absolu qu'il aurait juré entendre les propres battements de son cœur. Et ceux de Parker.

Elle le fit entrer dans sa chambre – une pièce spacieuse, aux teintes douces, avec aux murs des œuvres d'art et des photographies, et de beaux meubles cirés qui avaient dû se transmettre de génération en génération.

Elle ferma la porte à clé, remarqua qu'il haussait les sourcils.

— Euh… ce n'est pas dans mes habitudes, mais Laurel ou Del pourraient… Enfin, peu importe, je vais prendre ta veste.

— Ma veste ?

— Oui, pour la suspendre.

Suspendre sa veste. Bien sûr. C'était Parker tout craché. Amusé, il l'ôta et la lui tendit. Lorsqu'elle traversa la chambre jusqu'à une porte et disparut, la curiosité l'emporta et il la suivit.

Dressing. Le mot ne convenait pas du tout – ni en superficie ni en élégance. Aucun de ceux qu'il avait vus jusqu'à présent ne recelait de petits fauteuils tout en courbes, de lampes ou de mur entier couvert de chaussures. Dans une alcôve – quel dressing en possédait une ? –, un miroir éclairé trônait au-dessus d'une sorte de console devant laquelle elle devait se coiffer et se maquiller, mais sur laquelle il n'y avait qu'un vase de fleurs fraîches.

— C'est le dressing pour toute la maison ? s'enquit-il.

Rejetant ses cheveux en arrière, elle le regarda par-dessus son épaule.

— Le mien uniquement. J'aime les vêtements.

Aimer. Le terme était lui aussi faible pour décrire la relation de Parker Brown avec les vêtements.

Fasciné, il effleura du doigt un ensemble de hauts blancs.

— Tu les tries par couleur. Et même par tons, comme dans un nuancier.

— C'est plus efficace. Tu ne ranges pas tes outils, toi ?

— C'était ce que je croyais. Et il y a même un téléphone.

— C'est un interphone, corrigea Parker qui sortit son portable du sac posé sur un meuble à tiroirs.

— Un coup de fil à passer ?

— Il a besoin d'être rechargé, répondit-elle, passant devant lui pour regagner la chambre.

Elle pourrait faire visiter son dressing, songea Malcolm. Y organiser des cocktails. Des réunions de travail.

Lorsqu'il sortit à son tour, Parker avait encastré le combiné dans le chargeur posé sur la table de chevet la plus proche de la porte-fenêtre. Avec la même fascination, il la regarda rabattre le dessus-de-lit et le plier méthodiquement.

S'adossant au mur, il observa avec bonheur ses gestes vifs et gracieux. Parker Brown n'était pas du genre à s'affaler dans son lit sans cérémonie.

Pas étonnant qu'il n'ait jamais ressenti pour aucune femme ce qu'il ressentait pour elle. Il n'en existait pas d'autre qui lui ressemblât, de près ou de loin.

— Ce n'est pas dans mes habitudes, expliqua-t-elle en posant le jeté de lit plié sur la banquette au pied du lit.

— De plier le couvre-lit ?

— D'amener des hommes ici. Quand ça arrive...

— Je ne m'intéresse qu'à toi et à moi. Tu es nerveuse.

Elle s'approcha de la commode. Son regard croisa le sien dans le miroir tandis qu'elle détachait ses boucles d'oreilles.

— Pas toi ?

— J'ai trop envie de toi pour être nerveux, répondit-il en la rejoignant. Tu as fini ?

— De quoi ?

— De te prendre la tête en te posant des tas de questions.

— Presque.

— Attends, je vais t'aider.

Il la prit par les épaules, la fit pivoter, et la plaqua contre lui. Le baiser impérieux dont il la gratifia fit son effet sur Parker. Un effet indéniable.

Alors qu'elle levait les bras pour les nouer autour de son cou, il lui ôta son pull d'un geste impatient. Il le lança sur un fauteuil.

— Tu le suspendras plus tard.

— On ne suspend pas un pull-over.

— Ah bon ? Pourquoi ?

— Ça...

Il venait de passer ses paumes sur le tissu fin de son caraco, et elle en eut le souffle coupé.

— Ça les déforme.

Le caraco suivit le même chemin que le pull.

— Joli, commenta-t-il, suivant du bout des doigts les bonnets en dentelle de son soutien-gorge prune. C'est le genre de coordonnés que j'arrive à piger.

Le rire de Parker s'étrangla dans sa gorge lorsqu'il glissa les mains sur sa peau tout en la picorant de baisers.

— Malcolm... coassa-t-elle lorsqu'il s'agenouilla.

Il tira sur la fermeture à glissière de ses boots.

— Mieux vaut enlever les chaussures. Tu ne voudrais pas t'oublier au point de te coucher avec.

— Tu te moques de moi ou tu me séduis ?

— Je peux faire les deux. Tu n'es pas la seule pro du multitâche.

Quand il l'eut délestée de ses bottines, il remonta les mains le long de ses cuisses.

— Et maintenant, le Saint-Graal.

— Tu as déjà vu mes jambes.

— Pas sous cet angle.

Il lui dégrafa son pantalon, baissa la fermeture Éclair et guida le tissu jusqu'à ses pieds. Puis il souleva chaque jambe l'une après l'autre pour les libérer du vêtement.

— Non, pas sous cet angle, murmura-t-il, remontant avec une lenteur calculée le long de ses mollets et de ses cuisses jusqu'à la dentelle prune de son slip.

À cet instant, le portable sonna.

Malcolm leva vers Parker un regard aigu, presque féroce.

— Pas cette fois.

Elle secoua la tête.

— Non, pas cette fois.

L'assaut fut si prompt qu'elle en eut le vertige. Sa bouche prit possession de la sienne avec une avidité sidérante, tandis que ses paumes rugueuses exploraient fébrilement son corps, déclenchant partout où elles passaient des décharges électriques de pur désir.

Parker tira sur les boutons de sa chemise. Elle aussi voulait sentir sa peau sous ses doigts. S'approprier son corps avec la même autorité impérieuse.

Il la souleva dans ses bras et la porta jusqu'au lit. Un peu comme une femme préhistorique qu'on entraîne dans une grotte, songea-t-elle, se délectant de chaque seconde.

Lorsqu'elle se retrouva étendue sous lui, elle cambra les reins avec des frissons d'anticipation.

— Maintenant. Prends-moi maintenant.

Malcolm dut faire appel à toute sa volonté pour secouer la tête.

— Parker, tu me rends dingue…

Cette peau de pêche, ce corps ferme et discipliné le poussaient dans ses derniers retranchements. Mais il en voulait davantage avant de sombrer pour de bon.

Savourer était pour lui impossible. Savourer lui ferait perdre la raison. Alors il dévora tout son soûl. Prit possession sans retenue. Avec les mains. Avec la bouche.

Et ce visage d'ange, farouche maintenant. Cette froide beauté classique tout empourprée par le désir. Ces lèvres brûlantes et gourmandes. Ces seins parfaits. Ces jambes sculpturales ouvertes pour lui, qui s'enroulaient autour de ses hanches. Ces longues cuisses qui frémissaient sous ses caresses de plus en plus audacieuses.

Il l'entraîna au bord de l'abîme. Pour elle. Pour lui. Et lorsqu'elle y bascula avec un gémissement d'extase, les ongles plantés dans les muscles de son dos, il la

216

pénétra avec une vigueur qui lui arracha un cri étranglé de plaisir.

Les coups de reins se firent plus profonds, plus rapides, et elle se laissa submerger par le tsunami qui la balaya. Étourdie par la puissance de l'assaut, elle rendit coup pour coup, arquant les reins avec une fougue dont elle ne se serait jamais crue capable. Elle devinait son visage comme suspendu au-dessus du sien, à demi noyé sous les mèches brunes en bataille, ses yeux sauvages rivés aux siens.

Elle essaya de lui dire... quelque chose. Mais le seul mot qui sortit de sa bouche fut son prénom. La jouissance fut à la hauteur du déchaînement des éléments qu'ils avaient déclenchés : digne du big bang.

Elle émergea lentement, comme assommée, le souffle coupé par l'ouragan. Et par ce corps d'athlète qui s'était abattu sur elle de tout son poids. Le téléphone sonna, mais elle n'entendit que les battements frénétiques de son cœur.

On aurait dit deux bêtes sauvages en proie à une lutte acharnée, songea-t-elle, non sans une pointe de satisfaction. Elle s'était toujours considérée comme plutôt douée et réceptive au lit, mais ces ébats avec Malcolm l'avaient propulsée dans une dimension encore inconnue.

Lui aussi semblait avoir apprécié. Ou alors il était dans le coma. Au moins, ce n'était pas une crise cardiaque, car elle sentait son cœur cogner sourdement contre le sien.

Quand elle lui caressa les cheveux, il laissa échapper un grognement repu. Pas dans le coma non plus.

— Tu es tout flagada, murmura-t-elle.

Il redressa la tête abruptement.

— Quoi ?

— Flagada. Parce que...

Face à l'horreur outragée qui se peignit sur les traits de Malcolm, Parker comprit sa bourde et sentit une irrépressible hilarité la gagner.

— Oh, Seigneur, non ! Pas dans ce sens-*là* ! Après. Tu es tout flagada après.

— Rien de plus normal pour un homme à ce qu'il me semble...

— Pas dans ce sens-là non plus ! s'esclaffa-t-elle. Je veux juste dire, tu es du genre à t'affaler après. Un poids mort. Mais ce n'est pas grave parce que, de toute façon, j'avais cessé de respirer entre le troisième et le quatrième orgasme.

— Oh, pardon, s'excusa-t-il en la délestant de son poids.

Il repoussa les mèches qui lui tombaient dans les yeux.

— Tu comptes les orgasmes ?

— C'est un hobby.

Il ne put s'empêcher de rire.

— Content d'avoir enrichi ta collection.

Parker ne s'était pas recouverte, et il dut admettre qu'il la croyait du genre à disparaître chastement sous les draps après que la pression fut un peu retombée. Mais non, elle trônait sur le lit dans sa glorieuse nudité, le sourire aux lèvres, telle une pin-up de *Playboy*.

— Tu es pleine de surprises, Belles Gambettes.

— J'aime faire l'amour.

— Non ? Jamais je n'aurais deviné.

— Je l'oublie souvent durant mes phases d'abstinence prolongées. Ce rappel était agréable.

Elle suivit du doigt les cicatrices hachurées sur sa hanche et sa cuisse.

— Ça a dû être douloureux.

— Un souvenir du gros accident. J'ai été bien amoché.

— Et celles-là ? s'enquit-elle, effleurant les zébrures plus fines sur ses côtes.

— Celles-là aussi. Et sur l'épaule. Plus quelques autres ici et là.

— Ici ?

Il baissa les yeux sur la cicatrice en forme de croissant sur sa cuisse droite.

— Celle-ci, c'était sur un autre film. Petite erreur de calcul. Toi, tu n'en as pas une seule.

— Des cicatrices ? Si, j'en ai une.

— Arrête, je t'ai regardée sous toutes les coutures.

— Là.

Elle passa l'index sur le côté gauche de son front, à quelques centimètres de la naissance de ses cheveux.

Malcolm se redressa et lui frôla la peau du bout du doigt.

— Je ne sens rien.

— Elle est pourtant bien là. Elle m'a valu quatre points de suture, se sentit-elle obligée d'ajouter, question de fierté.

— Tout ça ?

— Arrête de frimer.

— Comment tu te l'es faite ?

— Nous étions en Provence et il avait plu toute la journée. Quand le beau temps est revenu, je me suis précipitée sur la terrasse. J'avais sept ans. J'ai glissé sur le carrelage mouillé et je suis tombée tête la première sur la balustrade en fer forgé.

— En Provence, pas de bol.

— Ça fait aussi mal qu'ailleurs, je t'assure. Et celles-là ? enchaîna-t-elle.

Les sourcils froncés, elle examinait un ensemble de fines cicatrices horizontales presque régulières sur son épaule gauche. Elle sentit Malcolm se crisper lorsqu'elle les toucha.

219

— Rien de méchant. On m'a poussé contre un casier. La trame métallique.

Elle laissa sa main en place.

— Ton oncle.

— C'était il y a longtemps. Tu aurais de l'eau ?

Ignorant sa question, elle se pencha et déposa un baiser sur les cicatrices.

— Je ne l'ai jamais aimé.

— Moi non plus.

— Et maintenant, je l'aime encore moins. Je vais te chercher de l'eau.

Parker se leva et disparut dans le dressing. Il constata, non sans regret, qu'elle avait enfilé un peignoir lorsqu'elle ressortit avec deux petites bouteilles.

Fraîches.

— Tu as un frigo là-dedans ?

— Un minibar intégré. C'est très pratique, ajouta-t-elle en dévissant le bouchon de sa bouteille.

— Difficilement contestable.

Il surprit son regard qui glissait vers le téléphone et ne put s'empêcher de sourire.

— Vas-y. Sinon, tu auras l'esprit ailleurs.

— Je promets à nos mariées une disponibilité de tous les instants. Et même si tel n'était pas le cas, ajouta-t-elle en récupérant son téléphone, certaines appelleraient quand même à la moindre lubie. Un mariage, quand c'est le vôtre, prend le pas sur tout le reste. Clara Elder, les deux fois, annonça-t-elle en consultant l'écran.

Elle écouta le premier message sur la boîte vocale, puis s'assit sur le lit et ferma les yeux avec un soupir.

— Mauvaises nouvelles ?

— Une future mariée hystérique en pleurs, ce n'est jamais une bonne nouvelle.

Tout en écoutant le deuxième message, Parker ouvrit le tiroir de la table de nuit, prit un rouleau de Mentos et en sortit un.

— Quel est le problème ?

— Elle s'est disputée avec sa sœur, qui est aussi sa demoiselle d'honneur, au sujet de la robe qu'elle veut lui faire porter. Sa sœur la déteste et, d'après Clara, son fiancé s'est rangé de son côté. D'où une grosse prise de bec avec lui aussi. Il est parti en claquant la porte. Je dois la rappeler. Ça risque de durer un moment.

— Pas de problème, assura Malcolm qui haussa les épaules et but une longue gorgée d'eau. Je vais voir comment tu règles ça.

— J'apprécie ta confiance.

Parker pressa la touche rappel.

— Tu veux quelque chose de plus costaud ? demanda-t-il en levant sa bouteille.

Elle fit non de la tête.

— Clara, c'est Parker. Désolée de ne pas avoir pu vous rappeler plus tôt.

S'ensuivit un silence durant lequel Malcolm crut entendre la voix de sa correspondante sans pour autant distinguer ses paroles. Une voix haut perchée, entre-coupée de pleurs en trémolos.

La stratégie, devina-t-il, consistait à la laisser éva-cuer sa colère en lui prêtant une oreille compatissante. Tandis que Clara vidait son sac, Parker se leva et ouvrit la porte-fenêtre. L'air frais pénétra dans la chambre. Il apprécia la façon dont il faisait voleter le peignoir de Parker.

— Bien sûr que vous êtes bouleversée, roucoula-t-elle. Qui ne le serait à votre place ? Personne n'est mieux placé que vous pour comprendre à quel point toutes ces décisions sont stressantes. Néanmoins, je pense... Oui... Naturellement...

Tout en continuant de réconforter sa cliente, elle referma la porte-fenêtre et vint se rasseoir sur le lit, le menton calé sur ses genoux repliés.

— Je vous comprends tout à fait. Vous avez raison,

221

c'est votre mariage. Votre grand jour. Selon moi, Nathan a voulu vous aider... Oui, je sais, mais regardons les choses en face, Clara, les hommes sont souvent à côté de la plaque, n'est-ce pas ?

Elle tourna la tête vers Malcolm et lui sourit avant de lever les yeux au ciel.

— Parfois, ils mettent les pieds dans le plat et ne savent plus comment s'en sortir. Je suis sincèrement persuadée que Nathan essayait d'arrondir les angles entre Margot et vous parce qu'il n'aime pas vous voir contrariée. Il s'y est pris maladroitement, c'est tout.

Elle écouta de nouveau, et Malcolm nota que la voix de sa cliente était descendue d'au moins une octave.

— Je ne dis pas que les détails ne sont pas importants pour lui, Clara, mais vous l'êtes davantage à ses yeux. Il vous adore, vous le savez. Tout comme il sait combien votre sœur et vous comptez l'une pour l'autre. Non, dit-elle, les yeux de nouveau au ciel, je ne pense pas que vous ayez commis une erreur.

« Si, et une belle », articula-t-elle en silence à l'adresse de Malcolm.

— Tout le monde s'est un peu laissé emporter par ses émotions, voilà tout. Et je sais combien vous regretteriez que votre sœur ne soit pas à vos côtés le jour le plus important de votre vie. Bien sûr, la robe, c'est important. Très important, même. Je pense pouvoir vous aider. Et si nous nous donnions rendez-vous à la boutique la semaine prochaine ? Oui, Margot, vous et moi. Je suis sûre que nous trouverons quelque chose qui vous conviendra à toutes les deux.

Elle écouta encore quelques instants, approuvant sa cliente tout en la guidant dans la direction souhaitée.

— Parfait. Et si vous appeliez Nathan, à présent ? suggéra-t-elle. Oui, je sais, mais vous allez l'un comme l'autre être malheureux si vous ne crevez pas l'abcès tout de suite. Rien ne compte davantage que votre nouvelle vie à deux… Oui, j'en suis sûre, ajouta-t-elle en riant. Je parie que oui. Je vous verrai avec Margot mardi prochain. Mais non, c'est normal. Je suis là pour cela. D'accord. Bonne nuit, Clara.

— Beau travail.

Parker laissa échapper un soupir.

— Elle veut que sa sœur porte du céladon, couleur que celle-ci déteste. Elle se plaint que ça lui fait un teint cireux et, pour avoir rencontré Margot, je suis sûre que c'est le cas.

— Céladon ? C'est quoi, comme couleur ?

— Une sorte de vert pâle, genre céleri. Une sœur digne de ce nom ne voudrait pas que sa demoiselle d'honneur ait le teint cireux, mais une demoiselle d'honneur digne de ce nom se doit d'encaisser le coup et de porter ce que souhaite la mariée. Ce sont les règles élémentaires d'un mariage réussi. Bref, les noms d'oiseaux ont volé bas et la dispute s'est poursuivie par téléphone. Heureusement, la mère a eu la sagesse de ne pas l'envenimer. Le pauvre marié a tenté de désamorcer la situation en assurant que la robe n'était qu'un détail, qu'il suffisait d'en choisir une autre. L'important, c'est toi et moi, chérie. Sur quoi, la mariée explose, et tu connais la suite.

— Tout ça pour une histoire de céleri.

Parker pouffa de rire.

— Le céleri, c'est comme le MacGuffin d'Hitchcock. Un simple déclencheur. En fait, c'est une affaire de pouvoir, de contrôle, d'émotion, de stress et de dynamique familiale.

— Tu as réussi à la convaincre d'accepter une autre robe et de se rabibocher avec son homme sans jamais lui dire qu'elle était stupide.

— C'est mon travail. Et puis, elle n'est pas vraiment stupide. Disons juste qu'elle se focalise trop sur les menus détails au lieu de me les laisser.

223

— Et c'est à cause de ces détails que tu gardes un stock de Mentos dans ta table de nuit ?

— Ça aide quand des mariées hystériques m'appellent la nuit, expliqua-t-elle en repoussant ses cheveux en arrière. Je dois me lever tôt demain, ajouta-t-elle après l'avoir scruté un instant.

— Tu veux que je parte ?

— Non, mais si tu restes, je veux que tu saches que je dois me lever tôt, c'est tout.

— Tant mieux, parce que moi aussi.

Il posa sa bouteille et lui caressa les cheveux.

— Et si on passait au deuxième round en prenant un peu plus notre temps ?

Parker enroula les bras autour de son cou.

— Pourquoi pas ?

La sonnerie réveilla Malcolm en sursaut. Il ouvrit un œil dans l'obscurité. À côté de lui, Parker bougea et tendit le bras pour éteindre l'alarme du réveil.

— J'aurais dû te demander ce que tu entendais par tôt, marmonna-t-il.

— Nous avons une journée chargée et je veux faire ma séance de gym avant de commencer.

Malcolm ouvrit les deux yeux et déchiffra l'heure au réveil : 5 h 15. Ça pourrait être pire.

— Je ne serais pas contre un petit décrassage, moi non plus. La prochaine fois, j'apporterai mes affaires.

— Je peux t'en prêter si tu veux.

— Je ne crois pas que les tiennes m'iront.

Parker alluma la lumière, la régla au niveau tamisé, et se rendit dans la pièce contiguë en enfilant son peignoir.

Quelques instants plus tard, alors que Malcolm envisageait de s'accorder une demi-heure de sommeil supplémentaire, elle reparut avec un tee-shirt gris, un short de sport et des chaussettes.

— C'est à Del ? s'enquit-il.

— Non. J'ai toujours une réserve de vêtements divers pour les invités.

— Ah bon ? fit-il, perplexe.

Elle lâcha le tout sur le lit.

— Comme tu peux le constater, c'est une habitude utile. À moins que ton histoire de décrassage ne soit que du pipeau.

— Donne-moi cinq minutes.

Il en fallut à peine plus à Parker pour réapparaître avec un débardeur rouge très sexy sur un bermuda assorti. Elle avait attaché ses cheveux en queue-de-cheval et fixé son portable à la taille.

— Combien de jours par semaine consacres-tu à ce corps, Belles Gambettes ?

— Sept.

— Eh bien, de mon point de vue, c'est du temps bien investi, commenta-t-il en lui administrant une petite claque sur les fesses qui lui fit papillonner les yeux. En souvenir de l'oncle Henry.

Pouffant de rire, elle l'emmena à la salle de gym.

Malcolm s'immobilisa sur le seuil. Il connaissait leur installation dans leur maison de vacances des Hamptons, mais comparée à celle-ci, elle était modeste.

Deux tapis de jogging, un elliptique, un vélo couché, un Bowflex, une série d'haltères, un banc de musculation – sans parler de l'écran plat grand modèle et du réfrigérateur à porte vitrée rempli de bouteilles d'eau et de jus de fruits. Il y avait aussi des piles de serviettes pliées avec soin, et des lingettes rafraîchissantes. Et une vue spectaculaire.

— Très pratique, commenta-t-il. Et efficace.

— Pendant longtemps, c'est surtout Laurel et moi qui l'avons utilisée. Emma et Mac n'y venaient qu'à l'occasion. Mais ces derniers temps, la fréquentation a augmenté. Je crois que nous allons investir dans un nouvel elliptique, un vélo, et peut-être aussi un rameur, expliqua Parker en s'emparant d'une serviette sur la pile. J'ai l'habitude de regarder les infos du matin en courant quelques kilomètres. Il y a aussi des iPod si tu préfères la musique.

— Tout est prévu, je vois. J'aime bien courir en musique.

Un autre univers, songea Malcolm qui monta sur un tapis de jogging. Rien à voir avec l'équipement qu'il avait chez lui. Luxueux, certes, mais aussi d'une redoutable efficacité. Et il avait un faible pour l'efficacité.

Et puis, ce n'était pas désagréable de faire son jogging aux côtés de Parker.

Il courut cinq bons kilomètres avant de passer aux poids. Tandis que Parker faisait des exercices au Bowflex, ils transpirèrent de concert dans un silence agréable.

Puis il alla chercher une bouteille d'eau dans le réfrigérateur et elle étala un tapis en mousse sur lequel elle commença une sorte de yoga, passant avec fluidité d'une position complexe à une autre.

— Il faudra que tu me montres à l'occasion, fit-il.

Pliée en deux, la tête contre les genoux, elle se redressa et exécuta une longue fente vers l'avant.

— J'ai un très bon DVD pour les débutants.

— Je n'en doute pas. Mais je préférerais que tu sois ma prof particulière. Tu es sacrément belle, Parker. Je vais me doucher, d'accord ?

— Je... Bien sûr. J'en ai encore pour un petit quart d'heure.

— Prends ton temps.

226

Elle accaparait ses pensées lorsqu'il quitta la salle. Au bout du couloir, il aperçut Del en tee-shirt et pantalon de survêtement qui venait dans sa direction. Quand celui-ci le vit, il se pétrifia de façon presque comique.

Chaud devant, songea Malcolm sans s'arrêter.

— Salut.

— Salut ? répéta Del avec des yeux ronds. C'est tout ce que tu trouves à dire ?

— Belle salle de gym. J'ai passé la nuit avec ta sœur, et tu peux me balancer ton poing dans la figure comme à Jack, mais ça ne m'empêchera pas de recommencer.

— Nom de Dieu, Malcolm...

— Je ne t'ai pas pris en traître, et je ne l'ai pas bousculée, ce qui n'avait rien d'évident, je peux te l'assurer. Parker est la femme la plus extraordinaire que j'aie jamais rencontrée, sur tous les plans. Si ça te pose un problème, je suis désolé, mais ça ne changera rien à la situation.

— Qu'est-ce que tu as en tête exactement ?

Malcolm se passa la main dans les cheveux.

— Bon sang, Del, tu es sérieux ? J'ai en tête d'être avec elle le plus souvent possible, au lit et hors du lit. Elle est belle, intelligente, drôle – même involontairement parfois. Et je suis complètement sous le charme.

Del arpenta le couloir tel un lion en cage.

— Si tu la rends malheureuse, je te réserve bien pire qu'un bête coup de poing, crois-moi.

— Si je n'assure pas, tu n'auras pas à me flanquer une raclée. Parker l'aura déjà fait.

Il laissa Del à ses marmonnements et partit prendre sa douche.

Il finissait de s'habiller quand Parker entra.

— Dois-je te présenter mes excuses pour mon frère ?

— Non. Si j'avais une sœur, je frapperais sans doute avant de discuter. Pas de souci.

— Notre relation est plus compliquée que dans la plupart des fratries, commença-t-elle. À la mort de nos parents, Del s'est senti le devoir de veiller sur moi. Sur nous toutes, du reste, mais surtout sur moi.

— Je comprends. Difficile de lui en vouloir. Et puis, Del est mon ami. Dis-moi, il te fait des misères ?

Parker sourit.

— À sa façon, parfois. Mais je ne suis pas en reste. Tout va bien. Tu es son ami aussi, Malcolm.

— C'est vrai. Voilà pourquoi je tiens à mettre les choses au clair entre nous. Je me fiche royalement du fric.

Le regard de Parker se glaça.

— Je n'ai jamais pensé différemment, lâcha-t-elle. Et Del non plus.

— Comme le sujet finira par venir sur le tapis, autant jouer franc jeu maintenant. Je ne t'apprends rien, Parker, tu vis dans une propriété exceptionnelle. Et je ne parle pas seulement de la maison. J'ai beaucoup de respect pour le temps, les efforts et l'intelligence qu'il a fallu à la famille Brown pour créer un patrimoine pareil. Mais je me débrouille seul et ça me plaît ainsi. Je subviens à mes besoins et à ceux de ma mère parce que c'est comme ça que je vois les choses. Quand je te regarde, je ne vois pas l'argent ou le statut social. Je ne vois que toi, et je tiens à ce que tu le saches.

Comme la nuit passée, Parker alla ouvrir la porte-fenêtre, puis se tourna vers lui.

— Tu me prends pour une fille de bonne famille qui s'encanaille ?

Il la dévisagea un instant en silence. Il percevait non seulement de la colère, mais aussi une pointe d'humiliation. Malheureusement, il devait en passer par là.

228

— Non. Ce serait indigne de toi. Je joue franc jeu, c'est tout. Et je tiens à ce que les choses soient claires pour toi aussi.

— Apparemment, elles le sont.

— Tu es fâchée, je le sens, fit-il en s'approchant d'elle. Mais tu t'en remettras. Tu veux qu'on aille au ciné ce soir ? Il y a un cycle Hitchcock en ce moment. Je crois qu'ils passent *Les Enchaînés* aujourd'hui.

— Je ne sais pas vraiment si...

— Je t'appellerai. On décidera à ce moment-là.

— Tu es le bienvenu à la cuisine pour le petit déjeuner, l'invita-t-elle avec une politesse irréprochable.

— Ça fait envie, mais je dois filer.

Après une étreinte fugace, souvenir de la nuit qu'ils avaient partagée, il se dirigea vers la porte.

— À plus tard, dit-il en lui jetant un regard par-dessus son épaule.

Elle se tenait toujours debout devant la porte-fenêtre ouverte, avec le ciel et les arbres en toile de fond.

— Laisse donc tomber les Mentos, Belles Gambettes.

13

Cet événement-là était personnel, pour ainsi dire familial. Sherry Maguire était une amie. Et la sœur de Carter. Sans oublier que c'était à la première réunion de préparation, alors qu'il remplaçait Nick au pied levé, que Mac et Carter s'étaient retrouvés.

Ce mariage, décida Parker, allait non seulement se dérouler sans la moindre anicroche – visible en tout cas –, mais serait un succès d'anthologie. *Vœux de Bonheur* allait offrir à Sherry et à Nick une journée de rêve qui resterait gravée dans les mémoires.

Plus concrètement, Parker considérait aussi ce mariage comme un prélude à celui de Mac et de Carter en décembre.

Un grand nombre d'invités assisteraient aux deux, songea-t-elle, vérifiant en détail l'avancement des préparatifs. Son objectif était d'offrir la perfection à ses clients, à la famille, aux amis, tout en aiguisant l'appétit pour les noces de son amie d'enfance et associée.

Ce n'était pas la première fois que l'une d'entre elles – quand ce n'était pas toutes – était à la fois invitée et prestataire des festivités, et elles avaient plus d'un tour dans leur sac pour réussir ce tour de force.

Emma, qui avait troqué son tailleur de l'après-midi pour un sweat-shirt, un jean multipoches et des baskets, s'affairait avec son équipe à débarrasser les compositions très solennelles de roses et de lis, les ornementations en blanc et or vieilli, les urnes en marbre sur leurs socles.

Déjà, l'atmosphère souhaitée par Sherry prenait vie grâce à une profusion de gerberas rose bonbon, de gros zinnias aux teintes audacieuses contrebalancées par la douceur des roses miniatures d'un rose délicat. Les amusantes compositions débordaient de grands paniers blancs ou de vasques surdimensionnées en un foisonnement aussi joyeux que farfelu.

Rien de formel ou d'étudié pour Sherry, nota Parker.

Elle aida à porter les fleurs destinées à la suite de la mariée, et les disposa entre les bougies déjà en place. En descendant le grand escalier, elle admira la charmante association de dentelle et de roses miniatures multicolores.

C'est tout Sherry – douceur, joie de vivre et bonheur.

Elle se hâta à l'extérieur où Jack et Carter aidaient Tink à métamorphoser la pergola en une cascade de couleurs. Elle eut un coup au cœur en découvrant Carter perché sur l'échelle. Ce garçon n'était pas connu pour son agilité.

— Le résultat va être fabuleux, déclara-t-elle. Carter, peut-être pourrais-tu venir me donner un coup de main.

— J'ai presque fini.

Parker retint son souffle, s'efforçant de chasser de son esprit les images de bras ou de cheville cassés, tandis que Carter se penchait pour entrelacer plusieurs brindilles. Il faillit rater un barreau en descendant de l'échelle, mais s'en tira avec un simple choc au coude.

— Plutôt pas mal, hein ? dit-il à Parker.

— C'est splendide. Et c'est tout à fait Sherry.

Carter ôta ses lunettes de lecture et les glissa dans la poche de sa chemise.

231

— Je suis nerveux, avoua-t-il. Je ne m'attendais pas à l'être autant. Tout s'est pourtant passé comme sur des roulettes hier soir à la répétition. Au fait, merci encore pour avoir réussi à convaincre Diane d'y participer. Finalement, elle était ravie d'être là.

— De rien, Carter. C'est mon boulot.

— Il faut que je trouve de quoi m'occuper, décréta-t-il, agitant fébrilement les mains dans ses poches. Sinon, je n'arrête pas de penser que ma petite sœur se marie aujourd'hui.

— Ça tombe bien, je suis débordée. Si tu pouvais apporter cette check-list au traiteur à l'intérieur et la passer en revue avec lui, tu me rendrais service et ça te calmerait les nerfs.

« Ça calmerait aussi les miens dans la foulée », songea-t-elle.

— Volontiers. Tu as vu Mac ?

— Elle donne un coup de main dans le solarium pour le changement de décor, mais je vais devoir la récupérer bientôt.

Mais avant, elle aida encore à fixer les petits bouquets multicolores sur les housses blanches des chaises. La météo était de leur côté ; Sherry se marierait dans le parc. Une fois le soleil couché, le fond de l'air se rafraîchirait nettement, mais les chauffages d'extérieur contribueraient au confort des invités qui sortiraient sur les terrasses.

Après avoir consulté sa montre, Parker rentra voir où en était Laurel. Et boire un café en vitesse.

La mariée et sa suite étaient attendues dans un quart d'heure.

— S'il te plaît, Laurel, lança-t-elle en pénétrant dans la cuisine, dis-moi qu'il y a du café frais et que tu as presque… Oh, Malcolm.

— Salut, Belles Gambettes.

Il cessa un instant de disposer des cookies sur un plat pour la détailler de la tête aux pieds.

— Intéressant, ce nouveau look, commenta-t-il. Très mignon.

Elle portait un grand tablier blanc de service sur la robe bleue qu'elle avait choisie pour le mariage – elle n'aurait pas le temps de se changer plus tard. Et elle avait remplacé ses escarpins par de confortables souliers plats.

On l'avait déjà vue plus élégante, c'était clair. Mais l'efficacité avant tout. Lui, en revanche, s'était mis sur son trente et un : costume noir, chemise d'un blanc immaculé et cravate à fines rayures.

— Toi aussi, répliqua-t-elle.

Elle ne l'avait encore jamais vu en costume. Ils avaient passé presque chaque nuit ensemble depuis une semaine, et elle n'était même pas sûre qu'il en possédât un.

Debout sur un tabouret, Laurel mettait l'ultime touche à la somptueuse pièce montée de cinq étages.

— Je l'ai mis à contribution. Del m'a fait faux bond, expliqua-t-elle. Belle présentation, Malcolm. Il se peut que je te garde.

— Mais tu ne me fais pas encore confiance pour toucher aux pâtisseries.

— Paris ne s'est pas construit en un jour.

Parker s'approcha.

— Laurel, cette pièce montée est vraiment sublime.

Les étages carrés en forme de paniers en osier se dressaient fièrement, décorés d'une exubérante profusion de fleurs naturelles ou en pâte de gomme.

— Une réussite, dehors comme dedans, assura Laurel. Mais ce que je préfère, c'est la décoration au sommet. Tu as été vraiment inspirée.

— Elle ne voulait rien de banal ou de guindé. L'artiste a fait du beau travail, je dois dire.

233

Elle imaginait déjà la mine réjouie de Sherry lorsqu'elle se reconnaîtrait, improvisant avec Nick un pas de charleston dans un éclat de rire.

— Nous allons avoir des demandes pour des couples personnalisés à la minute où le gâteau sera dévoilé, paria Laurel.

— Autrement dit, bientôt. Je dois y aller…

— Tiens, ton café.

Malcolm lui tendit une tasse.

— Oh, merci.

— Ce garçon est serviable, commenta Laurel.

— Serviable est mon deuxième prénom. Autre chose ?

— En fait, nous sommes exactement…

Parker s'interrompit, les doigts plaqués sur son oreille.

— Mince, elle vient d'arriver ! Elle est en avance. Cette fille est toujours en retard, sauf aujourd'hui.

Dans un même mouvement, elle arracha son tablier, remplaça ses chaussures par les escarpins posés près de ceux de Laurel et sortit son gloss de sa poche avant de s'éloigner au pas de course tout en l'appliquant sur ses lèvres.

— Comment fait-elle ? demanda Malcolm, sidéré.

— Son deuxième prénom, c'est multitâche, répondit Laurel en descendant du tabouret. Vous allez bien ensemble, tous les deux.

— Tu trouves ?

— Parker est heureuse. Et désorientée. Beaucoup de choses la rendent heureuse. Par exemple – et pour de mystérieuses raisons – des fichiers hyper bien organisés. Mais elle est rarement désorientée.

Laurel attrapa une bouteille d'eau et en avala une longue gorgée.

— En tant qu'amie de longue date, oui, je trouve que vous allez bien ensemble. Je suis sûre que tu y as déjà eu droit de la part de Del, mais si tu gâches tout avec elle, tu le paieras cher. Nous nous montrerons aussi impitoyables que des Borgs.

— Toute résistance sera inutile ?

— Je t'aime bien, Malcolm, sincèrement, ajouta Laurel en le gratifiant d'un sourire bref mais éclatant. Alors j'espère ne pas avoir à te flanquer une correction.

Il l'espérait aussi.

Comme Parker était occupée avec la mariée, il déambula un moment dans la maison ; et tomba sur Del, Jack et Carter au bar du solarium.

— Exactement ce que je cherchais, fit-il.

Del sortit une bière qu'il posa sur le comptoir.

— Nous veillons à la santé mentale de Carter, expliqua-t-il.

— Ah bon ? Qu'est-ce que tu bois, prof ?

— Une bonne petite tisane.

— Je rêve ! Ta sœur se fait passer la bague au doigt, et toi tu bois un truc de femmelette ?

— Exactement. Je dois mettre un smoking, escorter ma mère dans le cortège et, pour couronner le tout, porter un toast. Alors, il faut que je reste sobre.

— Il a la frousse, intervint Jack.

— Ça se voit, confirma Malcolm. Si tu flippes quand ta sœur se marie, dans quel état tu seras quand ce sera ton tour ?

— Je préfère ne pas y penser. Pour l'instant, je me concentre sur aujourd'hui. Je me sentirais mieux si je pouvais être là-haut à aider Mac, mais Sherry ne veut pas. J'ai juste besoin de...

Il laissa sa phrase en suspens et sortit le bipeur de sa poche.

— C'est Nick ! Ils sont là. Il faut que j'y aille.

Il vida sa tasse d'un trait comme s'il s'agissait d'un médicament.

— Ça va bien se passer, déclara-t-il d'un ton résolu avant de tourner les talons.

— La cuite, ce sera pour plus tard, fit Del.

— J'ai hâte d'y être, dit Malcolm.

Il leva sa bière et les trois hommes trinquèrent.

Le rire cristallin de Sherry résonnait dans la suite de la mariée, tandis qu'elle se préparait avec ses demoiselles d'honneur. Sa gaieté sans nuage s'avéra contagieuse et offrit l'occasion à Mac de prendre d'innombrables photos de visages souriants, de grimaces rigolotes, d'embrassades joyeuses – et de la future mariée tourbillonnant avec exubérance devant le miroir en pied.

Les regards s'embuèrent quelque peu quand Pam Maguire aida sa fille à ajuster son diadème, puis lorsque Michael entra et découvrit sa petite dernière dans sa robe de mariée.

— Sherry, murmura-t-il, ému, avant de se racler la gorge, tu es tout simplement ravissante.

— Papa.

Sans lâcher la main de sa mère, elle prit celle de son père et les joignit. Devant le miroir, elle glissa les bras autour de leurs tailles avec un sourire radieux.

— Mac, prends-nous en photo.

Mac immortalisa l'instant. Ils étaient beaux, heureux et ensemble. Le cœur de Parker se serra, juste un peu, à la pensée de ce qu'elle n'aurait jamais.

Elle inspira un grand coup et chassa cet accès de mélancolie.

— C'est l'heure, annonça-t-elle.

Quelques minutes plus tard, ce fut une mariée rayonnante qui remonta la travée derrière ses jolies demoiselles d'honneur. Lorsqu'elle rejoignit son futur mari, qui la contemplait bouche bée, elle lui tendit la main et ne put s'empêcher de rire.

Et Parker se dit que, oui décidément, tout était parfait.

— Notre plus beau mariage à ce jour, décréta Mac. Comme prévu. Je me demande comment nous allons réussir à faire mieux.

Elle posa la tête sur l'épaule de Carter.

Après avoir tenu bon face aux multiples tentatives des autres pour le soûler, il savourait sa victoire avec deux doigts de whisky, vautré dans le canapé du salon familial.

— Elle rayonnait de mille feux, fit-il remarquer.

— C'est vrai.

— Ce gâteau est sensationnel, déclara Malcolm qui en engloutit une bouchée. Selon moi, le meilleur moment de la fête.

— Un homme de goût, commenta Laurel en réprimant un bâillement. Demain, ce sera ganache au chocolat.

— Ça va me plaire ?

— Oui, à moins que tu ne deviennes dingue pendant la nuit. Aide-moi à me lever, s'il te plaît, Del. Je suis vannée.

Paupières closes, Emma se blottit contre Jack.

— Je peux dormir ici ?

Jack se mit debout et la souleva dans ses bras. Avec un sourire, elle enroula les bras autour de son cou.

— J'adore quand tu fais ça.

— Tu as bien mérité un taxi. Bonne nuit à tous.

— Eh bien, moi, j'ai une pêche d'enfer, annonça Mac. Je vais jeter un coup d'œil à quelques clichés avant de me coucher. Bouge-toi, beau gosse, ajouta-t-elle à l'adresse de Carter en le poussant du coude. Viens t'extasier sur mon génie.

Ce dernier s'extirpa tant bien que mal du canapé.

— Parker, merci d'avoir offert à ma sœur une journée qu'aucun de nous n'oubliera jamais.

— Oh, Carter…

Émue, Parker se hissa sur la pointe des pieds et l'embrassa sur la joue.

— Je vous en promets tout autant, à Mac et à toi.

Elle les suivit du regard tandis qu'ils quittaient le salon.

— Je vois que ça cogite là-dedans, fit remarquer Malcolm.

— J'ai eu quelques idées aujourd'hui. Nous verrons si j'arrive à les concrétiser.

— Je n'en doute pas un seul instant. Je reste ? demanda-t-il après un silence.

Elle lui tendit la main.

— J'aimerais bien.

Par une froide journée d'octobre, alors qu'une cohorte de nuages gris caracolait dans le ciel et que de brusques bourrasques balayaient les nuées de feuilles aux teintes automnales qui recouvraient les pelouses, Parker organisa une réunion à la mi-journée.

Pour égayer l'atmosphère, elle alluma un feu dans l'imposante cheminée de la bibliothèque. Tandis que le petit bois crépitait et enflammait les premières bûches, elle s'approcha d'une des fenêtres et contempla le parc qui se déployait sous ses yeux, les arbres frissonnants, l'eau grise de l'étang ridée par le vent.

Il était rare qu'elle s'interroge sur la direction que prenait sa vie. En général, elle se concentrait sur les besoins et désirs d'autrui, les détails, les problèmes d'organisation, les imprévus. Peut-être était-ce dû aux contrastes de cette journée : le gris morne du ciel sur lequel se détachaient les arbres encore vaillants, les tourbillons de feuilles mordorées alors que chrysan- thèmes et asters continuaient de fleurir avec opiniâ- treté.

Tout semblait sur le point de changer, mais qu'en était-il d'elle-même ? En changeant, on avait autant à perdre qu'à gagner. Et, devait-elle admettre, elle appré- ciait la tradition, les habitudes, voire la routine.

La routine était synonyme de sécurité, de stabilité. Tandis que l'inconnu se construisait bien souvent sur l'incertitude.

Voilà des pensées aussi moroses que le ciel, réalisa- t-elle. « Le monde s'ouvre à toi », se rappela-t-elle. Jamais elle n'avait fait montre de lâcheté, jamais elle n'avait craint de se risquer en terrain instable.

La vie évoluait. Ses trois meilleures amies s'apprê- taient à se marier et à entamer un nouveau chapitre de leur existence. Un jour, imaginait-elle, des enfants s'ébattraient gaiement sur ces pelouses. C'était dans l'ordre des choses.

Leur entreprise était en pleine expansion. Et si, après cette réunion, elles étaient toutes d'accord, elle poursuivrait son développement sur des territoires encore inexplorés.

Et puis, il y avait Malcolm – la cause essentielle de sa nervosité, il lui fallait bien l'avouer. Pour un chan- gement, c'en était un. Elle était incapable de décider s'il s'était glissé subrepticement dans sa vie ou si, d'un coup de pied, il avait fait voler en éclats les portes qu'elle avait pris soin de verrouiller à double tour.

Quelle que soit la bonne hypothèse, elle ne savait toujours pas trop qu'attendre de lui. Un amant à la fois attentionné et exigeant ? Un compagnon drôle qui, par ses innombrables questions, l'amenait à réfléchir sur mille et une choses ? Le rebelle aventureux ? Le fils dévoué ? L'homme d'affaires avisé ?

Il possédait toutes ces facettes et elle avait le sentiment de n'avoir encore qu'effleuré la surface.

Elle appréciait sa curiosité naturelle et son talent inné pour délier les langues, si bien qu'il finissait par connaître des tas de choses sur les autres.

Lui, en revanche, et c'était ô combien frustrant, se montrait très avare de détails sur sa vie privée.

Ce qu'elle savait, elle le tenait pour l'essentiel d'autres sources. Il n'avait pas son pareil pour éluder les questions chaque fois qu'elle s'intéressait à son enfance, à sa vie en Californie ou même à sa convalescence après l'accident qui l'avait ramené chez lui.

Si leur relation était demeurée superficielle, cette réticence n'aurait pas dérangé Parker. Mais ce n'était pas le cas. Peu à peu, l'intérêt s'était mué en attirance, l'attirance en désir et, avec une bonne dose d'affection en prime, le mélange détonant était bien parti pour exploser en amour incontrôlable.

Et elle ne savait qu'en penser.

Une pluie fine et collante se mit à tomber juste comme Laurel entrait avec un grand plateau.

— Puisque nous devons avoir une réunion à cette heure de la journée, autant en profiter pour manger. Tu me parais bien soucieuse, ajouta-t-elle après un coup d'œil à Parker en posant son plateau.

— C'est peut-être juste que j'ai faim.

— Ça, nous allons très vite y remédier. J'ai là un assortiment de jolis sandwichs, des fruits de saison, des bâtonnets de carotte et de céleri, des chips maison et des petits fours.

— Voilà qui devrait faire l'affaire.

Laurel croqua une chips.

— Sympa, ce feu avec le temps qu'il fait. Sympa aussi de faire une petite pause.

Elle opta pour un thé, puis s'assit.

— Alors, qu'y a-t-il à l'ordre du jour ?

— Un ou deux trucs.

— Un ou deux trucs juste pour faire causette, ou un ou deux trucs qu'on va disséquer en long et en large ?

— Deuxième proposition, je pense.

— Alors il me faut un sandwich.

Mac et Emma entrèrent ensemble tandis que Laurel se remplissait une assiette.

— Ce serait bien de reprendre ça avec les minicallas couleur mangue pour les boutonnières, était en train de dire Mac. Et tu pourrais en piquer aussi dans les bouquets et les arrangements.

— Bonne idée.

— Je consulte ma fleuriste, expliqua-t-elle à Parker et à Laurel. Je crois qu'elle est géniale.

— Je le suis, confirma celle-ci. Oh, les jolis sandwichs !

— Moi aussi, je suis géniale, fit remarquer Laurel. Dis donc, Emma, si tu es encore en mode fleuriste... je pense choisir des teintes fraîches. Couleurs sorbets.

— Ne me force pas à porter du framboise, par pitié, supplia Mac qui tira sur ses mèches rousses.

— Je pourrais, mais outre mon génie, je suis aussi connue pour ma magnanimité. Je pensais plutôt à un jaune citron pâle. Ça vous irait bien à toutes les trois. Peut-être de la mousseline de soie. C'est sans doute un peu cliché, de la mousseline jaune pâle pour un mariage d'été, mais...

— Excellente idée, approuva Emma. Le jaune pâle permet l'utilisation par touches de couleurs plus audacieuses. Des bleus, du vert menthe. Tout en subtilité, mais généreusement.

— Laurel, je voudrais faire votre portrait de fiançailles la semaine prochaine, dit Mac.

— Nous n'avons pas encore décidé où.

Mac croqua dans un bâtonnet de carotte.

— Moi, si. Dans la cuisine.

Laurel se renfrogna instantanément.

— Tu parles de clichés, marmonna-t-elle.

Mac pointa sa carotte dans sa direction.

— Imagine Del et toi devant le plan de travail couvert de sublimes pâtisseries, cookies et autres merveilleux desserts. Lui serait assis sur un tabouret, et toi, tu porterais ton tablier et ta toque de chef pâtissier.

— Bonjour le glamour, commenta Laurel, la mine boudeuse.

— Quand j'en aurai fini avec toi, femme de peu de foi, tu seras séduisante, pétillante, impertinente. Bref, unique.

— Elle avait raison de faire le nôtre dans le jardin, intervint Emma. Résultat : nous sommes superbes, et sexy.

— Je suis certes géniale, moi aussi, mais le fait que vous soyez déjà superbes et sexy au naturel a pas mal aidé, observa Mac avant de se laisser choir dans un fauteuil. Bon alors, de quoi retourne-t-il ? Et pourquoi ce sourire ? ajouta-t-elle avec un haussement de sourcils en remarquant la mine réjouie de Parker.

— C'est amusant de vous écouter parler mariage, toutes les trois. Vos propres mariages. Mac, j'ai demandé à Monica et à Susan, de la boutique de robes de mariée, de me remplacer pour le tien. Elles sont expérimentées et efficaces. Et s'il y a des détails à régler durant la cérémonie, je n'aurai pas à m'éclipser en catastrophe.

— Bien vu.

— Ce qui fait quatre génies sur quatre. Elles s'occuperont aussi des invités pendant que nous serons là-haut dans la suite de la mariée. Emma, tu as une équipe, je sais, mais…

— Tout à fait d'accord, la coupa celle-ci. Je ne serai pas aussi disponible que d'habitude pour la mise en place, et nous ne pourrons pas faire appel à Carter, à Del ou à Jack. J'ai repéré deux fleuristes avec qui je compte travailler sur un ou deux projets. Si elles sont aussi douées que je le pense, elles prendront mon équipe en charge pour le mariage de Mac. De toute façon, nous aurons besoin de personnel supplémentaire qualifié pour le mariage Seaman en avril – et pour le mien, et celui de Laurel.

— Parfait. Laurel ?

— Nous sommes sur la même longueur d'onde. J'ai demandé à Charles, le chef pâtissier du *Willows*, s'il avait le temps pour une collaboration sur le mariage de Mac. C'est un as, je te l'ai déjà dit. Il est emballé. Je vais devoir négocier en douceur pour lui libérer du temps, mais je sais comment prendre Julio.

Julio était le chef du *Willows*, et son ancien patron. Il était connu pour son tempérament explosif.

— Dans ce cas, je crois que tout est réglé, conclut Parker. Quelques réunions seront nécessaires pour informer tout ce petit monde sur notre mode de fonctionnement, plus une visite des lieux. À présent, passons à autre chose. Il s'agit d'une nouvelle activité, d'un genre inhabituel. J'ai reçu un appel de Katrina Stevens, l'une de nos premières mariées. Vous vous souvenez d'elle ? Une grande blonde mince comme un fil, avec un rire tonitruant. Si ma mémoire est bonne, l'une de ses demoiselles d'honneur a été la première à faire des galipettes avec un témoin du marié dans la suite nuptiale.

— Oh oui je me la rappelle ! s'exclama Mac. Un mètre quatre-vingts, facile, et des cheveux en pétard qui lui rajoutaient encore dix bons centimètres. Le marié mesurait dans les deux mètres. On aurait dit des divinités nordiques.

— Palais d'Argent, six étages, cita Laurel.

— Roses blanches, lis callas aubergine, confirma Emma.

— Eh bien, Mica et elle divorcent.

— On ne peut pas réussir à tous les coups. Dommage quand même, soupira Laurel. Ils formaient un couple impressionnant.

— Apparemment, du moins selon Katrina, il ne répugnait pas à en impressionner d'autres. Le jour où elle l'a surpris au lit avec une de ses clientes, elle l'a fichu à la porte. Il y a eu une période de flottement où réconciliations et séparations ont alterné, mais c'est terminé. Le divorce sera prononcé fin février. Elle veut fêter son divorce. Ici.

— Fêter son divorce ? répéta Emma. Ce n'est pas très sympa.

— Je ne crois pas qu'elle ait particulièrement envie d'être sympa envers Mica, mais elle m'a semblé heureuse et regonflée à bloc. Elle s'est mis en tête de célébrer ce nouveau départ et tient à le faire ici – avec classe. Comme je le lui ai expliqué, ce n'est pas notre créneau, mais elle n'en démord pas. Elle est décidée à réserver une journée entière durant un de nos mois calmes, à l'exception de la folie de la Saint-Valentin, bien sûr. J'ai pensé que l'idée valait la peine d'être discutée.

— Comment allons-nous présenter ce genre d'événement sur notre site Web ? grommela Mac.

— Un divorce est plutôt censé vous rendre triste ou furieuse, observa Emma avec une grimace, le nez dans son thé. Sortir en boîte et prendre une cuite avec des copines, j'arrive à imaginer. Mais ça, c'est méchant.

— Tromper sa femme, ça l'est plus encore, souligna Laurel.

— Aucun doute là-dessus, mais...

Emma haussa les épaules, mal à l'aise.

— En plus ici, où ils se sont mariés.

— C'est sans doute un peu mesquin de ma part, reconnut Laurel avant de mordre dans un bâtonnet de carotte, mais j'aime bien sa façon de réagir. Au lieu de râler ou de ruminer – ce qu'elle a sans doute déjà fait –, elle décide de tourner la page en beauté, avec ses amis, des fleurs, de la musique, un bon repas. Je ne suis pas pour organiser ce genre de réception régulièrement, mais dans la mesure où il s'agit d'une ancienne cliente, pourquoi pas ?

— On pourrait proposer un forfait, suggéra Mac qui attrapa un sandwich. Après votre mariage, nous organisons votre divorce. Fêtez l'événement avec dix pour cent de remise.

— Ils ont des enfants ? voulut savoir Emma.

— Non, répondit Parker.

— C'est déjà ça, j'imagine. Et toi, tu n'as pas dit ce que tu en pensais.

— J'ai eu les mêmes réactions que vous trois, à des degrés divers, reconnut Parker. D'instinct, ç'a d'abord été non. Et puis, au fur et à mesure que je l'écoutais, j'ai compris par où elle était passée et pourquoi elle tenait à cette fête. Du coup, j'ai réfléchi à la question. J'en ai conclu que nous sommes des professionnelles et n'avons pas à porter de jugement si une cliente veut nous engager pour célébrer la fin d'un mariage raté.

— Tu votes oui, alors ? s'enquit Mac.

— Je vote oui, parce qu'elle m'a confié vouloir ce nouveau départ ici afin de se rappeler combien le premier avait été merveilleux, plein d'amour et d'espoir. C'est sa façon de se prouver qu'elle n'avait pas commis d'erreur. Sa situation a changé, mais elle veut continuer de croire en l'espoir et en l'amour. Là, elle m'a convaincue.

— On ne peut qu'admirer – comment dire ? – sa niaque, déclara Mac.

— Je vote pour aussi, intervint Laurel qui jeta un regard à la ronde. Et aussi en faveur d'un examen au cas par cas, si ce genre de demande nous est de nouveau soumise. Nous sommes des professionnelles, certes, mais si la cliente cherche juste à se venger d'un ex, quand bien même c'est mérité, je ne crois pas que ce soit l'endroit.

— Tout à fait d'accord, approuva Parker. Du reste, si j'avais eu cette impression, je l'en aurais dissuadée.

— D'accord, acquiesça Mac avec un hochement de tête. Au cas par cas.

— Je vous suis, décida Emma, parce qu'elle semble juste vouloir fermer une porte avant d'aller de l'avant. N'empêche, ça me fait de la peine.

— Et maintenant autre chose qui, je l'espère, va vous redonner le sourire, enchaîna Parker. J'ai fini de mettre la dernière main à l'avant-projet de livre.

Emma en resta bouche bée.

— Sérieux ? Je ne sais pas si je dois me réjouir ou être terrifiée.

— Je vais vous transmettre tout le fichier par mail. Je veux que vous y apportiez toutes les suggestions et corrections que vous jugerez nécessaires – et à double dose dans vos parties respectives. Nous devons toutes être sur la même longueur d'onde et ravies de ce projet.

— Nous le sommes, je crois, répondit Laurel qui, de nouveau, chercha du regard l'approbation de ses associées. C'est juste que nous nous aventurons en terre inconnue. Et parfois, en terre inconnue, on s'égare.

— C'est une question qui me préoccupe aussi pas mal ces derniers temps, concéda Parker, le front plissé. Nouvelles aventures, nouveaux risques. Mais j'aime à penser que nous sommes assez solides et réfléchies pour nous lancer.

— De toute façon, intervint Laurel avec un soupir,

en cas d'échec, qu'avons-nous à craindre à part un ego un peu cabossé ?

— Moi, je choisis l'optimisme, décréta Emma. On va assurer, j'en suis certaine. J'ai hâte de voir ce que tu as déjà fait, Parker.

— Je crois qu'il y a là un vrai potentiel à exploiter. J'ai inséré quelques-unes de tes photos, Mac, mais il nous reste encore à travailler une iconographie soignée qui mettra en valeur toutes les facettes de notre activité. Quand chacune aura apporté son grain de sel, et si nous sommes satisfaites du résultat, il ne nous restera plus qu'à transmettre le bébé à l'agent. Voilà, on a fait le tour, conclut Parker.

— J'aimerais que Carter y jette un coup d'œil, intervint Mac. Professeur de littérature oblige. Et écrivain en herbe.

— Bien sûr, répondit Parker. Il pourra faire toutes les corrections qu'il souhaite. Bon, quelqu'un a-t-il un autre sujet de discussion puisque nous sommes toutes ici ?

Emma leva la main avec vivacité.

— Moi ! Je veux savoir où ça en est entre Malcolm et toi. Où ça en est *vraiment*, et en détail, s'il te plaît.

— Motion approuvée, renchérit Laurel.

— Une fois de plus, à l'unanimité, ajouta Mac. Vas-y, Brown, crache le morceau.

14

Parker regarda tour à tour ses trois amies. Elle ne se voyait pas leur dire de s'occuper de leurs oignons.

Pas à ces amies-là.

— Où ça en est ? répéta-t-elle. Vous le savez bien. Malcolm et moi sortons ensemble, et quand l'humeur concorde avec nos emplois du temps, nous partageons aussi nos nuits. Vous voulez que je vous décrive nos ébats par le menu ?

— Je ne serais pas contre, mais réserve ça pour une soirée entre filles, lui conseilla Laurel. Une qui inclura beaucoup de vin et la pizza de Mme Grady.

— Question A, intervint Mac, l'index levé. Entre vous, est-ce juste sexuel, une aventure, ou une relation plus sérieuse ?

Consciente d'atermoyer, Parker se leva pour se verser une nouvelle tasse de thé.

— Pourquoi pas les trois à la fois ? rétorqua Parker, réalisant qu'elle cherchait à gagner du temps.

— Je t'explique, intervint Emma. Le plan sexe, c'est juste pour le fun, d'accord ? Une aventure, c'est plus profond, sans qu'on sache pour autant où elle peut mener. En général, ça dure tant que le courant passe ou on tourne la page. Quant à la relation, elle demande davantage d'efforts et d'implication, la volonté de

248

construire quelque chose ensemble. Une relation peut bien entendu comporter des éléments des deux premiers niveaux, mais elle représente plus que leur somme.

— Tu devrais présenter un talk-show, décréta Laurel qui leva sa tasse comme pour lui porter un toast. Bon, si j'ai bien compris notre experte maison, est-ce que c'est juste pour le fun, plus poussé ou carrément sérieux ?

Parker décida qu'elle avait envie d'un petit four.

— Le problème avec vous trois, c'est que vous êtes amoureuses et sur le point de vous marier. Alors, forcément, vous me jugez à travers ce prisme.

— C'est ce qui s'appelle noyer le poisson, commenta Mac, mais tu ne t'en sortiras pas aussi facilement, ma vieille. Nous partageons toujours nos états d'âme, c'est la règle entre nous. Ta réticence me laisse à penser que tu te poses encore des questions, que tu es même peut-être un peu inquiète. Bref, que tu n'es pas encore prête. Mais ce n'est pas grave. Nous attendrons que tu le sois.

La mine renfrognée, Parker mordit dans le biscuit délicat.

— Quel coup bas ! Je te vois venir. Nous attendrons parce que – je traduis – nous sommes des amies sincères et loyales, nous.

Mac s'empara à son tour d'un petit four.

— Et ça marche ?

— Espèce de peste.

— Ça marche, fit Laurel avec un sourire victorieux. Il n'y aura qu'Emma pour en éprouver de la culpabilité. Elle s'en remettra.

— Juste une pointe de culpabilité, précisa l'intéressée. Mais, à mon avis, ce n'est pas une bonne idée d'insister si Parker n'est pas prête à nous parler.

— Tu t'y mets toi aussi ?

Emma baissa les yeux face au regard noir de Parker.

— Elles ont une mauvaise influence sur moi.

— Très bien. En fait, la réponse est simple : je ne sais pas trop de quoi il s'agit. Ça ne fait que quelques semaines. Je l'aime bien. J'apprécie sa compagnie. Il est intéressant et intelligent, sans ce vernis pompeux ou pédant qui m'agace ou m'ennuie chez tant de gens. Il sait ce que c'est de diriger une entreprise et respecte mon travail. Je respecte aussi le sien, même si je n'en connais pas trop les détails. Il faut presque un pied-de-biche pour l'amener à se livrer un peu.

— Des outils, tu en as toute une collection, de formes et de tailles diverses et variées, souligna Mac. Et tu sais les utiliser pour obtenir de n'importe qui des confessions complètes.

— Apparemment, Malcolm n'est pas n'importe qui. C'est quelqu'un de discret sur lui-même, une attitude extraordinairement frustrante. Il me sort toujours des excuses du genre « c'était il y a longtemps » ou « ce n'est pas important ». Dans ce cas, ai-je envie de répliquer, pourquoi ne pas m'en parler puisqu'il est tellement *évident* que j'aimerais savoir ? Mais je me tais, parce qu'à mon avis c'est important, d'où son silence. Et là, il dévie la conversation – il est très doué pour ça – ou me fait rire, ou alors nous faisons l'amour, et pour finir, je n'en sais pas beaucoup plus qu'au début.

Elle croqua dans son petit four, le mâcha, l'avala.

— En prime, il est d'une impudence, continua-t-elle. Une attitude qui n'est pas du tout censée me séduire. Mais en même temps, il sait se montrer charmant et pour tout dire… facile à vivre. Et il vous regarde – moi, les gens. Beaucoup d'hommes ne vous regardent pas vraiment. Lui, si. Il ne s'intéresse pas seulement à ce que vous dites, mais aussi à *vous*. Et ça, c'est profond.

Elle s'empara d'un autre gâteau.

— Comment aurais-je pu imaginer que ce mélange de profondeur et de désinvolture me ferait autant d'effet ? Franchement, je n'étais pas supposée m'attendre à un truc pareil.

— Hmm, fit Laurel avec un regard entendu à ses deux amies.

— Exactement, approuva Parker avant d'enfourner son gâteau. Dans une conversation, il m'interrompt une demi-douzaine de fois quand j'essaie de défendre un point de vue. Pas évident, du coup, de ne pas perdre le fil. Bref, je ne peux pas vous dire précisément ce qu'il y a entre nous parce qu'il est du genre insaisissable. Insaisissable, répéta-t-elle en prenant un nouveau gâteau. Qu'est-ce qu'il y a ? demanda-t-elle devant les regards stupéfaits de ses amies.

— Tu as mangé cinq petits fours, répondit Mac. C'est le sixième.

— Certainement pas, protesta Parker qui eut un choc en regardant le plat. Cinq ?... Il faut dire qu'ils sont tout petits.

— Bas les pattes, intervint Laurel qui lui prit gentiment le gâteau de la main et le reposa sur le plat qu'elle poussa hors de portée. Le problème, c'est que tu as tout intériorisé, et maintenant que le bouchon a sauté, non seulement tu parles à flot continu, mais tu nous fais une crise de boulimie.

— On dirait.

— Tu es amoureuse de lui, déclara Emma.

— Quoi ? Non, objecta Parker qui secoua la tête avec incrédulité. Non, répéta-t-elle, plus catégorique.

Puis elle ferma les yeux, comme vaincue.

— Mon Dieu... C'est sans doute vrai. Mais alors, où sont les petits nuages, les frissons, les étoiles au fond des yeux ? Pourquoi est-ce que je ne ressens qu'une légère nausée ?

— Les petits fours, probablement, hasarda Mac. Ne le prends pas mal, ajouta-t-elle avec un regard à Laurel.

251

— Pas de problème. Ils sont censés être savourés, pas gobés comme du vulgaire pop-corn.

— Ce ne sont pas les petits fours, fit Parker, la main plaquée sur son estomac. Ou alors juste un peu. Le problème, c'est que je ne sais pas sur quel pied danser avec lui.

— Ce qui est plus ardu pour toi que pour la plupart, commenta Laurel. L'amour, ça fiche un coup.

— J'avais toujours imaginé que ce serait comme une sorte d'allégresse permanente, que tout serait plus…

— Ça viendra, la rassura Emma.

— Mais d'abord, ça fiche un sacré coup, confirma Mac avec un haussement d'épaules. Du moins d'après mon expérience.

— Je n'aime pas du tout ça.

— Si ça se trouve, il ressent la même chose que toi, suggéra Emma. Si tu lui en parlais…

— Absolument hors de question ! Plutôt mourir !

La main de Parker balaya l'air d'un geste impérieux, comme pour chasser cette idée de la surface de la terre.

— Tout va bien. Très bien même. Et puis, il n'a qu'à me parler d'abord, pour changer. Je me sens mieux, assura Parker. J'aurais dû vider mon sac plus tôt. Nous passons du bon temps ensemble, et j'ai commencé à trop cogiter. Tout va bien. Bon, j'ai une cliente qui ne va pas tarder.

Comme Mac ouvrait la bouche, Emma lui pinça discrètement le genou.

— Moi aussi, dit-elle. Aujourd'hui, c'est soirée poker. Et si on se faisait notre soirée à nous ? Vin, pizza, film ?

— Ça marche, approuva Laurel.

— Bonne idée. Et si on…

Mac s'interrompit. Le téléphone de Parker venait de sonner.

252

— L'une de vous en parle à Mme Grady, d'accord ? Si elle n'y voit pas d'inconvénient, je suis pour aussi. Je dois prendre cet appel, dit Parker qui se leva et se dirigea vers la porte. Bonjour, Roni, que puis-je pour vous ?

Elle accueillit cette conversation avec gratitude, puis le rendez-vous qui suivit, les deux appels ultérieurs et une mise au point imprévue avec le traiteur pour des changements de dernière minute dans un menu. Toutes ces occupations ne lui laissèrent pas une seconde pour se triturer les méninges au sujet de Malcolm ou des sentiments qu'elle éprouvait pour lui.

En tout cas, songea-t-elle en rejoignant enfin le rez-de-chaussée, elle n'était sans doute pas amoureuse de lui. Il s'agissait plus probablement d'une simple toquade, aveuglée qu'elle était par la tension sexuelle qui régnait entre eux.

Une toquade, c'était inoffensif et sympa. Plus tard, quand elle aurait retrouvé ses esprits, elle y repenserait avec affection, et même amusement.

Oui, décidément, la théorie de la toquade lui plaisait davantage.

Rassérénée, elle entra en coup de vent dans la cuisine pour avoir la confirmation de Mme Grady au sujet de la soirée entre filles.

— Mme Grady, avez-vous...

Sa phrase demeura en suspens lorsqu'elle découvrit Malcolm assis dans le coin repas.

Une vieille nappe protégeait la table sur laquelle étaient étalés divers outils et tout un tas de pièces non identifiables appartenant, supposait-elle, à l'aspirateur désossé sur le carrelage.

— Au téléphone, fit-il avec un geste du pouce en direction de l'appartement de la gouvernante.

— J'ignorais que tu étais ici.

Encore une manie irritante, songea-t-elle. Il lui laissait rarement le temps d'anticiper, de se préparer, d'établir une stratégie.

— Que fais-tu ? reprit-elle.

— J'avais une Porsche à bichonner dans le coin. Du coup, je suis passé. Mme Grady s'apprêtait à jeter cet engin au cimetière des appareils ménagers, expliquat-il en repoussant une mèche qui lui tombait dans les yeux avant de desserrer une espèce d'écrou. Je pense pouvoir le réparer.

Parker s'approcha.

— Ah bon ?

— Sans doute. Ça vaut la peine de tenter le coup. C'est moins compliqué qu'un moteur de Porsche, ajouta-t-il en levant la tête pour la gratifier d'un sourire.

— J'imagine, mais... tu vas savoir où vont toutes ces pièces quand tu voudras le remonter ?

— Évidemment, je l'ai démonté.

À sa place, se dit-elle, elle aurait dressé une liste. Dessiné un plan. Elle le regarda bricoler ce qui ressemblait à une partie du moteur.

— Quel est le problème ?

— D'après Mme Grady, il faisait un bruit sourd.

— Un bruit sourd ?

— Et aussi une sorte de cliquetis métallique. Tu veux une leçon de bricolage, Belles Gambettes ? Je peux t'apprendre les rudiments, et t'acheter de jolis outils.

Parker le dévisagea posément.

— J'en ai déjà, merci beaucoup.

— Ils sont roses ?

Elle lui décocha une chiquenaude sur le côté du crâne, ce qui le fit sourire.

— Ces outils-là, ils sont *à moi*, lui précisa-t-elle.

— Ah oui ? Ils sont de bonne qualité, bravo. Tu as fini ta journée ?

— Je l'espère.

Regardez-moi ces mains, songea-t-elle. Normal, la toquade. Elles étaient si habiles, si expertes. Comme lorsqu'il les promenait sur son corps. S'arrachant à sa contemplation, elle s'écarta et décida de prendre un peu d'avance et de boire un verre de vin.

— Je croyais que c'était la soirée poker.

— Exact. Je vais chez Del tout à l'heure.

Il ne s'était pas rasé, nota-t-elle. Et il y avait des accrocs et des taches de graisse sur son jean. Le code vestimentaire du poker devait être très, très décontracté.

— Tu veux boire quelque chose ? s'enquit-elle.

— Non, ça va.

Tandis qu'elle se servait, il travailla dans un silence relatif, laissant échapper de temps à autre un juron étouffé ou un borborygme satisfait. Du pied, il battait la mesure d'un air qu'il devait fredonner dans sa tête et ses cheveux bruns tombaient sur son front en une masse désordonnée qui donnait envie à Parker d'y enfouir les doigts.

Bon d'accord, elle était peut-être un peu amoureuse de lui, mais c'était aussi inoffensif qu'une toquade. N'est-ce pas ? Ce n'était pas comme si elle envisageait de passer le restant de sa vie avec lui.

« Détends-toi donc un peu », se réprimanda-t-elle. Pourquoi ne pouvait-elle s'empêcher de tout compliquer ?

Mme Grady entra et adressa un clin d'œil à Parker.

— Comment vous vous en sortez, Malcolm ? demanda-t-elle.

— Je crois que je tiens le bon bout.

— Eh bien, une fois que vous aurez remonté cet

255

engin et que vous vous serez lavé les mains, vous aurez droit à des cookies avec un verre de lait.

Il tourna la tête vers elle avec un sourire de gosse.

— D'accord.

— C'est agréable d'avoir un bricoleur dans la maison, avoua-t-elle. Ça fait un bout de temps qu'il n'y a que des femmes ici. On se débrouille, c'est sûr, mais la prochaine fois qu'un des lave-linge me donnera du fil à retordre, je saurai qui appeler.

— *Un* des lave-linge ?

— Nous avons une buanderie équipée d'une machine avec sèche-linge à chaque étage.

— Pratique. Et efficace, ajouta-t-il à l'adresse de Parker avec un haussement de sourcil.

— N'est-ce pas ? Laurel m'a parlé de la pizza, continua Mme Grady en se tournant vers Parker. Je sors avec mes copines ce soir, mais je m'en occuperai avant de partir.

— Nous pouvons très bien improviser quelque chose nous-mêmes. Profitez donc de votre soirée.

— C'est mon intention, mais je peux faire les deux. Je vois votre mère ce soir, Malcolm.

— Ah oui ? Elle vient ?

— Un bon dîner, des potins à gogo. Et ensuite qui sait dans quel pétrin nous allons nous fourrer ?

— Je paierai votre caution, assura-t-il.

Mme Grady éclata de rire.

— Attention, je risque de vous prendre au mot, le prévint-elle en s'approchant de la table. Regardez un peu comme il brille de l'intérieur.

— Il avait besoin de quelques réglages, d'un petit nettoyage et de l'incontournable lubrifiant multifonction WD-40. Vous en avez encore combien comme celui-ci ?

— Il est unique dans sa catégorie. Un modèle ancien, mais très pratique pour mon appartement.

Sinon, Parker a acheté toute une armada d'engins épatants. Ça m'évite d'avoir à en transporter un dans l'escalier si je veux passer un coup d'aspirateur entre deux roulements de nettoyage. Au fait, je suis tombée par hasard sur Margie Winston. Elle m'a dit que vous aviez ressuscité sa guimbarde.

— La pauvre vieille a presque deux cent quatre-vingt mille kilomètres au compteur. La Pontiac, pas Mme Winston.

Parker les écoutait converser d'un ton badin tandis qu'il remontait l'aspirateur. Un point de plus en sa faveur, décréta-t-elle. Cette faculté qu'il avait de s'adapter naturellement à son interlocuteur.

Et le sourire radieux qu'il arbora quand il brancha l'aspirateur et testa la succion.

— Ça marche.

— Formidable ! s'extasia Mme Grady. Et il ne fait plus cet horrible bruit de ferraille.

— Il devrait tenir encore un moment.

— Merci, Malcolm. Vous avez bien mérité les cookies avec du lait. Laissez-moi juste le temps de ranger cet engin.

Il s'accroupit pour enrouler le fil.

— Je m'en occupe. Où voulez-vous que je le range ?

— Dans l'office à côté. Premier placard à gauche.

Quand Malcolm sortit de la cuisine avec l'aspirateur, Mme Grady secoua la tête.

— Si j'avais trente ans de moins, je ne laisserais pas celui-ci me filer entre les doigts. Et puis zut, je jetterais mon dévolu sur un jeunot de vingt ans et je tenterais ma chance comme couguar.

Parker manqua de s'étrangler avec son vin.

— Je n'ai rien entendu.

— Je peux le répéter plus fort.

Parker pouffa de rire.

— Dites donc, vous êtes drôlement mordue.

257

— Il faudrait que vous ayez une case en moins pour ne pas l'être.

— J'ai toutes les miennes.

— Ravie de l'apprendre, lâcha Mme Grady qui entreprit de ranger les outils dans la boîte.

— Laissez, je m'en occupe, l'arrêta Parker. Vous avez promis une récompense à votre chéri.

— D'accord, mais remplis ton verre. Tu lui tiendras compagnie.

La gouvernante prépara une assiette de cookies et un grand verre de lait froid tandis que Malcolm revenait se laver les mains.

— Buvez ce lait, et je dirai à votre mère que vous êtes un bon garçon.

— Elle ne vous croira pas.

Parker alla ranger la boîte à outils. À son retour, elle trouva Malcolm seul dans la cuisine.

— Elle m'a dit qu'elle avait des trucs à faire et que tu étais censée me tenir compagnie. Alors, que fait le quatuor après la pizza quand les garçons ne sont pas là ?

Elle s'assit en face de lui, sirota une gorgée de vin.

— Des batailles de polochons en petite tenue.

— Un autre fantasme qui se réalise. Tu veux un cookie ?

Elle pensa aux petits fours.

— Certainement pas.

— Tu rates quelque chose. On est déjà passé par là.

— Oui, répondit-elle avec un sourire, mais cette fois, je ne suis pas fâchée contre toi. Pas encore. Tu te sens en veine ce soir ? Pour le poker, précisa-t-elle d'un air faussement réprobateur devant son sourire égrillard.

— Se sentir en veine peut rendre négligent. Mieux vaut en avoir tout court.

— Exact. À la chance, fit-elle en choquant son verre contre le sien.

— Pendant que vous avez de la pizza maison et des batailles de polochon sexy. Que doit faire un homme pour être invité à une de ces soirées ?

— Pour commencer, ne pas en être un. Mais pour la pizza maison, on peut toujours s'arranger.

— Je pourrais m'en contenter. À propos d'invitation, ma mère aimerait que tu viennes dîner dimanche.

Le verre de Parker s'immobilisa à mi-chemin entre la table et sa bouche. Elle le reposa.

— Dimanche ? *Ce* dimanche ?

Quelle drôle de sensation, ce léger picotement de panique qui lui montait dans la gorge de manière imprévue.

— Oh, mais nous avons une réception, et...

— Je le lui ai dit, mais elle sait que c'est dans la journée, répondit Malcolm sans lever le nez de son cookie. J'ai comme l'impression que Mme Grady et elle passent de plus en plus de temps ensemble.

— Hmm, fit Parker, les yeux rivés sur lui.

— Enfin bref, elle n'en démordra pas. Je crois qu'elle a eu vent de mes... nombreuses visites ici, et elle veut, tu sais, rendre la pareille.

Tiens, tiens, nota-t-elle, il semblait bien plus paniqué qu'elle. Très intéressant.

— Crois-moi, rien ne pourra la faire changer d'avis, poursuivit-il. Je peux lui dire que dimanche ne te convient pas, mais elle reviendra à la charge.

Pas seulement paniqué, rectifia Parker. Mais aussi inquiet. Très inquiet. Il avait conscience de s'être fait manœuvrer et ne semblait pas avoir tout à fait compris comment il avait pu tomber dans le panneau.

— J'adorerais venir dîner dimanche.

Il redressa brusquement la tête. L'œil méfiant.

— C'est vrai ?

— Bien sûr. Nous devrions avoir terminé ici à 17 h 30. Si rien ne me retient, je pourrais être chez ta mère vers 18 heures. En cas de retard, je passerai un coup de fil. D'accord ?

— Ouais. D'accord. Ça marche.

C'était quelque peu mesquin de sa part, elle le concédait, mais plus elle sentait la gêne de Malcolm, plus elle se montrait enthousiaste.

— Demande-lui si je peux apporter le dessert, ou peut-être une bouteille de vin. Oh, et puis laisse tomber, je l'appellerai moi-même !

— Tu vas téléphoner à ma mère ?

Elle lui sourit, le regard innocent.

— Ça pose un problème ?

— Non. Pas du tout. Vous vous arrangerez entre vous, répondit-il avec un geste de la main.

Parker reprit son verre, à l'aise de nouveau.

— Elle sort avec quelqu'un ?

Le choc à l'état pur se peignit sur le visage de Malcolm.

— Ma mère ? Bien sûr que non !

Elle ne réussit pas tout à fait à ravaler son rire, mais l'adoucit en posant la main sur la sienne.

— C'est une femme intéressante, dynamique.

— Laisse tomber. Sérieusement.

— Je me demandais juste s'il se pouvait qu'elle invite un ami, ou si nous serions juste tous les trois.

— Nous trois. C'est tout.

— Ce sera sympa.

— C'est ça. Bon, il faut que j'y aille, fit-il en se levant. Elle l'imita.

— Amuse-toi bien, lança-t-elle.

— Toi aussi.

— Attends, peut-être que ceci te portera chance.

Sur ce, elle s'approcha d'un pas lent, se pressa contre lui et noua les bras autour de son cou. Elle lui effleura la bouche, une fois, deux fois, puis s'enhardit, les lèvres souples et chaudes contre les siennes.

Un soupir langoureux lui échappa, et son désir grimpa d'un cran lorsque la main de Malcolm agrippa le tissu de son chemisier au creux de ses reins.

Il en oublia presque où il se trouvait. Il n'y avait plus que Parker. Son parfum subtil, riche de promesses, qui n'avait pas son pareil pour l'enivrer.

Nouveau soupir et, après avoir glissé les doigts dans ses cheveux, elle fit mine de s'écarter.

— Non.

Malcolm l'attira de nouveau à lui, les entraînant tous deux sur une pente fatale. Elle avait ouvert la cage au lion et, bien qu'elle mourût d'envie d'y pénétrer, elle savait qu'il lui fallait se montrer raisonnable pour deux.

— Malcolm, on ne peut pas...

— Tu veux parier ?

Il lui fit traverser la cuisine au pas de charge, si bien qu'elle avait du mal à le suivre.

— Attends. On va où comme ça ?

Lorsqu'il la poussa dans l'office, sa respiration se bloqua quelque part entre sa gorge et ses poumons. Il referma la porte, la plaqua dos contre le battant et mit le loquet.

— On ne va quand même pas...

Il étouffa ses protestations d'un baiser vorace, tandis que ses mains plongeaient déjà sous son chemisier. Il se força à défaire les boutons au lieu de les arracher, puis baissa d'un geste brusque les balconnets de son soutien-gorge pour emprisonner ses seins dans ses paumes rêches.

Parker laissa échapper un gémissement. Elle tremblait.

— Bon sang, Malcolm, attends...

— Non.

Il lui remonta sa jupe jusqu'à la taille et glissa la main entre ses cuisses.

— J'ai envie de toi, ici et tout de suite, murmura-t-il d'une voix rauque, tandis que ses doigts s'aventuraient sous la dentelle. J'ai envie de te regarder jouir contre cette porte.

Les jambes flageolantes, elle dut lui agripper les épaules pour ne pas tomber. Elle sentit un feu ardent prendre peu à peu possession de son corps tout entier, se raidit sous la caresse des doigts experts de Malcolm. Et dans ses yeux d'un vert intense rivés aux siens, elle crut voir une lueur de triomphe juste avant d'entrer en éruption.

Elle entendit le fragile sous-vêtement craquer et ne put que gémir de nouveau.

— Dis-moi que tu as envie de moi. Que tu veux que je te prenne là, maintenant.

Malcolm voulait entendre de sa bouche qu'elle était aussi excitée que lui. Il voulait entendre sa voix que la volupté rendait un peu rocailleuse.

— Oui. Oui, je te veux.

Il lui saisit la cuisse tandis qu'elle levait la jambe et l'enroulait autour de sa taille. Offerte. Il écrasa sa bouche sur la sienne et s'enfonça en elle avec une vigueur farouche qui la fit vaciller sous le choc délicieux.

Accueillant chacun de ses coups de reins puissants avec un ahanement de plaisir, Parker savoura la course effrénée vers l'abîme jusqu'à la seconde fatale, et s'abandonna avec un gémissement rauque à la volupté brute qui la submergea.

Il lui fallut de longues minutes pour reprendre son souffle, le front appuyé contre l'épaule de Malcolm. « Qui es-tu pour me faire cet effet, pour ravager ainsi mon corps et mon cœur ? » se demanda-t-elle, tandis qu'il lui soulevait le menton, et lui butinait les joues et les tempes de tendres baisers.

Puis elle ouvrit les yeux, encore voilés par le plaisir, plongea son regard dans le sien et, bien qu'elle en fût la première surprise, l'évidence s'imposa d'elle-même.

Elle était amoureuse.

Elle sourit et il lui rendit son sourire.

— C'est toi qui as commencé.

Si elle avait eu assez de souffle, elle aurait pouffé de rire.

— Je retiendrai la leçon.

Le front posé contre le sien, il entreprit de lui reboutonner son chemisier.

— Tu es un peu chiffonnée, observa-t-il.

Il lissa sa jupe, essaya d'arranger ses cheveux de son mieux, puis jugea du résultat avec une moue sceptique.

— Inutile, tu as toujours l'air d'une fille qui vient de s'envoyer en l'air dans le placard à balais.

— Je l'ai bien mérité, je suppose.

— Il faut croire. Et moi, j'ai mérité ça, ajouta-t-il en se penchant. Je la garde.

Parker resta bouche bée lorsqu'il fourra sa culotte déchirée dans sa poche.

— Comme un trophée ?

— Une prise de guerre, je dirais.

Elle s'esclaffa et secoua la tête.

— Tu n'as pas un peigne sur toi, j'imagine ?

— Non, pourquoi ?

Avec un soupir, elle s'efforça de remettre un peu d'ordre dans sa coiffure.

— Ça devra faire l'affaire.

Puis elle posa un doigt sur sa bouche, ce qui lui valut un sourire frondeur de Malcolm.

— Je suis sérieuse, siffla-t-elle.

Elle pivota et, aussi doucement que possible, ôta le loquet et entrebâilla le battant, l'oreille tendue.

— Tu vas traverser la cuisine tout droit jusqu'à la porte de service. Et moi, je...

Il la força à se retourner et lui chatouilla les côtes, sa bouche plaquée sur la sienne.

— Malcolm ! Arrête !

— Je voulais juste te chiffonner encore un peu.

Sur ce, il lui prit la main et l'entraîna jusqu'à la cuisine.

Soulagée de découvrir qu'elle était déserte, Parker poussa Malcolm *manu militari* jusqu'à la porte de derrière.

— J'ai l'impression d'être un homme-objet.

Elle s'esclaffa tout en le flanquant dehors.

— Va jouer au poker. Bonne chance.

Il tapota la poche qui renfermait sa culotte.

— J'ai mon porte-bonheur sur moi.

Comme Parker le fixait, bouche bée, le rire de Malcolm résonna dans l'air humide du soir.

— À plus, Belles Gambettes.

Parker fila vers sa chambre, mais ne put s'empêcher de faire un crochet par la fenêtre. Elle vit Malcolm changer de direction comme un jeune homme sortait du studio photo de Mac...

Ils discutèrent un moment, puis se cognèrent les poings en guise de salut. Le jeune monta dans une petite voiture et démarra, tandis que Malcolm regagnait son pick-up.

Un bruit de pas dans son dos la fit sursauter. Elle se retourna et découvrit Mme Grady. Mortifiée de sentir le rouge lui monter aux joues, elle s'éclaircit la voix.

— Ma foi, tu lui as tenu compagnie, je ne peux pas dire le contraire, commenta la gouvernante.

— Ah. Euh... vous savez qui était ce garçon qui sortait de chez Mac ? Malcolm semblait le connaître.

— Il vaudrait mieux vu qu'il travaille pour lui. Il ne

sait pas lire ou tout juste, expliqua-t-elle, et Malcolm a demandé à Carter de lui donner des cours.

— Je vois.

Parker pivota vers la fenêtre et son regard se perdit au loin. Décidément, chaque fois qu'elle croyait l'avoir cerné, elle découvrait chez lui une nouvelle facette.

15

Vautrée en pyjama sur le canapé du salon familial, Mac fixait le plafond.

— Dans l'office ? Parker Brown, de la dynastie des Brown du Connecticut, s'est envoyée en l'air dans l'office.

— On était de vraies bêtes.

— Et elle s'en vante en plus, observa Laurel avant de mordre dans une part de pizza.

— Toutes mes félicitations, fit Emma, qui les resservit en vin, mais ce qui me fait surtout craquer chez lui, c'est qu'il t'emmène dîner chez sa mère. Et qu'à l'évidence il en est tout perturbé.

— La soirée promet d'être intéressante.

— Ce qui m'intéresse, moi, enchaîna Laurel, c'est s'il sait aussi réparer les robots ménagers. Un de mes mixeurs fait des siennes en ce moment.

— Pose-lui la question, répondit Parker. Il a l'air d'aimer réparer tout ce qui coince. Au point de demander à Carter de donner des cours de lecture à son mécano. Ça dure depuis quand ?

— Le mois dernier, répondit Mac. D'après Carter, Glen progresse bien. Il lui fait lire *Carrie*.

Emma fit la grimace.

— La Carrie qui se prend un seau de sang de cochon au bal du lycée ?

— Carter a découvert que Glen adore les films d'horreur. Comme c'est un de ses films préférés, il s'est dit qu'il aimerait lire le bouquin. Et ça marche.

— Futé, commenta Parker. Un bon moyen de lui montrer que la lecture, ce n'est pas une corvée, mais un plaisir.

Les traits de Mac s'adoucirent d'un sourire attendri.

— En effet. Carter… est doué, vous savez. Si patient, si pédagogue, si foncièrement gentil. Et jamais pontifiant. Si vous voulez mon avis, certains, comme lui, ont la chance d'exercer le métier pour lequel ils sont faits. Et tous les autres en profitent.

— Même chose pour nous, fit remarquer Emma. Nous exerçons le métier pour lequel nous sommes faites. Et si nous rendons tant de gens heureux, c'est parce que nous le sommes nous aussi.

Laurel leva son verre.

— À nous ! Quatre filles heureuses, sexy, comblées au lit et extraordinairement douées !

— Voilà qui mérite de trinquer, acquiesça Mac. Et plus d'une fois !

À l'instant où elles portaient un toast, le portable de Parker sonna.

— Je vais continuer d'être heureuse dans la pièce à côté, plaisanta-t-elle. Je reviens tout de suite.

— Alors, votre avis ? demanda Mac aux autres à peine leur amie sortie.

— À mon avis, ça carbure du tonnerre de Dieu entre eux, déclara Laurel. Et je perçois aussi un attachement profond. Un homme tel que Malcolm ne se prendrait pas la tête avec un dîner chez sa mère si cette relation ne comptait pas pour lui.

— C'est un pas de géant en avant, approuva Mac. D'autant qu'il aime beaucoup sa mère. S'il n'avait pas

267

envie de passer à l'étape suivante, il aurait trouvé le moyen de tenir celle-ci à l'écart.

— Je trouve attendrissant qu'il soit aussi nerveux, avoua Emma. C'est vrai, Malcolm est plutôt du genre à faire front bille en tête. Il ne doit pas y avoir grand-chose qui le déstabilise.

— Moi, fit Mac qui envisageait une autre part de pizza, je vois deux personnalités fortes, pleines d'assurance, entreprenantes, qui se trouvent soudain confrontées non seulement aux vulnérabilités de l'amour, mais aux risques et aux conséquences poten-tielles. Conclusion : ils sont faits l'un pour l'autre.

— Je suis entièrement d'accord, acquiesça Emma qui jeta un coup d'œil vers la porte. Mais ce n'est pas le moment de le dire à Parker. Elle a encore du chemin à faire.

— Lui aussi, ajouta Laurel. Je me demande lequel des deux aura le déclic le premier.

Malcolm empocha le pot. La dernière carte retour-née lui avait donné un très beau full – brelan de reines plus une paire de huit – qui avait lessivé la quinte de Jack.

— Tu as une veine de cocu ce soir, Kavanaugh, bou-gonna ce dernier.

Malcolm empila ses jetons et, dans un flash, revit Parker, l'office, la dentelle blanche déchirée dans la poche arrière de son jean.

« Si tu savais, mon pote », songea-t-il.

— Je dois avoir une bonne fée qui veille sur moi, se contenta-t-il de répondre.

Et il sourit en avalant une gorgée de bière.

— Et si tu me la prêtais un peu, hasarda Rod, l'un des habitués, qui lança sa mise d'un air renfrogné. J'ai eu un jeu merdique toute la soirée.

268

— T'inquiète, tu seras raide à la prochaine. Tu n'auras plus qu'à nous regarder jouer, ironisa Del.

— Tu es une brute sans cœur, Brown.

— Le cœur n'a pas sa place à une table de poker.

Malcolm lança sa mise. Del, se dit-il, était impitoyable au poker. Comme il devait l'être au tribunal, même s'il ne l'avait jamais vu plaider. Mais sous cette carapace se cachait un cœur d'or.

La soirée poker était une tradition qui remontait aux études de Del et de Jack à Yale. La plupart des habitués y participaient depuis des années. Carter et lui étaient les dernières recrues.

Quand Carter retourna la carte suivante, Malcolm réévalua sa stratégie et vit ses chances se réduire comme peau de chagrin. Voyant que Del relançait, il jugea préférable de se coucher.

La vie avait, selon lui, bien des points communs avec le poker. On devait faire avec les cartes distribuées, évaluer ses chances, décider de courir le risque ou non. Et quand on avait un jeu merdique, on y allait au bluff si le pot en valait la peine, et si on avait des nerfs d'acier.

Sinon, mieux valait attendre la partie suivante.

Frank, un autre habitué, se coucha à son tour.

— Alors, Del, quand ton nouveau palais du jeu sera-t-il prêt ? s'enquit-il.

Del relança de nouveau.

— Demande à l'architecte.

— Je travaille sur les permis, fit Jack. Si tout roule, tu devrais te faire plumer là-bas en mars, avril au plus tard. Cet endroit va me manquer, ajouta-t-il avec un regard à la ronde.

— Ce sera bizarre, fit remarquer Rod, la soirée poker avec des femmes juste...

Il pointa le pouce vers le plafond.

— Des épouses, rectifia Frank, quand ces trois-là auront fait le grand saut. C'est dingue, l'année prochaine à cette époque, on aura tous fait le grand saut. Sauf toi, Malcolm.

— Il faut bien que quelqu'un tienne la corde.

— Attention, tu n'es pas très loin du bord, plaisanta Rod qui sourit, son cigare au coin de la bouche. Tu sors avec Parker, la dernière rescapée du quatuor de Del.

Malcolm glissa un coup d'œil à celui-ci. En joueur de poker émérite, son ami garda un visage imperturbable, mais le regard auquel il eut droit en retour était plus que froid.

— J'ai le sens de l'équilibre.

— Heureusement qu'il était cascadeur, commenta Jack. Il devrait savoir comment tomber.

Malcolm but une nouvelle gorgée de bière. Oh oui, il savait comment tomber ! De même qu'il savait ce qui pouvait arriver si l'atterrissage ne se passait pas comme prévu.

Sa mère était très à cheval sur le ménage. Par amour-propre, tout autant que par habitude et disposition naturelle. Mais pour le dîner de dimanche, elle avait littéralement explosé les compteurs.

C'était une jolie maison. Il avait veillé à lui en trouver une où elle se sentirait à l'aise. Dans un quartier agréable où les gens se parlaient et se préoccupaient un peu de leurs voisins. Ni trop spacieuse – elle aurait risqué de s'y sentir perdue ou dépassée – ni trop exiguë pour éviter l'impression de confinement.

Il avait trouvé son bonheur dans ce ranch restauré avec sa façade traditionnelle en brique, entouré d'une pelouse qu'ils pouvaient aisément entretenir à eux deux. Le garage attenant équipé d'un appartement indépendant à l'étage avait constitué le gros bonus.

S'il y avait entre eux une profonde affection, ni l'un ni l'autre n'avait envie de partager le même toit. De cette façon, chacun avait son espace, son intimité, ses habitudes. Mais cette proximité lui permettait de garder un œil sur elle. Et inversement.

Elle l'autorisait, et il ne s'en privait pas, à venir se servir dans sa cuisine si l'envie l'en prenait – sans obligation non plus. Tout comme elle avait le droit de l'appeler pour une réparation quelconque dans la maison ou pour sortir la poubelle.

Cet arrangement fonctionnait bien.

Sauf les fois où elle le rendait dingue.

— Maman, c'est juste un dîner.

Kay agita l'index sans cesser de remuer la sauce pour les lasagnes – son plat fétiche, il le savait.

— Pas de leçon, s'il te plaît. Quand as-tu amené pour la dernière fois une femme dîner à la maison ?

— Jamais, je dirais. Ou à peu près.

Cette fois, l'index se planta sur son torse.

— Exactement.

— Ce n'est pas moi qui l'amène de toute façon. Elle vient par ses propres moyens.

— Honte à toi.

— Mais elle...

— Tss.

Une onomatopée maternelle qui signifiait « n'essaie même pas de contester ».

Malcolm inspira un bon coup et changea son fusil d'épaule.

— Ça sent bon.

— Et goûte-moi ça, fit-elle en s'emparant d'une cuillère qu'elle plongea dans la sauce.

— Délicieux, approuva-t-il.

— Il vaut mieux. Ce dîner est important pour moi. Cette fille a de la classe.

— Toi aussi, maman.

— Je veux dire, elle a eu la classe de me téléphoner pour me remercier de l'invitation. J'entends bien lui servir un bon repas. Avec de la classe, ajouta-t-elle avec un clin d'œil. J'ai préparé des amuse-bouche maison.

— Des feuilletés à la saucisse ?

Comme elle pouffait, il lui donna une bourrade affectueuse dans les côtes.

— J'adore tes feuilletés.

— Tu n'en auras pas ce soir. C'est un bon vin, tu es sûr ? s'inquiéta-t-elle, désignant deux bouteilles sur le plan de travail, dont une était débouchée pour laisser le vin respirer.

— Certain.

— Tu t'y connais mieux que moi, vu la vie de débauche que tu as menée à Hollywood.

— C'est sûr, mais à l'époque je ne buvais que dans le nombril des femmes.

— Pas évident de prendre une cuite de cette manière, commenta Kay et, cette fois, ce fut lui qui éclata de rire.

Elle s'écarta de la cuisinière et embrassa la pièce du regard.

Il y avait un joli compotier de fruits frais sur la petite table à abattants sous la fenêtre à laquelle elle aimait prendre son café le matin. Perché sur le rebord au-dessus de l'évier, l'adorable oxalis que Malcolm lui avait offert arborait une nuée de petites fleurs blanches.

Sa collection de salières et de poivriers occupait l'étagère au mur au-dessus d'un banc qu'il avait fabriqué au lycée, à l'atelier de menuiserie.

Le sol était si propre qu'on aurait pu manger par terre et chaque surface rutilait.

Après un hochement de tête satisfait, elle écarta les bras.

— De quoi j'ai l'air ?

— Aussi sublime que tes lasagnes.

— Rouge tomate et épicée ?

Il tira sur une de ses boucles folles orange vif.

— Exactement.

— Je dois finir de préparer ces lasagnes et les mettre au four. S'il te plaît, va donc allumer les bougies que j'ai mises un peu partout. Et surtout ne dérange rien.

— Que veux-tu que je dérange ?

Elle le foudroya de son regard émeraude.

— Rien, si tu sais ce qui est bon pour toi.

Résigné, Malcolm prit l'allume-gaz et fit le tour des pièces – salle à manger, salon et même toilettes. Il y avait des bougies disposées par petits groupes dans tous les coins. Sans doute s'était-elle inspirée d'un magazine ou de la chaîne de déco à laquelle elle était accro.

Elle avait aussi sorti de jolies serviettes et des petits savons décoratifs. Et il savait d'expérience qu'il pourrait numéroter ses abattis s'il lui venait l'idée saugrenue de s'en servir.

Il jeta aussi un coup d'œil dans son petit bureau, sa chambre et la salle de bains, histoire de ne pas être dans ses jambes et risquer de se faire encore asticoter.

Elle était bien installée, réalisa-t-il. Elle avait su créer un nid douillet. En réalité, c'était leur premier vrai foyer. Avant, ils n'avaient connu que les casernes ou des locations. Du transitoire.

Alors s'il lui prenait l'envie de peindre les murs, comme elle l'avait fait, d'une couleur différente dans chaque pièce, de jouer avec des bougies et d'exposer des savons que personne ne pouvait utiliser à part l'invitée, c'était son droit le plus strict.

Quand il jugea avoir traîné assez longtemps, il reprit le chemin de la cuisine. Quelques coups frappés à la porte d'entrée le pétrifièrent.

— Tu prendras son manteau, ordonna sa mère. Et tu le suspendras dans la penderie.

— Tu me prends pour une nouille ou quoi ? bougonna-t-il.

Il ouvrit la porte et découvrit Parker, vêtue d'un trench-coat léger sur une robe vert foncé, un bouquet d'iris bleus et blancs à la main.

— Bonsoir, la salua-t-il. Apparemment, tu n'as pas eu de difficulté à trouver le chemin.

— Pas la moindre.

Il s'effaça pour la laisser entrer.

— Je vais prendre ton imper.

Elle s'en débarrassa, le lui tendit et embrassa le séjour du regard.

— Quelle jolie maison. Elle ressemble à ta mère.

— Comment ça ?

— Joyeuse et colorée.

— Bien vu. Viens, elle est dans la cuisine. Comment s'est passée la réception ?

— C'était... Oh, regarde un peu ça !

Avec un plaisir évident, elle s'arrêta devant un mur couvert de cartes postales encadrées.

— Elles sont superbes.

— Ma mère les a achetées dans les différents endroits où elle retrouvait mon père en permission.

— Quelle façon merveilleuse de présenter des souvenirs. Tu as dû aller dans certains de ces endroits. Tu te les rappelles ?

— Pas particulièrement.

Il s'empara de sa main libre et l'entraîna vers la cuisine.

Ils entrèrent à l'instant où la mère de Malcolm refermait le four.

— Kay, je suis contente de vous revoir. Merci pour votre invitation.

— Tout le plaisir est pour moi. Des iris, enchaîna-t-elle, l'air ravi. Ce sont mes fleurs favorites.

— Quelqu'un m'a renseignée. C'est l'œuvre d'Emma.

— Cette petite a un don, franchement.

274

Kay huma le parfum des fleurs, puis posa la composition sur le plan de travail.

— Je les laisse ici pour l'instant, mais ce soir, je vais être égoïste et les emporter dans ma chambre. Malcolm, propose un verre de vin à cette demoiselle. Elle a travaillé toute la journée.

— Volontiers, merci, fit Parker. Vous avez une si jolie maison. Elle respire la joie de vivre.

Elle avait raison, songea Malcolm en versant le vin. Il tendit un verre à sa mère qui le goûta, pinça les lèvres.

— Pas mal, lâcha-t-elle. Allez donc vous asseoir au salon, tous les deux. J'apporte quelques amuse-bouche.

— Puis-je vous aider ? s'enquit Parker. Je ne suis pas très douée en cuisine, mais comme assistante je m'en sors bien.

— Il n'y a plus grand-chose à faire. Allez vous asseoir tranquillement. Malcolm, emporte le plateau, j'arrive tout de suite.

Elle ouvrit le réfrigérateur, sortit son plus beau plat sur lequel elle avait disposé ses canapés et le posa sur le plateau.

Son verre à la main, Parker s'approcha de la collection de salières et de poivriers.

— Oh, j'adore ça !

« Elle est sincère », réalisa Malcolm avec un étonnement considérable. Il avait appris à distinguer chez elle la simple politesse du plaisir véritable.

Il y avait là les exemplaires élégants, les humoristiques et ceux, disons, plus olé olé.

— J'ai commencé à les collectionner juste après mon mariage, expliqua Kay. Ce n'était pas encombrant et je pouvais les emporter à chaque déménagement. Ensuite, je me suis un peu emballée.

— C'est charmant et amusant, commenta Parker. Batman et Robin ?

Kay la rejoignit.

— Malcolm me les a offerts pour la fête des Mères quand il avait douze ans. Ce couple de chiens en pleine action, c'est aussi un cadeau de lui – il pensait que je n'oserais pas les exposer. Il avait seize ans, je crois, et il essayait de me taper sur les nerfs. Tel est pris qui croyait prendre.

À ce souvenir, elle gratifia son fils d'un sourire attendri.

— Vous auriez dû voir comme il était gêné quand je les ai posés sur l'étagère.

— Bon, je fais quoi de ce plateau ? demanda Malcolm, mal à l'aise.

Parker lui sourit à son tour.

— Oh, merci !

Elle choisit un joli toast rond au brie surmonté d'une framboise.

— Et ceux-ci ? demanda-t-elle, continuant de faire amie-amie avec sa mère pendant qu'il restait planté là avec son plateau.

Au fur et à mesure qu'avançait la soirée, Malcolm ne savait s'il devait se sentir heureux, soulagé ou inquiet que sa mère et Parker s'entendent si bien.

Il avait parfaitement conscience que Parker savait adapter ses manières et sa conversation à n'importe quelle situation sociale. Mais ce n'était pas le cas ici. Il savait – comme lorsqu'ils avaient partagé cette première pizza – qu'elle était vraiment détendue et passait un bon moment.

Il les écouta évoquer les endroits où toutes deux s'étaient rendues, les voyages de ses parents avant sa naissance ou lorsqu'il était encore trop jeune pour s'en souvenir.

Puis ils évoquèrent le métier de Parker, et les anecdotes insolites ou amusantes qu'elle leur raconta firent rire sa mère plus souvent qu'à son tour.

— Moi, je n'aurais pas la patience, avoua Kay. Tous ces gens qui appellent jour et nuit pour pleurnicher, se plaindre, exiger, très peu pour moi. J'ai déjà envie de claquer le beignet des clients de Malcolm au moins deux fois par jour.

— Parker ne leur claque pas le beignet, précisa celui-ci. Elle les écrabouille comme des insectes.

— Uniquement quand c'est absolument nécessaire.

— Qu'allez-vous faire au sujet de Linda Elliott, ou quel que soit son nom maintenant ?

Comme Parker hésitait, Kay haussa les épaules.

— Excusez-moi, ce ne sont pas mes affaires.

— Non, ce n'est pas cela. Je ne sais pas trop, en fait. Ça s'annonce délicat Je l'ai déjà écrabouillée comme un insecte, ce qui m'a procuré une immense satisfaction. Mais il n'en demeure pas moins que c'est la mère de Mac.

— C'est une pétasse qui se croit mieux que tout le monde.

— Maman...

— Non, vous avez absolument raison, approuva Parker. C'est une pétasse qui non seulement se croit mieux que tout le monde, mais souffre de surcroît d'un grave complexe de persécution. Je la méprise depuis toujours, alors rien de ce que vous pourrez dire ne me choquera.

Parker savoura une bouchée de lasagnes et arqua les sourcils devant l'expression stupéfaite de Malcolm.

— Quoi ? fit-elle. Je n'ai pas le droit de mépriser quelqu'un ?

— Ce n'est pas ton style, c'est tout.

— Cette femme exploite et éreinte émotionnellement depuis toujours l'une de mes amies les plus proches. Elle mériterait bien pire que ce que je lui réserve. Mais bon...

Elle but une gorgée de vin avec un haussement d'épaules.

— Elle viendra au mariage exhiber son nouveau mari. Pour l'instant, elle est interdite de séjour dans la propriété, mais je vais devoir faire une exception pour ce jour-là.

— Tu l'as bannie de chez toi ?

Parker sourit à Malcolm.

— Oui. Avec un immense plaisir. Et crois-moi, elle sera sous bonne garde au mariage. S'il y a le moindre risque qu'elle gâche ne serait-ce qu'une minute de cette journée pour Mac et Carter, je ne sais pas encore comment, mais je la boucle à la cave.

Les lèvres pincées, Kay approuva d'un hochement de tête.

— Je vous en crois tout à fait capable. Si vous avez besoin d'aide, prévenez-moi. J'ai toujours détesté cette femme.

— J'ignorais que vous vous connaissiez.

— Connaître est un bien grand mot. Elle ne sait pas qui je suis, mais nos chemins se sont croisés de temps à autre. Elle dînait régulièrement au restaurant où j'étais serveuse. Et assistait à des tas de réceptions où je travaillais comme extra, expliqua Kay avec le même mouvement d'épaules que Malcolm quand il voulait faire croire qu'il s'agissait d'un détail sans importance. C'est le genre de femme aux yeux de qui vous êtes transparente quand elle claque des doigts pour un autre verre ou un plat qui n'arrive pas assez vite. Qui ne se gêne pas pour se plaindre du service alors que vous vous tenez juste à côté d'elle.

Parker sourit, une lueur farouche dans le regard.

— Kay, aimeriez-vous assister au mariage de Mac ?

La mère de Malcolm cligna des yeux.

— Mais... je la connais à peine. Et Carter, pas davantage.

— J'aimerais beaucoup vous compter parmi les invités au mariage de mon amie.

— Pour vous aider à enterrer le corps ?

— Espérons que nous n'en arriverons pas là. Mais au cas où...

— J'apporterai une pelle, fit Kay qui choqua son verre avec enthousiasme contre celui de Parker.

— Vous faites un peu peur, toutes les deux, lâcha Malcolm.

À la fin de la soirée, après la tarte aux pommes maison et le café, Kay les libéra de la corvée de vaisselle.

— Laissez donc. Je m'en occuperai en temps utile.

— Tout était parfait, assura Parker. Vraiment. Merci.

Kay adressa un sourire suffisant à son fils par-dessus l'épaule de Parker lorsque celle-ci l'embrassa sur la joue.

— Je le laisse vous raccompagner. Montre-lui donc ton appartement, Malcolm.

— D'accord. Bonne nuit, maman. Merci pour le dîner.

Il escorta Parker jusqu'à l'escalier qui menait au-dessus du garage.

— Tu lui as fait passer un bon moment, dit-il.

— C'était réciproque.

— Ma mère t'apprécie. Et elle fait très attention aux gens qu'elle invite.

— Alors je suis flattée.

Malcolm fit une pause devant sa porte.

— Pourquoi l'as-tu invitée au mariage ?

— Je me suis dit qu'elle s'amuserait, d'autant que Mme Grady sera là. Il y a un problème ?

— Non. Et tu as vu juste. Mais tu avais une autre idée en tête, insista-t-il en tapotant la tempe de Parker de l'index.

— C'est vrai, avoua-t-elle. Linda blesse les gens, volontairement ou par négligence. Ta mère me semble du genre à savoir encaisser les coups, pourtant ceux de Linda ont réussi à l'atteindre. Alors j'aimerais qu'elle soit la bienvenue au mariage de Mac, tandis que Linda n'y sera tolérée que par obligation, avant de ne plus jamais remettre les pieds dans la propriété.

— Comme ça, tu fais d'une pierre deux coups.

— On ne se refait pas.

Il l'observa un instant en silence.

— Tu sais, je n'amène jamais de femme ici. Ça me fait... bizarre, ajouta-t-il.

— J'imagine.

Il déverrouilla la porte.

— Entre.

Rien à voir ici avec l'intérieur coloré de sa mère. Plutôt spartiate, le décor laissait transparaître un goût évident de l'efficacité qui toucha Parker droit au cœur.

— Très malin, cet aménagement, commenta-t-elle. J'imaginais deux petites pièces et non cet espace ouvert. C'est plutôt spacieux avec la cuisine installée en angle et le salon délimité par les meubles.

Elle secoua la tête comme son regard se posait sur l'énorme téléviseur à écran plat fixé au mur.

— Qu'ont donc les hommes avec la taille de leur téléviseur ?

— Sans doute la même chose que les femmes avec leurs chaussures.

— Touché.

Elle se promena dans la pièce, aperçut la chambre aux lignes épurées par la porte coulissante ouverte.

— J'aime beaucoup les dessins au crayon, fit-elle.

Les cadres noirs regroupés sur le mur offraient une série de scènes de rue d'une incroyable richesse de détails.

— Ouais, ils sont pas mal.

Elle s'avança d'un pas et déchiffra la signature dans l'angle.

— *Kavanaugh.*

— C'est mon père qui les a faits.

— Ils sont superbes, Malcolm. C'est un beau souvenir de lui. Tu sais dessiner ?

— Non.

Elle se tourna vers lui, sourit.

— Moi non plus.

— Reste, lui dit-il sans transition.

Elle ouvrit son sac à main et sortit ses clés.

— J'ai un sac pour la nuit dans le coffre de ma voiture. Ça ne te dérange pas d'y aller ?

Il prit les clés et l'observa en les faisant tinter.

— Où est ton téléphone ?

— Dans mon sac. Je l'ai éteint avant le dîner.

Il se pencha pour l'embrasser.

— Réponds à tes appels et éteins-le après. Je vais chercher ton sac.

Lorsqu'il eut disparu, Parker sortit son portable, mais prit encore un moment pour étudier l'appartement.

Ordre, efficacité, sobriété. Le lieu de vie d'un homme habitué à bouger et soucieux de simplicité.

Des racines superficielles, songea-t-elle. Alors que les siennes étaient si profondes.

Elle ne savait trop qu'en déduire.

Chassant ces réflexions, elle alluma son téléphone et parcourut la liste des textos et des messages vocaux.

16

Malcolm arriva sur le lieu de la collision bien après la police, les pompiers et les ambulances. Concession à la petite pluie froide, il remonta la capuche de son sweat-shirt en s'avançant vers le ruban jaune et les gyrophares.

Les corps avaient été emportés – il y en avait forcément vu la carcasse déchiquetée et tordue de ce qui avait été un cabriolet BMW M6.

La deuxième voiture, une Lexus, était méchamment emboutie, mais serait sans doute récupérable. Avec un peu de chance, les occupants s'en étaient sortis, peut-être amochés, mais encore vivants.

Son boulot consistait à remorquer les véhicules accidentés.

Sur la route rendue glissante par une bruine incessante, les projecteurs de la police éclairaient la scène du drame à travers un voile de brume mouvant : verre brisé, traces de freinage, chrome tordu et noirci, taches de sang et, plus sinistre encore, une chaussure solitaire abandonnée sur le bas-côté. Le tableau se grava malgré lui dans son esprit et, avec lui, la peur, la souffrance, la perte tragique.

Les experts étaient déjà au travail, mais Malcolm reconstitua sans peine l'accident.

Une route mouillée, un léger brouillard. La BMW roule trop vite, fait une embardée, dérape, et le conducteur perd le contrôle du véhicule. Il percute la Lexus par le côté, part en vol plané, fait des tonneaux. Deux ou trois. Plutôt trois, vu le poids, la vitesse, l'angle du choc.

Dans la M6 en piteux état, une victime avait été projetée à travers le pare-brise, sans doute un passager à l'arrière qui n'avait pas bouclé sa ceinture. S'il y en avait un à l'avant, il avait été broyé. Le conducteur n'avait pas eu plus de chance.

Malcolm constata que les pompiers avaient découpé le toit à la pince hydraulique pour désincarcérer les occupants, mais la probabilité qu'ils aient extrait un survivant après un choc aussi violent était proche de zéro.

Il avait vu des photos de la voiture qu'il conduisait après son accident. Elle ne valait guère mieux que la M6 qu'il avait sous les yeux. Cela dit, les véhicules destinés aux cascades étaient renforcés pour protéger le conducteur. Sauf lorsque quelqu'un dans la chaîne décidait de faire des économies de bouts de chandelles.

Il espérait juste que les occupants étaient inconscients avant le choc fatal.

Lui ne l'était pas. Il avait tout senti, la douleur indicible des chairs qui se déchirent, des os qui se brisent net. Juste avant de perdre connaissance. S'il se laissait aller, tout remonterait en force à la surface. Surtout ne pas craquer.

Les mains au fond des poches, l'esprit torturé, il attendit près du camion que les policiers l'autorisent à emporter les vestiges du massacre.

Le sourire aux lèvres, Parker contempla l'assemblée de femmes qui conversaient gaiement tandis que la

283

fête organisée en l'honneur du mariage de Mac touchait à sa fin.

— C'est une réussite, déclara Emma qui glissa un bras autour de la taille de Parker.

— C'est vrai. Elle a l'air si heureuse.

— Je ne voulais pas en parler plus tôt de crainte de porter la poisse, mais j'ai craint jusqu'à la dernière minute que Linda n'en ait eu vent et ne débarque.

— Tu n'étais pas la seule. L'avantage qu'elle vive désormais à New York, c'est qu'elle n'est plus au courant de tout. Et puis, son nouveau mari plein aux as doit l'occuper.

— Si seulement ça pouvait durer. Cette soirée sans Linda a été un vrai bonheur. J'ai l'impression que tout le monde s'est bien amusé.

— Regarde Sherry. Toujours aussi radieuse. Et avec quelle animation elle bavarde avec ta sœur...

— La grossesse va bien à Cecilia, tu ne trouves pas ?

— Si. Et à la façon dont elles penchent la tête l'une vers l'autre, je parie que Sherry se demande si la grossesse ne lui irait pas bien, à elle aussi. Je devrais prendre la place de Laurel comme photographe. Elle...

— Non.

— Je ne vois pas pourquoi elle serait plus...

Emma se tourna vers elle.

— Parker, nous en avons déjà discuté. C'est Laurel qui a été choisie parce que moi, je me laisse toujours distraire et que je finis par discuter avec tout le monde, et que toi... eh bien, il te faut une éternité pour essayer de créer la composition parfaite ou alors ça donne un résultat banal.

— Dans le lot, il y en a toujours quelques-unes qui peuvent être très réussies.

— C'est exceptionnel.

Parker soupira, vaincue. Elle adorait pourtant prendre des photos.

— Puisque tu le dis. Bon, je crois qu'on ferait mieux d'y retourner. Les invitées vont commencer à partir.

Dans sa poche, son portable se mit à vibrer.

— Un texto de Del.

— Il veut sans doute savoir quand la voie sera libre pour Jack, Carter et lui, supposa Emma.

— Non. Il dit qu'il y a eu un accident grave sur la route nord, au sud de la quatre voies. La circulation a été déviée. Nous ferions bien de prévenir nos invitées au cas où certaines comptaient emprunter cette route.

— Je passe le mot de mon côté, dit Emma.

Comme toute fête réussie, elle déborda sur l'horaire prévu – à l'évidence, personne n'avait envie de partir –, laissant les hôtesses ravies sur les rotules.

— Je ne serais pas contre une petite coupe de champagne supplémentaire, avoua Parker en s'emparant d'une bouteille. Asseyez-vous, madame Grady.

— Ce n'est pas de refus, dit celle-ci qui se laissa choir dans un fauteuil, enleva ses chaussures et étira ses jambes ankylosées. Remplis-la à ras bord pour moi.

Parker s'exécuta avec enthousiasme tandis que Laurel coupait des parts dans ce qui restait de la pièce montée de trois étages – une somptueuse forêt-noire décorée de copeaux de chocolat.

— Mince alors, regardez-moi toutes ces merveilles ! s'extasia Mac avec un sourire radieux, le regard un peu trouble, en désignant la table où Parker avait déposé les cadeaux au fur et à mesure que son amie les ouvrait. J'ai l'impression d'avoir gagné une petite boutique de luxe. Ai-je bien remercié tout le monde ?

— Des tas de fois. Quelle quantité de champagne as-tu déjà ingurgité ? s'enquit Laurel.

— Beaucoup parce que j'ai bien le droit d'être un peu pompette à ma fête. Et quelle belle fête c'était ! Pas vrai, les filles ?

285

Elle prit l'assiette avec sa part de gâteau des mains de Laurel et picora les copeaux de chocolat.

— Mmm ! Je t'ai dit que j'adorais mon gâteau ?

— Oui, la rassura Laurel qui se pencha vers elle et l'embrassa sur le dessus du crâne.

— Et aussi que j'ai tout adoré ? Absolument tout ! Je suis si contente qu'on l'ait organisée dans notre espace privé. C'était plus comme à la maison, vous comprenez ? Et tout était si beau ! Les fleurs d'Emma... toutes ces petites compositions... une splendeur, ma vieille ! C'est quoi, le nom de ces fleurs orange déjà ?

— Des cannas, et quelques zinnias.

— Ah oui ! Et le tissu mauve pour mettre en valeur le chocolat, et les beaux rubans vert vif, et tout et tout...

— Fais confiance à ta fleuriste. Et c'était vraiment gentil de ta part d'offrir des fleurs à la mère et aux sœurs de Carter au moment du départ.

— Elles feront bientôt partie de ma famille. J'ai une famille tellement formidable, lança-t-elle à la cantonade avec un sourire rayonnant. Et vous, vous êtes les meilleures ! J'ai tellement de chance de vous avoir. Et je suis vachement contente que ma mère ne soit pas venue. Oups ! fit-elle après avoir repris son souffle, j'ai peut-être bu un peu trop de champagne.

Emma vint s'asseoir à côté d'elle et lui frotta doucement le bras.

— Tu as le droit, assura-t-elle. Ta fête était vraiment joyeuse. Un beau moment de bonheur. C'est tout ce que tu dois avoir en tête.

— Tu as raison. J'évacue juste les idées noires avant le mariage. Je n'ai pas envie de pleurnicher ou d'être nerveuse ce jour-là. Madame Grady, vous êtes la seule mère dont j'ai besoin. Vous avez toujours été là pour moi.

— J'ai bu pas mal de champagne, moi aussi, alors ne me fais pas monter les larmes aux yeux. Oh, et puis zut ! fit-elle avec un soupir attendri. Tu es une grande bringue de rouquine à la langue bien pendue, mais je t'adore depuis le jour où tu as franchi le seuil de cette maison, à peine haute comme trois pommes.

Tout émue, Mac se précipita pour étreindre Mme Grady avec fougue.

— À ton tour, Laurel. Dans mes bras...

Elle joignit le geste à la parole.

— Eh, vas-y mollo.

— Ah, Laurel, tu es dure avec moi quand il le faut ! Tu me balances mes bêtises à la figure, mais tu ne m'en tiens jamais rigueur. Copines contre vents et marées, hein ?

— Bonne synthèse, admit Laurel en riant, tandis que Mac l'étouffait à moitié.

Celle-ci changea de victime.

— Emma. Fidèle au poste avec son épaule compatissante. Tu vois toujours un arc-en-ciel dans la tempête, et ça m'a aidé à surmonter bien des tempêtes.

— Je te souhaite tous les arcs-en-ciel du monde, répondit Emma qui l'étreignit en retour avec effusion.

Mac essuya ses larmes d'un revers de main.

— Et Parker... Pas une fois, de toute ma vie, tu ne m'as laissé tomber. Moi ni aucune de nous. C'est toi qui nous as donné une famille, un foyer. Qui nous as ouvert les yeux sur nos possibilités.

Touchée, Parker se leva et posa les mains sur les joues humides de son amie.

— On s'est donné mutuellement une famille et un foyer.

— D'accord, mais c'est quand même grâce à toi au départ.

Avec un soupir, Mac enroula les bras autour de Parker et posa la tête dans le creux de son épaule.

287

— J'ai trop picolé, je sais, mais j'aimerais que tout le monde, partout, puisse éprouver le même bonheur que moi en cet instant.

— Après ce que tu viens de dire, c'est déjà le cas pour nous. Un bon début.

Il était presque minuit quand, les vestiges de la fête débarrassés, tout le monde gagna son lit. Encore un peu survoltée par le succès de la soirée et émue par les déclarations attendrissantes d'une Mac un brin éméchée, Parker fit un dernier tour dans la maison.

Leur foyer, comme avait dit Mac.

Cette maison, cette vie, peut-être serait-elle un jour capable de les partager avec l'homme qu'elle aimait.

Au plus profond, Parker savait que c'était là son rêve ultime, son but suprême. Aimer, être aimée, bâtir sur cet amour une relation solide et durable. Comme ses parents avant elle.

Elle pouvait se satisfaire de sa réussite, mais se connaissait assez pour savoir que jamais elle ne se sentirait vraiment heureuse et comblée sans cet amour d'une vie.

Ces derniers temps, elle avait commencé à accepter l'idée que Malcolm était celui qu'elle attendait pour exaucer son rêve.

Pourtant, une relation à la hauteur de ses espérances présupposait une confiance réciproque totale, une connaissance mutuelle consentie. Or chez Malcolm, il y avait encore tant de zones d'ombre, tant de non-dits.

Comment bâtir une relation solide et durable sur des fondations aussi précaires ?

Fébrile, elle redressa un coussin sur le canapé. Peut-être exigeait-elle trop, trop vite. Mais après tout, Malcolm n'était pas le seul à vouloir savoir comment quelque chose fonctionnait à l'intérieur.

Des phares balayèrent les vitres. Les sourcils froncés, Parker s'approcha de la fenêtre. Elle reconnut la voiture de Malcolm. Toute contente de ce hasard heureux, elle alla ouvrir la porte d'entrée.

Il la rejoignit sous le portique de l'entrée.

— Il est tard, dit-il en fourrageant dans ses cheveux humides.

— Mais non. Entre, il fait froid.

— J'ai vu de la lumière, et j'ai pensé que tu serais peut-être encore debout, fit-il en pénétrant dans la maison.

— Bien vu. Nous venons juste de finir de tout ranger.

« Il y a un problème », devina Parker, alarmée par la tension qu'elle lisait sur son visage.

— Bien. Bien. Comment ça s'est passé ? La fête ?

— Une réussite du début à la fin.

Comme il restait planté là, elle se pencha vers lui et effleura sa bouche de la sienne autant pour le saluer que le réconforter.

— Tant mieux, murmura-t-il.

Il se mit à aller et venir dans le vestibule, en proie à une agitation manifeste.

« Dis-moi ce qui ne va pas », l'implora-t-elle en silence. Elle sentait cette barrière entre eux, détestait devoir forcer pour la franchir.

— Malcolm...

— Tu as une bière ?

— Bien sûr.

« Laisse-lui un peu de temps », s'ordonna Parker en le précédant vers la cuisine.

— Tu as eu une longue journée, j'imagine, reprit-elle. Tu as réussi à boucler ton programme ?

— Non. J'étais bien parti, mais il y a eu un imprévu.

Elle lui tendit une bouteille, voulut lui sortir un verre.

— Laisse tomber. Au goulot, ça ira.

Il fit sauter la capsule, mais ne but pas.

Comment pouvait-elle être aussi désemparée face à lui ? Elle qui se targuait d'être capable d'affronter toutes les situations.

— Tu veux manger quelque chose ? Nous avons pas mal de restes du buffet, ou alors un plat de Mme Grady…

— Non, ça va.

Parker le regarda arpenter la cuisine comme un lion en cage. Non, ça n'allait pas.

Maintenant, ça suffit, décida-t-elle.

— Dis-moi ce qui ne va pas.

— J'ai eu des trucs à faire. Après, je n'ai pas eu envie de rentrer chez moi, alors j'ai tenté ma chance et je suis venu ici.

Il reprit sa bouteille, mais la reposa après une seule gorgée.

— Puisque tu n'es pas encore au lit, on peut peut-être y aller tous les deux.

La contrariété et la déception s'allièrent au ressentiment en un cocktail dangereux.

— Une bière et une partie de jambes en l'air ? C'est ça, ton programme de fin de soirée ? Attends, laisse-moi réfléchir. Non merci, sans façon.

— Qui ne demande rien n'a rien. Bon, je file.

Avec la colère au nombre des ingrédients, le mélange devint carrément détonant. Elle le foudroya du regard.

— Tu t'imagines pouvoir débarquer ici quand ça te chante et repartir aussi sec si je ne fais pas tes quatre volontés ?

Le visage de Malcolm demeura imperturbable, comme, imaginait-elle, lorsqu'il jouait au poker.

— Je ne me souviens pas d'avoir imposé mes volontés. Écoute, on n'est pas d'humeur, visiblement, alors je vais rentrer chez moi. Quelques heures de sommeil ne nous feront pas de mal à tous les deux.

— C'est ça, comme si j'allais trouver le sommeil maintenant que tu m'as bien énervée !

Il avait commencé à tourner les talons, mais s'arrêta, et se passa la main dans les cheveux.

— Désolé. Ce n'était pas prévu. J'aurais dû rentrer chez moi directement.

— Peut-être, puisque tu sembles penser qu'il n'y a pas de place dans notre relation pour les confidences d'aucune sorte ou l'expression de sentiments sincères.

La belle impassibilité se lézarda à la vitesse de l'éclair.

— N'importe quoi.

Parker démarra au quart de tour.

— Tu es franchement mal placé pour me donner des leçons de n'importe quoi. Le n'importe quoi, je l'ai sous les yeux. Tu connais la sortie.

Lorsqu'il lui agrippa le bras, elle se mua en statue de glace.

— Écoute, une mauvaise soirée, ça arrive. Mauvaise soirée plus humeur de chien. Je n'aurais pas dû amener tout ça ici.

Elle repoussa sa main.

— Entièrement d'accord. Remporte-les avec toi.

D'un pas rageur, elle s'avança jusqu'à l'évier et y vida la bière.

Quand elle risqua un coup d'œil par-dessus son épaule, Parker réalisa qu'elle était seule.

— D'accord, très bien, marmonna-t-elle, rinçant consciencieusement la bouteille. Là, c'est clair. Ça ne marchera pas avec moi.

Elle s'imagina fracassant la bouteille contre le mur, entendit le verre se briser en mille morceaux. Mais cela non plus, fut-elle forcée d'admettre, ça ne marcherait pas davantage. Aussi alla-t-elle jeter la bouteille dans la poubelle de verre à recycler.

Puis elle éteignit les lumières, ferma les portes à clé, et gagna sa chambre.

Là, elle se déshabilla, rangea ses chaussures, déposa ses vêtements dans les paniers appropriés avant d'enfiler son pyjama le plus douillet. Elle accomplit ensuite les étapes de sa routine du soir. Toutes.

Et ne ferma pas l'œil de la nuit, furieuse et malheureuse.

— Ce n'était pas une dispute, objecta Parker qui entamait son troisième kilomètre sur l'elliptique. On est dans une impasse, c'est différent.

— À mes yeux, ça ressemble pourtant fort à une dispute, commenta Laurel.

— Dans une dispute, on crie, on se balance des horreurs à la figure. Ce n'était pas une dispute, je te dis.

— Il est parti. Tu étais furieuse. Deux éléments d'une dispute selon moi.

— Comme tu veux, lâcha Parker d'un ton sec. On s'est disputés et maintenant on est dans une impasse.

— Il s'est montré stupide.

— Là au moins, nous sommes d'accord.

— C'est vrai, il faut être stupide pour débarquer ici à minuit avec des soucis s'il n'a pas l'intention de t'en parler. Et encore plus de partir à la première injonction, parce que quiconque te connaît sait que tu attendais du répondant de sa part jusqu'à ce que tu parviennes à lui faire cracher le morceau.

Avec un hochement de tête affirmatif, Parker attrapa sa bouteille d'eau et but à longs traits.

— D'un autre côté, il ne te pratique pas depuis aussi longtemps que moi, enchaîna Laurel. Il est donc possible qu'il ait pris ton « rentre chez toi » au pied de la lettre.

Durant le kilomètre suivant, Parker s'efforça de ravaler la boule de larmes qui lui obstruait la gorge.

— Je ne peux pas être avec quelqu'un qui ne me parle pas, qui n'a avec moi qu'une intimité physique.

— Non, en effet. Mais l'intimité, la vraie, est plus difficile pour certains que pour d'autres. Je ne le défends pas, s'empressa d'ajouter Laurel. Je théorise et j'extrapole. Je suis toi, puisque tu es trop bouleversée pour l'être.

Parker descendit de l'engin.

— Alors je dois être pénible. Désolée, je n'ai pas fermé l'œil de la nuit.

— Pas de problème. Mais c'est vrai, parfois tu es pénible.

Parker attrapa une serviette avec un petit rire malheureux.

— Je sais. Je m'agace en ce moment même, figure-toi.

Elle enfouit le visage dans la serviette et le frotta avec vigueur. Puis demeura dans cette position quand Laurel glissa le bras autour de ses épaules.

— Je ne veux pas pleurer parce que ce serait stupide de pleurer pour ça. Je préfère être pénible que stupide.

— Tu n'es ni l'un ni l'autre. Si tu l'étais, tu sais que je te le dirais.

— Je sais que je peux compter sur toi, répondit Parker.

Elle inspira un grand coup et abaissa la serviette.

— Tu es en colère, frustrée, triste et vraiment fatiguée, fit Laurel. Prends donc quelques heures, repose-toi. Je me charge de tout en attendant. Et si je n'y arrive pas, je ferai appel à Emma et à Mac.

— Je pourrais peut-être prendre une heure. M'aérer un peu la tête, histoire de m'éclaircir les idées.

— À ta guise. Donne-moi ton téléphone.

— Mais...

— Je suis sérieuse, Parker, ton téléphone, insista Laurel qui recourba l'index, la mine sévère. Sinon, j'en déduirai que Malcolm n'est pas le seul à avoir des problèmes de confiance.

— C'est injuste, bougonna Parker, mais elle décrocha son portable de sa ceinture.

Elle ne prit pas la peine de se changer et se contenta d'enfiler un sweat-shirt à capuche dont elle remonta la fermeture jusqu'en haut. L'air vif que la pluie de la nuit avait rafraîchi lui fit du bien. Les arbres dénudés tendaient leurs bras sombres vers un ciel d'un bleu si pur, presque électrique, qu'elle regretta de ne pas avoir emporté ses lunettes de soleil. L'herbe durcie par les gelées nocturnes crissait sous ses pieds.

L'automne et ses couleurs flamboyantes ne seraient bientôt plus qu'un souvenir, songea-t-elle. Subrepticement, l'hiver avançait ses pions.

Plus qu'un mois avant le mariage de Mac. Et il y avait encore tant de détails à régler. Sans doute était-il préférable que Malcolm et elle aient pris leurs distances l'un avec l'autre. Elle avait besoin de se concentrer à cent pour cent sur le mariage le plus important jamais organisé par *Vœux de Bonheur*.

Elle ne parlait même pas de leur carnet de commande bien rempli par ailleurs, des mille et un projets à finaliser pour les mariages d'Emma et de Laurel. Ni du caprice extravagant des Seaman, prévu pour le printemps prochain, et qui réclamait une attention de tous les instants. Et il y avait aussi le livre...

Non, en vérité, elle n'avait pas le temps pour une relation. Plus tard, peut-être, mais pas maintenant. Et elle serait en droit d'attendre une communion pleine et entière, de cœur et d'esprit.

Comme ses parents.

Elle ne pouvait s'autoriser à aimer un homme qui n'avait pas cette même ambition. Si rude soit le choc aujourd'hui, il serait encore plus douloureux ensuite, si elle persistait dans le déni.

— Bonjour, Parker.

Elle sursauta, et aperçut Carter qui bifurquait dans sa direction, son cartable à la main.

— Carter ! Je ne t'avais pas vu. Tu pars travailler ?

— Oui. Tout va bien ?

— Mais oui. C'est juste que... je ferais mieux de rentrer me mettre au boulot.

Il lui prit la main.

— Quel est le problème ?

— Il n'y en a pas, je t'assure. Je n'ai pas beaucoup dormi cette nuit, alors...

Elle se comportait exactement comme Malcolm. Fermée comme une huître.

— En fait... je crois que c'est fini entre Malcolm et moi.

— Si c'est vrai, j'en suis désolé. Qu'est-ce qui te fait dire ça ?

— J'imagine que nous n'avons pas suffisamment de points communs. Ou pas la même vision des choses.

La boule se reforma dans sa gorge.

— Carter, je ne suis pas vraiment sûre. En fait, je ne le comprends pas.

— En as-tu envie ?

— J'ai toujours envie de comprendre, et je dirais que c'est là le nœud du problème.

Il posa son cartable et, le bras autour des épaules de Parker, l'entraîna dans l'allée.

— Tu dois aller travailler, lui rappela-t-elle.

— J'ai un peu de temps. Quand Mac et moi avions des problèmes, que j'avais le sentiment de ne pas la comprendre, tu m'as aidé à mieux la cerner. Je peux essayer de te rendre la pareille.

— Il ne se confie pas à moi, Carter. À l'intérieur, il n'y a que des portes verrouillées à double tour. Chaque fois que j'essaie d'aborder un sujet qui, à l'évidence, le touche, il prétend que ce n'est pas important, que c'est du passé. Ou bien il change de conversation.

— Il ne parle pas beaucoup de lui. Je trouve que cette image de portes verrouillées est pertinente. Selon moi, il y a des gens qui ferment avec soin certaines portes afin d'être capables d'en ouvrir d'autres et d'aller de l'avant.

— Je comprends. Enfin, jusqu'à un certain point. Mais comment peut-on espérer rester avec quelqu'un qui refuse avec obstination de partager les problèmes, les moments difficiles ? Qui ne veut pas de votre aide ?

— Du peu que je sais, surtout par ma mère d'ailleurs, il n'a pas été épargné quand il était gamin. Il y a d'abord eu le décès de son père. Puis les mauvais traitements chez son oncle et sa tante. On ne peut pas être enseignant sans rencontrer dans sa carrière des enfants ayant traversé ce genre d'épreuves, ou qui les subissent encore. Dans de nombreux cas, la confiance prend du temps. Et beaucoup d'efforts.

— Selon toi, je devrais me montrer plus patiente et faire plus d'efforts.

— Ça dépend en partie de toi. À sa décharge, je dois dire qu'il est fou amoureux et a encore un peu de mal à gérer cette situation nouvelle. Il n'est pas du genre expansif, tu le sais. Il pense sans doute que tu devrais regarder ce qu'il est aujourd'hui, que cela devrait suffire.

— C'est intéressant, comme analyse, admit Parker. Je ne sais pas si ça me donne envie d'avancer ou de fuir, mais c'est intéressant.

— Je parie qu'il n'a pas non plus beaucoup dormi cette nuit.

— J'espère bien, répondit-elle avec un sourire qui lui fit du bien. Merci, Carter. Quoi qu'il advienne, tu auras été de bon conseil. Va vite au travail.

— Tu devrais peut-être faire une sieste, suggéra-t-il.

— Tu as oublié à qui tu parles ? s'offusqua-t-elle.

— J'aurai essayé.

Il l'embrassa sur la joue, puis rebroussa chemin vers sa voiture, manquant au passage de trébucher sur son cartable abandonné au milieu de l'allée.

— Ah, Mac, murmura Parker en retournant vers la maison, tu as une sacrée chance.

Direction la cuisine. Elle allait prendre un café avec un solide petit déjeuner qui rechargerait ses batteries. Une fois qu'elle serait repartie du bon pied, peut-être que certaines réponses viendraient d'elles-mêmes.

Elle trouva Mme Grady assise devant le comptoir, les yeux embués. Elle en oublia aussitôt ses soucis et se précipita vers elle.

— Qu'est-ce qui ne va pas ? Qu'est-ce qui se passe ?

— Il y a eu un terrible accident hier soir. Un accident de voiture.

— Je sais. Del m'a envoyé un texto. Mon Dieu ! Quelqu'un a été tué ? Quelqu'un que vous connaissiez ?

— Pire que ça. Dans la voiture, il y avait trois jeunes filles – des adolescentes. Elles venaient juste d'en déposer une quatrième chez elle. Elles sont mortes. Toutes les trois.

— Oh, non ! Mon Dieu...

— Je connais la mère d'une d'entre elles. Elle fait partie du club de lecture dont je suis membre.

Parker l'enveloppa de ses bras et la berça doucement.

— Madame Grady, je suis tellement désolée...

— Il y avait deux personnes dans l'autre voiture. État stationnaire pour une, d'après ce que j'ai entendu, et toujours critique pour l'autre.

— Je vais vous préparer un thé. Allongez-vous un peu, je vous l'apporte. Je vous tiendrai compagnie.

— C'est gentil, mais je préfère rester ici. Nous savons, toi et moi, combien une mort, brutale et cruelle comme celle-ci, peut vous anéantir.

— Oui, souffla Parker, qui lui pressa la main avant d'aller s'occuper du thé.

— Dana, cette femme du club de lecture, je ne l'ai jamais aimée, reprit Mme Grady.

Elle sortit un mouchoir de la poche de son tablier et se tamponna les yeux, puis les joues.

— Le genre désagréable, qui sait toujours tout. Mais maintenant, je pense à la perte de cette enfant, et tout ça n'a plus la moindre importance. Quelqu'un a pris des photos de l'accident avant que les carcasses soient remorquées. Elles ont été diffusées aux informations locales. J'espère qu'elle n'aura pas à voir cette horreur.

— Je veux que vous...

Remorquées ? Était-il possible que Malcolm... ?

Parker ferma les paupières avec force, inspira un grand coup. Une chose après l'autre.

— Je veux que vous buviez votre thé pendant que je vous prépare un petit déjeuner.

Mme Grady se moucha et esquissa un sourire.

— Ma grande, c'est adorable, mais tu es nulle en cuisine.

— Je sais quand même faire des œufs brouillés et des toasts, se défendit Parker en posant la tasse de thé devant Mme Grady. Et si vous n'avez pas confiance à ce point-là, je demanderai à Laurel de s'en charger. Vous allez prendre ce petit déjeuner, et ensuite vous téléphonerez à Hilly Babcock, parce que vous allez avoir besoin de votre meilleure amie.

— Tu me mènes à la baguette.

— Exact.

Mme Grady agrippa la main de Parker tandis que les larmes roulaient à nouveau le long de ses joues.

— Je suis assise ici, le cœur brisé pour ces enfants, leurs familles, même pour la petite que le destin a épargnée. Et quelque part au fond de moi, je ne peux m'empêcher de remercier Dieu d'avoir encore mes filles.

— Vous aviez parfaitement le droit d'éprouver une telle gratitude. Nous l'avons tous. Elle ne diminue en rien le chagrin et la compassion.

Elle étreignit Mme Grady avec émotion, se souvenant comme si c'était la veille du terrible deuil qui avait fait basculer leurs vies.

— Buvez votre thé. J'appelle Laurel, Emma et Mac, et nous allons nous recueillir ensemble un moment.

Elle embrassa Mme Grady sur la joue.

— Mais c'est moi qui prépare le petit déjeuner.

Toutes les quatre se relayèrent pour jeter un œil discret sur Mme Grady. Entre leurs rendez-vous, la répétition du soir et le week-end très chargé qui s'annonçait, Parker eut à peine le temps de penser.

Mais elle mit un point d'honneur à s'informer sur l'accident par Internet.

Sa gorge se noua devant le spectacle effroyable des tôles enchevêtrées. Voilà ce qu'avait vu Malcolm. Et c'était sans doute bien pire en vrai.

D'où son regard, le ton de sa voix.

Et c'était vers elle qu'il s'était tourné. Sans se confier, certes, mais vers elle quand même.

Alors, dès qu'elle le pourrait, elle irait le trouver.

17

Malcolm purgea les nouvelles conduites de frein pour la Jeep que son client lui avait demandé de rehausser. Il le soupçonnait de vouloir frimer plus que d'améliorer les capacités de son véhicule, mais du moment que le gamin lui réglait la facture, ce n'était pas son problème.

Tandis que son iPod sur sa station d'accueil crachait à fond sa liste de morceaux préenregistrés, il remplaça avec une méticulosité méthodique les amortisseurs avant et les ressorts par des pièces plus grandes. Il allait devoir aussi toucher à d'autres pièces de la suspension, des modifications limite du point de vue de la législation. Tout juste.

Ce travail n'avait rien d'urgent, rien qui le force à faire des heures supplémentaires. Pas plus que la vidange dont il comptait s'occuper ensuite au lieu de laisser cette tâche basique à Glen. Mais le temps qu'il passerait à monter la Jeep du gamin sur le pont et à la bricoler, il ne le perdrait pas à ruminer.

Enfin, pas trop.

Réfléchir à ce qui ne tournait pas rond dans le monde, et actuellement dans sa vie, n'arrangerait rien. Le monde n'en déconnerait pas moins pour autant.

Quant à sa vie, prendre un peu de recul ne lui ferait sans doute pas de mal. Son histoire avec Parker était devenue plutôt intense. Peut-être trop. Ces derniers temps, ils avaient passé presque chaque moment libre ensemble, sans compter tous ceux qui ne l'étaient pas. Puis, de fil en aiguille, il s'était mis à imaginer la semaine suivante avec elle, les mois suivants, et plus loin encore. Bref, la belle mécanique s'était emballée.

Et avant qu'il ait compris ce qui arrivait, il l'avait emmenée dîner chez sa mère, et invitée à passer la nuit chez lui. Deux événements sans précédent dont il était encore à peine revenu. Non pas qu'il fût intransigeant sur la question. C'était davantage une règle de prudence, qui n'en était pas vraiment une, mais qui lui assurait quand même un confort personnel.

Or, songea-t-il en installant une plaque destinée à protéger le carter, Parker n'était pas de tout repos. Il le savait depuis le début.

C'était une fille complexe. Et pas du tout aussi prévisible qu'on aurait pu l'imaginer au premier abord. Chez elle, rien de snob ou de guindé, comme pouvaient le laisser craindre sa fortune et ses origines. Il avait découvert en elle un cœur d'or, une loyauté et une générosité sans faille, un amour profond de la famille et de la stabilité, une volonté de fer et une éthique irréprochable dans son ambition d'être utile aux autres. Oui, Parker était une fille complexe, solidement ancrée dans le réel. Et, ce qui ne gâchait rien, belle comme un ange. Tout comme l'image qu'il gardait de sa mère dans sa robe d'été au bord de la route, il voyait en elle l'incarnation de la beauté.

Du coup, il avait fini par enfreindre sa règle de prudence qui n'en était pas vraiment une, car plus il apprenait à la connaître, plus elle le fascinait. Et plus il se rendait compte qu'elle était en tous points la femme de ses rêves.

Les rêves, il savait gérer. Il en avait eu des tas. Certains s'étaient réalisés, d'autres pas. Et il avait toujours eu la conviction qu'au bout du compte le bilan s'équilibrerait de lui-même. Jusqu'à la veille au soir où, dans son désarroi, il s'était réfugié chez Parker, et avait réalisé qu'il avait besoin d'elle. Il voulait juste *être* là, dans cet univers harmonieux qu'elle avait créé. Un univers où tout faisait sens.

Avoir besoin de quelqu'un, c'était comme sauter d'un immeuble sans harnais de sécurité. Il avait appris à ses dépens qu'il valait mieux ne s'en remettre qu'à soi-même. Point final.

Sauf qu'il avait commencé à se confier à elle. À lui raconter des trucs qu'il n'avait jamais dits à personne. Et les confidences, à son avis, ce n'était jamais un bon plan.

Alors, tant mieux s'il l'avait braquée, décida-t-il. Tant mieux si elle l'avait jeté. Chacun allait reprendre son souffle dans son coin. Et quand la poussière serait retombée, faire le point.

Malcolm examinait les modifications sur la Jeep quand, par-dessus la musique des *Foo Fighters*, il entendit le claquement distinct de talons hauts sur le béton.

Il n'eut qu'à tourner la tête et elle était là, dans l'un de ses tailleurs sexy, ses cheveux remontés en un chignon qui dégageait son visage d'ange, un sac de la taille d'une Buick sur l'épaule.

— La porte n'était pas fermée.

Il sortit un chiffon de sa poche arrière et s'essuya les mains.

Elle ne devrait pas être ici, songea-t-il. L'endroit sentait l'huile de moteur et la sueur. Lui aussi sans doute.

— Je croyais que tu travaillais ce soir.

— En effet, mais c'est terminé, répondit-elle, le regard froid. Nous, en revanche, nous n'en avons pas terminé. Ça t'ennuierait d'éteindre ce truc ?

— Je dois encore remonter les roues et les pneus.

— Très bien. J'attends.

Elle en était capable, songea Malcolm. Elle excellait à ce petit jeu.

Les *Foo Fighters* allaient donc devoir apprendre à voler sans lui. Il posa ses outils, éteignit l'iPod, puis ouvrit la glacière posée au pied de l'établi. Il en sortit une des deux bières qui s'y trouvaient.

— Tu en veux une ?

— Non.

Il décapsula la bouteille et but une longue gorgée sans quitter Parker des yeux.

— Je suis au courant pour l'accident, lâcha-t-elle. Pour les trois filles. Pourquoi ne m'en as-tu pas parlé hier soir ?

— Je n'en avais pas envie.

La vision effroyable – les débris de verre, le sang, le métal tordu sur la route mouillée – lui revint en un flash brutal.

— Je n'en ai toujours pas envie d'ailleurs.

— Tu préfères que ça te ronge.

— Ça ne me ronge pas.

— Là, tu vois, et je suis sincère, je pense que tu viens de me sortir ton premier mensonge.

Qu'elle eût raison exaspéra Malcolm au-delà de l'acceptable.

— Je suis quand même le mieux placé pour le savoir, non ? De toute façon, en parler ne fera pas revenir ces filles. La vie continue. Jusqu'à ce qu'elle s'arrête.

— Si je te croyais vraiment aussi fataliste et insensible, j'aurais pitié de toi. Mais ce n'est pas le cas. Tu es venu hier soir parce que tu étais bouleversé, mais tu n'as pas pu ou pas voulu en parler. Tu as préféré me provoquer, comme si la colère t'aidait à anesthésier la peine. Mais je ne mérite pas ça, Malcolm. Et toi non plus.

Brown : deux. Kavanaugh : zéro. L'agacement monta d'un cran.

— Je n'aurais pas dû venir hier soir vu mon humeur de chien. Tu veux des excuses ? Je suis désolé.

— Tu me prends pour qui ?

— C'est pas vrai, grommela-t-il avant d'avaler une nouvelle gorgée de bière dont il n'avait pas vraiment envie.

— S'il te plaît, épargne-moi cette attitude de mec dédaigneux.

— Je *suis* un mec, rétorqua-t-il, content d'avoir entamé son flegme et bien décidé à continuer. Alors j'ai une attitude de mec. Normal.

— Épargne-moi aussi tes sarcasmes à deux balles. Si je suis avec toi, je veux l'être tout le temps. Que tu fasses des bonds de joie ou que tu sois d'une humeur de chien.

Une boule se forma dans la gorge de Malcolm. Dans son ventre.

— Ah oui ? Tu ne me l'as pas prouvé hier soir.

— Tu ne m'en as pas laissé…

— Quand on te dit « je n'ai pas envie d'en parler », combien de fois il faut te le répéter pour que tu comprennes ? Et comment se fait-il que ce drame soit devenu un truc personnel entre nous deux ? Trois gamines sont mortes, vite avec un peu de chance. Mais sans doute pas assez vite. Cinq, dix secondes où tu comprends ce qui t'arrive, c'est comme l'éternité. Impossible d'appuyer sur la touche « retour rapide » et de dire « cette fois, je vais m'y prendre autrement ». Un sacré prix à payer pour une gamine qui avait son permis depuis à peine un an et deux de ses copines. Tant de malheur pour une connerie !

Parker ne sursauta pas quand la bouteille se fracassa contre le mur. Elle laissa juste échapper un petit rire sans joie, teinté de compassion.

— J'ai failli faire la même chose hier soir, après ton départ. Et puis je me suis dit : à quoi bon ? Tout ce que tu auras gagné, c'est l'obligation de nettoyer. Alors, ça t'a fait du bien ? s'enquit-elle.

— Bon sang, tu es vraiment incroyable ! Il n'y a pas toujours une jolie petite réponse pratique pour tout. Sinon, ces trois filles ne seraient pas mortes pour avoir roulé trop vite en envoyant des textos à leurs copines.

Le cœur de Parker se serra devant un gâchis aussi tragique.

— C'est ce qui est arrivé ? Comment le sais-tu ?

— Je connais des gens, répondit Malcolm qui s'efforçait de ravaler la rage qui l'avait aveuglé. Écoute, l'information doit rester confidentielle tant que l'enquête n'est pas close.

— Je ne dirai rien. Mme Grady connaît la mère de la conductrice, et le choc a été rude. L'écouter, lui préparer du thé, lui tenir la main, ne l'a peut-être pas aidée tant que ça, mais je devais agir. Quand un être cher est bouleversé, ou même juste triste, j'éprouve le besoin de faire quelque chose pour lui.

— Que cette personne le veuille ou pas.

— Oui, j'imagine. Mais toi, tu ne veux pas que je t'écoute. Tu ne veux pas que je te tienne la main.

Parker prit une longue inspiration, et la trémulation que Malcolm y discerna l'émut davantage que tout ce qu'elle aurait pu dire ou faire.

— Tu balances la bouteille contre le mur, et ensuite tu ramasses les débris. C'est ça ta logique, Malcolm ?

— Pourquoi chercher un sens à tout ? Parfois, du verre cassé n'est que du verre cassé. Écoute, il faut vraiment que je remette les roues de cette Jeep en place.

Ce ne fut pas de la colère qu'il lut sur son visage – le but recherché –, mais de la peine.

Elle hocha la tête, résignée.

305

— Bon courage.

Lorsqu'elle tourna les talons pour s'en aller, Malcolm aurait voulu avoir encore la bouteille de bière à la main. Pour la fracasser de nouveau.

— J'ai cru que j'étais mort, lâcha-t-il abruptement.

Parker se figea. Puis pivota.

— Quand j'ai réalisé la catastrophe qui me tombait dessus, j'ai d'abord cru pouvoir me sortir d'affaire. Et puis j'ai compris que non, et je me suis vu mourir. L'accident n'a duré que quelques secondes. Pourtant, le temps semblait s'être arrêté. Il y avait du bruit – des chocs, des explosions – et tout était flou autour de moi sauf dans le tunnel où je me trouvais. Je vivais tout au ralenti et les quelques secondes m'ont paru une éternité. C'était terrifiant. Et ensuite il y a eu la douleur.

Malcolm dut reprendre son souffle. Tandis qu'il essayait de se calmer un peu, Parker s'avança jusqu'à l'établi et sortit la bouteille d'eau qui se trouvait dans la glacière avec l'autre bière. Elle l'ouvrit et, les yeux au fond des siens, la lui tendit sans un mot.

L'eau fraîche apaisa sa gorge brûlante.

— Avec la douleur, tu sais que tu n'es pas mort. Juste que tu voudrais l'être. À l'intérieur, tu hurles, mais le son ne sort pas parce que tu étouffes dans ton propre sang. Parce que tes poumons t'ont lâché. Ces quelques secondes où tu es piégé dans une souffrance indicible, c'est plus qu'un être humain ne peut supporter. Tu n'as plus qu'une envie, que cette torture s'arrête. Mais je ne vois vraiment pas pourquoi tu tiens à savoir ça.

— Parce que ça fait partie de toi, Malcolm. Nous ne sommes pas des pages blanches. Ce qui est arrivé à ces filles, ta réaction à cet affreux accident…

— Je ne sais pas pourquoi il m'a frappé à ce point. Peut-être parce que j'avais eu une longue journée, que c'était près de chez moi. Je ne revis pas le mien chaque fois que je prends en charge une épave. Ce n'est pas comme ça.

— C'est comment ?

— Il appartient au passé, sinon je ne serai pas ici devant toi. Il a commencé à appartenir au passé dès mon réveil à l'hôpital. J'étais vivant. Déjà un sacré exploit, et je tenais à le rester.

Il posa la bouteille d'eau pour aller chercher le balai et la pelle, et entreprit de ramasser les débris de verre.

— Même si je souffrais le martyre, j'avais survécu à l'accident, je survivrais aux conséquences. Il fallait recoudre les morceaux ? Pas de problème, tant que je sortais de l'hôpital sur mes jambes. C'était devenu le but à atteindre. Finie, la vie au jour le jour.

— Tu as eu la chance de pouvoir actionner la touche « retour rapide ».

Il lui lança un regard par-dessus son épaule.

— Plutôt « avance rapide » dans mon cas. Quand j'ai repris connaissance, que j'ai vu le visage de ma mère à mon chevet, j'ai su qu'il n'y avait pas de retour en arrière possible. Je n'irai pas jusqu'à dire que je suis tout ce qu'elle a – ce serait vaniteux et faux. Mais j'ai compris que je devais mettre fin à la vie qui risquait de lui faire perdre sa seule vraie famille.

Avec un soupir, il versa les débris dans la poubelle.

— Elle refusait de rentrer à la maison. Même quand j'ai eu assez de force pour la rembarrer, je n'ai pas réussi à la faire partir.

— C'est ce que tu voulais ? demanda Parker. Qu'elle parte ?

— Je... Non. Bien sûr que non. Mais je ne voulais pas non plus qu'elle reste dans ces conditions. Elle avait démissionné pour être près de moi et travaillait comme serveuse. À dix-huit ans, je l'avais abandonnée – au fond, ça revenait à ça. Évidemment, je lui envoyais de l'argent, mais je peux compter sur les doigts d'une

307

main les fois où je suis allé la voir. Enfin bref, elle refusait de me laisser seul. L'occasion s'est présentée de changer de vie, je l'ai saisie. Voilà.

— Tu as beaucoup de chance d'avoir ta mère.

— Je sais.

— Et elle en a aussi de t'avoir.

— On s'entend bien.

— Malcolm, comment définirais-tu notre relation ?

— Et toi ?

— Ah, non ! Tu te défiles trop souvent. Jouons carte sur table, c'est à toi de répondre.

— Bon sang, Parker, parfois j'ai du mal à te suivre ! Je t'ai présenté mes excuses pour hier. Je t'ai donné mes raisons. C'est déjà pas mal, tu ne trouves pas ?

— Dois-je en conclure que tu n'as pas de réponse ?

Il reprit la bouteille d'eau. La reposa.

— Je n'y avais pas vraiment réfléchi. Si j'étais obligé de donner une réponse, je dirais que nous avons une relation un peu compliquée.

— Une relation un peu compliquée, répéta Parker qui pouffa. D'accord. Et tu crois que j'ai envie d'une relation un peu compliquée avec toi sans connaître les traumatismes qui t'ont marqué ? Comment ils ont influé sur le cours de ta vie ?

— De toute évidence, non.

— Tu m'as dit que c'était important pour toi de savoir comment les choses fonctionnent. Eh bien, je ne peux pas savoir comment tu fonctionnes, comment ça pourrait fonctionner entre nous, si je n'ai pas toutes les pièces.

— Je comprends, répondit-il, sincère. Mais je n'aimais pas toutes les pièces, alors j'en ai changé certaines – comme sur cette Jeep. Du coup, je ne fonctionne plus comme avant l'accident. Sinon, cette relation entre nous n'existerait sans doute pas.

— Comment savoir ? En tout cas, tu me plais comme tu es, Malcolm, et ton passé avec. Je ne veux pas avoir l'impression de m'immiscer dans ta vie privée chaque fois que je m'y intéresse.

— Je ne veux pas non plus que tu aies cette impression. C'est juste que je n'aime pas remuer les souvenirs. Le passé, c'est le passé.

— Je ne suis pas d'accord. Tu ne te rappelles pas la première fois que tu as fait du vélo, embrassé une fille, conduit une voiture ?

— Je me rappelle la première fois que je t'ai embrassée. Sauf que c'était toi qui as fait le premier pas. Le 4 juillet.

« Bon, se dit-elle, assez pour ce soir. Laisse-le tranquille. »

— C'était pour embêter Del.

— J'en tire encore les bénéfices. Je ne suis pas en état de te toucher sans te salir, ajouta-t-il, regardant ses mains. Et c'est un beau tailleur.

— Dans ce cas, ne bouge pas.

Elle s'approcha, se pencha et posa les lèvres sur les siennes.

— Dans ton esprit, ce n'est pas ce qui remplacerait une réconciliation sur l'oreiller, j'espère ? lâcha-t-il.

— Vu les circonstances, tu n'auras pas mieux.

— Tu pourrais peut-être rester un peu. Les mecs adorent qu'une fille les regarde bosser sur leur voiture.

— C'est juste pour vous embobiner.

Il abaissa le pont d'une cinquantaine de centimètres.

— Tu es déjà sortie avec un fan de mécanique ? s'étonna-t-il.

— Non, pas jusqu'à présent. Mais Mac si, je le tiens donc de bonne source.

La boule qui lui coinçait la gorge et le ventre avait disparu. Il sourit.

— C'est sexiste, répliqua-t-il. J'ai connu des tas de femmes qui adorent bricoler sous un capot.

— Celles-là ne sont pas du genre à regarder les mecs bosser.

— Si tu le dis. Tu peux atteindre le volant ?

— Je suppose, mais...

— Rends-moi service, tu veux. Tourne-le à fond sur la droite. Et ensuite, à fond sur la gauche.

— Pourquoi ?

— Parce que rehausser la suspension implique de nombreux ajustements, et je tiens à m'assurer qu'il n'y a pas d'interférence avant de remonter les roues.

— Comment aurais-tu fait si je n'étais pas venue ?

— J'aurais continué de ruminer dans mon coin. À fond à droite, ajouta-t-il avant de disparaître sous la Jeep sur sa planche à roulettes.

— Je parlais de la Jeep, mais en fait je préfère cette réponse.

Elle se pencha dans l'habitacle et tourna le volant.

— Comme ça ?

— Parfait. Pas mal, la vue d'ici.

— Tu es censé regarder sous cette Jeep, pas sous ma jupe.

— Je peux faire les deux. À gauche, Belles Gambettes.

— Tu crois que ta mère aimerait venir dîner pour Thanksgiving ?

Silence sous la Jeep. Parker leva les yeux au ciel.

— Ou ce serait peut-être déplacé, vu notre relation un peu compliquée ?

— Laisse-moi une minute.

Il réapparut, attrapa un outil et glissa de nouveau sous le bas de caisse. Léger tintement métallique.

— Tourne dans l'autre sens... Cette fois, ça devrait être bon.

Il ressortit et se leva pour aller chercher un pneu énorme. Pourquoi avait-il parlé de roues ? Peut-être la roue était-elle en réalité ce qu'elle appelait la jante. Et se fixait sur... l'essieu ?

D'où lui venait cet intérêt aussi subit qu'incompréhensible pour la mécanique ?

— Je ne me suis jamais trouvé dans cette situation particulière, dit-il.

— Je vois.

— Non, tu ne vois pas, objecta-t-il.

Il utilisa un outil pneumatique qui laissa échapper un sifflement bruyant, puis un bruit sourd.

— Mais si, Malcolm. C'est une situation particulière pour moi aussi. Et je comprends, sincèrement, qu'un jour de fête familiale puisse ne pas convenir.

— Il suffit de lui demander, j'imagine. Je sais qu'elle va aimer l'idée, mais elle va me noyer sous les questions, genre le code vestimentaire ou...

— Robe de soirée et smoking.

Elle demeura imperturbable au moins cinq secondes, le temps de savourer la mine atterrée de Malcolm, puis éclata de rire.

— Un code vestimentaire, n'importe quoi ! Et une bonne partie de l'après-midi, comme dans la majorité des foyers américains, les hommes de la maison seront devant la télé à regarder le match de foot.

— Je parie que la sauce aux airelles ne sortira pas d'une conserve, comme dans la majorité des foyers américains.

— Là, tu m'as eue. Je poserai moi-même la question à ta mère, histoire de t'épargner l'inquisition.

— C'est ce que tu crois. Je te remercie, mais elle me passera tout de même sur le gril. Et me tannera jusqu'à ce que j'accepte de porter un costume.

— Le costume te va bien, commenta-t-elle. Pourquoi ces pneus sont-ils si énormes ?

311

— Parce que le gamin qui possède cette Jeep est un frimeur de première. Je dois encore vérifier la direction et l'équilibrage des trains, expliqua-t-il en faisant redescendre la voiture au niveau du sol.

Il examina la Jeep. Puis Parker.

— Je m'en occuperai demain, décida-t-il. Je vais me laver, fermer le garage, et après, je t'emmène dîner, d'accord ?

— Il est un peu tard pour dîner.

Comme il ne portait pas sa montre, il tordit le cou pour jeter un coup d'œil à la sienne.

— C'est vrai, sauf quand on n'a pas mangé.

— Voici ce que je te propose : tu te laves, tu fermes le garage et tu me suis à la maison. Je te ferai des œufs brouillés. C'est le plat du jour.

— Ça marche. Parker ? Je suis content que tu sois venue.

Parker attrapa son portable et roula en dehors du lit dans un même mouvement. Un bref coup d'œil au réveil sur la table de nuit lui indiqua qu'il était à peine 5 heures, et la mariée du vendredi était déjà sur le pied de guerre.

— Bonjour, Leah. Comment...

Elle s'interrompit, et se glissa dans le salon adjacent, tandis que la jeune femme lui contait ses malheurs.

— Je suis vraiment navrée. Non, écoutez, ne vous en faites pas pour l'heure. Je suis à votre disposition toute la journée. Votre unique préoccupation, c'est le mariage. Si vous avez l'occasion de parler à Justin, dites-lui que nous pensons très fort à sa mère. Nous nous occupons du reste. Faites-moi confiance, Leah. J'ai une petite question : un des autres garçons d'honneur peut-il remplacer le témoin ?

Parker écouta, soulagée que sa mariée garde son calme alors que le témoin de son futur mari était en route pour Seattle le jour même du mariage.

— Parfait. Mais il vous manque toujours un garçon d'honneur. Channing ou vous connaissez peut-être quelqu'un à qui vous pourriez faire appel ? Oui, je comprends. À la dernière minute, ça n'a rien d'évident. Et puis, il y a le problème de la chemise et du gilet qui doivent aller au remplaçant.

Les lèvres pincées, elle entrebâilla la porte et, l'œil plissé, jaugea Malcolm qui avait profité de son absence pour s'étaler en travers du lit.

— J'ai peut-être quelqu'un qui pourrait convenir. Certes, ni Channing ni vous ne le connaissez, mais... Non, ne vous inquiétez pas de ça. Je vais voir ce que je peux faire et je vous rappelle. Nous nous occuperons de tout, je vous le promets. Donnez-moi une heure.

Parker regagna la chambre sur la pointe des pieds, réfléchissant à une stratégie.

Attendrir la proie ne pouvait faire de mal.

Elle se glissa sous la couette, se lova contre le dos de Malcolm. Ce n'était pas gagné, songea-t-elle en lui caressant le flanc tandis que sa bouche effleurait son épaule nue.

Mais qui ne tente rien n'a rien.

Elle glissa la main jusqu'à son ventre, s'aventura plus bas. Très ferme, nota-t-elle avec un sourire. Elle promena ensuite les doigts sur toute la longueur de sa cuisse, remonta. Puis elle passa aux choses sérieuses. Ses caresses et ses baisers eurent tôt fait de tirer Malcolm de son sommeil. Il bascula sur le dos, et elle vit ses yeux briller dans la pénombre.

— Bonjour, murmura-t-elle avant de déposer une traînée de baisers sur son torse.

— Ça en prend le chemin.

313

Elle lui mordilla tendrement la gorge, remonta jusqu'à son oreille.

— Comme j'étais réveillée. Et toi aussi...

Les bras de Malcolm se refermèrent sur elle.

— ... j'espère que tu ne m'en veux pas de me servir.

— Fais ce que tu dois faire.

Parker pouffa et grimpa à califourchon sur lui. Elle remonta, offrant ses seins à sa bouche, et se laissa étourdir par le désir paresseux qui l'envahissait. Il y avait encore tant de choses qu'elle ignorait à son sujet, tant de choses qu'elle ne comprendrait peut-être jamais complètement.

Mais ici, dans cette chambre plongée dans l'obscurité, ils se connaissaient.

Elle se redressa, le prit en elle avec une lenteur calculée qui leur arracha à tous deux un gémissement impatient. Elle se mit alors à le chevaucher telle une amazone, de plus en plus audacieuse, jusqu'à ce que son dos souple s'arque en arrière, et que, ivre de volupté, elle entraîne son fougueux destrier dans sa chute.

Avec un ronronnement de contentement, elle s'étira sur lui de tout son long.

— Eh bien... fit-elle, un peu essoufflée, voilà une façon parfaite de commencer la journée.

— Le petit déjeuner des champions.

— Mmm. Quand dois-tu partir travailler ?

— À 7 heures, peut-être 7 h 30. Avec ce démarrage en fanfare, il se peut même que je passe une petite demi-heure vite fait dans ta salle de gym. Au fait, quelle heure est-il ?

— Tu as encore deux heures. Tu reviens en fin de journée ?

Il promena paresseusement les doigts le long de sa colonne vertébrale.

— D'accord. Je devrais pouvoir me libérer vers 16 heures si tu as besoin d'aide ce soir.

— Ce serait génial, dit-elle, nichant son visage au creux de son cou. D'autant que l'appel à qui nous devons ce réveil des plus agréables était de la mariée de ce soir. Il y a une complication.

— Je ferai en sorte d'être là. Je lui dois bien ça, j'imagine.

C'était presque trop facile, songea Parker.

— En fait, tu es la personne idéale pour résoudre cette complication.

— Quoi ? La limousine a besoin d'un réglage ? Ou il faut changer une roue à un carrosse de Cendrillon ?

— Tu serais l'homme de la situation. Mais, non, il ne s'agit pas de cela.

Elle embrassa sa joue rugueuse.

— En fait, le meilleur ami du marié, qui est aussi son témoin, a dû prendre l'avion pour Seattle ce matin, expliqua-t-elle, passant à l'autre joue. Sa mère se fait opérer en urgence.

— Pas de bol. C'est grave ?

— Une péritonite. Ils craignent une septicémie, et d'autres complications. Et ce n'est pas tout : de son côté, Leah a dû aussi s'occuper de sa propre mère qui vient de se faire poser une prothèse de la hanche, c'est donc doublement compliqué pour tout le monde. En plus de se faire du souci pour leur ami et sa mère, Leah et Channing se retrouvent à court de témoin. L'un des garçons d'honneur va le remplacer, mais il leur en manque toujours un.

— Mmm.

— Il faut donc en trouver un au pied levé, qui a à peu près la taille et la corpulence de l'absent, à cause du smoking.

— C'est sûr.

315

— Tu mesures dans les un mètre quatre-vingt-cinq, c'est ça ?

— Quatre-vingt-huit.

— Et ta taille, c'est du quarante-quatre ?

— Je crois, oui. Je n'ai pas… Eh ! Attends une seconde !

— Tu me rendrais un immense service. Tu vas apprécier Channing. C'est un amour. Leah et lui sortaient déjà ensemble au lycée. Ils se sont perdus de vue quelque temps pendant leurs études jusqu'à ce qu'ils…

— C'est une plaisanterie ! coupa-t-il en la poussant de côté. Tu n'imagines quand même pas me faire enfiler le smoking de ce type et…

— Il t'ira très bien, j'en suis sûre. Del est plus grand et porte du quarante-deux. Quant à Jack, il sera un peu engoncé dans du quarante-quatre. Et ils ne peuvent pas porter leur smoking personnel, parce que les tenues du mariage sont coordonnées.

— Pas question que je…

Parker se blottit contre son torse.

— Tu as déjà assisté à un mariage, non ? Tout ce que tu auras à faire, c'est escorter les invités jusqu'à leur place, rester avec les autres garçons d'honneur et participer au cortège au bras d'une demoiselle d'honneur très séduisante. Sincèrement, cela ôterait un grand poids à Leah et à Channing.

— Je m'en soucierais peut-être si je connaissais Leah et Channing.

— Tu me connais, moi. Tu me rendrais vraiment un grand service, Malcolm. Et je t'en serais très reconnaissante, ajouta-t-elle en lui frôlant la mâchoire de ses lèvres.

— J'ai du travail.

— Tu seras là largement à l'heure. Je t'assure, si tu arrives pour 17 h 45, ce sera parfait. Je me chargerai de tous les détails. Tout ce que tu auras à faire, c'est porter le smoking – oh, et les chaussures que tu avais au mariage de Sherry seraient idéales...

— Merci, mon Dieu.

— Je note le sarcasme, et je l'ignore. Tout ce que je te demande, c'est d'être là, dans toute ta splendeur, et d'escorter quelques personnes à leur place. Le mariage sera somptueux. Et je ne te parle même pas de la pièce montée. Marbré au chocolat avec un glaçage marbré lui aussi et une délicieuse crème au beurre. Laurel le sert sur un lit de sauce au caramel.

— Tu crois qu'on peut me corrompre avec un gâteau ?

— Un gâteau exceptionnel, souligna-t-elle, lui mordillant la mâchoire. Et je pourrais subtiliser un peu de cette délicieuse sauce au caramel pour... plus tard.

— De mieux en mieux. Tu es diabolique, Belles Gambettes.

— Merci.

— Et le réveil, c'était pour préparer le terrain ?

— Précisément.

— Bien vu.

— Tu acceptes ?

— Quel homme résisterait à la sauce au caramel ?

— Merci ! s'exclama Parker avant de lui planter un baiser sonore sur la bouche. Merci du fond du cœur. Je vais appeler Leah.

Elle bondit du lit et attrapa son portable.

— Surtout ne t'inquiète de rien. Il te suffira d'être là, et je te guiderai au fur et à mesure.

— C'est ça.

Et tandis qu'elle téléphonait à la mariée, Malcolm se plaqua un oreiller sur le visage.

18

Malcolm songea à inventer une urgence, mais ç'aurait été lâche. Et il aurait pu dire adieu à la sauce au caramel.

Et puis, il était forcé de reconnaître qu'elle l'avait habilement manœuvré et ne pouvait qu'admirer son sens de la stratégie. Résultat : il avait eu une pêche d'enfer toute la journée.

Il avait fini les travaux sur la Jeep, remonté un carburateur, effectué quelques diagnostics pour des révisions de routine, plus deux interventions en extérieur comme Bill se chargerait du service de nuit.

Il parcourut rapidement un peu de paperasse – dont il comptait se décharger en grande partie sur sa mère – et compléta la liste de pièces détachées qu'il lui demanderait de lui dénicher pour la restauration d'une Mustang de 1967.

Pour finir, il jeta un coup d'œil à ses comptes. Il ressentait toujours un drôle de petit frisson lorsqu'il réalisait qu'il était en fonds. Assez pour en réinjecter une partie dans l'entreprise, accorder à sa mère et au reste du personnel une augmentation convenable, et peut-être prendre un peu de vacances après les fêtes de fin d'année.

Une semaine au soleil, sur une plage des tropiques. D'après Parker, les affaires tournaient au ralenti en janvier. Elle trouverait sans doute le moyen de s'échapper une semaine.

Il lui apprendrait à surfer. Peut-être savait-elle déjà. Il lui poserait la question.

Malcolm s'aperçut soudain qu'il était en train de planifier ses vacances avec Parker. Quand la métamorphose s'était-elle produite ?

Il demeura immobile, le temps de digérer cette nouvelle réalité. Comme il ne ressentait pas la frousse qu'il aurait pu craindre, il se détendit tout à fait. Quand ou comment c'était arrivé, il s'en moquait éperdument. C'était arrivé, voilà tout. Et il ne trouvait rien à y redire. Il l'imaginait même très bien à ses côtés sur cette plage des tropiques, sirotant un cocktail à base de rhum local, décompressant pour quelques jours.

Ou alors peut-être une pause dans sa maison de vacances des Hamptons. L'hiver avait ses avantages : solitude, câlins au coin du feu...

Il lui soumettrait l'idée et verrait bien ce qu'elle en pensait.

Malcolm rassembla ses dossiers et gagna le bureau.

— Tiens, du travail pour toi, dit-il à sa mère en posant l'ensemble sur le comptoir.

Kay jeta un coup d'œil aux documents.

— Tu pars maintenant ?

— Oui, j'ai un truc à faire. Si tu n'as pas le temps de finir, je m'en occuperai lundi.

— Je n'ai rien dit, riposta-t-elle. Viens par ici.

Il se pencha par-dessus le comptoir. Et se prit une calotte sur le côté du crâne.

— Eh !

— Pourquoi ne m'as-tu pas dit qu'on était invités chez les Brown pour Thanksgiving ?

Contrarié, il se frotta la tête.

— C'est tout récent. Et Parker m'a dit qu'elle allait te téléphoner, ce qu'elle a fait, j'imagine. Où est le problème ?

— Si tu m'en avais parlé, je n'aurais pas été prise au dépourvu. Et si elle n'avait pas appelé, j'aurais acheté une maudite dinde ce soir en rentrant du travail. J'aurais eu l'air maligne avec ma dinde inutile.

— Elle l'a fait, donc tu ne l'as pas fait, alors tout va bien.

— Encore heureux, rétorqua-t-elle avec un sourire narquois qui lui donna envie de rentrer la tête dans les épaules. Tu mettras un costume.

Et voilà. Il le savait.

— Elle a dit qu'on pouvait s'habiller comme on voulait.

— Je m'en moque. Tu mettras un costume, point final. Du reste, tu devrais en acheter un neuf. À quand remonte l'achat du dernier ?

Cette fois, il faillit bel et bien rentrer la tête dans les épaules. Dieu merci, ses employés étaient hors de portée de voix.

— Je n'en sais rien, bon sang.

Elle pointa l'index sur lui.

— Pas de ce ton-là avec moi. Tu t'achètes un nouveau costume. Une cravate. Et des chaussures convenables.

— Je rêve !

— Quelqu'un qui fréquente une femme comme Parker Brown a d'autant plus besoin d'un costume qu'il en aura l'usage en dehors des mariages ou des enterrements. Et tu es un brillant homme d'affaires, ne l'oublie pas. Un brillant homme d'affaires a plus d'un costume dans sa penderie. Et tu aurais bien besoin d'une coupe de cheveux.

— Autre chose ? Apprendre le français peut-être ?

Elle agita l'index, mais il vit qu'elle se retenait de sourire.

— Tu le pourrais très bien si tu voulais. Tu as l'intelligence qu'il faut. C'est de mon côté que tu en as hérité. Ton physique, tu le dois à ton père. Voilà pourquoi tu es si classe en costume. Allez, file, que je puisse écluser tout le travail sous lequel tu me noies.

— Si j'avais su que je tomberais dans une embuscade, je t'en aurais trouvé encore plus, lui lança-t-il avant de se diriger vers la porte.

Là, il fit une pause, lui retourna son sourire narquois, et ajouta :

— Comme je dois dépenser une véritable fortune en vêtements, je ne pourrai pas te donner l'augmentation que je prévoyais. Dommage.

Le regard noir de sa mère le consola un peu de la corvée shopping qui l'attendait.

Lorsque Malcolm arriva chez Parker, c'était le branle-bas de combat. Emma et ses employés avaient déjà décoré l'entrée de grands machins couleur paille débordant de fleurs. Elle y avait ajouté des citrouilles et ce qu'il pensait être des coloquintes.

Il n'avait jamais vu de coloquintes à un mariage, mais il devait admettre que ça rendait bien.

À l'intérieur, l'escalier était drapé de ce tissu blanc vaporeux qu'elles utilisaient au kilomètre. Il y avait des fleurs et des bougies partout. Il avait l'impression de se retrouver dans un paysage automnal de rêve. Ce qui était sans doute l'effet recherché.

Il entendit qu'on s'affairait dans ce qu'on appelait le salon d'honneur, mais résista à l'envie d'y jeter un coup d'œil. Il risquait de se faire embaucher comme volontaire.

Il décida de traverser discrètement la maison pour aller taxer un sandwich à Mme Grady avant de monter remplir sa mission, mais à peine avait-il fait quelques pas que Parker apparut en haut des marches.

Cette fille avait un radar plus efficace que ceux de la NASA.

Elle lui adressa un sourire à damner un saint et descendit l'escalier en hâte.

— Tu arrives pile au bon moment, assura-t-elle. Le marié et sa suite commencent tout juste à se préparer. Tu n'imagines pas combien ils sont soulagés que tu aies accepté de les dépanner. Je le suis tout autant, du reste.

Elle glissa son bras sous le sien et l'entraîna d'autorité vers l'étage.

— Nous sommes dans les temps.

— Ouf, ça m'a tracassé toute la journée.

Parker lui donna un coup de coude.

— C'est beaucoup demander, je sais. Mais du coup, tu es un héros. L'intervention de la mère de Justin s'est bien passée. Plus aucune ombre au tableau, donc.

— Tant mieux. Je veux dire, que sa mère aille bien.

— Je vais te présenter à Channing et à ses amis, puis je reviendrai dans une heure pour une mise au point, vu que tu n'étais pas présent à la répétition.

Elle frappa à la porte de la suite du marié.

— C'est Parker, annonça-t-elle. Vous êtes visibles ?

La porte s'ouvrit sur un homme en pantalon de smoking, une bière à la main.

— Je n'irais pas jusqu'à dire que nous sommes décents, mais au moins nous sommes couverts.

— Alors ça va. Malcolm, voici Darrin, le nouveau témoin récemment promu.

— J'avais prévenu Channing que j'étais le meilleur choix depuis le début. Vous devez être le remplaçant. Enchanté.

Ils échangèrent une poignée de main, puis Parker poussa Malcolm à l'intérieur où cinq hommes étaient en train de s'habiller. En plus du nouveau témoin.

L'un d'eux – un grand gaillard bronzé – se détacha du groupe.

— Malcolm ? Je suis Channing, le marié du jour.

— Toutes mes félicitations.

— Je ne sais vraiment pas comment vous remercier. Ça va sans doute vous sembler bizarre mais… je vous ai déjà vu quelque part.

— J'y ai déjà été, mais vous ne me dites rien.

— Je jurerais pourtant…

— Salut, lui lança un autre qui se servait une coupe de champagne. Kavanaugh, c'est ça ?

— Oui, répondit Malcolm qui l'observa, les yeux plissés. Mercedes SL600. Équilibrage du train avant et révision complète.

— Exact. La meilleure révision qu'elle ait jamais eue.

— J'y suis, fit Channing, l'index en l'air. Je savais bien que je vous avais déjà vu. Vous avez restauré la Thunderbird de mon père. J'étais là quand vous avez livré la voiture. J'ai essuyé ses larmes de joie.

— Sacré engin. Vous êtes Channing Colbert.

— C'est ça. Je croyais que mon père était fou quand il a acheté cette voiture. Une fois la restauration finie, j'ai regretté de ne pas en avoir une, moi aussi. Vous voulez du champagne ? Une bière ?

— Une bière.

Parker lui tapota le bras.

— Je te laisse entre de bonnes mains. Ton smoking est accroché là. La photographe de la maison sera là d'ici un quart d'heure.

Pas si mal après tout, songea Malcolm. Il y avait à boire – champagne et bière dans des seaux à glace. Et même à manger – deux plateaux avec divers sandwichs

323

et canapés. Et puis, ces types respiraient tellement la bonne humeur qu'il en aurait presque oublié qu'il était le pigeon de service.

C'était du moins son sentiment avant que Mac fasse irruption dans la pièce, braquant son appareil photo sur lui.

— Eh, je suis juste remplaçant !

— Ils voudront garder un souvenir. Ne fais pas attention à moi.

Sur quoi, elle entreprit de se mouvoir autour d'eux tel un serpent ondulant et silencieux.

Il ressentit un immense soulagement lorsqu'elle isola Channing du troupeau pour les portraits officiels.

Il enfila la chemise et le pantalon de smoking. Parker avait vraiment le compas dans l'œil. Ils étaient juste à sa taille, tout comme le gilet lie-de-vin.

La moitié des types l'abreuvèrent de questions sur les voitures, mais il avait l'habitude. Un mécanicien, c'était un peu comme un médecin : tout le monde voulait des conseils gratuits. Comme ces conseils pouvaient lui apporter de nouveaux clients, il ne rechignait jamais à les donner.

Au retour de Parker, il se débattait avec sa cravate.

— Attends, fit-elle, laisse-moi faire.

— Quand je loue un smoking, je prends toujours un truc qu'on accroche.

— Je crois que si les hommes portent des cravates, commenta-t-elle avec un sourire malicieux, c'est avant tout pour que les femmes les leur nouent. Comment t'en sors-tu ?

— Ça se passe bien. Ils sont plutôt sympas, murmura-t-il avec un coup d'œil aux autres par-dessus l'épaule de Parker.

— Ta cavalière se prénomme Astoria.

Le regard de Malcolm revint aussitôt sur elle.

— Sérieux ?

Elle se retint de rire.

— Tout le monde l'appelle Asti. Elle est superbe, un peu timide – et mariée, alors inutile de te faire des idées.

— Moi qui espérais l'entraîner dans le vestiaire pour un coup vite fait.

— Ben voyons… Elle travaille avec des enfants handicapés à Chicago. Leah et elle se sont rencontrées à l'université. Voilà, dit-elle, reculant d'un pas, la tête inclinée de côté. Tu remplis ta part du contrat. Tu passes un bon moment et tu es sublime.

Mac refit son apparition.

— Bon, les garçons, tout le monde sur la terrasse pour les photos officielles. Je prends un risque, là. Je ne sais pas si mon appareil supportera autant d'apollons d'un coup.

Parker aida Malcolm à enfiler sa veste et lui épousseta la manche.

— Je reviens dès que Mac en aura fini avec toi.

— Avec moi ? Je ne fais pas les photos de groupe. Je ne fais pas partie du groupe. Je ne suis que la doublure.

— Channing tient vraiment à ce que tu sois dessus. Ça ne prendra que quelques minutes.

— Écoute, Parker…

— Oh, désolée ! le coupa-t-elle en tapotant son oreillette. Je dois filer.

« Elle se débine, oui », songea Malcolm, tandis qu'elle se dépêchait de disparaître.

Il allait exiger *beaucoup* de sauce au caramel.

Il remplit son rôle et escorta les invités jusqu'à leur place dans le salon d'honneur tout illuminé pour l'occasion.

Laurel traversa la salle en hâte pour une ultime vérification. Elle lui adressa un clin d'œil.

— Ça va ?

— Le gâteau est vraiment aussi bon que ce qu'on me l'a dit ?

— Encore meilleur.

— Alors ça en vaut la peine.

— Et il y a plein de sauce au caramel, ajouta-t-elle avec un sourire en coin avant de s'éclipser.

« Non, mais c'est dingue, se dit-il, interloqué. Ces filles se racontent vraiment tout. »

Très bien. Il ferait en sorte qu'elles aient de quoi discuter au petit déjeuner. Peut-être réclamerait-il aussi une bouteille de champagne pour accompagner la...

— Tiens, tiens, on bosse au noir pour arrondir ses fins de mois maintenant ?

Malcolm se raidit, puis se retourna.

« On vieillit mal, dis donc, Artie », songea-t-il, non sans une pointe de satisfaction. Son oncle avait encore la tignasse qui faisait sa fierté, mais il avait pris de la bedaine et son visage s'était empâté. Ses yeux, d'un bleu doux trompeur, semblaient plus petits et enfoncés dans leurs orbites.

Sa femme s'en sortait mieux. Elle avait gardé la ligne, peut-être au prix d'une ou deux petites interventions. Mais l'expression méprisante qu'elle arborait en permanence n'arrangeait pas son visage.

— Vous trouverez vos places tout seuls, lâcha-t-il.

— Toujours aussi courtois, à ce que je vois. J'ai entendu dire que tu courais après le fric de la fille Brown.

— Tu n'as jamais su rester à ta place, commenta Marge Frank avec un reniflement de dédain. Et il semblerait que Parker Brown ait aussi oublié où est la sienne. Sa grand-mère doit se retourner dans sa tombe.

— Allez vous asseoir ou partez.

— Ses bonnes manières n'ont pas l'air d'avoir déteint sur toi, ironisa Artie. Il ne devrait pas falloir longtemps à cette fille pour te percer à jour. D'où connais-tu les mariés ? Tu as changé leurs pneus une ou deux fois ?

« Laisse tomber, garde ton calme », s'adjura Malcolm.

— C'est ça.

— Tu auras beau nettoyer le noir sous tes ongles, tu ne seras jamais qu'un mécano, Malcolm. Et les gens comme les Brown se reproduisent entre eux. Viens, Marge.

Cinq minutes, se dit Malcolm. Il avait besoin de cinq minutes pour prendre l'air, se ressaisir. Mais alors qu'il se dirigeait vers le vestibule, il croisa de nouveau Laurel.

— Plus qu'une petite dizaine d'invités à placer, annonça-t-elle. On va te demander de prendre place dans le cortège avec les autres d'ici deux minutes. Ça va ? Il y a un problème ?

— Non.

— Très bien. Si tu pouvais presser les derniers retardataires, puis faire le tour. Parker t'a expliqué la marche à suivre, n'est-ce pas ?

— Oui.

— Je serai là pour te guider. Ne t'inquiète pas, ce ne sera pas douloureux.

Il n'éprouvait pas de douleur. Juste une rage sans nom qui menaçait de lui lacérer la poitrine. Il ne voulait pas être ici, dans le smoking d'un autre devant une salle pleine, assistant l'union d'un couple qu'il ne connaissait même pas.

Il se sentait piégé, étranglé par le mépris absolu de son oncle qui suintait jusqu'à lui à travers la salle.

Une fois déjà, il lui avait échappé. Il lui avait fallu pour cela mettre presque cinq mille kilomètres entre eux. À son retour, il était un homme, mais au fond de lui – il détestait l'admettre – se consumait encore une colère vive et amère.

Teintée en prime d'un relent d'humiliation qu'il avait toutes les peines du monde à refouler.

Malcolm prit part à la séance photos après la cérémonie. Une échappatoire bienvenue. Il écouta le père de Channing s'extasier sur la Thunderbird et fit de son mieux pour tenir son rôle.

Mais à la première occasion, il se réfugia dans le parc et s'assit dans la nuit froide, à l'abri contre le pignon.

C'est là que Parker le trouva. Essoufflée, sans manteau, dans tous ses états.

— Malcolm.

— Écoute, ils n'ont pas besoin de moi pour le dîner. Je fais une pause. C'est mon droit, non ?

Elle se laissa choir sur le banc à côté de lui et lui prit la main.

— J'ignorais que les Frank venaient. Je ne les ai pas repérés avant mon tour de salle au dîner. Je suis désolée. Tellement désolée.

— Tu pourrais l'être si c'était toi qui les avais invités. Vu que ce n'est pas le cas, tu n'as rien à te reprocher.

— C'est moi qui t'ai embarqué là-dedans. Je regrette...

— Pas grave.

— Je vais tout arranger. Je vais trouver une excuse pour Channing et Leah afin que tu puisses...

— Pour qu'ils aient la satisfaction de m'avoir fait fuir une fois de plus ? Sûrement pas. Je fais juste une pause, bon sang. Lâche-moi un peu, tu veux.

Parker lui lâcha la main et se leva.

— Personne ne te demande de tout arranger, grommela-t-il.

— Tu as raison.

— Et arrête d'être si conciliante. Je sais quand je dépasse les bornes, et là, c'est franchement le cas.

— Tu es bouleversé. Je comprends...

— Je ne veux pas que tu comprennes. Tu ne comprends *pas*. Comment veux-tu ? Tu t'es déjà fait tabasser sans être en mesure de répliquer ?

— Non.

— Est-ce qu'on t'a déjà répété encore et encore que tu étais une nullité, un bon à rien au point que tu as commencé à y croire ? Et que si tu n'obéissais pas, tu te retrouverais à la rue ?

— Non.

Mais cela ne signifiait pas pour autant que son cœur ne se serrait pas, que son sang ne bouillonnait pas de rage à l'idée de ce qu'il avait enduré enfant.

— Tu vois ? Tu ne peux pas comprendre. Déjà moi, je ne comprends pas pourquoi, en réponse, j'ai fait mon possible pour aggraver la situation, chercher les ennuis, et blâmer ma mère qui n'avait aucune idée de ce qui se passait parce que j'étais trop effrayé, trop fier, ou les deux, pour lui avouer la vérité.

Parker garda le silence. Si elle le poussait dans ses retranchements, il se fermerait de nouveau. Elle se contenta donc d'écouter.

— Je lui ai mené la vie dure aussi longtemps que j'ai pu. Et si ce n'était pas moi qui lui causais du chagrin, c'était lui ou sa pétasse de femme. Elle a encaissé sans broncher parce qu'elle s'efforçait de me garder un toit sur la tête, de me donner une famille, de surmonter la mort de mon père. Ça aussi, je le lui ai reproché. La pauvre, je ne l'ai pas ménagée. Artie non plus. Il la faisait trimer comme une esclave parce qu'il était en position de force. Son propre frère. Et nous étions censés nous montrer reconnaissants. Plus de deux ans, ça a duré. Un calvaire de chaque jour. Et moi, je rongeais mon frein, attendant d'être assez grand, assez costaud pour rendre la monnaie de sa pièce à Artie avant de me barrer. Pour finir, c'est ma mère qui s'en est chargée à ma place. Après tout ce que je lui avais fait subir. Un soir, elle est rentrée plus tôt du travail. Malade. Il la faisait bosser double pour le seul plaisir de l'éreinter. Il m'avait plaqué contre le mur, la main autour de ma gorge, et me giflait. Il préférait les claques : c'est plus humiliant que les coups de poing et ça ne laisse pas de trace.

Quelqu'un était sorti sur l'une des terrasses et un rire féminin s'éleva dans la nuit froide. Malcolm tourna les yeux vers la maison, mais elle doutait qu'il fût réceptif à la joie ambiante.

— Je l'ai vue entrer, blanche comme un linge. Quand elle nous a vus, son sang n'a fait qu'un tour. Jamais je n'aurais cru qu'elle possédait une telle force. Alors qu'il devait peser au moins trente kilos de plus qu'elle, elle l'a littéralement arraché de moi et balancé au milieu de la pièce en le traitant de tous les noms. « Ose encore lever la main sur mon fils, l'a-t-elle menacé, et tu verras la trempe que je vais te coller ! »

Il se tut, secoua la tête.

— Voilà ce que j'ai vécu. Alors ne me dis pas que tu comprends.

— Je n'ai pas l'intention de me disputer avec toi maintenant, mais si tu me crois capable de reprocher à un gamin et à sa mère en deuil de s'être retrouvés pris au piège dans une situation pareille, c'est que tu as une piètre opinion de moi.

La voix de Malcolm était aussi glaciale que l'air nocturne lorsqu'il répliqua :

— Combien de fois dois-je te le répéter, Parker ? Il ne s'agit pas de toi.

— Bien sûr que si, il s'agit de moi. Je t'aime, espèce d'idiot.

330

Parker eut juste le temps d'entrevoir la stupéfaction totale qui se peignait sur le visage de Malcolm avant de s'éloigner au pas de charge.

Elle l'aperçut de loin durant la réception, parlant aux nouveaux époux, puis un peu plus tard au bar, en grande conversation avec le père du marié.

Elle garda un œil sur les Frank, prête à intervenir s'ils faisaient mine de se diriger vers Malcolm. Il avait beau être bouché au point de penser qu'il ne s'agissait pas d'elle, qu'elle ne pouvait pas comprendre, pas question qu'un incident vienne troubler un de ses mariages.

Elle fut presque déçue qu'il n'y ait aucune alerte.

Mac se faufila près d'elle alors que la foule des invités commençait à se disperser.

— Vous vous êtes disputés, Malcolm et toi ? voulut-elle savoir.

— Qu'est-ce qui te fait croire ça ?

Mac tapota son appareil photo.

— Les têtes que vous faites. Je te connais.

— Je n'emploierais pas le mot dispute. Je dirais que nous avons des divergences de définition en matière de relation. À ses yeux, la nôtre est, je cite, « un peu compliquée ».

— Que les hommes peuvent être lourds parfois.

— Je ne te le fais pas dire.

— Toutes les femmes devraient émigrer en Amazonia. Ou au moins y passer des vacances quatre fois par an.

— Amazonia ?

— Un monde imaginaire, uniquement peuplé de femmes. Je m'y réfugie chaque fois que Carter – ou les hommes en général – m'agace. On y trouve cinq magasins de chaussures par habitante, les calories n'existent pas, et livres et films finissent toujours bien.

— Ça me plaît. Quand partons-nous ?

Mac posa le bras sur les épaules de Parker.

— L'Amazonia, ma chère, est toujours là, quelque part dans la tête de chacune d'entre nous. Il te suffit de fermer les yeux et de penser : Manolo Blahnik. Et voilà, tu y es. Bon, j'ai encore quelques photos à faire. Je te rejoins juste après.

Amusée, Parker imagina un univers calme et réconfortant, avec des paires de chaussures sublimes partout, et dut vite admettre qu'elle n'avait aucune envie d'y vivre. Mais de courtes vacances à l'occasion ? Pourquoi pas ?

Elle regarda les mariés s'avancer sur la piste pour l'ultime danse de la soirée. Ils formaient un couple si harmonieux, semblaient si amoureux, qu'elle se surprit à les envier. Être à la fois partenaires, amants, amis, compagnons, voilà ce qu'elle avait toujours désiré.

Elle ne revit Malcolm que lorsqu'elle sortit sur le perron pour prendre congé des nouveaux époux. Il s'était changé, nota-t-elle, et paraissait beaucoup plus maître de lui.

— Tu as une minute ? lui demanda-t-il.

— Oui, plusieurs même maintenant.

— J'ai mal réagi tout à l'heure. Ça devient une habitude qui ne me plaît pas du tout. Je croyais avoir dépassé ce genre d'attitude envers Artie. À l'évidence, ce n'est pas le cas, dit-il, fourrant les mains dans ses poches. Je n'aime pas revivre cette époque. Voilà pourquoi je n'en parle pas. Je comprends que tu aies essayé de m'aider.

— Mais tu ne veux pas d'aide.

— Je ne veux pas en avoir besoin, nuance. Mais ce n'est pas une excuse pour m'être défoulé sur toi.

— Je ne te demande pas d'excuses, Malcolm. Elles sont inutiles maintenant que je connais la raison.

— J'imagine que ça continue de me travailler. Alors… je vais rentrer. Histoire de nous laisser un peu de temps à tous les deux pour digérer tout ça.

— Profites-en pour te demander si tu crois sincèrement que le gamin qui cherchait à échapper par tous les moyens à la brute qui le martyrisait puisse faire baisser dans mon estime l'homme qu'il est devenu à la suite d'une épreuve pareille ? Quand tu seras sûr de la réponse, fais-le-moi savoir.

Sur ce, elle ouvrit la porte.

— Bonne nuit, Malcolm.

— Parker ? Quelle que soit la réponse, je tiens à toi.

— Tu sais où me trouver, se contenta-t-elle de dire avant de refermer le battant derrière elle.

19

Malcolm ne se souvenait pas d'avoir commis ce genre de bévue avec une femme auparavant – encore moins deux à la suite.

Mais, à sa décharge, Parker était une première à tous les niveaux.

Maintenant que la vapeur était retombée, il comprenait que deux boulettes pareilles nécessitaient de mettre la main au porte-monnaie. Même une fille comme Parker, qui avait tout ou pouvait se l'offrir, apprécierait un petit cadeau d'excuse.

Il songea à des fleurs, mais sa maison en était déjà remplie. Des fleurs, ce serait sans doute le cadeau le plus stupide.

Il envisagea ensuite un bijou, mais là, pour le coup, ça lui semblait exagéré.

Et soudain, il eut une illumination.

Après tout, il devait déjà faire des courses pour lui. Sa mère ne le lâcherait pas tant qu'il n'aurait pas acheté ce fichu costume.

Comme il détestait le shopping, il eut l'impression de s'infliger une sorte de pénitence, d'abord en claquant une petite fortune pour des vêtements qui le faisaient ressembler à un pingouin, puis en passant une éternité dans ce maudit magasin à prendre des tas de décisions aussi agaçantes que déroutantes qui faillirent lui flanquer un mal de crâne carabiné.

Mais une fois les courses finies, il avait le costume et une boîte joliment empaquetée – ce qui ne l'empêcha pas de se jurer que plus jamais, dans cette vie ou dans une autre, il n'en repasserait par là.

Il envoya deux textos à Parker. Une expérience inédite. Il détestait pianoter sur un portable. Ses doigts étaient trop gros pour les touches, si bien qu'il se sentait maladroit et stupide. Mais à son avis, sa stratégie d'évitement nécessitait quand même un contact minimum.

Au bout de quelques jours, le lundi, il décida que la quarantaine avait assez duré et lui téléphona. Il tomba sur sa boîte vocale, une autre technologie qu'il détestait, malgré sa voix d'ange qui le fit fondre.

— Salut, Belles Gambettes, je voulais juste savoir si tu avais envie d'une balade et d'une pizza ce soir. J'ai hâte de te revoir, ajouta-t-il après réflexion. Alors tiens-moi au courant.

Sur la planche à roulettes, il se glissa de nouveau sous le tas de ferraille qu'il rafistolait pour un client et entreprit de démonter le silencieux hors d'usage.

Il avait presque fini d'installer le nouveau quand son téléphone sonna. Dans sa précipitation, il s'écorcha les doigts contre le bas de caisse et, avec un juron, récupéra tant bien que mal son portable dans sa poche.

Il pesta encore lorsqu'il découvrit qu'il s'agissait d'un texto.

Tentant, mais pas libre ce soir. Sommes complets jusqu'à Thanksgiving. Hâte aussi de te revoir, ainsi que ta mère. À plus. PB

PB ? C'était quoi, cette plaisanterie ?

— Tu l'as expédié avec un texto ? C'est vache, fit remarquer Laurel qui se cala contre le dossier du fauteuil.

— D'abord, je ne l'ai pas expédié. Nous avions une consultation plénière.

Celle-ci s'était déroulée au mieux, elle pouvait donc se détendre en partageant un verre de vin avec ses amies.

— D'après ce que tu nous as dit, il essayait juste de gérer une situation difficile, intervint Emma, une lueur de compassion dans ses grands yeux bruns. Certaines personnes ont besoin de solitude pour y parvenir.

— C'est vrai. Voilà pourquoi je lui fiche la paix, comme il me l'a si gentiment demandé.

— Tu es fâchée, intervint Mac.

— Pas vraiment. Ou alors juste un peu, rectifia Parker. Je préférerais qu'il explose une bonne fois pour toutes, même si je risque de prendre des éclats au passage, plutôt que le voir se fermer comme une huître. Mais il refuse tout soutien sincère de ma part. C'est ça qui m'énerve. Juste un peu.

— Alors, écoute ce que j'ai à dire, fit Mac qui prit une profonde inspiration. Ma mère n'a que rarement posé la main sur moi, je n'ai donc pas ce genre de violence physique à lui reprocher. En revanche, les violences psychologiques, c'était son fort.

Elle adressa un sourire reconnaissant à Emma comme celle-ci lui caressait la jambe en un geste de réconfort.

— Heureusement, reprit-elle, j'avais vous trois à qui me confier. Mais malgré votre soutien, malgré Mme Grady et Carter, il m'arrive encore aujourd'hui d'avoir des passages à vide. Dans ces moments-là, j'ai besoin de solitude, alors je me retire dans mon coin.

— Je préférerais que tu ne le fasses pas, lui souffla Emma.

— Je sais. Du coup, j'ajoute une petite dose de culpabilité au cocktail. Je suis assez bien placée pour comprendre ce que peut ressentir Malcolm. Mon père n'est pas mort, mais il est parti. Depuis, il n'a jamais été là quand j'avais vraiment besoin de lui. Et moi aussi, je me suis retrouvée avec quelqu'un qui, sans avoir le tempérament violent d'Artie l'Abruti, s'emploie toujours à me rabaisser.

Elle but une gorgée d'eau pour apaiser sa gorge sèche.

— Et parfois j'ai beau faire, ce merdier me tombe dessus sans crier gare. Et je n'ai pas envie d'en parler parce que c'est mon merdier.

— La reine de l'éloquence, la taquina Laurel qui leva son verre. Mais nous, nous savons comment te faire parler.

— Oui, et je me sens toujours mieux après. Non seulement vous savez comment m'aider à m'ouvrir, mais vous m'acceptez telle que je suis parce que vous m'aimez.

— Pas moi, plaisanta Laurel, le sourire aux lèvres. J'ai juste pitié de toi parce que je suis animée par une compassion sans nom.

Mac hocha la tête.

— Mère Teresa était une garce au cœur de pierre comparée à toi.

— Je lui ai dit que je l'aimais, murmura Parker sans préambule.

Laurel tourna abruptement la tête vers elle.

— Quoi ? Voilà ce qui s'appelle avoir le sens de la transition. Quand ?

— Quand j'étais plus que juste un peu fâchée. Quand il m'a dit que je ne comprenais pas et que, de toute façon, il ne s'agissait pas de moi. Je lui ai répondu qu'il était un idiot et que si, il s'agissait de moi parce que je l'aimais. Sur quoi, je suis retournée à la réception – que je n'aurais d'ailleurs jamais dû quitter.

— Qu'a-t-il répondu ? voulut savoir Emma, la main sur le cœur. Qu'a-t-il fait ?

— Rien du tout. Il était trop occupé à rester planté là avec des yeux de merlan frit comme si je lui avais donné un coup de pied où je pense. Ce qui aurait peut-être été une meilleure idée.

— Vendredi ? Ça s'est passé vendredi ? s'exclama Emma. Nous avons travaillé ensemble tout le week-end et tu ne nous as rien dit ?

— Elle ne nous a rien dit parce que c'est son merdier.

Parker posa les yeux sur Mac.

— Si nous devons continuer sur ce thème, j'imagine que c'est assez vrai. J'avais besoin de réfléchir parce que cette histoire prend un tour que je n'avais pas du tout prévu. Mais alors pas du tout. J'étais censée tomber amoureuse d'un homme raisonnable et cependant brillant, avec un sens de l'humour drolatique et un amour avisé de l'art. Et je sais que tu lèves les yeux au ciel, Laurel, alors arrête.

— C'était à cause du sens de l'humour drolatique.

— Bref. C'est mon plan à long terme, échafaudé avec soin depuis plus d'une décennie.

— Sérieux ?

— La ferme, Mac, aboya Parker, mais elle réprima un sourire. Cet homme raisonnable et brillant et moi nous fréquenterions quelques mois, le temps d'apprendre à se connaître et à s'apprécier mutuellement, avant de partir pour un court séjour romantique. Destination au choix – une merveilleuse suite dans un palace à New York, un cottage en bord de mer, une auberge à la campagne. Ensuite, nous partagerions un dîner aux chandelles, ou peut-être un pique-nique. Et après, il me ferait l'amour comme un dieu.

— Le forfait comprend aussi les galipettes dans le placard à balai ? demanda Laurel.

— La ferme, toi aussi, ou tu n'entendras pas la fin.

La mine vaguement contrite, Laurel fit mine de se fermer la bouche avec une fermeture Éclair.

— Je préfère ça, fit Parker qui se débarrassa de ses chaussures et replia les jambes sous elle. Nous serions amants et ferions des voyages ensemble en fonction de nos disponibilités respectives. Il nous arriverait d'avoir des différends, bien sûr, mais nous les réglerions toujours par une discussion sensée, rationnelle.

Son regard se braqua sur Emma.

— Tu ne dis rien, mais je t'entends penser « quel ennui ». Attends, tu vas adorer la suite. Il me prendrait la main, plongerait son regard dans le mien et me dirait qu'il m'aime. Et un jour, nous retournerions là où tout a commencé. Pendant le dîner aux chandelles, il me répéterait qu'il m'aime et me demanderait de l'épouser. Je dirais oui, et voilà comment on s'y prend pour construire un bonheur sans nuage à deux.

— Il aurait intérêt à avoir une bague en diamant digne de ce nom dans la poche, fit remarquer Laurel. Cinq carats au bas mot.

— Je veux, s'esclaffa Mac.

— Je trouve ça charmant, commenta Emma en jetant un regard d'avertissement à Laurel.

— C'est charmant, et peut-être ridicule, mais c'est *mon* plan, affirma Parker avec autorité. Et je suis capable de l'adapter aux circonstances et aux exigences.

— Il n'y a pas meilleure que toi, acquiesça Mac.

— Mais cette histoire avec Malcolm est complètement hors scénario. Elle n'a même rien d'approchant, et pourtant je suis tombée amoureuse de lui. Et voilà que je le lui ai dit. Encore une page du scénario à la poubelle.

339

— Tu es bien placée pour savoir, comme nous toutes du reste, que l'amour n'obéit jamais à un quelconque scénario. Sinon, je filerais le parfait amour avec Luc, artiste aussi talentueux que sexy, dans notre pied-à-terre à Paris au lieu d'épouser ton frère Delaney, avocat aussi talentueux que sexy.

— Bien sûr que je le sais. Mais ça ne signifie pas pour autant que j'en suis enchantée.

— À ce que je vois, il n'y a pas que Malcolm qui a besoin d'avoir un peu la paix, conclut Mac.

— J'en ai besoin. Parce qu'il y a un élément du scénario, un seul, qui ne peut être omis ou réécrit : celui ou celle dont on tombe amoureux doit vous aimer en retour ou alors adieu le happy end.

— S'il ne t'aime pas, c'est qu'il est idiot.

— Merci, Emma.

— C'est vrai. Tu es parfaite – dans le bon sens, pas celui « je-hais-cette-pétasse-parfaite ».

— Parfois, on la hait, intervint Laurel avant de sourire à Parker. Mais c'est une haine fondée sur l'amour.

Compréhensive, Parker leva son verre vers ses amies.

— Moi aussi, je vous hais, les filles.

À cet instant, Del entra, parcourut la pièce du regard et secoua la tête.

— Mon quatuor favori. Si c'est une de vos discussions interdites aux mecs, vous allez devoir l'interrompre. Grâce à mon charme, j'ai convaincu Mme Grady de nous préparer ses fameuses côtes d'agneau au romarin. Elle vient de me prévenir que ce serait prêt d'ici deux minutes. Jack et Carter arrivent.

— Nous mangeons ici ? Youpi ! s'exclama Mac qui bondit de la banquette, le poing en l'air.

— Je vais lui donner un coup de main, dit Laurel.

Elle se leva, interrogea Del du regard. Il haussa les sourcils, puis hocha la tête.

— Viens, Emma.

Une fois les autres parties, Del s'assit sur la table basse, empêchant Parker de quitter le canapé.

— Alors, qu'est-ce qui se passe entre Malcolm et toi ? Faut-il que j'aille lui sonner les cloches ? Je fais le poids, je crois, mais j'amènerai Jack et Carter au cas où.

— C'est gentil de ta part, mais non, merci. Ce n'est pas nécessaire.

— Il y a de l'eau dans le gaz, insista-t-il. Il n'est pas venu voir le match des Giants dimanche et ça fait un bail qu'il ne s'est pas montré ici.

— Disons qu'on... fait le point.

— En clair, vous vous êtes disputés ?

— Non, on ne s'est pas disputés. Et si c'était le cas, je suis assez grande pour me débrouiller seule.

— Aucun doute là-dessus, mais si un type te fait de la peine, même s'il est mon ami – je dirais même surtout s'il est mon ami –, je dois lui montrer de quel bois je me chauffe, conformément au code d'honneur des Grands Frères.

— Un code d'honneur dont tu changes sans cesse les règles.

— Dans un code, il y a toujours des amendements, addenda et autres codicilles.

— On ne s'est pas disputés. Si je suis un peu perturbée, et tu vas devoir t'y faire, c'est parce que je suis amoureuse de lui.

— Ah.

Del posa les mains sur les cuisses.

— Il va me falloir une minute.

— Prends ton temps. Tout comme moi. Parce que nous allons tous devoir nous y faire, Del. Toi, moi. Et Malcolm.

Parker poussa les genoux de son frère et se leva.

— Allons rejoindre les autres avant que Mme Grady n'envoie une équipe de sauveteurs.

— Je ne veux que ton bonheur, Parker.

Elle lui prit la main.

— Moi aussi, Del.

Comme convenu, Malcolm fit un détour par chez Emma pour récupérer la commande de fleurs qu'il destinait à Mme Grady.

— Je reviens tout de suite, dit-il à sa mère.

— Tu as intérêt. C'est malpoli d'être en retard.

Pour s'épargner d'autres remarques, il descendit de voiture et courut jusqu'à la porte d'Emma. Sur le comptoir de la boutique, il trouva les tournesols, joliment disposés dans un pichet en cuivre.

De retour dans la voiture, il le fourra dans les mains de sa mère.

— Tiens-moi ça, tu veux ?

— C'est charmant. Tu es un bon garçon au moins la moitié du temps, Malcolm.

— Je suis en costume. Ça compte aussi, non ?

— Tu as beaucoup d'allure. Quelle maison, ajouta Kay, tandis qu'il faisait demi-tour et s'engageait dans l'allée principale. Je me souviens encore de la première fois que je l'ai vue de près. Je portais un uniforme amidonné, et j'étais morte de trouille.

Elle lissa la jupe de la robe qu'elle s'était achetée pour l'occasion – vert émeraude, sa couleur favorite. Plus d'uniforme aujourd'hui, songea-t-elle, ravie.

— En entrant, j'ai été si émerveillée que j'en ai oublié ma peur. Même si la grand-mère Brown fichait la frousse, c'est sûr. Et comment s'appelait la gouvernante de l'époque, déjà ? J'ai oublié, tant pis. Le cuisinier et elle nous servaient à manger dans la cuisine.

Lorsque Malcolm se gara, elle lui sourit.

— J'ai fait mon chemin dans le monde, j'imagine. Comment sont mes cheveux ?

Il lui rendit son sourire.

— Uniques, maman.

— Juste comme j'aime.

Il prit la tourte traditionnelle à la viande et aux épices et le paquet cadeau sur la banquette arrière. Avant même qu'ils atteignent la porte, celle-ci s'ouvrit en grand.

— Joyeux Thanksgiving ! leur lança Del.

Il embrassa Kay sur la joue, puis remarqua la boîte sous le bras de son ami.

— Oh, il ne fallait pas !

— Ça tombe bien, ce n'est pas pour toi.

— Cette tourte semble délicieuse. C'est vous qui l'avez faite, madame Kavanaugh ?

— Oui. Si Maureen est dans la cuisine, je vais la lui apporter.

— Toutes les femmes sont dans la cuisine. À leur place, ajouta-t-il avec un clin d'œil. Les hommes sont dans la salle de télé à regarder le match, une tradition chez les Brown. Venez, je vais vous servir à boire.

— C'est la plus belle maison de Greenwich, commenta Kay. Je l'ai pensé la première fois que je l'ai vue, et je n'ai pas changé d'avis depuis.

— Merci. Cette propriété compte tellement pour nous.

— C'est normal. Elle a une histoire. Il m'est arrivé de travailler ici comme extra du temps de votre grand-mère, et plus tard de votre mère. Je préférais votre mère.

Del, qui la guidait vers la cuisine, ne put s'empêcher de rire.

— Notre grand-mère Brown était un tyran en jupons.

En même temps que les bonnes odeurs de nourriture leur parvenaient des voix féminines. Malcolm reconnut celle de Parker, et la boule qui lui nouait le ventre à son insu disparut comme par enchantement.

Assise devant le comptoir, elle équeutait des haricots. Il s'efforça de se souvenir quand il avait vu quelqu'un équeuter des haricots pour la dernière fois – puis perdit le fil de ses pensées quand elle leva les yeux vers lui.

Elle lui avait tellement manqué. À un point tel que c'en était douloureux. Il faillit renoncer et faire demi-tour, mais elle lui sourit et se laissa glisser de son tabouret.

— Joyeux Thanksgiving.

Elle salua d'abord sa mère, d'une bise sur la joue comme Del, puis effleura les lèvres de Malcolm d'un baiser. La douleur s'envola aussitôt.

Tout le monde se mit à parler en même temps dans une joyeuse cacophonie, mais il les entendait à peine. Il eut conscience qu'on lui prenait la tourte des mains. Rien à faire, il était comme hypnotisé.

Del remplaça la tourte par une bière.

— Allons-nous-en avant qu'elles nous mettent au travail. Crois-moi, c'est ce qui va arriver.

— D'accord, juste une minute.

— À tes risques et périls, mon vieux. Cela dit, tu serais mignon avec un tablier.

— Va te faire foutre, rétorqua-t-il, ce qui lui valut une bourrade de sa mère.

— Attention à tes manières, le rabroua-t-elle. Je ne vois pas où est le problème avec ce tablier. Les prépa-ratifs, c'est la moitié du plaisir de Thanksgiving.

Comme Parker allait se rasseoir, Malcolm la prit par le bras.

— Fais une petite pause. Cinq minutes, d'accord ?

— J'ai une mission, fit-elle remarquer tandis qu'il l'entraînait dans le couloir.

— Les haricots ne vont pas s'envoler, répliqua-t-il en pénétrant dans le salon de musique. J'ai quelque chose pour toi.

344

— C'est vrai ? Quelle gentille surprise.

Il lui tendit la boîte.

— Pour me faire pardonner.

— Je ne vais pas te contredire vu que j'adore les cadeaux. Je vois que ta mère a gagné la bataille du costume.

— Ma mère gagne à tous les coups.

— Il est très beau.

Elle posa la boîte sur une petite table et tira sur le nœud en satin.

— Alors, comment vont les affaires ?

— Bien. Je viens d'avoir une Caddy 1962 à remettre en état sur recommandation de Channing.

— Génial.

Il la regarda, sans surprise, défaire l'emballage avec soin. Parker Brown n'avait pas pour habitude de déchirer ou de froisser le papier cadeau. Sans doute le conservait-elle même dans quelque but mystérieux, comme il voyait sa mère le faire.

— Et toi ?

— Nous avons toujours beaucoup de travail à l'époque des fêtes. Et le mariage de Mac est dans deux semaines. Je n'arrive pas à y croire. L'agenda est complet jusqu'au Nouvel An, et ensuite…

Parker s'interrompit lorsqu'elle reconnut la boîte. Elle souleva le couvercle avec circonspection, et demeura bouche bée. Aucune autre réaction n'aurait autant satisfait Malcolm.

— Des chaussures ? Tu m'as acheté des *chaussures* ? Oh, mon Dieu, elles sont fabuleuses !

Elle sortit l'un des escarpins à fins talons hauts tel un précieux joyau de son écrin.

— Tu aimes les chaussures, dit-il simplement.

— Aimer ? Le mot est faible pour décrire ma passion des chaussures. Franchement, elles sont *sublimes.*

Elle ôta les escarpins qu'elle portait et enfila les nouveaux. Puis s'assit pour les admirer.

— Comment connaissais-tu ma pointure ?

— J'ai déjà visité ton dressing.

Parker le dévisagea.

— Je dois l'avouer, Malcolm, je suis sidérée. Tu m'as acheté des chaussures.

— N'espère pas que je recommence. C'était… exténuant. Un vrai parcours du combattant. J'ai même failli t'acheter de la lingerie sexy à la place, mais l'idée m'a paru un peu égoïste. N'empêche, ç'aurait été plus facile et moins bizarre. Au rayon chaussures, les femmes sont des furies.

— En tout cas, je les adore.

Elle se leva, fit quelques pas tel un mannequin sur un podium. Puis elle pivota et sourit.

— Alors, comment les trouves-tu ?

— Je ne peux pas quitter ton visage des yeux. Tu m'as tellement manqué.

Parker s'approcha de lui et se glissa entre ses bras.

— Toi aussi, murmura-t-elle, tu m'as manqué.

— Tout va s'arranger entre nous, hein ? Je serais vraiment furax si cette histoire avec Artie venait tout gâcher.

— Artie l'Abruti ne va rien gâcher du tout.

Il s'écarta légèrement.

— Artie l'Abruti ?

— C'est le nom qu'on lui donne par ici.

Il s'esclaffa.

— Ça me plaît. J'ai envie d'être avec toi, Parker.

— Tant mieux, puisque tu l'es.

Malcolm appuya le front contre le sien.

— Écoute, je…

Il ne trouvait plus ses mots, ne savait trop comment se comporter.

346

— Disons juste que tu es la première femme à qui j'ai acheté des chaussures. Et la dernière, ajouta-t-il en plongeant le regard au fond du sien.

Elle lui prit le visage entre les mains et l'embrassa.

— Merci, Malcolm, c'est la plus belle déclaration que tu pouvais me faire.

La semaine qui précéda le mariage de Mac et de Carter fut une succession de rendez-vous : manucure, pédicure, soins du visage. Il y eut aussi les invitations acceptées à la dernière minute et le plan de table à revoir en conséquence, sans compter les ultimes essayages, l'arrivée des cadeaux, la mise à jour des coordonnées pour l'envoi des remerciements, les dernières courses et confirmations.

Le tout avec un emploi du temps professionnel par ailleurs bien chargé.

Bref, la folie.

— Comment avons-nous pu croire que décembre serait une bonne idée ? se lamenta Mac, effarée. Nous sommes carrément dépassées par les événements ! Et si on remettait tout au mois prochain ? Nous ne partons en lune de miel qu'en janvier de toute façon. Je me marie demain. Demain !

— Et tout sera parfait, la rassura Parker avec une sombre détermination tout en pianotant sur son ordinateur portable. Ah ! La météo est avec nous ! Légère chute de neige le matin – deux ou trois centimètres – et temps dégagé l'après-midi. Vent faible, autour de zéro degré le soir. Juste ce qu'il nous faut.

— Légère chute de neige ? Mouais. Parfois, c'est ce qu'ils disent, et on se retrouve en plein blizzard...

— Il n'y aura pas de blizzard, déclara Parker d'un ton péremptoire, prête à défier les dieux de la météo. Nous aurons quelques jolis flocons le matin, et un décor de rêve le soir pour un mariage de décembre. Va te préparer pour la répétition.

— Cette répétition me fiche la frousse. Je vais parler d'une voix haut perchée. Je crois que j'ai un bouton en formation au beau milieu du menton. Et je suis sûre de trébucher en remontant la travée. Si Carter trébuche, ce n'est pas grave. Les gens s'y attendent. Mais…

— Ta voix sera normale, tu ne vas pas avoir de bouton, ni trébucher, coupa Parker qui sortit deux Mentos du rouleau – un pour elle, l'autre pour Mac. Je sais ce que je fais, non ?

— Oui, mais je…

— Fais-moi confiance. Ton mariage sera parfait et sublime. Le plus beau jour de ta vie.

— Je suis une enquiquineuse, hein ?

— Non, ma grande, tu es une mariée. À présent va prendre un bon bain chaud. Tu as une heure.

— Carter n'est pas nerveux, fit remarquer Mac, la mine renfrognée. Je pourrais le détester à cause de ça.

Parker se détourna de son ordinateur.

— Mackensie, j'étais dans la cuisine ce matin quand Mme Grady l'a forcé à s'asseoir et à prendre un petit déjeuner. Il a versé du sirop d'érable dans son café.

— Non ? Il est nerveux ! s'écria Mac, ravie. Je me sens déjà mieux. Je veux que lui aussi soit nerveux et qu'il ait les oreilles rouges comme chaque fois, et je veux… Puisque je suis la mariée, ce que je veux passe d'abord, non ?

— Absolument.

— Bien. Alors je veux te remercier pour avoir levé temporairement l'interdiction de séjour de ma mère ici.

— Mac…

— Non, je suis sincère. Laisse-moi juste vider mon sac et ce sera tout.

— D'accord. Vide.

— Sa présence demain compte beaucoup pour moi, même si c'est une emmerdeuse finie.

— Elle n'en demeure pas moins ta mère.

— Oui, et ça aussi, c'est pour le meilleur ou pour le pire. Enfin bref, je sais que tu as eu une conversation avec elle, histoire de mettre les choses au point.

— Très brève, au téléphone. Rien de méchant.

— Brève certes, mais pénible tout de même.

Ce fut au tour de Parker de sourire.

— Pas pour moi. T'a-t-elle fait des misères à ce sujet ?

— Elle a essayé, sans succès. Son pouvoir de nuisance n'est plus ce qu'il était, ce qui l'énerve prodigieusement. J'ai un peu honte, mais ça m'amuse.

— Tu aurais tort de ne pas t'en amuser.

Avec un soupir, Mac joignit les mains sur ses genoux.

— Il n'empêche que je tiens à sa présence parce que je suis bien placée pour savoir que personne ne souhaite avoir de regrets le plus beau jour de sa vie. Et comme mon père n'a pas l'air de pouvoir caser mon mariage entre ses fiestas et sa croisière en Grèce, j'aimerais quand même qu'un de mes parents soit là.

— Même si c'est notre rôle de pourvoir à la logistique, nous savons qu'un mariage ne se résume pas aux lumières, à la musique, au spectacle. Il y a aussi les sentiments. Ta famille sera là, Mac.

Celle-ci serra les mains de Parker entre les siennes.

— Celle qui compte.

— Mieux encore, il y aura Carter.

— C'est vrai. Dieu que j'ai hâte. Je suis nerveuse, mais prête.

— Va donc prendre ce bain. Ça te détendra.

— J'y vais de ce pas, déclara Mac.

Joignant le geste à la parole, elle se leva et se dirigea vers la porte. S'immobilisant un instant, elle se retourna.

— Je l'aime tellement, Parker. Je ne suis pas nerveuse à l'idée de l'épouser. C'est juste le décorum, tu comprends ? J'ai peur d'oublier mon texte, de ne pas arriver au bon moment.

— Fie-toi à moi pour tout cela. Pense juste que tu épouses Carter.

— Ça, c'est dans mes cordes.

Elle courut vers Parker et l'étreignit avec effusion.

— Je t'aime tellement, toi aussi.

Tout en rendant son étreinte à son amie, Parker réussit à sortir un mouchoir qu'elle lui tendit.

— Merci. Je n'ai pas l'intention de pleurer demain, mais ce soir, je ne te raconte pas. Comme une madeleine.

— Bon plan. Assure-toi que ton mascara est waterproof.

Vingt minutes plus tard, Parker se précipita au rez-de-chaussée pour voir où en était Laurel.

Elle s'arrêta net sur le seuil, émerveillée.

— Oh, Laurel…

— Elle exige d'être appelée Super Laurel, lui fit savoir Del, qui, perché sur un tabouret, était occupé à manger un cookie.

— Comment lui en vouloir ? Elle est bel et bien Super Laurel. C'est la pièce montée la plus sublime jamais créée.

— Je n'ai pas encore fini, marmonna Laurel qui continua de disposer des fleurs en sucre.

— Le gâteau de Carter l'est, dit Del, désignant du pouce la nouvelle annexe qui jouxtait la cuisine de Laurel.

Parker s'y rendit et ouvrit la chambre froide.

— J'adore ! s'écria-t-elle. C'est encore plus beau que sur le dessin. Le livre ouvert, la scène de *Comme il vous plaira*. C'est bluffant : on jurerait pouvoir tourner la page.

— Essaie et tu meurs, bougonna Laurel qui fit rouler ses épaules endolories.

Elle jeta un coup d'œil à Parker qui revenait.

— Par pitié, ne pleure pas ! l'implora-t-elle.

— Je suis à la lettre le plan de Mac, répondit Parker qui sortit son paquet de mouchoirs. Pleurer ce soir, garder l'œil sec demain. J'ai du gel décongestionnant au frigo, afin d'éviter les yeux bouffis demain.

— Dieu merci, ironisa Del. J'avais vraiment peur d'avoir les yeux bouffis.

— Ton cookie et toi, allez donc voir où en est Carter, ordonna Parker. Préviens aussi Emma qu'elle n'a pas intérêt à être en retard. Demande à Jack de la traîner de force si nécessaire.

— À vos ordres, chef. Je suis de trop, j'ai compris.

— Je pensais te laisser me rejoindre dans ma chambre cette nuit, mais tu ne m'as pas acheté des chaussures fabuleuses, toi, fit remarquer Laurel.

— Malcolm va payer pour avoir mis la pression sur ses petits camarades.

Une fois qu'elles furent seules, Laurel regarda avec envie les escarpins de Parker.

— Ces chaussures sont vraiment superbes. Tout va bien ?

— On ne peut mieux. J'ai regardé la météo pour demain, et...

— Je ne parle pas du mariage de Mac, pour changer, mais de Malcolm et toi.

— Tout va bien aussi, assura Parker.

Elle sortit une bouteille d'eau du réfrigérateur, pivota, et soupira en croisant le regard inquisiteur de son amie.

— Non, il n'a pas reparlé de mon « je t'aime », pas plus que moi d'ailleurs. Et non, il ne m'a pas dit le mot magique. Mais ça me va.

— Menteuse.

351

— J'essaie de faire en sorte que si, et la plupart du temps j'y parviens. De toute façon, il y a trop à faire pour y penser maintenant, argumenta-t-elle, lissant le chignon banane qu'elle avait choisi pour la répétition. Concentrons-nous plutôt sur Mac et Carter.

— D'accord. Où est notre mariée rougissante ?

— Elle prend un bain pour se calmer les nerfs. Il va falloir qu'elle songe à s'habiller, réalisa Parker en consultant sa montre. Nous commençons dans…

— Détends-toi, Parker. Le dîner a lieu ici. Tu peux être plus cool sur le timing pour une fois, du moins un peu. Sait-elle que Linda ne vient pas ce soir ?

— Oui. Et je pense qu'elle est soulagée. Elle est contente que sa mère assiste au mariage, mais demain sera bien assez tôt.

— Et en ce qui concerne…

Laurel s'interrompit à l'arrivée de Malcolm.

— Je fais un petit trente-neuf, comme Parker, lui lança-t-elle. Juste au cas où.

— Je n'achète des chaussures qu'aux femmes avec qui je couche, rétorqua-t-il avant de s'emparer d'un cookie. Et si je couchais avec toi, Del serait furax.

— Il a l'esprit si étroit.

— As-tu… commença Parker.

— Colis récupéré et livré chez Carter, conformément aux instructions.

Elle sentit le poids qui pesait sur ses épaules s'alléger considérablement.

— Merci. Merci mille fois.

Elle prit le visage de Malcolm entre ses mains et l'embrassa.

Laurel s'écarta de la pièce montée.

— Il est là, fit-elle. Tu as réussi.

La main calée sur la hanche, Parker prit la pose.

— Tu en doutais ?

— J'ai tellement honte. Tu peux te faire appeler Super Parker si tu veux. Bon, je dois aller me rafraîchir et changer de chaussures. Qui ne sont pas aussi belles que celles-ci, malheureusement, ajouta-t-elle avec un nouveau regard envieux sur les escarpins de son amie. J'en profiterai pour passer voir où en est Mac. Beau boulot, ma vieille.

Sans crier gare, elle empoigna la tête de son amie et lui plaqua un vigoureux baiser sur la bouche.

— Eh, vous pourriez recommencer ? demanda Malcolm. Au ralenti ?

— Espèce de pervers, bougonna Laurel, mais ses yeux étaient embués tandis qu'elle se tournait vers Malcolm qui eut droit au même traitement. Mac n'arrêtait pas de répéter que ce n'était pas grave, mais ça l'était, dit-elle en reniflant, avant de sourire à Parker. On le savait bien. À tout à l'heure.

— Tout le monde évacue le trop-plein d'émotion ce soir, on dirait, commenta Parker.

— J'ai moi-même du mal à retenir mes larmes, plaisanta Malcolm.

Elle lui planta l'index dans le ventre.

— Très drôle. Bon, je dois encore parler aux traiteurs, vérifier le salon d'honneur, les tables du dîner et...

Il prit un autre cookie et lui emboîta le pas.

Avant un événement, il y avait toujours de la fébrilité dans l'air, mais pas à ce point. La photographe engagée par Mac était déjà au travail avec son assistante, mitraillant la famille de Carter qui venait d'arriver. Déjà, le volume sonore commençait à augmenter.

Malcolm observait Parker de loin tandis qu'elle offrait des rafraîchissements, s'accroupissait pour parler aux enfants. En peu de temps, le vestibule et le salon

353

vibrèrent du brouhaha des conversations et de l'animation joyeuse.

Il goûta le champagne, vit Parker bavarder avec le colis qu'il était allé chercher à l'aéroport. Il s'avançait vers eux quand Mac dévala l'escalier.

— Je ne suis pas en retard ! s'exclama-t-elle, hilare, cherchant Carter du regard. Je voulais juste…

Soudain, elle se pétrifia, et au choc qui se peignit sur son visage, Malcolm se demanda une seconde si Parker n'avait pas commis une erreur.

Puis ses yeux se remplirent de larmes.

— Papa ?

Le fringant Geoffrey Elliot – aussi séduisant qu'il avait été absent de la vie de Mac – s'avança au pied des marches et lui ouvrit les bras.

— Ma chérie !

Elle s'y précipita et blottit le visage au creux de son épaule.

— Je croyais que tu ne pouvais pas venir.

— Comme si j'allais rater le mariage de ma petite fille.

Il la tint à bout de bras, puis plaqua un baiser sonore sur chacune de ses joues mouillées de larmes.

— Et regarde comme tu es jolie !

Mac s'écarta légèrement de son père et chercha Parker du regard. Refoulant ses larmes d'un battement de paupières, elle articula en silence « merci ».

Pas d'erreur, conclut Malcolm. Il attrapa une seconde coupe sur un plateau et la porta à Parker.

— Bien joué, Belles Gambettes.

Elle s'empara du champagne, et sortit un mouchoir de sa poche pour se tamponner les yeux.

— C'est mon métier.

20

Il neigeait, et le parc revêtu de blanc était magnifique. À midi, Parker avait déjà fait dégager le parking et les allées. La mariée était étendue à l'étage, savourant le massage aux pierres chaudes offert par ses amies.

À la tombée de la nuit, des kilomètres de lumignons scintilleraient à l'extérieur et sur la petite forêt de pins miniatures bordant l'allée dans leurs jolis pots argentés. Des bougies brilleraient à toutes les fenêtres décorées de couronnes de fleurs aux teintes chaudes et de longs rubans blancs.

Emma s'était surpassée, et la neige ajoutait à ce décor hivernal une touche de féerie qui ne manquerait pas d'impressionner les invités avant qu'ils ne franchissent l'imposant portique orné de part et d'autre du perron d'élégantes compositions de poinsettias blancs. Ils seraient ensuite éblouis par les trésors d'inventivité déployés dans le vestibule et l'escalier, puis pénétreraient enfin dans le salon d'honneur dont la large entrée était flanquée d'imposants cierges ivoire disposés par groupes de trois au cœur d'une profusion de fleurs aux couleurs flamboyantes.

Parker s'affaira toute la matinée tel un général en campagne à la veille de la bataille la plus importante de sa carrière. En chaussures de sport, elle filait de pièce en pièce, distribuant au passage félicitations, encouragements et ultimes instructions.

Del l'arrêta en pleine course.

— Tu vas t'épuiser avant le début des hostilités. Fais donc une pause. Je croyais que Monica était censée te remplacer aujourd'hui.

— Elle doit arriver avec Susan d'ici une demi-heure. Où en est Carter ?

— Tout est en ordre, mon général.

— Sérieusement, Del, il n'a besoin de rien ? Si vous avez passé la moitié de la nuit à picoler et à jouer au poker...

— On l'a gentiment bordé dans son lit à minuit et demi, conformément aux instructions. Avec les autres, on a passé la moitié de la nuit à picoler et à jouer au poker.

Parker l'examina avec attention, et constata qu'il avait le regard vif et reposé.

— Bien. Va le voir. Je ne veux pas de lui ici avant 15 h 30.

— Son témoin contrôle la situation. Bob est aussi atteint que toi côté listes et horaires. Il passera au studio chercher notre marié à 15 h 15 précises.

— Alors rends-toi utile. L'équipe d'Emma travaille dans le solarium avec une autre équipe chargée de dresser les tables du dîner.

— Jack est avec Emma.

— Jack est ici ? Et Malcolm ?

— Il est avec Carter. On s'est dit qu'il lui fallait un gardien, au cas où il voudrait prendre ses jambes à son cou.

— Très drôle. Mais c'est une bonne idée de lui tenir compagnie. J'allais passer le voir, mais puisque Malcolm est avec lui, je vais rejoindre Mac. Préviens Laurel

356

qu'il lui reste encore une heure vingt avant de monter dans la suite de la mariée.

— Si elle est occupée, elle risque de m'agresser avec un emporte-pièce.

— C'est un risque à courir.

Affalé dans un fauteuil avec un Coca et un sachet de chips, Malcolm suivait une course de motos à la télé.

Carter, lui, tournait et virait comme un lion en cage. De temps à autre, il jetait un coup d'œil au téléviseur, puis recommençait son manège.

— On a des doutes, prof ? J'ai ordre de te ligoter si tu tentes de t'enfuir.

— Quoi ? fit Carter. Non, bien sûr que non, se récria-t-il avec un rire forcé. Il n'est vraiment que 13 h 30 ? ajouta-t-il en consultant sa montre. La pile est peut-être morte. Tu as quelle heure ?

Malcolm lui montra son poignet nu.

— L'heure de te détendre, mon pote. Tu veux une goutte d'un truc fort ?

— Non, non. Peut-être. Non. C'est juste que j'ai l'impression d'être dans une autre dimension où cinq minutes équivalent à une heure et demie. On aurait dû opter pour l'après-midi. À cette heure-ci, je serais déjà marié.

— Tu es si pressé que ça ?

— Il faut croire que oui, répondit Carter, le regard perdu dans le vague. Quand tu as le bonheur de trouver une femme que tu aimes, et qui t'aime en retour, qui t'accepte tel que tu es, avec tes faiblesses et tes défauts, tu as l'impression d'être une personne meilleure et toute ta vie prend soudain un sens. Alors il faudrait être fou pour ne pas avoir envie de passer le restant de tes jours auprès d'elle.

Il se tut avec un sourire penaud.

— Désolé, je radote.

— Mais non, assura Malcolm avec une soudaine gravité. C'est génial, ce qui t'arrive, Carter. Tu es un sacré veinard.

— Le plus heureux de la terre.

Malcolm éteignit le téléviseur.

— Tu as des cartes ? On va voir si tu as autant de veine au gin-rami.

— D'accord, répondit Carter qui jeta un nouveau coup d'œil à sa montre. 13 h 35 ? Seulement ?

Mac franchit le seuil de la suite de la mariée, s'arrêta et entama une petite gigue.

— Aujourd'hui, c'est mon tour ! Le champagne, les fruits, les bougies, les fleurs. Oh, Emma, ces fleurs !

— Nos mariées méritent le meilleur, tel est le credo de *Vœux de Bonheur*.

— D'abord le champagne, décréta Laurel qui traversa la pièce pour le servir.

— Une demi-coupe pour moi, intervint Parker. J'ai encore quelques...

Mac lui prit les mains.

— Pas question ! À partir de maintenant et jusqu'à la dernière danse, tu es mon amie et l'une de mes merveilleuses demoiselles d'honneur, aussi superbes qu'indispensables. Monica prendra le reste en charge. J'ai besoin de t'avoir auprès de moi. Et chez *Vœux de Bonheur*, c'est la mariée qui décide.

— D'accord, acquiesça Parker. Remplis à ras bord, Laurel.

— Karen, peut-être pourriez-vous prendre un plan large de...

Parker agita l'index sous le nez de Mac.

— Non, non. Si je suis ta demoiselle d'honneur, tu es la mariée, point final. Pas la photographe.

— On s'occupe de tout, Mac, assura Karen avec un clin d'œil avant de changer d'objectif.

— Je sais, désolée, soupira Mac avant de s'emparer de la coupe que Laurel lui tendait. Au mariage ! Cette fois, c'est pour de vrai.

Après la première gorgée, elle leva la main.

— Encore une chose, parce que je crains d'oublier plus tard. Emma, merci pour ce décor de rêve. Laurel, merci pour la pièce montée la plus spectaculaire que j'aie jamais vue. Et Parker, pour tous les détails, les petits comme les gros, merci, merci de tout cœur. Mais surtout, merci à vous d'être mes meilleures amies.

— Arrête maintenant. Et bois, ordonna Laurel qui battait des paupières. Pas de pleurs aujourd'hui, on a dit.

— Peut-être juste un peu. Nous ne sommes pas encore maquillées.

Tandis qu'Emma passait le bras autour des épaules de Mac, Parker fit la distribution de mouchoirs.

Quelques instants plus tard, la porte s'ouvrit et Mme Grady fit son apparition, tout sourire.

— La coiffeuse et la visagiste arrivent.

— C'est bon, on sèche ses larmes, ordonna Parker. Au travail.

Elle avait toujours adoré ce moment, même si elle ne faisait que passer en fonction des besoins. Aujourd'hui, c'était elle qui se trouvait entre les mains de la coiffeuse, sa coupe de champagne à la main, et regardait la visagiste s'occuper de Mac.

Une perspective inédite.

Elle savoura le passage de la mère de Carter qui resta bavarder et rire – pleurer un peu aussi – quelques instants en leur compagnie, ainsi que l'efficacité des interventions de Monica et de Susan. Elle se força à ne pas se lever lorsque Monica annonça l'arrivée du marié et de sa suite, et se cala dans son fauteuil, se persuadant que tout se déroulerait selon le plan prévu.

Ce qui fut le cas.

Les trois demoiselles d'honneur enfilèrent leur robe dans les temps. Mac avait eu raison pour les tons, jugea Parker. Le rouge citrouille foncé conférait de l'éclat au teint laiteux de Laurel, tandis que le brun roux rehaussait la beauté mate d'Emma. Quant au vieil or, il lui convenait à merveille.

Ensemble, elles évoquaient un bouquet de fleurs d'automne.

— On en jette, commenta Laurel.

— Vous êtes extraordinaires, approuva Mac qui, en corset et jarretelles, remua l'index afin qu'elles tournent sur elles-mêmes. Extraordinaire, c'est le mot. Oh, et regardez-vous, madame Grady !

— Pas mal pour une vieille, fit celle-ci qui pivota dans sa robe bleu de nuit.

— À ton tour, Mac, annonça Parker.

— Mince alors, ça y est !

Elles aidèrent leur amie à enfiler sa robe, lissèrent le jupon d'organza, puis agrafèrent le dos au décolleté vertigineux qui se prolongeait par une amusante traîne à ruches.

Avec émotion, Parker la regarda se métamorphoser devant la psyché.

Mme Grady s'avança pour lui tendre les boucles d'oreilles en diamant que Carter lui avait offertes.

— Tiens, dit-elle. Ma petite Mackensie, ma rouquine maigrichonne, tu es la plus belle de toutes les mariées qui sont passées dans cette pièce.

— Je suis touchée, madame Grady. Pourriez-vous m'aider avec le diadème ? s'enquit Mac en penchant la tête.

Couronner la mariée était un plaisir réservé à la mère, songea Parker, tandis que Mlle Grady glissa

360

avec précaution le bandeau scintillant dans la chevelure flamboyante de Mac.

— Tu avais raison, Emma. Il lui va à merveille, commenta la gouvernante qui recula d'un pas pour juger de l'effet, et se tamponna les yeux. C'est bon, tu feras l'affaire.

— Pas encore tout à fait, intervint Parker qui ouvrit l'un des tiroirs de la petite commode et en sortit un écrin. Je sais que tu avais autre chose en tête pour l'objet emprunté, mais j'aimerais que tu portes ceci.

Elle ouvrit l'écrin et souleva entre ses doigts une délicate rivière de diamants à trois rangs d'une élégante finesse.

— Parker, murmura Mac, d'une voix sans timbre, c'est le collier de ta mère.

— Mon père le lui a offert pour leur anniversaire de mariage. Je sais qu'ils auraient aimé que tu le portes aujourd'hui. Et pour moi, c'est un peu comme s'ils étaient là avec nous. Ils t'aimaient.

— Mon Dieu…

— On ne pleure pas, ordonna Parker.

— Tu ne me rends pas la tâche facile. J'adorerais le porter, j'adorerais…

Sa voix se brisa, et elle secoua la tête.

— Je me tais ou je vais craquer.

Parker fixa la rivière de diamants autour de son cou.

— Elle te va à la perfection, souffla-t-elle.

— Je suis heureuse qu'ils soient avec nous aujourd'hui, murmura Mac en portant la main au précieux bijou.

Sur ces entrefaites, Monica entra.

— Oh, Mac, vous êtes éblouissante ! s'exclama-t-elle. Carter va avoir besoin d'oxygène en vous voyant. Vous aussi peut-être. Il est beau comme un dieu. Karen, enchaîna-t-elle, je voulais vous prévenir, vous pouvez commencer les portraits. Y a-t-il quelque chose que je puisse faire pour vous ?

— Ma mère est-elle arrivée ? s'enquit Mac.

— Pas encore.

— C'est sans doute aussi bien. Très bien, Karen, je suis à vous.

— Je vais prendre quelques photos ici, puis sur la terrasse. Et avec le bouquet avant d'ajouter vos demoiselles d'honneur.

— Les fleurs seront ici quand tu seras prête, l'avertit Emma.

— Laurel, je vais voir où en sont les garçons, chuchota Parker. Ne commencez pas sans moi.

— Je m'étonne que tu aies tenu si longtemps. File.

Parker souleva le bas de sa robe et fonça jusqu'à la suite du marié. Après avoir frappé brièvement à la porte, elle l'ouvrit.

— Attention, fille en vue !

— C'est bon, lui cria Del.

Elle entra. Monica avait raison.

— Carter, tu es à couper le souffle.

Et adorable quand ses oreilles s'empourpraient.

— Vous êtes tous superbes, poursuivit-elle. Je voulais juste...

Comme Jack se déplaçait pour ajuster sa cravate devant le miroir, elle découvrit Malcolm, en jean et sweat-shirt, une bière à la main.

— J'ignorais que tu étais là, fit-elle. Tu traînes avec les garçons ?

— Quoi ? Euh... Oui, c'est ça.

Il avait les yeux un peu vitreux, et elle allait lui suggérer d'y aller mollo sur la bière quand il posa la bouteille.

— Karen commence les portraits de notre côté, alors soyez prêts d'ici un petit quart d'heure. Carter, tu vas avoir besoin de ton père. Je t'enverrai ta mère le moment venu. Oh, et aussi…

— Dehors, coupa Del qui l'entraîna jusqu'à la porte. Aujourd'hui, tu es demoiselle d'honneur, pas organisatrice de mariages.

— C'est ce que tout le monde ne cesse de me dire, se plaignit-elle. Bon, eh bien, à tout à l'heure en bas. Malcolm, j'espère que tu as apporté un costume.

— Pour qui tu me prends ? J'ai encore tout le temps.

— Sinon, on le jettera dehors, plaisanta Jack. Tu es classe, Parker. Drôlement classe.

Elle pivota sur elle-même en riant.

— N'est-ce pas ?

— Surtout, ne vous inquiétez pas, intervint Bob, le collègue et témoin de Carter, qui brandit un ordinateur portable. J'ai tout noté là-dedans. Le déroulement des opérations dans les moindres détails. Et j'ai appris le serment par cœur au cas où il aurait besoin d'un souffleur.

— Vous êtes adorable, Bob.

Parker attendit d'être à l'autre bout du couloir pour s'esclaffer.

— Tu arrives au bon moment, lui dit Emma.

— Je ne me suis pas absentée si longtemps…

— Pour le bouquet. Je voulais qu'on soit là toutes les quatre, expliqua Emma qui sortit les fleurs de leur boîte. Mac, la touche finale.

— Emma, c'est une véritable merveille ! s'exclama celle-ci.

Éblouie, elle prit des mains de son amie l'impressionnante cascade de roses et de lis aux couleurs profondes et audacieuses ornée de perles de verre qui scintillaient discrètement.

— Il est tout simplement…

Mac observa le bouquet de plus près, puis leva un regard étonné vers Emma.

— Le papillon bleu. Il y a un papillon bleu au milieu des fleurs.

— C'est un symbole de chance. Et d'amour.

— Tu ne m'en avais pas parlé, dit Laurel qui s'approcha pour jeter un coup d'œil. Emma, espèce de nunuche sentimentale. Il est absolument génial.

— Carter en a un aussi – un tout petit, à la boutonnière.

— Autant l'avouer, j'en ai caché aussi un sur la pièce montée – comme dans le jeu « Où est Charlie ? ».

Au bord des larmes, Mac éclata de rire.

— Laurel, espèce de nunuche sentimentale !

— Avec celui que Parker a cousu sur la jarretière bleue de Mac, ça fait trois, conclut Emma en s'emparant des autres bouquets qui attendaient sur la table.

— Et moi qui pensais que cette journée ne pouvait pas être plus fabuleuse que…

À cet instant, la porte s'ouvrit pour ainsi dire à la volée, et la mère de Mac fit son entrée dans un tailleur rouge vermillon outrageusement décolleté.

— Comme elles sont toutes… charmantes, déclarat-elle. Intéressantes, ces couleurs. J'ai laissé Ari en bas. Il fallait à tout prix que je fasse un saut…

Son sourire affecté s'évanouit à la seconde où son regard tomba sur Mac. Parker eut la satisfaction ô combien jouissive de voir une expression de stupéfaction incrédule se peindre sur les traits de Linda.

« Eh oui, espèce de pimbêche égoïste, ta fille est spectaculaire, se dit-elle. Et rien de ce que tu pourras dire ou faire ne viendra gâcher une seule seconde de son grand jour. »

— Mackensie, tu es ravissante. Vraiment. Oh, ma petite fille se marie !

Les bras tendus, elle se précipita vers Mac et l'étreignit.

— Jamais je n'aurais pensé voir ce jour.

Par-dessus l'épaule de Linda, Mac leva les yeux au ciel avec un sourire.

« Non, pas une seule seconde gâchée », songea Parker qui lui sourit en retour.

Malcolm faisait les cent pas devant la suite de la mariée. Quand allait-elle enfin se décider à sortir ? S'il avait eu une montre, il aurait été tenté de tapoter le boîtier pour s'assurer qu'elle fonctionnait.

Qu'est-ce qui pouvait leur prendre tant de temps là-dedans ?

La porte finit par s'ouvrir et la petite troupe en sortit dans un tourbillon de couleurs et de parfums. Il se tint à l'écart, prêt à bondir dès qu'il apercevrait Parker.

Bien entendu, elle était en conciliabule avec sa remplaçante du jour.

— Salut.

Elle regarda par-dessus son épaule, et inclina la tête, l'air surpris, puis se replongea une bonne minute dans sa conversation – histoire sans doute de vérifier une dernière fois ce qu'elle avait déjà passé cinq fois en revue – avant de s'avancer vers lui dans sa robe vaporeuse tout droit sortie d'un rêve.

— Pourquoi n'es-tu pas en bas ? s'étonna-t-elle. Tu devrais déjà être assis. Nous allons bientôt…

— Il faut que je te parle une minute. Enfin, plusieurs.

— Impossible, Malcolm. Le mariage. Pas maintenant. Ô mon Dieu ! Il y a un problème ? Je savais bien que j'aurais dû descendre vérifier le…

— Il n'y a pas de problème. Tout va très bien. C'est parti pour être le mariage du siècle. Écoute, ça peut attendre.

— Va vite rejoindre ta place.

Elle lui effleura la joue d'un baiser, puis pivota quand Mac apparut.

— C'est bon, je suis gonflée à bloc. Malcolm ? fit celle-ci. Pourquoi n'es-tu pas en bas ?

— J'y vais. Dis donc, tu es sensationnelle. Vraiment sensationnelle. Carter va en avaler sa langue.

— Je me marie ! s'exclama Mac avec un sourire plus étincelant encore que les diamants à son cou.

— À plus tard, madame Maguire.

— Mme Maguire ! C'est complètement dingue !

Et elle sautilla sur place malgré ses hauts talons scintillants avant d'entraîner Parker dans le couloir.

— Allons-y !

Parker adressa un sourire à Malcolm, puis prodigua ses ultimes conseils à son amie.

— Souviens-toi, menton levé et tu souris. Prends ton temps, c'est ton grand moment. Nous allons descendre par ordre alphabétique comme convenu, après la nièce et le neveu de Carter.

— Ils sont adorables, non ?

— À croquer. Quand ce sera à toi, rappelle-toi de compter jusqu'à cinq, le temps que tous les regards se tournent vers toi. Et ensuite...

— Ne t'inquiète pas, tout va bien se passer. Je n'y crois pas, mon père est au bas des marches, et c'est lui qui va me conduire à l'autel, se réjouit Mac, ses beaux yeux verts brillant de bonheur. Tu ne m'avoueras sans doute jamais comment tu as réussi à le convaincre de venir, mais il est là, et c'est ce qui compte – plus que je ne l'avais réalisé. Mais comme tu l'as dit hier, le plus important, c'est Carter qui m'attend. J'en ai les genoux qui flageolent. Je ne suis pas nerveuse, c'est de l'excitation pure. Le bonheur total !

En haut de l'escalier, Emma, Laurel et Parker ajustèrent la traîne. L'une d'elles tendit son bouquet à Mac, puis elles attendirent ensemble, comme jadis les quatre fillettes souriant devant un papillon bleu.

— On escorte la mère du marié, murmura Parker.

— Tu as une oreillette ? demanda Laurel.

— Non, je le sais, c'est tout. Carter et Bob sont devant la cheminée. Les parents du marié prennent place. Et maintenant, Linda. Je sais que tu as la pêche, Mac, mais fais quand même un petit exercice de respiration. On escorte la mère de la mariée, annonça-t-elle, parlant de Mme Grady, et Mac lui pressa les doigts. Changement de musique. C'est au tour des enfants.

Elle jeta un coup d'œil en bas au moment où Monica leur donnait le signal du départ.

— Oh, ils sont vraiment trop mignons ! commenta-t-elle.

— Karen prend les photos, n'est-ce pas ? fit Mac.

— Chut, arrête. Emma, à toi.

— Me voilà.

— Cinq, quatre, trois, deux. Et Laurel.

— Ça roule.

Parker serra la main de Mac.

— Le grand jour est arrivé, lui souffla-t-elle, puis elle commença à descendre les marches.

Elle oublia toute appréhension à la seconde où elle découvrit la salle pleine d'invités, de fleurs, de lumières. Où elle vit Carter qui semblait l'homme le plus heureux du monde. Elle glissa un regard à Malcolm, fut surprise par l'intensité de son regard, puis alla prendre place avec ses amies.

Nouveau changement de musique. Tout le monde se leva.

Et Mac apparut, telle une princesse de conte de fées. Elle s'avança, radieuse au bras de son père, se déplaçant avec tant de grâce et de légèreté qu'elle semblait

367

flotter. À son cou, les diamants de la mère de Parker brillaient de mille feux.

Devant l'autel, Mac embrassa son père sur la joue avant de rejoindre Carter qui lui tendait déjà les mains. Elle s'en empara, l'attira à elle, et le gratifia d'un baiser langoureux.

— Je n'ai pas pu attendre, dit-elle ensuite, assez fort pour que tout le monde entende.

Et des rires joyeux firent écho à leur bonheur.

Impossible d'être seul avec Parker. Les photos, le dîner, des gens dans tous les coins. Quelle plaie.

Sa mère lui donna un petit coup de pied sous la table.

— Qu'est-ce qui t'arrive ? s'inquiéta-t-elle. Tu es fébrile.

— Tout va bien. J'ai juste hâte d'enlever ce stupide costume.

— Mange, lui ordonna-t-elle avant de se détourner pour parler au père d'Emma et – ouf ! – de le lâcher un peu.

Il tenta d'approcher Parker à la fin du repas, mais les proches furent poussés dans une direction et les invités dans une autre.

Dans la salle de bal, Mac et Carter s'avancèrent sur la piste pour la première danse. Tandis qu'il les regardait, Malcolm réalisa qu'il avait mal choisi son moment. Très mal choisi. C'était leur journée. Le reste pouvait attendre.

Il se prit une bière et s'ordonna de se détendre.

— Top, la fête, hein ?

Jack se laissa choir à côté de lui. Malcolm choqua son verre contre le sien.

— Tu es le suivant sur la liste, vieux.

— J'ai hâte.

Malcolm inclina la tête et le dévisagea, un peu étonné par sa gravité.

— Qui l'eût cru ? reprit Jack. La belle fête, c'est un plus, mais c'est le reste que j'attends. Ma vie avec Emma. Emma, c'est… c'est Emma, conclut-il. Et ça me suffit. Bon, je vais aller la retrouver pour danser. Tu devrais inviter Parker.

— Ouais, je devrais.

Il attendit encore un moment, puis se leva et se fraya un chemin entre les tables et les invités. La musique rythmée attirait une foule de danseurs sur la piste. Il s'arrêta un moment pour contempler le spectacle, et fut bientôt rejoint par Del.

— Je vais chercher du champagne pour ma future épouse, fit ce dernier. Tu as vu Bob ? C'est un furieux sur la piste.

— On ne peut pas le rater.

— Quelle magnifique journée, dit Del en posant la main sur l'épaule de Malcolm.

Tandis que tous deux observaient Bob, un sourire amusé aux lèvres, Del reprit :

— Je sais qu'ils vivent déjà ensemble – Mac et Carter –, mais là, c'est quand même un tournant.

— Un tournant ?

— Le mariage donne davantage d'assise, de réalité à une relation. J'ai assisté à quantité de mariages, mais je ne pense pas avoir vraiment compris avant Laurel. Enfin bref, si tu cherches Parker, elle est par là.

— Merci.

Tant pis pour le mauvais timing, décida Malcolm qui partit à sa recherche. Il la repéra sur la piste, dansant avec Laurel. À la fin du morceau, elles vinrent vers lui, bras dessus, bras dessous.

— Comment se fait-il que des filles puissent danser ensemble, alors que si ce sont des mecs, ils ont l'air stupides ?

— C'est ce que vous croyez, c'est tout, répliqua Laurel. Tu as vu Del ?

— Il est parti te chercher...

Il mima quelqu'un qui boit.

— Je vais le retrouver. Ça réduira l'attente. Champagne, toi aussi ? demanda-t-elle à Parker.

— Je veux bien.

Quand ils furent seuls – façon de parler –, Malcolm lui prit le bras.

— Si on sortait une minute ? J'ai quelque chose à...

— Parker !

Une coupe à la main, Linda s'approcha en ondulant.

— Vous nous avez organisé une charmante cérémonie. Vous avez dû travailler nuit et jour pendant des semaines pour y parvenir. Pas étonnant que vous ayez une petite mine.

— Vous trouvez ? fit Parker avec une politesse glaciale. Ce doit être l'éclairage. Je me disais justement que dans cette lumière cette nuance de rouge vous donnait un teint cireux. Malcolm, tu as déjà rencontré la mère de Mac, n'est-ce pas ?

— En effet. Comment allez-vous ?

Linda rejeta son abondante crinière blonde en arrière et braqua sur lui ses yeux bleus de prédatrice.

— Très bien, merci. Nous nous sommes rencontrés, dites-vous ? J'ai du mal à le croire, je n'oublie jamais un bel homme, susurra-t-elle en lui tendant la main d'un geste maniéré. Quand était-ce donc ?

— La fois où vous m'avez proposé une pipe.

À côté de lui, Parker faillit s'étrangler. Linda eut un haut-le-corps et lui décocha un regard fielleux.

— Vous devriez faire davantage attention aux gens que vous invitez.

— Je ne vous le fais pas dire. C'est la dernière fois pour vous. Profitez-en. Viens, Malcolm, j'ai très envie de danser avec toi au mariage de mon amie.

Elle l'attira sur la piste, se glissa entre ses bras, le corps secoué de rire.

— C'est la meilleure de l'année ! La tête qu'elle faisait ! Écoute, tu mérites une récompense. C'était...

S'interrompant, elle lui prit le visage avec ses mains en coupe et l'embrassa jusqu'à ce qu'il en ait la tête qui tourne.

— Viens.

Il l'entraîna à sa suite.

— Mais j'ai envie de...

— Cinq minutes, bordel.

Il y avait des gens partout, découvrit-il. Ignorant ses protestations, il lui fit descendre l'escalier de service avec dans l'idée d'aller à son appartement avant de se rabattre sur la salle de gym. Là au moins personne ne viendrait les déranger.

— Qu'est-ce qui t'arrive, enfin ?

— Écoute-moi, c'est tout, répondit-il.

— Je t'écoute.

Il inspira un grand coup.

— Oui, tu m'écoutes, et c'est comme ça que je finis par te raconter des trucs que je n'ai jamais eu l'intention de raconter à personne.

— Malcolm, tu as beaucoup bu ?

— Sans doute pas assez pour ce que j'ai à dire. Je n'ai jamais voulu en arriver là. Avec personne. C'est juste que je ne me trouvais pas très doué pour ça – et pour moi, c'est important d'être doué dans ce que je fais.

Il se détourna, et se mit à arpenter la pièce, s'efforçant de se ressaisir.

— J'aimerais que tu me dises ce qui ne va pas, murmura-t-elle.

— Je n'ai pas dit que quelque chose n'allait pas. C'est juste que...

Il s'immobilisa et la fixa.

371

— Ça n'a jamais été censé être toi, ça, c'est sûr.

— De quoi parles-tu donc ?

— Tu as dit que tu m'aimais.

— Ainsi tu m'as entendue.

Parker alla prendre une petite bouteille d'eau dans le minibar.

— Évidemment. Je ne suis pas sourd.

— Tu as juste choisi de m'ignorer.

— Non. J'étais complètement sidéré. Jamais je n'avais imaginé que les sentiments que j'éprouvais pour toi étaient réciproques.

Elle abaissa sa bouteille et son regard revint lentement vers lui.

— Et quels sentiments éprouves-tu pour moi ?

— Euh... Comment disait Carter déjà ? Lui sait trouver les mots.

— Je me moque des mots de Carter. Je ne suis pas amoureuse de Carter.

— Quelque part, je me dis que tu dois être la raison pour laquelle je ne suis pas mort. Pour laquelle je suis ici. Je me dis...

Il se tut, et jura entre ses dents tandis qu'elle restait là à le regarder, belle, parfaite, radieuse.

— Écoute, désolé si c'est de Carter... mais quand tu aimes quelqu'un et qu'il t'aime en retour malgré tes défauts et tout ça, ta vie entière prend soudain un sens. Ma vie entière a pris un sens, Parker, c'est aussi simple que ça.

Elle posa la bouteille sur le banc de musculation.

— Ce moment, je l'ai toujours imaginé très différent de ceci, commença-t-elle...

Une ombre d'agacement passa sur le visage de Malcolm.

— Je n'ai pas prévu de poème ou de clair de lune. Et alors ? Je suis quand même en costume.

Parker fut obligée de rire.

— Je suis si heureuse qu'il se produise exactement de cette façon, avec toi, ici et maintenant, assura-t-elle avant de s'avancer vers lui.

— Je n'ai pas fini.

Elle s'arrêta net.

— Ah. Désolée.

Il parut prendre son courage à deux mains.

— Bon. Il faut qu'on le fasse.

Elle ouvrit de grands yeux interloqués.

— Pardon ?

Malcolm se détendit comme par enchantement. Il *adorait* sa façon de prononcer ce mot.

— Bon sang, Belles Gambettes, arrête de penser au sexe deux minutes ou je vais croire que tu es obsédée. Je veux dire, il faut qu'on...

Il décrivit des cercles avec l'index en indiquant le plafond.

— Désolée, ton code est si ingénieux que je ne parviens pas à le déchiffrer.

— Il faut qu'on se marie.

— Il...

Parker recula de quelques pas et se laissa choir sur le banc de musculation, à côté de la bouteille d'eau.

— Écoute, si tu me connais et m'aimes de toute façon, tu sais que je ne vais pas m'agenouiller pour te réciter un truc écrit par un type mort depuis deux cents ans.

Il s'approcha d'elle, la fit se lever.

— Je pourrais sans doute faire mieux. Je connais ton mode de fonctionnement désormais. Il ne s'agit pas seulement des détails, mais de ce qu'ils apportent – la fête là-haut est magnifique, mais c'est ce qui vient ensuite qui compte. Toi, tu veux ce qui compte.

— Tu as raison, répondit-elle posément. C'est mon mode de fonctionnement. Mais il n'est pas juste question de ce que je veux.

— Si c'est la totale que tu veux, du genre à la vie, à la mort, alors regarde-moi bien. Personne ne t'aimera, ne te soutiendra, ne te comprendra jamais comme moi. Personne, Parker.

Comme ses mains menaçaient de trembler, elle les posa sur le visage de Malcolm et plongea son regard dans le sien.

— Dis-moi ce que tu veux.

Il lui prit les poignets, puis entrelaça ses doigts aux siens.

— Je veux passer ma vie avec toi, Parker. Tout simplement parce que tu es toi et qu'à mes yeux tu es la femme parfaite. Je veux une assise solide à notre relation – là, j'emprunte un peu à Del. Je veux – et cette fois, c'est entièrement de moi –, je veux tenir toutes les promesses que je te ferai. Je t'aime, et je promets de t'aimer jusqu'à la fin de mes jours.

Il expira lentement.

— Qu'en dis-tu ?

— Ce que j'en dis ? Je dis oui !

Ivre de bonheur, Parker éclata de rire.

— Tu as raison, Malcolm, il faut qu'on le fasse. Tu es parfait ! s'exclama-t-elle en se jetant à son cou. J'ignore comment c'est possible, mais tu es absolument parfait !

— J'étais persuadé que Carter était l'homme le plus chanceux du monde aujourd'hui. Il vient d'être rétrogradé en deuxième position.

Sur ce, il l'enlaça et l'embrassa avec tant de fougue qu'il en chancela presque.

— Je n'ai pas de bague sur moi, ou quoi que ce soit, avoua-t-il.

— Tu as intérêt à te dépêcher d'en trouver une.

— D'accord.

Il porta les mains de Parker à ses lèvres, et vit ses yeux pétiller lorsqu'il les couvrit de baisers.

— Je te dois une danse, murmura-t-il.

— En effet. Et j'y tiens. Nous devons y retourner. C'est le grand jour de Mac et de Carter.

— On leur annoncera la nouvelle demain pour ne pas leur piquer la vedette.

« Aucun doute, se dit Parker, il connaît mon mode de fonctionnement. »

— Demain, ce sera bien assez tôt, acquiesça-t-elle avant de gratifier l'homme qu'elle aimait d'un nouveau baiser.

Puis, main dans la main, ils retournèrent vers la musique et les lumières.

Épilogue

Le jour de l'An, Parker se retira dans son bureau pour rattraper le léger retard que les fêtes de fin d'année, les réceptions et le mariage de Mac lui avaient fait prendre.

Sans oublier ses propres fiançailles, se rappela-t-elle en contemplant la jolie bague en diamant qui scintillait à son doigt.

Elle avait tout l'après-midi pour y remédier. Remettre les pendules à l'heure, pour ainsi dire. Et tourner la page d'une année riche en événements.

Que de changements en douze petits mois !

Alors qu'un an plus tôt elle ignorait encore l'existence de Malcolm Kavanaugh, dans dix mois ils seraient mariés. Voilà qui promettait des milliers de choses à prévoir et à organiser.

Elle admira de nouveau la bague à son doigt et son regard se fit rêveur. « Reprends-toi, bon sang, se réprimanda-t-elle. Pas étonnant que tu aies du retard. Tu souffres déjà du syndrome de la mariée. »

Elle alluma son ordinateur.

La maison était calme. Elle allait pouvoir travailler sans être dérangée.

Mme Grady devait être en train de boucler ses valises pour ses vacances d'hiver. Mac et Carter faisaient de même pour leur lune de miel. Elle imaginait Del et Laurel, Emma et Jack dans leurs nids douillets, profitant paresseusement de cette journée de repos.

Quant à Malcolm, *son* Malcolm, il était parti au garage rattraper un peu de retard – lui aussi.

Ce soir, ils dîneraient tous ensemble, histoire de fêter dignement le départ des trois voyageurs. Puis Malcolm et elle prendraient quelques jours de congé au bord de la mer, dans la maison des Hamptons. Rien que tous les deux.

« Alors au boulot, ma vieille », marmonna-t-elle.

Elle parvint à travailler presque une heure avant l'invasion.

— Tu travailles ? Quelle idée ! s'exclama Laurel lorsqu'elle fit irruption dans son bureau, Emma et Mac à sa suite.

— Il faut bien, rétorqua Parker. Mac, tu ne fais pas tes bagages ?

— Tout est prêt, répondit celle-ci, guillerette. Florence, nous voilà ! Mais pour l'instant...

Toutes trois l'entourèrent et l'arrachèrent à son fauteuil.

— ... tu viens avec nous.

— Vous avez idée du retard que...

— Cinq minutes, à tout casser, estima Emma.

— Nous n'avons peut-être pas de réception avant quinze jours, mais...

— Celle d'hier soir était un succès, et je sais pertinemment que tu as déjà fait tes valises alors que tu ne pars que dans deux jours, coupa Laurel. Et tu as sans doute aussi fait celles de Malcolm.

— Pas du tout. Je lui ai juste donné une liste de suggestions. Vraiment, j'ai encore besoin d'une heure. On dîne ensemble de toute façon.

— Il y a plus important que le travail pour l'instant,

objecta Mac, qui agrippa le bras de Parker d'une main ferme tandis qu'elles l'entraînaient vers le couloir.

— Peut-être, mais...

Le déclic se fit dans l'esprit de Parker quand elle réalisa où ses amies l'emmenaient.

— Vous avez trouvé ma robe.

— C'est une tradition chez les filles de *Vœux de Bonheur*, expliqua Emma en la gratifiant d'une tape sur les fesses. On a ordonné aux hommes de se faire discrets cet après-midi.

— Et comme le veut la règle, si elle ne te convient pas, il n'y a pas de mal, enchaîna Laurel.

Elle se retourna devant la suite de la mariée, bloquant la porte.

— Prête ?

— Évidemment. Attends !

Parker se mit à rire, la main sur le cœur,

— Je suis tout émue. C'est vraiment un grand moment. J'ai aidé à choisir tellement de robes, et voilà que c'est mon tour.

— Et tu vas être sublime. Ouvre la porte, Laurel, je n'en peux plus, s'impatienta Emma.

— On y va.

La main toujours sur le cœur, Parker entra. Sous le choc, son bras retomba mollement contre son flanc.

Le bustier de soie d'un blanc immaculé en forme de cœur s'évasait doucement à partir de la taille en une longue jupe d'une élégance à couper le souffle. La robe, qui semblait tout droit sortie d'un bal viennois, était rehaussée au niveau du bustier de broderies délicates et de perles qui descendaient sur le côté en une courbe parfaite jusqu'à la traîne, à laquelle elles conféraient une touche de sophistication.

La ligne, le style... Oui, tout était parfait. Cette robe, Parker le savait déjà, lui conviendrait à merveille. Mais si sa vision s'était soudain brouillée, c'était pour une autre raison.

— C'est la robe de maman, souffla-t-elle.

— Mme Grady l'a sortie de sa housse au grenier, murmura Emma en lui caressant doucement le dos.

— Elle était aussi mince que toi, et presque aussi grande, ajouta Mme Grady en se tamponnant les yeux. Peut-être préféreras-tu en choisir une neuve, mais nous avons pensé...

Incapable d'articuler un mot, Parker secoua la tête et l'étreignit avec émotion.

— Je ne peux pas prendre de photos si je pleure, déclara Mac qui attrapa un mouchoir dans la boîte toujours à disposition.

— Allez, tout le monde, buvez donc un peu de champagne et cessez de faire vos chochottes, bougonna Laurel qui essuya sa joue humide d'un revers de main avant de remplir les coupes.

Parker embrassa Mme Grady.

— Merci, souffla-t-elle. Merci à vous toutes. Donnez-moi ça, vite, enchaîna-t-elle.

Elle prit une coupe des mains de Laurel et un mouchoir de celles d'Emma.

— Elle est magnifique, fit-elle, la voix tremblante d'émotion. Absolument magnifique. Je ne l'avais vue qu'en photo. Elle était tellement resplendissante le jour de son mariage. Ils avaient l'air si heureux, papa et elle. Et maintenant je les porterais tous les deux dans mon cœur quand j'épouserai Malcolm. C'est le plus beau cadeau que vous pouviez me faire.

— Alors essaie-la, bon sang. Déshabille-toi, Brown, ordonna Laurel, tout aussi émue qu'elle.

— D'accord.

— Dos au miroir, lui rappela Emma. Et tu ne regardes pas avant d'être prête.

Ses trois amies l'aidèrent à enfiler sa robe, de même qu'elle les avait aidées avec les leurs.

— Tourne-toi, mais ferme les yeux. Je veux arranger la jupe et la traîne, dit Emma qui s'affairait avec le tissu, songeant déjà au bouquet.

Elle adressa un signe de tête à Mac qui prit position avec son appareil.

— C'est bon. Tu peux regarder.

Dans le miroir, Parker découvrit sur son visage cette expression émerveillée qu'elle avait vue sur celui de tant de futures mariées.

— La robe de mariée de maman, murmura-t-elle. Et à présent, c'est la mienne.

Mac prit un cliché, changea de position. Recommença.

— Parker, tu es spectaculaire.

— Et heureuse, précisa Mme Grady, aux anges. Heureuse et amoureuse. Rien ne convient mieux à une future mariée. Pose cet appareil, Mackensie, dit-elle, prenant le sien. Je veux aussi ma photo avec vous quatre. Ne marchez pas sur la traîne ! Voilà, et maintenant pensez très fort au jeu de la mariée.

Elles se mirent à rire, et Mme Grady déclencha l'obturateur.

— Portons un toast ! Prenez toutes votre verre. Emma, espèce de soiffarde, accusa Laurel. Le tien est déjà vide.

— Ça m'a aidée à arrêter de pleurer.

Sa coupe de nouveau pleine, Emma la leva avec les autres.

— À une année extraordinaire, commença Laurel.

— Ça, tu l'as dit ! s'exclama Mac.

— À nos hommes, continua Laurel, qui ont de la chance de nous avoir. À notre maman.

Les yeux de Mme Grady s'embuèrent une fois de plus.

— Ne commencez pas.

— À l'amitié.

— À *Vœux de Bonheur*, ajouta Parker. Et aux femmes à sa tête, des passionnées qui font des étincelles et adorent tellement leur métier qu'elles organisent leur propre mariage !

Elles trinquèrent en riant, et Mme Grady en profita pour immortaliser l'instant sur la pellicule. Puis elles se lancèrent dans une discussion animée où il était question de diadèmes, de fleurs, des couleurs des autres robes...

Ses filles, songea-t-elle, la gorge nouée par l'émotion. Toutes les quatre heureuses et amoureuses. Et toutes les quatre belles comme des cœurs.

Levant son verre, elle porta un toast solitaire. À mes filles. À mes mariées. Que tous leurs vœux de bonheur se réalisent.